U0947494

最后的御厨

圆太极 著

北京联合出版公司
Beijing United Publishing Co.,Ltd.

一未文化　　非同凡响

北京一未文化传媒有限公司
www.bjyiwei.com
出品

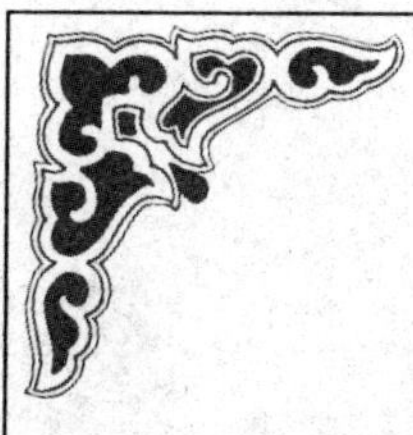

人生一世起伏跌宕、百味杂陈，能有几次真正得意？

一次两次已足矣，一味两味亦足矣。

目录

楔子

这是一场对决，最后的一场对决，利益重大的对决。

对决的双方是一对亲父子，而这关系他们都是一天前才刚刚知道。

儿子为了这场对决磨炼了许久，守候了许久，放弃了许多，冷酷了许多。他能站在最后的对决场上，是他一场场比拼下来的。多少高手在他面前或羞愧难当或愤怒无奈；多少招牌摘下变成灶膛里的烧柴；多少店门从此关上，关住曾经的美酒香菜、笑语欢声，并随着岁月的流逝化为记忆中的尘埃。

父亲面对这场对决却有些无奈，他知道这场对决是逃不过的。之前是为了自己奋斗了一辈子的所有，但是现在担负了更多的要求和利益，更是为了保住面前刚刚知道的儿子的命。

儿子想赢。因为他担负的是道义，是真理，是一个字号的过去和未来，是一个菜系的开创与传承，是纠缠多少年爱恨情仇的一个终结。正因为如此，在知道对手和自己的关系后，他仍决然选择继续斗下去。

父亲不能输。输了不仅自己一辈子争取的全化为乌有，而且还让别人的利益和企图成为泡影。虽然这么多年后，他对自己的背叛、失信有悔恨，有叹息，但是这一次再不兑现承诺，别人要的会是他的命。

已经是对决的最后一道菜，至关重要的一道菜。

父子二人做的是同样的菜，选料、刀法、火候、调味、站位等几乎一模一样。这也是没有办法的事情，因为这道菜的制作方法，他们两人是由同一个女人传授的，但他们心里知道，这其中还是有差别的。

儿子在尽量放松自己，无视一切，将自己放入一种类似入定的空灵境界里。

此刻他的眼里有料，有刀，有火，有油……有飘过的每一缕烟气和蒸汽，而他的心里除了这些，还有一些人、一段岁月、一个字号、一种菜系、一部传奇，最重要的是有一滴一滴滴下的油滴……将一切按油滴的节奏去分档、搭配、聚合、烹制，他相信自己肯定会赢。

父亲开始紧张了，但他知道自己不会输。

决定输赢的因素是看不到品不到的，所以很多时候输赢的结果是可以人为决定的。就算自己攀不到某个高度，但对手如果从那高度上摔落了，那自己还是赢家。

摔落的危险已经暗藏在儿子精心细致的挥洒起落之间了，最终结果他必输无疑……

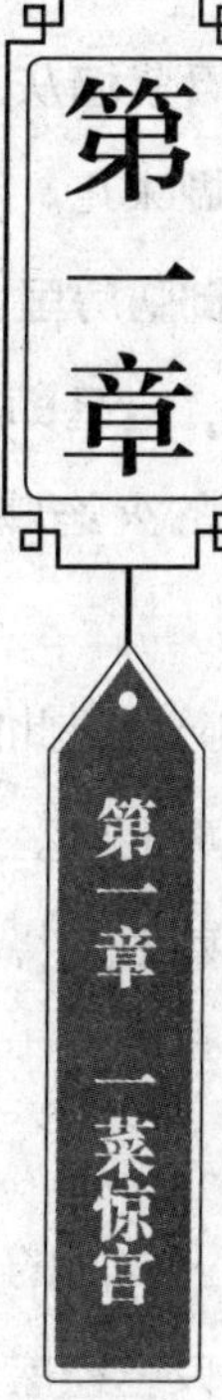

『凭你许知味的厨技，在宫中可独当一面，民间更是少人能比。在这厨道之上，你绝对是个强者，千万不要自暴自弃。既然你再无可能利用厨技在朝堂之上飞黄腾达，那何不在民间寻一处尚无系统菜品的地方开宗立派？』

『开宗立派？』

『对！开创一个菜系，成为一代宗师！』翁先生说话的同时手掌轻轻一拍桌面。

喜帝宴

远看紫墙灰瓦的御膳房，气窗中有烟云翻滚而出，其中还夹带着越来越浓的焦煳味儿。

而御膳房里面却异常安静，只有一只只灶口上的锅在不停地发出“吱吧”的声响，这是即将焦煳和正在焦煳的声响。但是没有一个人去动锅勺，任凭灶膛里的火焰肆意狂舔锅底，将锅中最后的一丝水分快速化成呛口呛鼻的烟气。

御膳房里此时满登登的全是人，但是这些人躬立不动，也不出声，就仿佛一尊尊泥塑。渐渐地，整个御膳房都被焦煳的烟气笼罩了，而且那烟气已经开始刺眼刺鼻，而开始变成暗红色的铁锅似乎随时都会燃烧起来。这样的情形让身处其中的人感觉到一种非常真实的恐惧，就和看见福总管阴戾的脸色一样。

皇上驾前的内务总管福公公今天来得很是突然，来了之后一声未吭，只是将一只已经盛好翡翠芙蓉鸡片的青花大盘随手扫落在地，“咣当”一声，盘子被摔得四分五裂。

虽然没有说话，但这动作、这声响很明显表明了一个愤怒的态度。所有人都知道这愤怒是为了什么事情，于是几乎是在同时停下了手中忙碌的操作，一个个朝着福公公垂首躬身而立，连大气都不敢出。但有些锅还没来得及离火，有些菜还没来得及出锅，只能是眼见着本该精致精美的菜肴在锅中渐渐黑煳成一团。

许知味离着福总管很近，因为御膳房总管和厨头一般会将最不合自己心意的御厨安排在靠近门口的灶位。这位置做菜时容易被来来往往的人影响到，而且内务府官员过来督查时，在这个位置做菜的御厨也是首当其冲。

许知味和其他人一样垂首躬身而立，但他是唯一一个没有朝向福总管的。

他的身形依旧是正对着灶口上的油锅，这样可以缩脖翻眼继续看油中缓慢沉浮的排骨。他一边看还一边不停地提鼻子嗅闻，这是要从弥漫着的焦煳味中辨别出自己油锅里的油香味和炸出的排骨香。虽然福总管还站在那里，运足了气保持自己的凶狠和威仪，根本未有让大家继续做事的意思。但许知味根本没有在意他的存在，相比之下，他更在意的还是自己的油锅和排骨。

许知味很清楚福总管此来是为了何事，但他觉得那本就不该算个事儿，只是因为宫中诸多严格的奉膳规矩，还有些小人肮脏贪贿的暗规则。御厨不能做出皇上想吃的菜品，是福总管、皇太后他们认为的大事情，非常大的事情。

皇帝吃饭的事情在宫中的确是大事。咸丰帝驾崩后，慈禧太后扶持幼小的载淳继位，即同治皇帝。清廷内忧外患，难事不断，太平天国未曾完全平定，捻军之乱又起，并全歼僧格林沁八旗军主力。冀北出现久旱之灾，灾民流离，国库歉收。洋人在上海建立汇丰银行，干扰到大清金融……这一切对于一个尚未成年的孩子来说，于心于力都是极大的煎熬。然后日常还要读书写字，学习弓射、骑马，再加上被众多为帝者的礼数、规矩约束了天性。所以这段时间小皇上精神萎靡，厌食不吃。上百个精美的满汉菜肴摆在那里，竟无一个可以吊起他的食欲。

“主子已经好多天不好好用膳了，精神不振，龙颜失润。太后先前已经吩咐下来，让你们这帮崽子用心烹制主子顺心顺口的膳食。可这么些天了，竟然没有一个菜品能博得主子欢心。我已经被太后责怪了，无端地替你们担了罪责。你们要是再不能让主子胃口大开，那下回太后责下的罪过可就要直接落到你们头上了。”福总管眼皮耷拉着，说话声仿佛是从牙缝间挤出来的。

“福大公公，都是我们的罪过，让你操劳了！还害你担责了！”点膳处的德公公诚惶诚恐地走近福总管，一阵手足无措之后，恍然大悟般从怀里掏出几张银票往福公公袖口里塞。

很多御厨都看到德公公的举动了。这几张银票里有的是他们这两日刚刚凑出来的，也有的是他们平日里就被德公公搜刮去的，都是他们提心吊胆挣来的血汗钱。但此时此刻他们却发自心底地希望福总管能收下，他收下了，也就意味着大家暂时还未到山穷水尽的地步，还是有机会过了眼前这道坎的。拿德公公的话来说，这是过坎钱、避祸钱。

许知味没有看到德公公的小动作，他仍是专心地看自己的油锅。这也难怪，今天的油锅和往常真的有很大不同。

首先是锅的不同，在这个锅里许知味加放了一个特制的网格铁架，这是他请耳勺子胡同专门打制厨具的铁匠金猴子制作的。有了这个网格铁架，油炸的食材便可以始终在中层油和上层油中起伏翻滚，不会沉到锅底。这可使得食材受热均匀，而且不会黏附在温度最高的锅底上。

其次是排骨不同，那排骨选用的是一岁猪，取胸骨后第三、第四根仔肋排。一岁猪的骨质肉质紧密度最为适中，所含腥臊味最低。而第三、第四根仔肋排，不仅肉质鲜嫩松软，外味外热易渗透，骨质也很是酥松多髓汁，油炸之后，髓汁可快速从中析出，渗入外部肉质中。

除了锅和排骨，更为重要的是今天用的油和以往也不同，这是许知味用新琢磨出的配方熬制出的熟油。这熟油是以菜籽油为主油料，先将菜籽油文火熬制，让其慢慢升温。当加热到一定程度时，其油脂中的荒涩味便可随烟气水分挥发出去。然后在菜籽油烟气将尽时，再加入一份牛油和一份半的猪油，牛油和猪油的荤腻味也会很快随烟气析出。这时的油不但异味散得差不多了，而且混合之后的口感会变得更加丰润醇厚。最后许知味还将准备好的姜片和葱段在快熬制好的熟油中过了一下再捞出，这样做可以将牛油、猪油残余的最后一点腥膻味去除，并且留下些许姜葱的清冽味道。

能琢磨出这样的熟油熬制配方，是因为他前几日与翁先生闲聊时得到了提示。翁先生告诉他，《礼记·内则》里有“脂用葱，膏用韭”之说，并且猜测这可能是古人改善食用油脂味道的做法。脂和膏都是从动物体内提取的荤油，带有浓重的腥膻味，所以要用葱和韭菜这一类带刺激性味道的植物调料去除腥膻，改善油的味道。

那边福总管已经不动声色地收下了银票，让众多御厨同时松了口气。直到此时，负责御膳房大小事务的厨头王奉鼎才敢往前凑两步，躬身和福总管说道:“福公公，其实我们这几日都尽心按膳谱做菜，不敢有丝毫懈怠。只是小主子尚且年幼，味取未全，喜好难揣。而宫中菜品他以往都品过多回，真的再难博其心喜。”

王奉鼎说的是很有道理的，这宫中御膳并非可以随随便便按自己心意做的，所有菜品都是有指定范围的。如果要加入新菜，那是需要内务府官员和宫中内务总管太监一起商榷后定下才行。所以看着皇上每顿御膳珍馐美味无数，其实大体上就在这范围中转。不过御厨们在御膳房有个方便之处，食材可以随便用、挑好的用，而且御厨之间关系好的可以互通有无，这相当于给他们提供了一个研创新菜品的大好场所。所以说御厨厨艺高，那是绝无半点虚假的，因为能进宫的厨师就已经是厨技高超不同一般的。再被圈在御膳房里这番耳濡目染加自我操作，手底下没十几二十个的绝技菜品那就进宫白混了。

“你的意思是说要另开新菜才能让小主子吃舒坦了？”福总管撩眼皮瞟一眼王奉鼎。

“不敢不敢，一切全凭福大公公拿主张。”福总管瞟的这一眼让王奉鼎出了一身冷汗，就像有一条剧毒的蛇快速盘绕上他的脖子。

许知味离得他们很近，但根本没有在意他们的对话。因为他仍旧盯着油锅，并且提着鼻子在仔细嗅闻。

由于今天入锅的是熬制过的熟油，加热中不会有异味和杂质析出。所以油温到五成热的时候就可将排骨放入其中。福总管出现时，许知味的排骨刚刚下锅，而当别人的菜开始焦煳时，他锅里的油才到高温，排骨也才开始在油中起伏。

五成热的油可以让排骨处于半炸半养的状态，然后又是始终处于中层和上层的油中，这样炸出的排骨从外及里的加热温度和熟透速度不会相差太大。表层不会因为油温太高而快速变硬，内层不仅可以熟透，而且保证肉中汁液不会流失。不仅可以让肉质外酥内松，还可以将骨头中的滋味都炸出来，通过骨头上的骨纹骨孔渗透到肉质当中。同时熟油中的姜葱味直接去除排骨的肉腥味，油本身的鲜香味也可以渗入肉质。所以许知味炸的排骨不用作料腌渍，以本色本味的状态直接入油锅。因为腌渍达到的效果，锅里的熟油一样可以达到。

“太后慈悲仁厚，刚刚下了道懿旨，连开三天的‘喜帝宴’。这三天内，御膳房中所有御厨都可以制作三道自己拿手的美食奉与小主子品尝。如若谁的厨艺能博得主子欢心、开了主子胃口，那么不仅是有金银赏下，还会专赐一个内务府五品御膳监察，与内务府专职监管平起平坐。小崽子们，这可是个光宗耀祖、飞黄腾达的大好机会，都好好用些心思抓住了。咳咳、咳咳……”御膳房里此时的烟气太浓重了，就连站在靠门位置的福总管也已经被呛得受不了了。

许知味猛然抬起头来，他的眼睛终于离开了油锅，离开了锅中正在逐渐焦黑的排骨。抬起头的同时，旁边一只烧得枯干的锅烧了起来，蹿起一朵艳红的火苗。而此刻许知味眼中闪动的光芒也像那艳红火苗一样跳动着，其中仿佛燃起了某种希望。

“咳咳，都别僵死着了，动起来做活儿吧。”福总管说完这句话后转身用袖子掩口快步走出了御膳房。福总管刚出门，御膳房里便立刻慌乱成一片。盖锅灭火的，取锅离火的，还有浇水凉锅的。一时间，烫手的锅掉在地上发出的咣当响声、凉水入热锅发出的爆响声、勺子刮敲锅中粘黏食材的敲打声汇成一片。唯独就是没有人的说话声，可能是因为福总管刚出门没走远，怕说出什么不妥当的话让他听到，也或许是福总管刚才的话让所有人立马有了各自的想法，都暗中在心里盘算着些什么。

许知味没有动自己的锅，他只是将头往油锅前倾下点，然后深深吸了一口气。这口气中虽然包含了太多的焦煳味儿，但他仍是可以从中清楚地辨别出锅中的油香和排骨香。那排骨其实已经开始焦黑，油里面也已经出现大量杂质。但在刚才的过程中，一个最恰到好处的味道已经留在了他的记忆里。

这是许知味寻找了许久的味道，所以他很是兴奋。而刚刚福总管临走时说的那句话，还给了许知味一个寻找已久的机会，所以他更加兴奋。此时此刻他的人未动，心却已经如同面前的油一样在翻滚着、沸腾着。

菜难呈

这晚翁先生到御膳房来时已经将近二更。许知味早就在门口等着了，远远看见翁先生的身影，他便立刻转身进去挑旺炉火，倒油入锅并开始炸排骨。翁先生进来后他也没有出声打招呼，只是点头笑了笑，然后继续认真地炸排骨。翁先生似乎早已习惯了这样的状态，和许知味一样没说话，自己擦干净桌边的一张长条凳子，撩开袖摆稳稳坐下。

翁先生其实准确些讲应该是翁大人，他是在咸丰朝考中状元，后在同治朝担任詹事府右中允的翁同龢。翁先生现如今奉旨在文华殿行走，授读同治帝，又多一个皇上老师的身份。所以即便是在宫里，也就少数身份尊崇的人够资格管他叫声“先生”，其他人都是叫他“大人”。不过许知味算是特殊的一个，他是翁先生自己要求以“先生”相称的，这样才会让他觉得两人的确是老乡，也让许知味和他在一起时更加放松、自在。

翁先生是江苏常熟人，许知味是江苏无锡人。他们老家的地方距离不过百十里路，所以真算得上是老乡。而翁同龢这样的身份能和许知味交往过密，除了老乡的关系，还因为许知味烧的菜肴让翁先生很是欣赏，在大饱口福的同时可一解思乡之情。

翁先生自己曾经是个好学生，所以他知道该如何以最好的方式传授皇上学业，也知道怎样才能调节好皇上的状态。一般情况下他放晚课都不会太迟，以便保证皇上有足够的休息时间。也正因为晚课放得早，所以他也有空闲可以常到御膳房里来转一转，品一品许知味做的家乡菜，和许知味聊聊宫里宫外的事，但他们两个聊得最多的还是与美味佳肴有关的话题。

其实翁先生和许知味最初的相识，也是从美味佳肴开始的，那是一道江南的名菜荷叶粉蒸鸭。

那一天许知味端着荷叶粉蒸鸭的托盘站在传膳阁外的回廊上，一旁站着的传膳阁掌事嬷嬷耷拉着眼皮相拢着手，爱理不理地看着他。

许知味原先是前门大街江南福地酒楼的厨头，有着一手无锡菜的看家本领。内务府监事曾大人是苏州人，苏州与无锡紧邻。所以他和翁先生一样喜好无锡菜便不足为怪了，更何况无锡菜和苏州菜在味道上本就没有太大区分。那天曾大人在江南福地酒楼宴请远来好友，许知味亲自站案掌勺。曾大人才两筷子菜吃下去，便当即定下要让许知味进宫当御厨。

也不一定是曾大人在内务府有多大权势，而是宫中偌大的御膳房多几个御厨根本就不算什么事情，所以许知味顺利进了御膳房，成了一名御厨。但是进宫之后的实际情况与未进宫时的想象完全不同，像他这样有自己看家本领的厨师在御膳房并不能得到发挥。

御膳房每天的菜品点心在制作过程中都是有苛刻规矩的，除了要由点膳处的大太监指定菜品，还有内务府官员的专职督查。每种菜品从取材、分量、搭配都有严格控制，烹制出的味道也是要经过预尝，确定味道纯正后才可以送入传膳阁。所以许知味自己拿手的无锡菜根本没有机会展现，两年多里最大的收益就是在御膳房看到、学到了各种菜系派别御厨们的烹制技法和巧妙之处。

即便御膳房有着很严格的规矩，像许知味这样有一手好功底的厨子在经过一段时间的适应后，总是可以烹制出些符合宫里规矩的菜品的。而且在研究了各种派别技艺并融汇进无锡菜的特色后，许知味自信可以将宫中各方面严格控制的传统菜品提升至更加鲜美纯正的层次。

但是技艺上再出类拔萃，要想从御膳房中出人头地也是非常艰难的一件事情。因为你就算做得出再好再绝妙的菜品，要想奉送上去让皇上、太后他们品尝到，那还需要经过多个关卡，让多个难缠小鬼高抬贵手才行。

这些关卡中首先一个就是没有做菜的机会，虽然每顿御膳菜品一百二十道，另外还有点心小食。但是每顿做哪一百二十道菜是要点膳处大公公指定的，如果点膳处的大公公不点你拿手的菜品，那就永远轮不到你来做这一百二十分之一。

再有就算点到你拿手的菜品，也不一定就分派给你做。御膳菜品是有规定范围的，御膳房中御厨众多，谁都有拿手的几道菜。而御厨中有些是以往因为某些菜受到皇上、太后褒奖过的，所以他们可以做多道拿手的菜送入传膳阁给皇上食用，其他有些对宫中某一个传统菜品有独到技法的，也几乎是垄断了这个菜的制作机会。而余下一些很多人都拿手的菜品，那就要看御膳房的厨头会不会分配给你做了。像许知味这样后招入的御厨，然后又和厨头没有什么交往，那是非常难得被分配到这样的菜品。

另外传菜的机会也是很少的。虽然每顿御膳固定一百二十道菜，要铺摆开整整三张膳桌。但是由于盛装盘碗的不同，前面传上去的菜品如果用的盘碗大些，排在最后的一些菜品即便做了也是上不了膳桌的。而这上菜排菜的顺序都掌控在传膳阁的掌事嬷嬷手中，她要让谁的菜给皇上、太后品尝到就能品尝到。她不想让谁的菜被品尝到，那么再是精心烹制出的珍馐佳肴，连传膳阁的门都进不去。

最后还有被品尝到的机会很少。一百二十道菜，还有各种点心小食。就算做的菜品上了桌，那也不一定就能被主子品尝到的。因为主子不是所有菜都会品尝一遍的，而被品尝到的机会全掌握在伺膳的宫女手中。一般如果不是皇上、太后点名要吃的菜品，或者最近处他们看到后感兴趣的菜品，都是由伺膳宫女用碗和银勺挑几样给主子食用的。伺膳宫女都是皇上太后身边的贴身宫女，了解主子的口味喜好和身体状态，挑选的一般都会是主子最喜爱也是最合适的菜品。但正因为有这合适的概念在，她们便可以凭自己意愿选择哪些菜品给主子品尝。

所以对于御厨来说，宫中是有一整套暗规则的。要想得到烧菜的机会，那就得贿赂点膳处大公公和御膳房厨头“点菜金”和“派菜金”，要想自己的菜品有进入传膳阁的机会并且放到靠近皇上、太后的位置，就要贿赂传菜阁的掌事嬷嬷“摆菜金”。要想让自己的菜被皇上、太后们品尝到，那就必须贿赂伺膳宫女“奉菜金”。

而许知味并不了解宫里的这一套暗规则，也没有其他人点拨他。虽然德公公和厨头暗示过他几次，但他是个遵循厨道的诚信之人，以真材实料、真情实意做厨、做人，无法理解那些暗示。所以两年多来他只能偶尔获取到一两回烹制御膳菜品的机会，这还是德公公和王厨头为了显示自己公平公道才给的机会。但他即便有机会做了菜品，也没机会送进传膳阁，更不要说让主子们品尝到了。而这一切其实早就在假模假样给他机会的德公公和王厨头预料之中。

那一天和翁先生遇到，正是许知味难得获取到了一次做菜机会，却端着托盘被阻在传膳阁门外。掌事嬷嬷等了一会儿，发现许知味并没有准备孝敬她些什么的意思，于是撇着嘴给了一句话，“回去吧，就你这菜我都没看上眼，怎么能给主子吃？”

这句话让许知味倍感羞辱，他端着托盘闷头转身就走，不小心撞上从旁边经过的翁先生。托盘没有翻，倒是将装着荷叶粉蒸鸭的白玉瓷钵钵盖儿撞翻了。一时间荷叶清香、糯米清香裹挟在鸭肉的浓香、腐乳的浓香中拥挤而出，劈头盖脑地撞了翁先生个满面。

“这菜是皇上不要的？”翁先生惊异中带着些惊喜。

“不要。”许知味闷声回一句。

翁先生将目光从粉蒸鸭上抬起，越过许知味停留在掌事嬷嬷的脸上。掌事嬷嬷抖动着皮肉笑了下，朝着翁先生谄媚地点了下头。

“那行，这菜给我吧，你端着跟我来，找个僻静的地方。”翁先生说完便在前面领路。

许知味虽然不知道这个让他跟着走的是什么人物，但他知道自己在宫中啥都不是，谁让跟着走那就只能跟着走。

翁先生在歇学院里的石桌上将鸭子吃完，然后闭着眼咂巴着嘴沉浸在享受的感觉中好半天。

许知味没有马上离开，他看着翁先生把鸭子吃完，看着翁先生回味享受。因为这种情形是对厨者最好的褒奖，同样可以让许知味感到满足，也很享受。

从那一天起，许知味和翁先生的关系密切了。这是打破了身份地位、超越了同乡感情的一种关系，是挚友，是知己，也是一种相互依赖。翁先生需要从许知味烹制的菜品中解乡愁、解口馋，而许知味也需要从翁先生品尝自己烹制的菜品中来获取成就感和满足感。另外翁先生博古通今，涉猎极广，可以给许知味研究菜品提供很多书本知识的帮助。

江南一带学风颇盛，所以别看许知味是一个厨子，那也曾寒窗苦读多年。也正是因为有些学问，所以在烹饪一道上才能多方学习并加以融合，最终形成自己独有的菜品味道。而翁先生和许知味聊得到一起，除了是同乡，除了喜欢吃许知味烧的家乡菜，很重要的一点也是因为许知味是有些学问的。

当然，作为挚友和知己，翁先生肯定会将宫中御膳这一道里的暗规则告诉许知味。让他懂得权衡行事，舍金换机会，这才能在御膳房中争得一席之地。

但是许知味却不以为然，他说厨技之道首先讲一个“正”字，食材要型正、味正、产地正、时令正，而厨者也应意正、行正、用心正、方法正，否则便做不出正宗正味的菜品。而做人也如做厨，正虽一时难展，不正虽逞一时猖獗，但是一旦云开日现、渠通水顺，正的终究会越行越是天地宽，不正则会拘于旮旯寸步难行。

许知味以厨技之道诠释做人之道，让翁先生颇为欣赏，于是他也不强劝，任凭许知味以自己心中道理正对一切。

味对性

当许知味用长竹筷将第一块排骨夹出油锅时，刚刚坐稳的翁先生立刻站了起来。他闻到了一股香味，一股从未闻到过的香味。这香味明显包含了肉香和骨香，但不明显的香味还有许多许多。而所有明显和不明显的味道混合在一起，那是一种弥漫于鼻腔并从鼻腔直涌入脑腔的香气。以往在等候和品尝许知味烹制的菜品时，翁先生常常也会有惊异、惊奇，但是他今天表现出的却是震惊，因为心中已然预感自己品尝到的将是一种全新的绝味菜品。

许知味没有注意到翁先生的动作，他在全神贯注地炸着排骨。这真的是一个需要非常专注的过程，必须将视觉、嗅觉和触觉运用到极致。准确观察到油中排骨的颜色变化，依靠的是一双不怕烟熏火燎的眼睛。确定排骨达到最佳的火候香味，则需要不被柴火炭料燃烧产生的烟气所干扰的灵敏鼻子。而触觉则是通过感觉蒸发的油气来确定油温的，从而控制炉灶中的火力。其他御厨大都会用手背触觉来感觉油气温度，但许知味则喜欢用脸。因为手的感觉很单一，也不够灵敏。但是脸不同，不仅感觉灵敏，而且脸上各个部位的感觉程度也不一样。耳朵处毛细血管最为丰富也最为灵敏，额头处最为迟钝，然后还有脸颊、唇边、眼睑等处，可以综合比较，做出更为准确的判断。

排骨炸好后，压炭改小火。换一口干净的锅，放调料熬酱汁。当锅里黏稠的汁液不断有铜板大小的气泡鼓起时，许知味将排骨倒入并快速颠锅。让炸得金黄的排骨在锅里不停跳跃，将香甜的汁液均匀地裹在排骨上。

当颠翻的锅底变得清爽平滑时，说明汁液已经全部裹在了排骨上。而这时的排骨变成了艳红色，便如石榴红的宝石一样。出锅前，许知味又往排骨上淋下一点点香醋和半勺热熟油，于是出锅后的排骨一块块全变成殷红色，晶莹剔透，和琉璃相仿。而且除了油香、排骨香，还有一种穿透心扉、挠抓喉舌的甜酸味，顿时就能让人开了胃口。

翁先生看着这一盘排骨迟迟没有动筷子，他是在欣赏，也是在琢磨，可是面对这道特别的美食却生出些情怯的感觉来。

“这和原先我们老家的无锡排骨烧法不一样，少了焖煮，只用油炸。但是用了熬制的熟油，火候也控制得恰到好处……”许知味也不催促翁先生品尝，只是在旁边唠唠叨叨说自己的做法。

“我知道，我知道。”翁先生阻止了许知味的唠唠叨叨，这一刻他需要安静，就像欣赏一首意境深远的诗文，需要自己静静地去体会才能发现妙处。

整个御膳房里悄然无声，翁先生动筷子、品尝、回味的过程也静得出奇，在连吃三块排骨之后，翁先生才长叹一声：“妙啊！”

翁先生说话后，许知味这才继续此前被打断的话头，“我前几日听先生说，小主子是因为过于疲惫才胃口不开的。疲惫者有两方面，一个是精气，精气疲惫为脑窍浑浊，辨识紊弱，厌烦缭乱混杂之味，所以要让他发觉并注意到的味道，必须是特别强烈的、能脱众而出的。”

“就好比炸出的排骨香味。”翁先生插了一句，以显示他完全明了许知味的意思。

“再有一方面是体力上的疲惫。体力疲惫者消化能力降低，厌油厌荤厌咸鲜，唯有甜与辣可刺激其味觉。但是主子年幼，味蕾不喜辛辣，所以对他最佳的刺激味道应该是甜味。甜味是先天之味，人生下来吃的第一口味道便是甜的，所以甜味对所有人都是有吸引力的，特别是孩子。”

“因此你这排骨虽然有鲜有咸，但鲜咸都是为了用作凸显酸甜之美妙。”翁先生又插一句，再次切中要点。

“对，而且这排骨的甜还不同于点心小食的甜。点心小食的甜味干涩欠润滑，而且甜味单一。无鲜咸微酸和肉香骨香衬托，只能浅尝辄止。而这排骨是大菜，可多食不厌。”许知味不是那种贬低别人的人，但今天这道排骨让他着实有些得意，所以话说得有些挡不住了。

“我听说了，太后下懿旨，让你们御膳房三天内每人拿出三道菜品摆‘喜帝宴’，以此解皇上胃口蔽塞之苦。并许下重赏，博欢心者便可取富贵荣耀。你琢磨出这道对应皇上胃口味性的菜品，是想拔取头筹吧？”

“翁先生，你再尝几块。如今可能没人比你更了解小主子的喜好状态了，你看看这道菜能不能让小主子独喜。”

翁先生伸筷子又夹起一块排骨，快送到嘴边时忽然想到了什么，又把它重新放回盘中，并且连筷子都搁下了。

“你觉得太后下旨摆‘喜帝宴’对你是个机会？”翁先生这话问得有些莫名其妙。

“难道不是吗？”许知味反问一句。

“世事往往是否泰共存的，机会说不定就是祸事。过去宫中也曾有类似先例，但最终结果有喜有悲。雍正十一年，宫中摆‘遂意宴’，未有一道菜品让皇上满意。随后御膳房一半御厨被驱赶出宫，流放北疆。流放名额由内务府与点膳处一同商定。你平时不愿与德公公之流合污，如果出现这种情况，流放的人中必然有你。再有嘉庆三年，宫中摆‘敬百老宴’，一道‘玉肉莲花’博得一众好评，本该夺得头筹。但因为好吃，众人多吃。而此菜油大，吃多了后许多人腹泻不止。于是被定了谋害君臣之罪，此御厨被立斩，家被抄，家人全数入狱。所以异常菜起异常事，你这排骨是新琢磨出的菜品，难保不会出异常事情。”

“我相信我这道排骨即便多吃也不会有什么异常反应，所以第二种情形不会出现。至于第一种情形，即便是从为我自己免灾祸的角度考虑，我也应该努力去做，让小主子的胃口开了。”

“怕只怕第一种情形也非你能力可避免的，因为你这道排骨就算再美味，也不见得就能让皇上品尝到。”翁先生微微摇了下头。

“这又是为什么？皇太后不是有懿旨宣告所有人都可以奉菜的吗？”许知味很是诧异。

“唉！你知道奴才的奴性卑劣究竟表现在什么地方吗？那就是即便自己不行，也不能让别的人得到好处超过自己，更何况这个人是他平时欺辱压制的对象。所以他们情愿被治罪，都不会愿意这样的对象转而跃上他们头顶，颠倒了原来的位置关系。”

“先生的意思是说这人人有奉菜机会的‘喜帝宴’，我仍是不能把拿手菜品递上去。”

“我不说绝对，待明天‘喜帝宴’首开之后你自己看看是何情况。”翁先生说完这句后才又拿起筷子，细细品味那美味的排骨。

“喜帝宴”开始了，但对于御厨们而言并没有什么喜气。有些老御厨可能是听说过以往类似不按指定自献拿手菜后带来的后果，心中不免紧张害怕。也有些御厨是憋足了劲想借此机会登阶上位求荣华富贵，不免防他防你。所以整个御膳房始终处于一种沉闷的气氛中，有畏缩，也有敌意。

许知味应该比别人更加紧张一些。因为如果真像翁先生说的那样，人人有机会的“喜帝宴”，他还是没有机会将自己的菜品奉上，而其他御厨的菜品也未能博得小主子欢心，那么慈禧太后治罪下来，他会成为最无辜又最首当其冲的一个。

但是实际情形似乎并不像翁先生担心的那样，所有菜都被送入了传膳阁，包括他的蜜汁排骨。虽然他奉菜的顺序比较靠后，却是亲眼看到传菜的嬷嬷将排骨端进去的。所以翁先生的担心应该是多余的，“喜帝宴”的懿旨既然说明是每个御厨都要奉菜，那么没一个人敢欺君抗旨的。如若真的将他做的菜品拒之传膳阁门外，他一旦吵闹起来，那些平时卡要暗贿的人没一个有命担承。

第一天的“喜帝宴”比以往用膳时间要长许多，这是意料中的事情。毕竟都是与平时不同的菜品，皇上肯定会慢慢地多尝几个。而且因为是“喜帝宴”，上的菜品与平时的完全不同，都是御厨们精心研创的拿手菜，所以这一天不仅皇上在传膳阁用膳，连慈安、慈禧两宫皇太后也都移驾过来，同品“喜帝宴”。

这一天还有一个不同，就是不由贴身宫女伺菜，而是主子们看到哪道菜感兴趣，就会指定品尝哪道菜。所以只要菜的色香味形都到位了，就有可能被主子们点到，其他人根本玩不了什么花样。

但是第一天“喜帝宴”的结果却让许知味非常意外，整个“喜帝宴”上竟然没有一道菜博得小皇上的喜爱。虽然两宫皇太后觉得有不少菜品还是非常顺口的，可是“喜帝宴”的目的是为了皇上，皇上不喜，那一切都是白费功夫。

“怎么会这样呢？自己和翁先生仔细交谈过小主子的状态，揣测出的味觉喜好应该没有差错。这道排骨是对症而烹，味可顺心，怎么就没有博得皇上喜爱？莫非是今日菜品太多，皇上和两宫皇太后都未品到这道排骨？肯定是这样的！”

许知味心中虽然全是疑惑，但他坚信是皇上和皇太后没有吃到自己做的排骨，这其实更是坚信自己制作的菜品。所以他决定第二天的“喜帝宴”仍是奉上这道排骨，唯一不同的是将盛放排骨的盘子换成一个大一些的白胎红釉的盘子，这样可以显得更加明显一点，让主子们能够注意到。

第二天的“喜帝宴”比第一天结束得要早，因为这些御厨一个个在第一天里基本都是竭尽所能拿出了最为得意也自认为最为妥当的菜品，仍是没有一个让胃口不开的皇上喜爱，所以很多人已经信心丧失。另外，虽然这些御厨谁都是可以连续拿出多道独特菜品，但皇宫中饮食规矩严格，有些格外独特的菜不敢再随便往外拿。怕在选材和菜名上有什么自己没意识到的忌讳，搞不好荣华富贵没得到反会惹祸上身。于是第二天都以最稳妥的菜品或者与第一天相同的菜品奉上，不求有功但求无过。这样一来可选择的菜品便少了许多，用膳时间也就短了。

传膳阁的菜还没撤出来，福总管就已经来到御膳房，一张脸摆布得就像太和殿檐角上的脊兽“行什”[1]。只用看这张脸，所有在御膳房中等消息的御厨们都已然知道今天“喜帝宴”的结果了。

“我可告诉你们，两位太后今天可是撂脸子了。给了你们机会让你们撒开欢儿地闹腾，你们一个个反倒敷衍上了。两天了，近三百道吃食没一道能让皇上觉得顺口的。我把话撂这儿，就明天一回子事儿了。再要不成，你们就卷铺盖出宫改做囚饭去吧。小崽子们，自己掂量着该怎么用心用力吧。”福总管说完甩袖子走了，留下一群直冒虚汗的厨子。

这结果让许知味感到非常的疑惑，他格外自信的那道排骨就好像根本没有在御膳桌上出现过一样。不应该这样啊，自己做的排骨即便是小皇上不喜欢，那两宫皇太后吃了以后也该有所反应才对，多少会传出一两句评判出来，怎么可能像没有人吃到这道菜一样。难不成这道排骨真的不行？不合皇上和两宫皇太后的胃口。

“不对！排骨肯定没有问题，关键可能还是应了翁先生所说。明着看‘喜帝宴’是人人有机会，实则自己的机会被别人扼死了。但是那些人是怎么做到的呢？”许知味觉得他必须马上见到翁先生，因为就剩最后一天的“喜帝宴”了，如果再不能让皇上启开胃口开怀而食，那对于他来说不仅没有机会熬出头，而是要熬的日子才刚刚开头。

---

[1] 皇宫大殿翘脊上装饰和辟邪的神兽雕塑。

滴油行

“你做的排骨皇上可能根本就没品尝到。”匆匆赶来的翁先生告诉许知味。

“那么说我做的排骨还是可能成功的，那味道是可以博得皇上喜欢的，只是他没有吃到，翁先生，你说对吗？”许知味很开心，因为翁先生的话至少让他知道自己的菜并未真正失败。

“对对！你那排骨取先天之味，又以微酸开胃，本该可以让皇上喜食的。但现在关键问题不在排骨好不好，而是能不能让皇上吃到。这都是因为你平日里太过耿直了，总与那些关关卡卡上的人硬杠着。所以那些看着你不舒服的人怎么都不会给你机会。而且‘喜帝宴’要是不成功，最终只是御膳房里的这些人倒霉，传膳阁和皇上太后身边的人才不管你呢。”

“菜进了传膳阁，上了膳桌，就摆在皇上太后们的眼皮子底下，他们又是用了什么法子不让他们吃到的？我那排骨一眼看上去晶莹剔透、殷红油光，很是诱人。即便伺膳的不取，皇上和太后看到了也该尝尝啊。”许知味很难想象自己的菜为何上了膳桌仍是无法让皇上吃到。

“这其中窍要我也是刚刚听文华殿的太监告诉我的。其实不只你们御膳房做菜很有讲究，传膳阁的传菜也是另有学问的。因为菜品着实繁多，你们送入的菜所用器皿又是不同的，有盘有碗有盅有钵有罐。然后即便是同一种器皿，在形状上也是不同的，比如盘子就有圆盘、多角盘、平盘、高脚盘、高沿盘等等。各种不同形状大小的器皿要在三张拼起的膳桌上全部放下，摆放时肯定需要叠一叠挤一挤的，所以传膳的嬷嬷和宫女是有自己一套特别的摆菜路数的。不仅可以全部摆出来，而且最后摆出的效果也很美观，就像用盘子碗摆出一个盆景。前面几代帝王都颇为欣赏这种摆菜形式，这也是大清宫中膳食不断发展增多但膳桌一直不增加的原因。”

“摆菜的技法！对，其实这也该算在厨艺之中。色香味形，出菜摆菜包括盛菜器皿的使用，都和色和形有很大关系。”许知味对厨艺的痴迷劲儿一下便被提了起来，连他现在面临的危急处境都全然忘了。

“但也正因为有这样的出菜摆菜技巧，所以传膳嬷嬷和宫女们可以借用各种器皿的形状，以及摆放的方式、位置、角度，让某些菜明明摆在桌上，却很难被皇上、太后和伺膳的太监宫女看到。我听他们说，这里面常见的手法有‘鬼打墙’，最高一排在前，将最低的紧靠着放后面，一下可将多个菜都遮掩住。还有‘撑阴伞’，是用几个高脚盘环绕着掩住一个大器皿的菜。‘架仙楼’，是将几个盘碗交错叠起，这可将一个形状颇大的高罐高钵给掩住。最厉害的还有‘菊花旋’，是用盘碗依次旋转叠搭起来，这就能将中间的碗盘完全遮盖。”

“原来有这么多花头呀，那这传膳的嬷嬷和宫女们倒真有些巧妙手法。”

“不仅是手法，还有鼻法。”

“笔法？这可用不上写字的吧？”

“是鼻子的鼻，不是笔。所谓鼻法也是这些传膳嬷嬷和宫女的独特技艺。每天早晚数百道御膳她们品尝不到一口，但是每道菜她们都是要从鼻子下面过的。所以哪道菜散发出什么气味，其浓烈程度如何，她们都是一清二楚的。需要时，不仅可以在摆放上将某个菜遮掩得踪迹难见。而且还可以利用其他味道浓烈的菜品放在旁边遮掩其散发出的香气味道，或混淆其香气味道，让主子们闻不到这道菜，或者失去对这道菜的食欲。”翁先生接着又说出一个匪夷所思的技法。

“啊！还能利用菜的香气味道做手脚。难怪都说百业皆有精者，就连这传膳摆菜都能炼出精怪来，更何况厨道厨技呀。”许知味听了这些心中颇为感慨。

翁先生停了下又想到了什么，“再有，菜进传膳阁，旁边便会有太监从中盛出一点试吃，这是为了防止菜里有毒。这些太监虽然只是相当于一个验毒的器皿，但他们试吃后的表情状态却可以作为暗示。如果菜不可口，他们会做出很苦涩的表情。那么这道菜便会被放置在膳桌的最尾端，而伺膳的太监、宫女也都不会去挑那道菜。另外皇上、太后有时也会注意那些太监试吃时的样子，就算是绝好的菜，那些太监要是做出难吃的表情作为误导，皇上也是不会再选择这道菜品的。所以说小鬼难缠，要想让菜品得到被皇上吃到的机会，就连试吃的太监也是需要抚顺的。不错，'喜帝宴'看似是给了每个御厨机会，实际上对于你来说只是有了做菜的机会，在传菜、奉菜的坎上还是被卡住了。"

"那我该怎么办呢？"

"现在的情形可是有些危急，明天是'喜帝宴'最后一天。如果再没一道菜让皇上开了胃口，太后震怒下来，那可关系到你的前途命运甚至生死。"翁先生在提醒许知味，他现在应该关心的到底是什么。

"我的那道菜皇上肯定是会喜欢的，翁先生你尝过，又是最了解皇上的，你说是不是？翁先生，求你想想办法帮帮忙，让皇上吃到我那道排骨，求求你了。"许知味现在才又意识到事态的危急。

"我知道你做的那排骨确实不错，皇上应该会特别喜欢。但我虽为帝师，按规矩是不能干涉宫中内务的，更不可以指点皇上吃什么。再有我觉得你这道菜要真是博得皇上欢心了也不绝对是好事，就像我之前说过的第二种情况。所以我给你一个建议，把这道排骨的做法教给另外哪个与传膳阁关系比较好的御厨。让他做了并奉菜上去博皇上欢心，那样你们御膳房中众多御厨才都能逃过一劫。而万一皇上吃了这道你新创的菜品有什么不妥的话，那也不用你来承担责任。"翁先生这一招真可谓退一步海阔天空，舍得才能保得，但似乎又有点送福与嫁祸同在的感觉。

"我的菜在各种食材用料选取以及搭配上都是没有问题的。口味香浓、酸甜适中，排骨与油料的温寒性质也都是最平和的，完全是针对了皇上这样的年龄和体质。我心里明白，先生的建议是为了我好。要平时让我将一道菜教给别人也没什么关系，我这人从不吝技，与其他御厨常常互教互学。只是这道菜是我专为皇上而创，要不能亲手做了奉上去总有些不甘。”

许知味稍稍停了下，然后长叹一声又接着说道：“我当年刚成亲便抛下妻子、父母离家游学厨艺，这么多年未回就是因为一直无所成就不能荣耀还乡。这次‘喜帝宴’或许是我这辈子唯一的机会，错过了肯定会懊悔终生！我再想想，我再想想，应该还有什么办法的。”这几句话表达出了许知味的真实心理，他其实还是非常在乎这次飞黄腾达、光耀门庭的机会。只有这样他才能毫无羞愧地回家见父母和妻子，也才能补偿自己离家多年家中全不管顾的亏欠。

翁先生摇摇头，他早就在与许知味的交往中了解到他是怎样的一个人了。痴迷厨技一道，是好事也是坏事。不痴迷不成活儿，他要没有这股劲儿也就无法造就一手好厨技。但痴迷者往往偏执，众多人情世故不能理解和融入。其实家中父母妻子天天盼的只是儿子和丈夫，又何尝在乎带回去什么富贵和荣耀。但是像这样性格的人是很难劝得回头的，除非是遭遇到连续的磨难打击或许才能让其幡然悔悟，之后才可能有所改变。

“对了，翁先生刚才说了，摆菜时还运用了所闻味道的遮掩和混淆，这倒是提醒了我。要让皇上注意到我的菜，可不可以也从这方面下点功夫呢？”

许知味嘴里喃喃，已然是眼神呆木、思绪旁飞。恍惚间他觉得自己面前有重重机关，虽然做菜的关卡被暂时打开了，但是上菜、摆菜的关卡却仍然摆在面前。自己的菜品怎样才能让小皇帝可知、能见？许知味觉得闻到的味道应该是逾越关卡的关键。

翁先生轻轻拍了拍许知味的肩膀，“莫要强求了，舍得一枝树，才能望日月。早做定夺，早做定夺吧。”说完，翁先生也不打扰许知味，自己悄然走了。而神魂游离的许知味竟然全然未觉，他的思绪此刻已经在那些上菜试菜的机关窍要中辗转盘旋。

第三天的“喜帝宴”气氛变得极为凝重，福总管昨晚说的狠话已经让整个御膳房中的人都挣扎在一个生死叵测的境地中。所以这一天“喜帝宴”所出的菜品分成了两个极端，平时便很受皇上太后们喜爱的厨子，估摸着最终降罪不会降到自己头上，所以做的是平时最拿手也最稳妥的菜品。而另外一些以往没有什么拿手菜品被特别喜欢的，在御膳房中也没有什么地位的厨子，则一个个费尽心思、别出心裁，做出的菜品无论色香味形都极为特别。他们这是索性放开了，在最后的机会上用非常招数来搏上一搏。搏得好，平步青云；搏不好，听天由命。

许知味从第一天晚上开始就显得很呆滞，第二天准备食材时还是一副懵懂样，就像丢了魂似的。但是没一个人注意到他，大家都只顾忙着自己的活儿。只有德公公和厨头看他今天一早下的料单仍是取一岁猪第三、第四肋仔排，两人都朝他鄙夷地哼了一声。但是他们并没有注意到，今天许知味除了仔排还多要了两支敲碎的猪大筒骨，这是和前两日有所不同的。

“喜帝宴”开席前御膳房中很是喧闹，但都是锅勺刀铲碰撞的响声，很少有说话声。那是一种很专注很紧张的忙碌，也是一种提心吊胆、惴惴不安的忙碌。

只有许知味不在忙碌，他呆呆地站在炉灶前。炉灶中跳跃的火苗让他的脸一会儿暗一会儿明，像在斟酌，像在构思，像在遐想，显得很是扑朔迷离。

过去专业厨房的灶口分两种，厨行坎子话叫天灶和地灶。天灶，也就是专门用来烧煮菜品的灶口；地灶，则是专门用来炖大锅汤、上蒸笼的灶口。天灶、地灶的灶膛、灶口、鼓风、排灰等方面因为功用的不同是有很大区别的，烧火的方法技巧也是有区别的。

大家都开始准备菜的时候，许知味也昏昏然地放只煨罐在地灶口上，加了水和敲碎的大筒骨在里面炖。但不管这骨头用来做汤还是调味，他所用的火头都是错误的。既没有急火去杂味杂沫，也没有慢火煨出骨中浓厚白色，而是一直用不变的中火炖着。就如同已经烧开了一壶水却又忘记将壶离灶，持续地在加热。

御膳房中已然开始香气四溢了，最先做好的菜品开始起锅装盛，阵阵菜香飘起、盘旋、扩散，再淡去。

许知味微微抬头，闭着眼睛去嗅闻空气中弥漫的香味，一副很享受的样子。而其实最让他享受的，是他所熬筒骨的味道。筒骨的味道真的很浓很香，食材普通但香味绝不普通，具有极强的穿透力。

越来越多的菜起锅了，御膳房中的各种鲜香味越发浓郁起来。各种食材不同的味道混合在一起，塞满了整个御膳房。但是许知味依旧可以从这么多混杂浓郁的味道里清楚地分辨出筒骨熬出的香味，并似乎为此而陶醉。

突然，他的眼睛猛然睁开，双眼是灼灼的光芒。随即他整个人活了过来，不！不仅仅是活了，而且瞬间浑身上下都充满了能量。

有些奇怪的是，许知味睁眼后首先做的事情是舀了一勺油，倒在了灶边的抹布上。然后猛然将煨罐的盖子打开，一股骨汤的香气喷涌而出。的确，这不是一罐好汤，汤色不浓白，颜色有些混浊，估计味道也不会很正。但这一罐骨汤真的很香，长时间不变的中火已经将碎大骨中的骨髓彻底炖化了。

就在罐里单一的骨香将周围其他菜香冲散开的刹那，许知味将洗净的仔肋排用网勺送进了煨罐中。他今天竟然要用卯字诀，一改以往排骨不焯水直接油炸的做法。所谓卯，是厨行坎子话，就是焯的意思。所不同的是今天许知味不是用水来焯，而是用有着浓香的骨汤来焯。

焯排骨的时间很短，焯好的排骨从煨罐中提出来时，抹布上的油刚滴下六滴。

接着挑炉口，上锅，净锅，下油，伸脸试油温，将沥干并用宣纸吸过水分的的排骨一一入油……过程干净利落、亦快亦慢，绝无一个无用的多余小动作，而且每一个动作都应和抹布上油滴的节奏。

此时其他御厨的菜都烧好了，收拾清爽后各自端着装菜的托盘出门，在德公公的带领下快步往传膳阁而去。而许知味的排骨虽然也入了油锅，但看样子今天他的菜连送到传膳阁门口都来不及了。

没等排骨炸好，许知味已经将另外一口锅放在旁边的灶口上熬酱糖汁，这时候抹布上的油刚好滴下第三十六滴。

排骨炸好出锅，放在云色沁瓷盖碗里。酱糖汁很快也熬好，但是今天许知味并没有进行翻锅裹汁这一步的操作，而是用一个寿字缠枝罐将酱糖汁装好，并盖上盖子。而本来最后才淋到排骨上的香醋和热油，许知味在酱糖汁熬制结束时就加入醋，装进罐子后又浇上了油。

许知味用一个红漆托盘将云色沁瓷碗和寿字缠枝罐端着快步走出御膳房时，抹布上的油正好滴下第五十八滴。

端着托盘，许知味沿着回廊一路小碎步往前赶。等他赶到传膳阁门前时，最后一个御厨的菜正好端进去，他好歹在停止传菜之前勉强赶到。而这个时候，抹布上刚好滴下第七十二滴油。

许知味在传膳阁回廊下低头弯腰托举着托盘等着。前面一道菜送进去之后，里面另外转出来一个传菜的嬷嬷。那嬷嬷鄙夷地看了许知味一眼，很不情愿地伸手接过托盘。

“稍等。”就在托盘到了嬷嬷手里之后，许知味轻声说了俩字。随即不等那嬷嬷来得及有任何反应，他已经将两个盖子同时掀开，再将罐子里的酱糖汁一下都倒在了炸好的排骨上。

排骨还是热的，正吱吱地冒着油泡。酱糖汁更热，因为有最后浇上的热油封住了面儿，所以到现在还偶有气泡翻起。酱糖汁浇在排骨上，发出轻微的一声“滋”响。随着这声响，一股浓厚又张扬的酸甜味裹挟着油香、骨香从碗里涌起，远远地飘散而去。

那嬷嬷一下站在那里不动了。是被许知味莫名其妙的动作搞糊涂了，是被“滋”的一声响吓住了，更是被钻入鼻子的那股子香甜味道惊住了。那味道就像是要从她心里勾出些什么来，让她思绪中瞬间闪过许多恬静、美好、惬意。

“那是什么？”小皇帝站了起来，他孩童的嗅觉更加灵敏地捕捉到了浓郁的香甜。

传菜的嬷嬷听到小皇帝问话猛然醒悟过来，赶紧问许知味：“你这是什么菜？”

许知味抬头看一眼，脱口而出道：“霓虹盖金梁！”

而这个时候，御膳房里的抹布上滴下了第八十一滴油，正好九九归一。

食不止

许知味的霓虹盖金梁是在翁先生提醒下加以改进以香夺人的。他用筒骨熬汤焯排骨，骨髓的香味进一步增加了排骨的香味，同时也让炸过的排骨多出了肥润的滋味。改急火炸骨，不仅油中味道更充分地渗进排骨里，而且更有利于酱糖汁渗入排骨。而这些做法都是为了最后一浇所做的准备，因为他不是在御膳房里完成这道菜的，这道菜的最后一道程序是要在传膳阁门前完成。

只有这样，才能用热的酱糖汁将炸好排骨的骨肉香气尽量逼出。同时也利用热排骨将酱糖汁的酸甜味尽量挥发。两种味道混合之后，在热气的蒸托下远远传出，让传膳阁里的小皇帝闻到。而这种味道是许知味早就算定好的，可以一下子将小皇帝吸引住。

翁先生一下晚课便急匆匆地赶往御膳房，如此地着急忙慌是因为听说皇上今天在膳桌上点中了一道香甜的排骨，叫什么霓虹盖金梁。他知道这排骨肯定和许知味有关，却不知道到底是许知味亲自做的，还是采用了假借旁人之手避祸躲难的两全之法。

翁先生刚刚迈步跨入大门，就看到许知味正将一勺浓汁浇入盘中。于是一股香味冲来直透心扉，这香味里有刚刚熬出的糖汁甜香，有油炸出的骨肉焦香。但和上一次吃到的排骨有所不同的是，那骨香更加浓烈，就像是从骨根中吮吸而出的髓汁鲜香。

见翁先生进来，许知味在盘子边上放下一双筷子，然后转身又回到灶台边炸排骨去了。翁先生也不管许知味，拿筷子夹起一块浓汁甜香的排骨放进嘴巴里。一块吃完，他咂巴下嘴微微皱了下眉，然后伸筷子又吃了一块。第二块吃完之后，翁先生放下了筷子。

“味道不对？”许知味在灶台边问了一句。

“和昨日的不同，虽然更加甜香浓郁，但是味道好像太过了。多了三分甜腻，多了三分肥润。”

“是的，因为之前我用大骨浓汤焯过排骨，然后酱汁的糖分也增加了一些。只有这样，才可以在将酱糖汁直接浇在炸排骨上时仍可散发浓烈的甜香味道。”

“你是知道自己的菜皇上无法看到，所以就利用这道菜的浓烈味道，在传膳阁外面就把皇上的注意力给吸引住，这样就会点中你烧的这道排骨了。”翁先生很快就知道了许知味的意图和手法。

“皇上是北方人，天性偏好重油肥润。然后孩子天性偏好香甜，所以这样做出的排骨不仅仅可以用气味吸引皇上注意，口味上也更满足皇上喜好。”许知味说着话走到桌旁，把另外一盘排骨推到翁先生面前。

翁先生也不多问，拿筷子夹起排骨送入口中。这一回他没有再放下筷子，闷头连吃七八块。但他很快咽下口中余肉，并用巾帕擦了擦嘴后才又说道：“这排骨好像还有别于昨天，排骨之中多了一种丁香的余味，滋味越发妙了。”

“是因为醋，这一回我用的是果醋。先生教书心累，胃腑易生烦气。醋可开胃顺气，再加上果香，可消浊去塞，所以先生会觉得味道独佳。厨技之道在于一个顺，这首先是要对食者有所了解，包括体质、精神、情绪等方面的状态，另外对食材也要有很深了解，什么样的菜顺应什么样的人。或者同样的菜，应该做成怎样的味道才顺应某种人的口味。”

翁先生手掌轻轻一拍桌面，由衷感叹道:“天下三百六十行，每一行每一技都是无有止境的。但像你这样酌人而烹饪、量性而制食，应该是到了最高境界了。”

“不是，厨道的境界没有最高，只有合意，合乎心意。酌人而烹饪、量性而制食是小技，因为众口难调，只能合某一人或少数人的意。如果能做到众口能调，合了众人意，那是另外一种境界。但这众人又是有范围局限的，一种味道不可能天下人都合意，于是又要酌人、量性，似矛盾，实则循环，这又是一种境界。”

“楼外楼，天外天，不能说哪座楼哪重天是最好的，但每座楼自有每座楼的精美，每重天都有每重天的玄妙。要做到天地合一，那是何其难呀！”翁先生听了许知味的话后感慨颇多，感悟颇多。也正因为他心中琢磨着许知味所理解的楼外楼、天外天的厨技之道，所以疏忽了自己此来是要再次提醒许知味之后需要注意的一些事情。

许知味制作的排骨被小皇上点中，可以说一技夺魁，接下来肯定是平步青云，多少年终于是熬成真身了。且不说小皇上今后饮食上会依赖于他，肯定对他会另眼相待、恩赏不断，就是太后许诺的那些赏赐，就已经足够让他整个脱胎换骨变个样了。

但是祸兮福所倚，福兮祸所伏。世事很难料，特别在皇家，否泰之间的互换全在瞬息之间。因此就像翁先生之前说的那样，“喜帝宴”是个机会，但这个机会最终带来的是凶是吉谁都难断定。

第二天一大早，福总管便晃悠悠地来到了御膳房，没进门就已经尖着嗓子在问:“哪个是许知味？这小崽子还真行，做的排骨开了皇上胃口。两宫皇太后十分开心，已经让内务府拟文赐下五品御膳监察的职务了。这小崽子可是祖坟冒了青烟，改天我还得叫他声许大人呢。”

德公公和厨头王奉鼎赶紧迎了上去，反是许知味还在案台前有些不知所措地站着。

“哪个是许知味呀？架子忒大呀，我叫半天也不站出来露个相。”福总管撇着嘴角看了一眼德公公和王厨头。

“啊！许知味他没见过场面的，不太懂规矩，你老见谅。”德公公是个八面玲珑的人，知道皇上点中许知味的菜后马上改变态度。因为许知味要是得到封赏就和他平起平坐了，而从职务性质上而言，御膳监察正是监督他的御膳房的。另外许知味的菜品得到皇上和太后欢心，以后肯定是与主子们走得近了，德公公可能还得靠他照应着。

“快快！许知味，快过来见过福大总管。”德公公回身招呼许知味赶紧过去。许知味这才从无措中醒悟过来，快步过去躬身行礼。

“罢了罢了，你平常都在厨房中忙活，这宫中规矩礼仪欠缺些也是正常，以后多学学就能对上道儿的。”福总管虽然架子摆了出来，但他也是点到为止，便改了一副大度随和的态度。他能混到总管肯定是要比德公公更懂得宫中关系的窍要，知道主子喜怒哀乐之间便是天上地下的变化。这许知味一道菜在“喜帝宴”上被皇上点中，不仅博得小皇上欢心，更博得两宫皇太后欢心。所以这人说不定就会瞬间变化到天上，他有一天要仰仗许知味也说不定。

“恭喜许御厨了，哦，其实可以提前说句恭喜许大人了。太后那边已经让内务府拟发赏你御膳监察职务的公文了。”

“托大总管的福，托大总管的福。”许知味也不知道如何表示，只能反复说这句话。

“咯咯，托不着我的福。是你自己前辈子修来的福，是主子赐的福，咯咯。”福总管发出来的笑声就像鸽子叫，“我今儿大早溜溜地跑来也不是专门给你送好信儿的，而是替皇上传个话。他一起床就念叨你做的那什么排骨，早膳就让你给传上去，来得及吗？”

皇上一大早醒来就要吃许知味的那道排骨，由此可见喜爱程度。也只有如此喜爱依赖，才让许知味的身价在无形中猛然提高。否则就算得到个五品的官职，福总管又岂会将他放在眼里。

“来得及来得及，我这就做。”

“嗯。”福总管没再多话，点了点头转身走了。

这一天许知味一共做了三次霓虹盖金梁。宫中皇帝的膳食只分早晚两顿，期间虽不开膳席，但是小食点心水果蜜饯不断，需要的话还会临时传些菜品。而一天三次点了霓虹盖金梁，也就是说除了早晚膳席，小皇上临时还点了一次当点心吃了。为了保证味道的独特，许知味在做临时点的那次时，还特别在酸甜酱汁中加入了些许玫瑰花瓣。因为传要此菜时已过午后，人的脾胃混郁、心烦思乱，多些清新的花香可以掩盖荤腻的感觉，让食用者口清神清，更觉味道美味。

但是开晚膳时许知味开始被一种不安萦绕，因为传膳阁让他做双份的霓虹盖金梁。他特意问了一下，是不是太后或其他什么人陪着皇上一起用膳。结果回他不是，而是小皇上自己要吃双份的。

再好吃的东西吃起来都要有一个度，更何况这只是一道菜而已，不是仙果仙丹。所有菜品，只可用来品尝和佐餐，如果当作主食一样吃，肯定是会出问题的。特别是油腻的肉类菜品，万一出现滑肠跑肚什么的，那就不是得到赏赐的问题，而是有没有命的问题。但是既然小皇上已经点了双份，那就绝不能违抗旨意，只能从其他方面来尽量避免意外情况的发生。所以许知味专门跑外面找了些宣纸，在炸完排骨之后用宣纸吸一遍油再倒入甜酱汁，尽量减少这道菜的含油量。

许知味心中惴惴不安地熬过一夜，还好，这一夜无事，小皇上并没有因为连吃几顿霓虹盖金梁而出现问题。就在许知味暗暗庆幸之时，他看到了这一天早膳的单子，霓虹盖金梁又是钦点的第一道。

“德公公，你得帮忙往上禀一声，这菜品不断顿地连着吃可不好，是会出问题的。”许知味觉得禀报这事情应该是德公公的职责。

德公公久掌御膳房，也是精通厨艺食道的，当然理解许知味所说的意思。但是他此刻却觉得这未免不是一件好事，要是最终小皇上吃许知味的这道菜而出点状况，那不就没有什么御膳监察了。这个平时不通情理门道的许知味也将从他眼中彻底消失，再不可能和他平起平坐甚至爬到他头上了。

“许御厨，啊不，许大人，这皇上欢喜的东西，谁敢去悖他意思。”德公公此时叫出许大人三个字已经是捎带些幸灾乐祸的意思在，“接着做吧，不做是抗旨。不做还跑去让皇上不要吃了，那是抗旨加欺君。这都是我们承担不下来的罪责。”

许知味愣在了那里，他这时才真正体会到翁先生所说那些话的深意。在皇家宫院中，有些时候真的是福祸转念间，而且完全由不得自己努力而改变。但是现在也真像德公公说的，自己没有退路了，只能继续做菜传上去。唯一能做的就是在心中祈盼皇上吃多了没有什么反应，祈盼皇上赶紧吃厌了这菜的味道，暂停下来。

但是祈盼是改变不了现状的，更改不了皇上的意愿。这一天不仅早膳点了霓虹盖金梁，还没到中午，小皇上那边又让传霓虹盖金梁。这时候许知味原来一菜夺魁的欣喜已经荡然无存，从此飞黄腾达的愿望也早就抛到了九霄云外。从“喜帝宴”开始，这已经是皇上吃的第六顿霓虹盖金梁，而且其中还有一顿是双份。都说好菜百吃不厌，但有的时候百吃不厌并不是好事。一份油炸的肉骨，外加了骨髓的肥润和糖酱汁的浓厚。这一顿顿连续吃下去，就是一个健康的成人都会出现不适反应，更何况之前胃口不开、胃肠能力下降的小皇上呢？

陷杀灾

终于出事了，就在第二天的下午，这事情一出不仅毁灭了许知味所有的梦想，也将他推到了一个死亡的边缘。

小皇上是吃过这一顿的霓虹盖金梁后开始觉得牙齿疼的，而且越来越疼，以至于在弘德殿的龙榻上直打滚。这事情立刻惊动了两宫皇太后，他们传旨让太医院刘太医来给皇上诊断，同时，责令内务府立刻查清皇上是因为什么导致牙疼难熬的。

还没等那边将太医院的刘太医召来，这边内务府就已经查清皇上是因为吃了霓虹盖金梁才导致的牙疼。而一听说是因为霓虹盖金梁出了事，那边德公公、厨头王奉鼎、内务府专职监管全冒出来了，大有墙倒众人推之势。他们一个个都说许知味这是为博取富贵赏赐，不惜用怪异有害的手法制作菜品，迷惑皇上品味喜好。只怪他们虽略有察觉，但还未曾掌握真凭实据，所以没能及时制止。

这些人众口一词，于是慈禧太后震怒，立刻着人将许知味斩立决。

幸好是翁先生当时也在弘德殿，赶紧出面劝阻，“内务府查定的皇上病痛原因似乎有些牵强，下官觉得还需太医诊断印证后才能确定。皇上登基未久，宫中人命之决断还须谨慎。免得传出去给世人留下话柄，损了皇上日后明主清名。”

慈禧太后虽然震怒未消，但想想翁先生所言也极有道理，于是暂时将许知味收押宫监，等待决断。

弘德殿里因为小皇帝打滚喊疼搞得一片嘈杂，然后慈禧太后又在那里摔杯砸碗地生气。搞得大家胆战心惊，注意力全集中在这两个要命的人身上。所以翁先生悄悄退出弘德殿时，谁都没有发现。

翁先生出了弘德殿后，马上跑到太医院前来弘德殿的必经路口，刚好在那里拦住刘太医，将他拉到一旁。

“刘太医，你这下罪责可大了！”翁先生语气很吓人。

刘太医一个激灵，“我怎么了？”

“皇上牙疼得在榻上打滚，你是皇上专责的太医，能推卸得了责任？”

“翁大人这话偏颇了，皇上突发牙疼怎么会有我的罪责？我估计是因为皇上最近甜食吃得太多，诱发龋齿痛根，有罪责的话也该是管饮食的人。对了，听说皇上这两天迷恋什么霓虹盖金粱的排骨，这排骨用了厚重糖汁，然后肉的残丝还会嵌入牙齿，这应该是诱发龋齿的主要原因。”

“刘太医，你错了，作为皇上专责太医你知道这些情况应该提前警示。而且皇上出现了如此严重的病痛说明你近日未曾关注皇上状况，属于玩忽职守。你觉得将皇上病痛归于饮食不妥，慈禧太后那么追细索末之人会免了你应该承担的罪责吗？”

“啊！这个、这个……还真是。翁大人提醒得对，可是这罪责应该推卸给谁合适呢？还请大人给个妥当的法子。”刘太医拱手作揖向翁先生求助。

“很简单呀，就推卸给太后。”

“什么？推卸给太后？那可怎么推啊？”

“太后希望皇上修成大器天德、威仪海外，所以加诸了许多功课和修习，皇上年幼，重负之下身体必有异常。前期饮食不思、胃口不开就是先例。刘太医不妨往这方面牵扯下，把责任给那两位太后来担着。”

“我明白我明白，这个可行，这个可行。”刘太医幡然而悟。

许知味走出皇宫的心情不知该喜还是该忧，鬼门关前转悠一圈已经让他惊吓得有些麻木。从平步青云到急转直下，再到峰回路转，短短两天多的时间里他仿佛走过了整个人生。

为以极端味道迷惑皇上，不惜用异常食材、邪性烹法损害龙体，这样的罪名加诸在他一个小小的御厨身上，太后震怒之下肯定是要斩立决的。幸亏是刘太医在诊断中确定皇上牙痛之症是因为身体疲乏、内压过重、虚火太旺所致，与饮食关系不大。应该减轻课业之负，适当娱乐放松调整，减轻内火焦虑。

这说法小皇上肯定是欢喜的，于是连连说对。慈禧太后听了刘太医诊断也觉有理，但是总不能将震怒之时已经降下的罪责落在自己头上吧，所以许知味仍需要做个替罪羊。杀头可以免了，改成赶出宫去，永不为官用。这不仅是替慈禧太后圆了场面，而且还显得太后仁慈，宽待犯错的宫中用人。

许知味背着铺盖卷被押着出宫，半路上遇到刘太医。他感激地跪倒在地给刘太医磕头，谢他诊断正确救了自己性命。刘太医轻叹口气，用只有他们两个听得见的声音说:“还是谢翁大人吧。”这时许知味心中才明白，还是翁先生在背后周旋救了他的命。

皇宫之中，人人都以为是天堂。但只有进去过才知道，这个天堂比地狱还凶险，而且最关键的是缺少人味儿。逐渐从麻木中恢复过来的许知味长长地吸一口气，他觉得自己是再世为人，又一次回到人间了。而在经历过这场生死、贵贱的快速转换之后，许知味猛然发现人间的一切竟然是那么美好。此刻他想到自己的父母，想到新婚燕尔便抛下的妻子。他要回去，他要回去找他们。就算飞黄腾达了，踩着的也不过是一片沉浮不定的云烟，只有家才可以立稳自己的根。

许知味被赶出皇宫时被侍卫搜走了以往的所有积蓄，落井下石趁火打劫的事情，宫里的人最会做了，让许知味背出被褥和衣物已经是开恩。现在的许知味身无分文，但他已然决定要回家了，哪怕爬也要爬回去。

好在之前定制炸排骨用的网格铁架时，许知味还在耳勺子胡同的金猴子铁匠铺定下了一整套的厨刀，这应该是他闯荡这么多年留下的唯一财产了。他决定先去把那套厨刀取了，有了这套合手的家伙什，就算一路到酒馆饭店里打零工，也能走回老家无锡去。

从金猴子铁匠铺里取了厨刀后，许知味刚刚走出胡同口，就有个小伙计迎面朝他跑过来。

“许爷，你是许爷吧？可让我们好找。快走，快走，翁先生在左安门外的绍意坊等你好久了。”

许知味一听翁先生找他，心中不由得感慨万千。要是早听翁先生一句金玉良言，不贪慕荣华富贵，他也不至于落这么个下场。

说实话，此刻的许知味真有点不好意思去见翁先生，但他又知道自己必须去见一面。且不说以往交情和翁先生对他的照应，就这一回他进了鬼门关都是翁先生给捞出来的，所以无论如何都要当面道个谢才是，至于这份恩德，只能以后有机会再报答了。

绍意坊里两个老友见面，竟然是连串欷歔叹息，半天都说不出话来。虽没说话，但翁先生却给许知味连连斟酒，是压惊也是宽慰。许知味也不推辞，连喝七八盅才拱手掩杯不让加了。而此时酒劲上来牵动心哀，不由得一双眼中泪光晃动。

“此事过去了，以后如何打算？”翁先生终于开口问了一句。

许知味还没从悲戚中缓过来，所以仍没说话，只是无声地摇一摇头。

“要不这样吧，你就留到我府里做事。一则我是真好你做的那一口，再则我们俩也好经常聊聊，深研一下美食之道。”

“不了，不了！”许知味赶紧用袖管擦抹了一把脸，“谢谢先生好意，但知味只能心领。救命之恩尚且无以为报，怎能再拖累于你。要是太后知道她逐出之人被你收留，说不定会迁怒于你。”许知味这是懂道理的做法。慈禧已经判他永不为官用，现在就算一个当官的私家用了许知味，被慈禧得知后也难保不会被她认为是悖抗其意的。

“那你准备去往哪里？”

“回家，出来这么多年了，该回家了。”

“也好，回家也好。是该回去看看。富贵是日子，平常也是日子。只是和你这一别再不知何时相见，更不知何时才能再品尝到你做的菜。”翁先生颇为感慨，也颇为遗憾。

“天下人品天下菜，天下菜派系如川，菜品多如繁星。强过许某的厨者比比皆是，翁先生又何必只在意我一个厨道上失利失策的人做的菜。”许知味是谦逊，但说的也是实情。

“你也莫要妄自菲薄，凭你许知味的厨技，在宫中可独当一面，民间更是少人能比。在这厨道之上，你绝对是个强者，千万不要自暴自弃。既然你再无可能利用厨技在朝堂之上飞黄腾达，那何不在民间寻一处尚无系统菜品的地方开宗立派？”

“开宗立派？”

“对！开创一个菜系，成为一代宗师！”翁先生说话的同时手掌轻轻一拍桌面。

许知味的双眼有些迷茫，翁先生所说让他感到遥远而缥缈，就像是在讲述一个神话故事。

“也许这个时候说这些会让你觉得是一种妄想。不过记住我的话，只要不放弃，你会渐渐发现自己真正的实力。只要尽数施展这实力，没有什么事情是不可能的。”

翁先生这话让许知味突然想到了什么，他从被褥里翻出一本小册子来。先用手背掸了掸，然后双手捧到翁先生面前。

“这是……”翁先生一脸疑惑。

“这是我多年来整理的几页菜谱和对厨食的一些悟道。先生不要多心，我不是以此来报先生救命之恩，这也远远不够报答先生救命之恩的。这不是要和先生作别了吗？从此天涯两处不知何时才能再有相见机会。我把这册子给先生只是留个念想，先生无聊时可翻看消遣。若是想吃家乡菜了，也可找人按菜谱烹制。”

“这可不行，此册子是你心血凝成。再说了，我又不做厨行，拿了没什么用处，你自己留着可就有用多了。”翁先生赶紧推辞，他心里清楚这本小册子的分量和价值。

“没关系，册子里的内容已经在我心里了，有没有都无所谓了。再说了，先生虽不做厨行，但治国与烹鲜有同理之处，但愿此册子能给先生闲览之中带来灵感。”

“是呀，治国亦如烹鲜，即便最好的食材，即便辅料作料面面俱到，到头来也不见得就能合了食者口味喜好。”

“初衷盼好，意行趋好，但无奈的是最终结果并非力行就必成，那还得合了别人的意才行。这是厨者烹鲜之无奈，也是为官治国之无奈。更有甚者，当你力行之时便已经由不得自己，各种意外强加，无法左右。这是我此次‘喜帝宴’后又一感悟，来不及写在册子上，就直接告知先生了。”

“好啊！谢你提醒，但愿以后我官途之上不遇此无奈尴尬。既然这么说，那这册子我就收下了。不过这个你也得收下。”翁先生说话间把早就准备好的一个沉甸甸的布囊推到许知味面前，“知味啊，既然你决定回家，那盘缠绝不能没有，总不能一路讨饭回去吧。自己讨饭回去也无所谓，但总得给家里人带些东西吧。”

许知味眼中再次泪珠抖动，翁先生想得如此周到，他真的不知如何相谢，只能从哽咽的喉咙间蹦出些不能相续的单字来，“对！好！好！”

第二章 锡城显技

许知味缓缓地回过头去，目光落在自家的破房子上，并且透过破窗口落在房子里的破桌椅、烂床铺上。此时他脑海中仿佛出现了自己的爹娘，出现了自己劳苦的媳妇。不由得眼中在流泪，心中在流血，口中不停地喃喃道：『苦命的女人，苦命的女人。都怪我，都怪我……』

归无家

农历五月的太湖边已经很是潮湿闷热。太阳映照之下，湖面、芦苇荡、桃林、农田都蒸腾起一层淡淡的氤氲水汽，就像一条柔软的织锦轻轻地覆盖了整个世界，包括湖面与桃林之间的那个墨瓦青墙的村庄。

桃树上已经结满成熟的桃子，肥硕鲜艳的桃子牵扯着枝叶一起往下垂挂。并且随着不知从哪里偶然挤来的一丝风微微颤晃，感觉随时都会掉落下来。

和桃子一起垂挂颤晃着的还有树顶枝梢上系着的铜铃。铜铃的作用有两个，一是用来惊吓啄食成熟桃子的鸟雀，二是让看桃园的人及时发现有人偷桃。

桃林里蹒跚着钻出一个弱小身影，那是一个才五六岁的小伢儿。之所以步履蹒跚是因为他提着一个很重的大淘箩，淘箩里装满个儿大、色儿艳的水蜜桃。

小伢儿好不容易将淘箩提过绕桃园一圈的小水渠，然后就再没力气提着走了，只能双手抓着淘箩把手倒退着拖着走。但也未能够在土埂上拖太远，他就跌坐在地，再也拖不动了。

但是小伢儿马上就又从地上爬了起来，一双机灵的眼睛朝着四处扫看。特别是桃园北边那条转弯绕过桃林的大路，那样子应该是想找个什么人来帮他。

北边的大路上风尘仆仆地走来一人，他背着一个简单的被褥包裹，显得疲惫又兴奋。这人正是从北京城一路赶回无锡的许知味，绕过前面的桃园，就是他家所在的十八湾村。都说近乡情怯，但是许知味并没有。他是从皇宫里逃回的性命，至今心有余悸。所以现在最急切的就是回到家里，就像重新躲回娘胎一样。

小伢儿跑上了大路，一下扑倒在许知味的跟前，抱住许知味的大腿，“大叔，求求你！帮帮我吧。我娘快病死了，等着钱抓药呢。你把我的桃子买了吧，都是我自家桃园种的，可甜可好吃了。”

没等许知味完全反应过来，那小伢儿就已经硬拽着他走到土埂上那只大淘箩前。

“大叔你看，这桃子可好了。要不是我娘等钱抓药，这桃子拿到无锡城里能卖好多钱的。求求你了大叔！救救我娘！你把这些桃都买了我连淘箩也送给你，要不你不好拿。”

许知味终于明白怎么回事了，他的第一反应就是这个孩子太灵巧了，说话条理清楚，一点都不怯场。然后想想也真难为这孩子了，这么小小年纪为了给娘抓药，拖着这么一个和他身材完全不相称的大淘箩来卖桃子，很有孝心啊！至少比他许知味要有孝心。他出去这么多年，爹妈面前连碗水都没端过。

许知味本来急匆匆地是要尽早赶回家的，被这么一打岔才意识到自己啥都没带，空着两手在往家走。再看看那些桃子确实不错，个大水多，于是掏出几枚铜钱递给那小伢儿，“你别着急，这桃子我买了，你拿着钱赶紧给你娘抓药去吧。”

那小伢儿铜钱到手后狡狯地一笑，然后转身沿着桃园北边的水渠土埂一路跑去，边跑边大声喊着：“看桃园的来了！快跑呀！”

许知味顿时糊涂了，这小伢儿就是桃园人家的，喊这话是什么意思。

就在这时，桃林的间隙中又钻出几个半大小子，手里拿着竹竿水罐。许知味从小在这里长大，一眼就看出这几个半大小子是跑桃园里来偷桃的。因为那竹竿和水罐就是用来对付桃树上的铜铃的。将水罐用竹竿挑起，探伸到树顶枝梢上挂着的铜铃下方，将铜铃放入到水罐中。那么浸没在水里的铜铃就不会响，其他人便可以肆无忌惮地摘桃子了。

几个半大小子一看见许知味，立刻重新掩入桃林瞬间逃没影了。许知味见此情形后有点明白了，那小伢儿是发现有人偷他家桃子，但是他太小太弱阻止不了，所以在把桃子卖给许知味的同时，顺便利用一下许知味，将偷桃的那些半大小子都吓走了。

许知味一边在心中暗赞那个小伢儿聪明机灵有孝心，一边拎起那只装满桃子的淘箩往大路走去。归心似箭，再有几步路就到家了。虽然没有衣锦还乡，人囫囵个地回来，父母肯定十分欣慰。再拎点桃子让父母尝尝鲜，也算是自己尽点孝心了。

但是才走两步，桃园里突然冲出一老一少两个汉子，一把就揪住许知味。

“好呀！偷桃子，这么大年纪的人还跑院子里偷桃子，要不要脸啊！”中年汉子大声地呵斥许知味。

“爹，这家伙不仅偷桃子，连装桃子的淘箩都是我们家的，是我中午给你送饭的淘箩。”年轻的汉子发现了许知味更多的“偷窃”行径。

许知味一下子就蒙了，赶紧解释:“不是不是，我没偷桃，这桃子是我买的。一个小孩儿卖给我的，说他娘快病死了，所以摘了自家桃子卖钱抓药。那孩子是你们家的吧？”

“什么？还咒我娘快病死了，我抽你！”年轻的汉子听了许知味的解释，反而是冲动地朝许知味扑过来。

还是那中年汉子头脑清醒一些，赶紧拦住了年轻人。

“我没有咒谁，那孩子真的这样说的。你们看看我，我走远路赶回家的一个人，眼见着就到家门口了，还有心思跑桃园里偷桃吗？”

两个汉子这才仔细打量了下许知味，看他背着铺盖卷和包袱，浑身风尘的样子，的确是走远路的人。于是半信半疑地夺回淘箩和桃子，没再和许知味为难，只让他赶紧离开。

许知味眼见要到家了，却出于好心惹来这样一件郁闷事，心中真的不是滋味。不过直到离开桃园很长一段路后他才把事情想明白，他应该是被那小伢儿给骗了。

都说现在世道人心不古，在皇宫做御厨的种种经历让他见识到太多争名夺利的尔虞我诈。但是没想到出了宫，回到家乡了，撞上的头一件事情竟然还是尔虞我诈，而且还被一个乳臭未干的伢儿给耍弄了。

许知味再细想想，这件事情里可能还不只他被耍弄了，种桃的父子，还有那些偷桃的半大小子，都应该是被这伢儿给耍弄了。这伢儿借了桃园的桃子，借了偷桃小子们出的力，再借了许知味的好心，最后自己捞到了一把铜钱。这才是个年岁那么小的伢儿，长久下去，等长大后什么违法逆天的事情做不出来？

许知味一路郁闷地走进湖边的十八湾村，村里静悄悄的。这个时间人们应该是出去干活了，没活干的和干不了活的则应该是在午休，所以村里看不到人很正常。

过了村子中间的老榆树，拐过一个巷口往里走就是许知味的家了。此刻他已经完全忘却刚才的不愉快，怀着一种复杂的激动心情快步往巷口走去。

刚走到巷口，他就看到巷子里围着一群半大小子，看着像是刚才在桃园里偷桃的。这些半大小子都沉默着，反是人群中有一个明显比他们更加稚嫩的声音在说话："亏了我看见种桃的来了，要不然你们就被抓了，回头还得赔钱被家里老子揍。我喊了声就跑了，那一淘箩的桃子那么重，我怎么可能带走。要不是被种桃的拿回去了就是被过路的给拎走了。"

说话的原来就是那个骗钱的小伢儿，于是许知味喝叫一声："把钱还我！"随即急赶几步走过去，想把那小伢儿给抓住。

但那小伢儿正好也看到了许知味，于是手朝许知味一指，高喊一声："不好了！种桃的追来了，大家快跑！"

那群半大小子回头看一眼许知味，恍惚间看着是和种桃人一样的中年男人，然后又是急乎乎、怒冲冲地赶过来，于是立刻一哄而散，往各自家中逃去。这一片混乱的奔逃阻碍了许知味急步往前，等周围不再混乱时，那小伢儿已经不知去向了。

许知味转了两圈，没找到一点那个小伢儿的踪迹，不由得本来已经忘记的郁闷更加强烈了。这可是在他从小长大的村落里，而且是在自家门口，竟然连一个小伢儿都没能抓住。

“你是知味吧？是知味！是知味，可是好多年没见到你了。”巷子里走出一个人来，估计是被刚才那些伢儿的吵闹声惊动了才出来的。

“我是，你是？你是阿大，范阿大。没变没变，你还是老样子，就是胖了一圈。哈哈。”许知味认出来了，这人是他西隔壁的邻居范阿大。

范阿大是和许知味从小一起长大的。但是这人很是世故油滑，为人不实在，做事喜欢投机取巧。所以许知味和他虽然是隔壁的邻居，关系却不是非常亲密。不过这么多年不见了，许知味见到他还是非常开心兴奋，毕竟这是他回乡后遇到的第一个熟人。

“兄弟啊，这么多年哪里发财去了？这回是带着大把银子回来的吧？对了对了，这里不是说话的地方，先跟我回家，先跟我回家。”范阿大过来就帮着许知味拿铺盖。

“我还没回自己家呢，先回去下，晚点再到阿大哥家去说话。”已经到自家门口了，许知味肯定是要先回家见下父母和媳妇儿的。

“怎么，你不知道？”范阿大的脸色有些难看。

“知道什么？”许知味心里突然升起一种无名的紧张。

“没了，全都没有了。”

“什么全都没了？”

“唉——”范阿大长长地叹出一口气，“你的家没了！”

家真的没了，不仅没有人，而且连房子也破落得顶不遮天了。院子里长满齐腰深的蒿草，蒿草中全是破瓦烂罐和没用的杂物。

“你走后没多久，你家老头就一病不起。拖了两年多，最终没能治好，归天了。后来就你媳妇瑜梅带着老太太过日子，替人家绣花补衣，过得很是艰难。四年后老太太在河边摔了一跤，人事不省，没几天也追着老头去了。家里头就留下了你媳妇一个人。”

许知味定定地站在自家院子里，显得那么茫然、震惊和无措。范阿大陪在他旁边絮絮叨叨地说着他家的事，却也不知道怎么才能安慰他。

“瑜梅走了吗？改嫁了？”这可能是可以给许知味最后一点宽慰的人了。

“没有，她也死了。”

“她也死了？怎么死的？”许知味最后的一点宽慰也失去了。

“唉！她……她呀，唉！她是难产死的。”范阿大犹豫了下还是把很难张口说出的话说了出来。

“什么！难产死的？我、我……怎么可能？”许知味猛然回过头盯着范阿大，他的眼中有愤怒和质疑掺杂在一起。

范阿大面对许知味的反应有些慌乱，“兄弟，你别急，听我说完。正所谓苦命人多难事，两个老的都走了之后，家里就留下你媳妇一个人。一天夜里也不知道哪来个过路的贼胚溜进你家，把瑜梅糟蹋了。她为了等你回来，把你老头老娘的事情还有这个家都对你交待了，硬是忍辱负重地活下来。但就那一回后，她怀上了。虽然是个没来头的种，毕竟也是她身上的肉，而且孩子是老天爷放入人间的命，所以她决定把孩子生下来。”

“这贱种……她竟然还要生下来。”

“兄弟，你可能无法体谅，反是我们这些平常看她孤苦过活的邻居能体谅。你久出未归，她独自替你守住这个家，可能已经不指望你活着回来了。所以虽然怀了个没来由的种，但这条命却是她撑下去的念想。没想到的是，这条命出世了，却把她的命给换走了。”范阿大说得很是动情。

许知味缓缓地回过头去，目光落在自家的破房子上，并且透过破窗口落在房子里的破桌椅、烂床铺上。此时他脑海中仿佛出现了自己的爹娘，出现了自己劳苦的媳妇，不由得眼中在流泪，心中在流血，口中不停地喃喃道:“苦命的女人，苦命的女人。都怪我，都怪我！我对不起爹娘，我对不起瑜梅。”

喃喃声越来越大，最后变成了号啕。那是一种撕心裂肺的号啕，拼尽力气的号啕，以至于他连站都站不住，只能跪趴在蒿草丛中。

寻做厨

许知味的号啕惊动了许多周围的邻居，他们都围到了许知味家破败的院门口。听说是许知味回来了，这些邻居一个个也都欷歔不已。过了很久，许知味惊天动地的号啕才又变成了无声的抽泣。只是他肩背不停地抽搐和重重地颤动，让人觉得他其实比号啕时更加痛苦。

“爹，你怎么在这儿？我今天捞到钱给你打酒了。”一个小伢儿从人群中钻出来。

这声音惊动了正在抽泣的许知味，他觉得这声音有那么一丝熟悉，特别是在自家的院子里。就仿佛是谁在招呼他的父亲，又像是谁在叫他，于是缓缓直起身体回头看去。

“啊，这傻人怎么也在这儿，爹，他是谁呀？”人群中出来的是那个卖桃骗钱的伢儿。

“这没规矩的东西，怎么瞎说话呢。这是许叔，你得叫许叔。”范阿大的训斥有些假模假样，看得出他心中更多的是得意。一个才几岁大的伢儿都懂得去外面捞钱打酒孝敬老子，那真得算他调教有方。

“啊！今天捞到自己人头上啦，许叔莫怪，谁让我不认识你呢，嘻嘻。”那小伢儿做个鬼脸吐个舌头就又钻进了人群。

许知味认出那正是卖桃要弄自己的小伢儿，这小伢儿原来是范阿大的儿子。难怪，范阿大本就是个虚滑贪小的人，教出这样的儿子也算是青出于蓝而胜于蓝。但他同时也有种感觉，感觉这伢儿出现后，那些围在门口的邻居的神情都显得有些异样。

“好了好了，知味兄弟，哭哭就好了，收住了收住了。人命都是老天注定的，谁都怪不了。这家如今也没法住了，你缓缓气儿，跟我回家。就隔着一堵墙，你就把我家当自己家。歇几天后再拿挣回来的大把银子重新整治个更好的家。”范阿大说完把许知味从地上架了起来，“你们大家也都别围着了，各回各家。有话改天再和知味兄弟聊，让他缓缓，让他缓缓。”

人群散去，但是都没走太远。看着范阿大把许知味架回自己家里，他们都在交头接耳地低声议论什么。

许知味在范阿大家里住了两天，这两天里他几乎没有说话。只是不时会走到自己家的院子里转转、坐坐，想想以往情景，心酸心碎却无从补救。

范阿大也没问许知味这些年在外面的情况，更没有再和他多说什么。他知道现在的许知味真的需要缓缓，人都是这样，心被纠住了，总得让他松开了、放开了才能交流更多的事情。

这两天里，只有范家那小伢儿不时地跟在许知味周围。一般而言，孩子都是会对这些从外面远道归来的人感到好奇，因为他们总能带些外面世界的神奇故事回来。但是范家这伢儿却并非这样，他好奇的是这个一直不说话的许叔会不会从此变傻，他想看看一个破院子是怎么让一个人变傻的。

两天后，许知味才在范阿大和一壶酒的开导下打开了话匣子，把他这些年在外面的经历说了出来。

“啊！你当了京城皇宫里的御厨，那肯定没少挣到钱吧？皇宫里是啥样子的？是不是铺地的砖都是金子做的？”范阿大有时候比家里的伢儿还好奇。他家有五个儿子闺女，都围在饭桌旁听许知味讲述经历，而不时插嘴表示惊讶的竟然全是范阿大。

“唉，不说了不说了，这皇宫中也不是外面人所想的，这御厨也不是啥人都干得了的。”说到御厨，一下子触动了许知味另外一个伤心处。家没了，御厨做得差点连命都丢了，对于许知味而言算得两败俱伤。

“御厨是做什么的？”范家那小伢儿终于忍不住好奇问了一句。

“五儿啊，御厨可不得了！那是专门给皇上烧菜做饭的，是烧天下最好吃的饭菜的。”范阿大语气夸张地说道。

“那么许叔会烧天下最好吃的饭菜了？”那个叫五儿的小伢儿一下子睁大了眼睛，“我跟你学，行不？你教我烧菜做饭，我长大也去当御厨。”

许知味苦笑了下，没有回答。而心中却在想，这种世道处处恶障，即便会做天下最好吃的菜也成不了最好的厨师，更换不回破碎的家。

五儿献殷勤地给许知味碗里夹一块素鸡，这种阿谀讨好的做法与他的年龄真的很不相衬。

“许叔，你教我呗，我拜你为师。”五儿眨巴着黑溜溜的眼睛看着许知味。

许知味眉头紧皱，他天性耿直，很看不惯这小伢儿所做的一套。特别是在宫中当御厨的经历，更让他对这些玩虚弄滑的人特别厌恶。另外就从做厨而言，厨技之道首先就讲一个真字，食材货真价实，火候实在到位。玩诈贪小都是会毁了自己名声的。

“对了，阿大哥，有件事情我还想问你，后来瑜梅生下的那个孩子到哪里去了？送人了？”许知味岔开了话题。

范阿大眼珠子转了几下，然后先招呼桌边吃饭的家里人，“好了好了，都吃得差不多了吧。出去转转消消食，我和知味兄弟要私下聊些正经事情。”

桌边的其他人都出去了，就剩下范阿大和许知味。范阿大再给许知味满上一杯酒，然后说道:“兄弟，这不看你两天来心中苦火，所以一直没再和你多唠叨嘛。其实你不问，这事情我早晚也是要跟你说的，但话到嘴边还真不太好说。”

“阿大哥，你说吧，我的家都那样了，已经没啥顾虑的。”

“瑜梅生下那伢儿之后连句话都不曾有就走了。你知道我这人心软，隔壁住着的邻居总不能看着一大一小前后脚都跟着阴差下地府吧，所以我就把那伢儿给抱回家来养着了，还有瑜梅的丧事也是我给办的。兄弟，你别多心，我告诉你这个可不是跟你盘账算钱。”

“啊！那伢儿你抱回来养了，养活了？是不是刚才那些孩子中的一个？”许知味虽然这么急切地问，其实心中莫名地涌起一股羞辱。如果瑜梅生下的那个孩子死了或者送人了，他也就只会想着瑜梅是个苦命的人，觉得是他对不起她。可这孩子竟然还活着，而且可能刚刚就在他旁边，这难免不会让他有羞辱的感觉。毕竟那是他老婆被强暴后留下的一个贼种。

“兄弟，我跟你说，你确实是对不起瑜梅。虽然她留下的孩子不是你的，但是你要清楚这孩子至少是瑜梅的。我想她之所以把这孩子生下来，还是想把你许家给延续下去。现在瑜梅不在了，你就当这是她给你留下的一点念想好了。”

许知味没有说话，而是猛地将面前的一盅酒仰头灌了下去。

“兄弟，还是那句话，我不是跟你盘账算钱。而且这伢儿你现在也根本不用管，我继续给养着。我知道，你情面上、心底里现在都是容不下那伢儿的。”范阿大不仅显得通情达理，而且还很替人着想。

许知味给自己又倒满一盅酒，端起来送到嘴边却又放下，“到底是哪一个伢儿？”

“就是我家五儿，嚷嚷着要跟你学做菜的那个。”

许知味的眼睛紧紧地闭上。他终于知道他那天在院子中哭泣时为何听到五儿的声音会觉得熟悉，就像他记忆中的声音，那是因为这伢儿的声音和瑜梅很是相似。而现在仔细想想，其实长相神态上也是和瑜梅有几分相似的。但是这伢儿做奸耍滑的一套又哪有一点瑜梅温良贤善的样子，整个就是个天生贼胚相。

许知味的眼睛猛然睁开，仰头把那满盅的酒又灌了下去，然后把盅子往桌上一丢，狠狠地说：“狗日的还真像，真是个贼胚留下的贼种。”

许知味背着他的那套厨刀在无锡城里转了两天，两道三街四门百十桥都走了下来，却连个帮厨的活儿都没能找到。不是无锡城里的酒楼菜馆少，江南是富庶之地，最讲究个吃，缺啥也缺不了个吃，怎么可能少了酒楼菜馆。

就说这两道三街四门百十桥吧，两道是指内城水道和外城运河道。两道上来来往往的是走船运货行商做生意的，还有访亲寻友求学游玩的。这些人到了一个从未来过的城市都会品尝一些当地特色美食，所以两道边上隔不多远就会有与吃饭喝酒有关的店铺。三街和四门就更不用说了，这些是无锡城里最热闹的地方，店铺聚集，人来人往，每天正常的三顿就得要许多酒楼菜馆才能接待得下。还有百十桥，无锡水多桥多，桥头桥尾必定是与道路连接交错之处，桥下也会是船坞码头设置的地方，这附近肯定会聚集大量小吃店、小酒肆。

酒楼菜馆一多，需要的厨师厨工也多。再加上老板们要想生意好，就必须在保持特色的前提下不断改变和改善菜品的味道和形式，所以店铺里会经常更换新的厨师，有两手的厨师要想在无锡城里找个店铺落脚挣钱还是比较容易的。

但也正是因为餐饮行业的繁荣，厨师的需求和流动很大，所以无锡城里的厨行有着自己的一套规矩，而且还有厨师自发形成的民间行业组织，人们管这组织叫厨党。当时厨党这样的行业组织其实是带有一定江湖帮派性质的，既可以联合本地厨行厨师与老板东家们对抗，保护自己的利益；又可以形成牢靠的行业圈，防止外来厨行势力的侵入，从自己的锅里夺饭。

许知味多年之前在无锡学艺做厨时，厨党还未真正形成，只有少数一些厨师拉帮结派的现象。而且他那时候又是在拜师学艺阶段，不算真正的入行厨师，所以并不清楚行中规矩和背后内幕。后来他又一直在外游学厨艺，一路往北直走入皇宫之内，那就更加无法获知家乡厨行的情况。而现在他两眼一抹黑地不拜码头不入行，没有厨党中当得了家、做得了主的某些老大给的推荐帖子，他自己懵懵懂懂地挨家跑着问有没有要请厨师的。所以别说请他入厨做活了，就连试个菜的机会都不可能给他，直接就给他轰出来了。

范阿大当时留许知味在家里住，其实是觉得他出去这么多年，就算不是发大财回来的，手底怎么也得有些积蓄。可是现在见他不仅没钱还找不到活儿干，可就眼睛不是眼睛、鼻子不是鼻子了，话里话外也不再客气。

许知味心里知道，一个御厨跑到民间连个小店厨师的活儿都找不到，确实很让人怀疑他之前所说都是编的故事吹的牛。而且他一直住在人家家里吃着人家的饭，要这样始终找不到活儿挣不到钱，总不能让人家养着吧。

到了第三天，从城里卖菜回来的范阿大对许知味说："刚刚在梅园旁边听人说，惠山脚下泥人街有家新开的菜馆今天开始招收厨师杂工。你过去试试，好歹找个活儿，要不连个糊口的营生都没有，更不要说重新支起个家了。"

许知味听出范阿大话里的意思，这一是已经不相信他曾经做御厨的那回事了，让他别再顶着个御厨的假名头却连个普通厨师的活儿都找不到；再一个是要他赶紧找个活儿做，哪怕是去打打杂工，不能再这么住别人家里有吃有喝却没有付出了。

许知味在包袱里掏摸了一下，翁先生给他的路费回到无锡时已经用得差不多了。剩下的他前些天给了范阿大一些，现在再怎么掏摸也真有些拿不出手了。厚着脸皮拿出手后也真的再没脸皮说些什么，只能是悄无声息地往桌角一放就赶紧走出门去。

范阿大手掌在桌角一扫，将几枚铜钱全兜在掌心里了，然后掂了又掂，朝许知味的背影轻蔑地撇一撇嘴。

初试菜

惠山泥人街在运河西岸，已经是远离无锡城区的偏僻地方。这是一条沿着山脚呈不规则弧形的街，街上只有两种店铺，卖泥人的和酒楼菜馆。卖泥人的都是小店小铺，能做个生意就行；而酒楼菜馆都是高屋小楼，很是豪华高档。

卖泥人的白天生意红火。因为都传说无锡泥人大阿福有灵性，带回家能保家中多福安康，特别是能保佑家里的孩子。所以不管是无锡城里和周边城镇的百姓，还是远途来到无锡的外地人，都会买不少带回去摆设、把玩或者送人。

而这里的酒楼菜馆白天生意是清淡的，因为不管是来买泥人的，还是来惠山游玩观景的，很少会有人到这样豪华高档的酒楼菜馆用餐。但是一到晚上，这些酒楼菜馆生意便会变得非常红火。乘船游运河，信步观惠山，再加上这些酒楼菜馆泡茶做菜用的都是天下第二泉的水。这样有游有景有概念，会显得格外有档次，所以城里的有钱人请客摆阔都喜欢把人拉到这里来。当时有这样一句顺口溜，“过运河，望惠山，二泉水，做好汤。”说的就是这一情景。

也正因为到惠山脚下吃饭的都是讲究的有钱人，所以这里的酒楼菜馆才会特别豪华高档。而且除了特色的无锡菜，还可以吃到其他菜系非常正宗的名菜。但是有钱人毕竟是少数，而且有钱人也并非天天都会摆阔请客的，所以惠山那边的酒楼菜馆虽然档次高利润厚，看着每天晚上也很是红火热闹，其实相互间的竞争非常激烈。要是没有特别好的拿手菜，不能经常创造吸引人的菜品，再或者其他哪一方面欠缺了点，那么很快就会从泥人街上被淘汰。

正在筹备开业的惠泉堂原来叫望山好酒楼，就是因为竞争激烈经营不下去了，这才被经常来泥人街吃饭的盐号老板赵湖东给盘了下来，进行了一番改造装修后重新开业。

许知味到惠泉堂时大堂里已经围坐了许多人。中间两张八仙桌坐的是老板赵湖东和他要好的朋友，另外还有柜上主事的、账房先生等人。其他人坐得都离着两张桌子挺远，他们大多是来应聘厨师的，也有一些是附近过来看热闹的闲人。

应聘的厨师虽然看着是在大堂里散乱坐着，其实都已经按号在排队等待。这些过来应聘的厨师都有厨党推荐，提前拿着推荐信领了号按顺序去厨房试菜。每人都必须做一冷一热两道菜，让坐在中间两张八仙桌上的人品尝。由那两桌人评判优劣，决定能不能留下做厨头。

像惠泉堂这种高档次酒楼聘请厨头是有很高要求的，首先必须是要能站双子。什么叫站双子？就是既要能站案子，又要能站炉子。厨行坎子话的站案子又叫案活、改刀，其中还分主案、帮案、辅案，也有叫头把刀、二把刀、三把刀的。这主要是制作冷菜、摆盘，还有分解食材、配菜。所以做冷菜其实就是考的站案子。而坎子话的站炉子就是我们常说的掌勺、上灶，也有叫抱锅，说白了就是烧热菜的。一个炉口上的站炉厨师应该是独一无二的，当他往炉口前一站，这就是他的整个世界。没有人可以做帮手，也不需要任何人做帮手。即便一旁的师父看着哪里不对，也是不能中间打断，只有在菜出锅之后才能指出问题。

许知味背着围裙包袱进了店门，他的围裙包袱和别人相比显得特别大。围裙包袱是长江下游一带厨师特有的标志，过去厨师随身带的厨具装备一般是一把刀和几把铲勺，然后用个干活的围裙一裹打成个包袱。但后来发展下来其实这包袱并非用围裙裹的，而是用专门的结实油布。因为随着美食的精细，厨具的种类也变多了，而且针对一些拿手菜、私房菜还有特别的工具。就好比许知味那样带有一整套各式刀具和铲勺的话，围裙是根本裹不下的。但不管是怎样的布和怎样的裹法，这包袱都叫围裙包袱。而其他一些地方的厨师则可能用的是背篓、挎筐之类的，当然，也有用包袱的。

门口的伙计看许知味带着厨师特有的围裙包袱，就以为他是已经领了号的应聘厨师，便很客气地将他引到排队等候的那堆厨师里坐下。许知味也是懵懵懂懂，完全听人家安排，让他坐那里他就随便找个角落坐下了。

虽然是坐在角落里，但是许知味这个角落离着出菜门不远，他的眼睛和鼻子可以完全锁定出菜的门口。每一个进去试菜厨师做出的菜品端出来，只要出菜门的帘子一掀，凭着帘子掀起时扇过来的味道，许知味就能辨别出其中大部分的菜品是什么，又是用什么方法做的。即便有少数几个一时间无法从味道确定，但是再加上对其形状、菜色的观察，许知味也都能在端上八仙桌之前确定到底是什么菜品。

从这些菜品上可以知道，今天试菜的厨师中不乏高手，而且有可能一些食材都是这些厨师自己准备好带来的。因为其中有几道菜是非常别出心裁的，必须配合特别的食材才能做出。就算御膳房中集天下菜品之大成，也未曾有过这样的做法。

比如其中两道冷菜“梅汁浸硝肉”“姜呛淮山药”，就是以往从未见过的做法。还有几道热菜，不管食材的选用搭配还是火候和调味的掌握，都是颇见功底的。比如说其中一道“野三蛋炒银鱼”，不仅用了太湖三白的银鱼，而且用了野鸭蛋、野鸡蛋、野鹌鹑蛋进行炒制。不仅把银鱼鲜美滑嫩的特点凸显出来，而且三种野蛋混而不淆，比例合适，分而更显其味，合而其味无穷。

虽然知道试菜的厨师中有高手，但许知味反而更加笃定有信心了。厨道之技很多时候是难分高低的，各人烧各自的拿手菜，最后大家都说好吃却分不出谁更好吃。但是知道别人的底细后，却是可以有针对性地采用某些技巧来压制对方。当然，要能做到这一点必须是高手中的高手，技艺已经到了高境界才行。

而许知味就是这样一个高手中的高手，所以他不仅在仔细辨别那些端出出菜门的菜品，评判它们的优劣，更是在心中快速考虑，应该采取哪种方式和技巧来有针对性地压制别人的菜品。但问题是他这一次要压制的不是某一道菜，而是要压制前面所有已经出来的菜品。这不是有难度，而是几乎没有可能。

另外还有个问题也是许知味目前还不知道的，就是试菜的厨师都是按排号来的，而他根本就没有号，所以就算他想出了压制的方法和技巧，他也根本没有运用的机会。

中间两张桌上的人一直在慢条斯理地品着菜，交头接耳小声议论。所有人的表情始终都很平静，特别是东家赵湖东，那张马脸一直死板着。由此可见，到现在为止都不曾有一个让他们完全满意的菜品，也就是说到现在为止都不曾有一个适合当惠泉堂后厨厨头的人出现。而后面等候试菜的厨师越来越少了，看来今天挑选到合适人选的可能性已经不大。

赵湖东虽然不是无锡城的大富，但是家里留下的老产业盐号还是让他过了一辈子逍遥日子。但如今盐税加重，盐号增多，生意大不如以往好做了，所以他才想着要再从其他门道开辟财路，这才盘下了望山好酒楼，改开惠泉堂。

赵湖东虽然没有做过饮食这一行，但他这辈子却没少吃，不管无锡菜还是各大菜系的名菜，滋味都了然于心。另外他在酒楼菜馆里混的时间长了，也就懂了一菜养三年的道理。各菜系的正味名菜，做得再好，那都是可以在其他很多地方吃到的。所以开酒楼菜馆，必须要有己有人无的特色，哪怕只有一道菜，那就能带动整个店的生意。人家冲着这道菜来店里，但到了店里绝不会只点这一道菜。而等人们都把这道菜吃过了、吃腻了，那已经是几年之后了。这也就是所谓的一菜养三年。

但是赵湖东今天并没有尝到这样的菜。那些试菜的菜品虽然都是名菜大菜，也有个别菜在技法口味上做到别出心裁，但都还不曾达到以一菜撑起整个店的层次。

而这一点许知味也看出来了，那些试菜的厨师中明明有些高手做出的是具有特色的菜品，但在味道控制上却是非常收敛。这其实就像做“喜帝宴”

一样，越是关键的时候越是不敢拿出偏门技法，怕弄巧成拙。

而这种试菜和“喜帝宴”也有不同，“喜帝宴”是皇上挑选感兴趣的菜品吃，而这种试菜品尝的人却是道道菜都会吃。所以这就对后面试菜的厨师非常不利，因为众多试菜的菜品味道纷呈杂乱，前面品尝了那么多，后面的菜品味道便再难凸显出来。这其实已经是在味觉上设置了道道机关，必须用巧妙的办法破解开来。

按理说，针对这种情况最好的办法应该是能用某个特别的菜品将那些品尝者的味觉做个漱净，摆脱他们之前已经下意识留下的味道印象。但许知味心里琢磨的却是另外的方法，那是比漱净更为高超的厨道技法。

前面那些试菜的厨师里不仅有高手，而且还是无锡城厨行里有些名头的高手。所以当这些高手出手试菜之后，后面即便有些不错的厨师做出了不错的菜品，效果都会被这些高手给掩盖了。而有些来应聘的二三流厨师见到这些有名头的高手后，就已经知道自己没有入选希望了，更有几个完全丧失信心的就此悄悄溜走。这样免得和高手比较之下卖乖出丑，另外，不做比试，以后如果再有机会见面或共事，面子上也不尴尬。

所以到了后面伙计喊号让排队的应聘者去厨房试菜时，出现反复喊几次号都没有人回应的，因为拿这号的厨师已经放弃应聘离开了。

门口的伙计看许知味一直坐那里没动，然后里面连续叫几个号都没有人应承，就主动过来问许知味是几号。

许知味懵懂地朝伙计摇摇头，他的意思是自己根本就不知道拿什么号头，也没什么号。但是伙计误会了，他以为许知味是说忘记自己是几号了，于是见正在喊的号头没人应承，就推许知味一把让他就按这个号头进去试菜。

试菜的厨师已经没几个了，赵湖东的马脸板得更加僵硬，脑子灵巧些的人看这脸色就知道他还未能选到中意的厨头。

而厨房里好的食材也用得差不多了。还没正式开业的酒楼厨房不会准备太多食材，所以有经验的厨师来试菜会带一些自己拿手菜需要的食材和调料过来。而其他排在前面没有自己带食材的厨师，都是挑好的食材用了。

许知味在厨房里大概看了看，他不是在找要用的食材，而是在看还有什么食材可以被他利用。他现在要烧制的菜没有菜谱，完全是即兴发挥，只有这样他才有可能运用真正高超的厨道技巧压制住前面所有的菜品。

这种压制并非厨行里常说的斗菜，而是只有真正高手才懂的借味。所谓借味，是要针对别人菜品的特点，以及那些菜已经在品尝者嘴巴里、记忆里留下的味道基础，烘托和凸显自己菜品的特别之处。这可以是一种味道的累加，也可以是另外一种独特味道的刺激。

虽然厨房的好食材已经不多，但也不全是毛菜[1]，一般的荤头[2]还是有的。但是看样子许知味并不在意荤头，而是刻意地在寻找毛菜，合他心意的毛菜。

第一件食材很容易就选定了，是食材架上放了很多且几乎没动的油面筋，这也是无锡最为常见的一种食材。第二件食材费了点工夫，转了半天才在厨房外面寻到一个小小的老南瓜。虽然南瓜是后找到的，却是先动手处理的，因为他想用南瓜做冷菜。

其实现在这个季节南瓜才刚刚出藤，所以许知味找到的南瓜是头一年收的老南瓜。南瓜一般只能储存三个月左右，而且特别怕冻，一冻就会发黑变质。但如果是在通风无光的阴窖里阴晾，那么这南瓜储存时间可以是正常的两倍多。要再加上稻草铺垫，架子高度设定离地八到十厘米，那么存上整年都有可能。

这样长时间储存的南瓜表皮已经干皱，看着很不像个样子。经过通风阴晾，南瓜中的水分都被耗干。不过剩下的部分的肉质紧密、糖分集中。

选定面筋和老南瓜之后，许知味准备开始顺菜。所谓顺菜也是厨行坎子话，就是将主食材按要求处理好，再把所有需要的配料、调料准备好。

---

[1] 厨行坎子话，意思是普通蔬菜类。
[2] 厨行坎子话，意思是鸡鸭鱼肉一类的普通荤菜。

许知味只拿了这么两样食材就开始顺菜，这让旁边其他试菜的厨师和厨房打杂帮忙的人都感到奇怪和不可思议。他们都是内行，看得出这意味着许知味是要以油面筋和南瓜做主食材来烹制两道菜品争聘厨头。而在这种众多高手争聘厨头的试菜场合里，这样两种毛菜再怎么翻花样，要想做出胜过前面那些山珍海味的菜品是绝无可能的，除非真有彭祖仙法[1]。

夺厨头

许知味打开了围裙包袱，里面有京城耳勺子胡同金猴子家打制的全套刀具。切刀、剖刀、剁刀……尖头、直头、圆头……平刃、弧刃、斜刃，每一把刀的功用各不相同。不过许知味从里面拿出的是最平常的一把菜刀，这菜刀厨行坎子话叫开生刀。

开生刀刀形很简单，平头直刃一线背。说白了，就是一个挺规整的长方形。刀背厚，但不太厚，叫恰到好处；刀刃薄，也不太薄，叫适中适宜；刀柄与刀背呈一线，那叫掂拿千金。

规整的刀形，握拿点却不在一个规整的点上，而是由一角伸出的一支柄。将刀平持手中，刀头到刀尾每一个点上的重力都是不相同的，这就相当于一个以握柄为支点的杠杆。但从头到尾的不相同又是有规律的，就如同有一把无形的标尺，标注着每个点上不同的力道。这标尺不仅在刀上，更在厨师的眼中、手中和心里。

许知味今天顺菜的刀法很平实，并不像其他厨师那样炫快炫花炫细致。虽然真要炫起来，整个惠泉堂里绝不会有一个人能比过他。其他试菜厨师和

---

[1] 传说彭祖善烹，为厨行祖师爷。

帮工们再次感到意外，他们都以为许知味选了老南瓜，肯定是想从刀功上玩出花来，但实际情况看来并非如此。

许知味握刀横剖竖切，中规中矩地去蒂破膛取籽剔瓤。再削皮切分莲花瓣，并整齐地码在青釉碗里。码好后的南瓜上浇了一圈桂花蜜，然后便直接放入地灶的蒸笼上蒸制。

见许知味拿南瓜蒸制，其他厨师和帮工都对他嗤之以鼻了。因为蜜汁蒸南瓜是个最为常见易做的菜，厨房里忙的时候都可以安排三把刀或帮厨的去做。而且这菜一般是南瓜上市时才做的，那时候的南瓜肉质肥厚，蒸好后入口即化。所以许知味是在用一个不合时宜的食材做最为简单的菜品，这几乎不用品评比较，现在就可以直接告知他已经被淘汰了。

但是许知味却好像完全没有看到别人很夸张的嗤之以鼻和肆无忌惮的不屑一顾，只管继续慢条斯理地处理另外一个菜品，闷头将油面筋一点点撕成小块。面筋撕好后，他又慢条斯理地挑配料。其实作为一个优秀的厨者，首先要做到的就是专注、专心，如果被外界干扰了，操作中哪怕只是眼神的一瞥之间，都有可能出现误差。

为了保证两道菜都没有一点误差，许知味在耐心地等待火候。等南瓜蒸制的火候，等油面筋可以下锅的火候。只有南瓜做到一定阶段后，才可以抓准时机烹制面筋。这样才能保证这一冷一热两道菜一起上去时，达到许知味所说“冷凝醉莲、热炒三鲜”的最佳效果。另外他等待的还有一个火候，人的火候。他的两道菜必须尽量拖到最后，让所有试菜厨师的菜品差不多都品评过了，那时候再呈上去才是品评人做出准确评定的最佳火候。

外面大堂里所有试菜厨师的号都报过了，而在厨房里除了许知味也只剩另外三个试菜厨师还在精心准备着自己的菜品。这时候许知味终于开始真正的制作流程了，他的动作娴熟流畅、一气呵成。

他先拿铜盆舀了小半盆冷冽的井水放在一边。然后推蒸笼盖，毛巾一挥扇去蒸汽。顺势食指拇指虚捏碗边，闪电般地就将青釉碗拿出放在了铜盆里。

单是这一招就不是一般厨师能做到的，长时间在蒸笼里蒸制的瓷碗是非常烫的，一般厨师都需借用器具或隔布来拿取。但是许知味扇去蒸汽看清碗边直接用手捏拿，一个是指头的拿捏力度要控制好，也就是所谓的虚捏，既捏稳又不被烫。还有就是要快，转瞬间将碗拿出，碗上的热量都来不及传导到指头上。

青釉碗才放入铜盆，许知味的另一只手里已经拿起一瓶玫瑰露酒，拇指半捂瓶口，将酒倒洒在了热气腾腾的南瓜上。没等酒香随着热气蒸腾出来，一只早就准备好的盘子就已经罩扣在了碗上。

这都做好后，许知味转身上灶台，先烘潮底[1]，再加油料。

油热了，先下黄花菜、木耳、茭白、香菇等配料急炒，再放入油面筋炒几下。然后加酱油和水盖锅盖焖一下。最后才开锅盖加糖、老鸡调汁[2]，煮浓收汁出锅。

其实从许知味开始准备那些辅料时，就有其他厨师猜他是要做炒三鲜。全国各地炒三鲜的种类很多，辅料大致相同，主料区别也不大。无非豆干、面筋之类的，有的地方还加肉丝肉片。不过即便是有这种猜想，他们却不能肯定，因为都觉得没一个人会用炒三鲜这种最普通的菜来争聘厨头。

人们的惊讶是从许知味往南瓜里洒玫瑰露酒开始的。做蜜汁南瓜从来没人会加酒，更不会洒那么多的玫瑰露酒。再有就是从来没见过蒸好的南瓜会用盘子严实地盖住，并且用冷井水镇住。而炒三鲜的流程同样让人们感到惊讶，因为这道炒三鲜里竟然用到焖和煮的方法。这还是炒三鲜吗？是不是应该叫作又炒又焖又煮三鲜。

许知味的炒三鲜出锅后，别人的惊讶开始变成惊奇，而当青釉碗上盖着的瓷盘掀开后，周围人惊奇的情绪变得更加浓烈。这前后两种惊奇，只是因

---

[1] 厨行坎子话，意思是烧菜之前将锅放火上烘干。因为锅每烧一个菜之后都要刷，里面会残留水分。为防止爆油和异味，加油前一定要烘干。

[2] 用老母鸡熬的浓汤汁，作用相当于现在的鸡精。

为他们从这两道菜上闻到的些许味道。

真正惊奇的人是品到菜的人，特别是老板赵湖东。本来已经失望的他准备将就着从前面那些试菜的厨师中挑一个出来当厨头，偏偏就在试菜即将全部结束时，两道看似普通的菜让他知道了什么是柳暗花明。

蜜汁南瓜，几乎所有人第一眼看到许知味的蒸南瓜时都是这样认定的。但是当南瓜端到面前，当其中的酒香淡淡飘出，他们立刻意识到可能不是这么回事。因为他们吃过不知多少回蜜汁南瓜，却从来不曾从中闻到酒的味道。而且这酒香和平常的酒香还不一样，其中似乎有些许花香、些许果香和些许甜香。

当南瓜尝到嘴里，也并非以往那种入口即化的口感。因为阴晾保存的老南瓜肉质变得紧凑，所以入口之后需要咬嚼两下才行。而就在这咬嚼之中，一种清凉的感觉从南瓜中渗出，托衬着蜜汁的甜味、南瓜的甜味，顺着舌尖一路滑入。但是，那带着花香、果香、甜香的酒味一时间却是不会滑入的，而是始终弥漫充斥在嘴里。清冽却不失刺激，爽口却不失回味。

许知味在蜜汁南瓜蒸到最后出笼时加入了玫瑰露酒，这玫瑰露酒是江阴柳致和所产。这酒后来在巴拿马万国博览会上和茅台一起得过大奖，其妙处可想而知。

但许知味这道菜真正的妙处却绝不是因为酒好，即便是普通的甜米酒他相信也一样可以达到他想要的效果。玫瑰露酒趁热洒入南瓜之后，他立刻用盘子盖住。这样酒液中的辛辣气可以快速随热气蒸腾上升，附着在盖住的盘子上。而酒液包含的酒味却不会随酒气散去，并且在冷井水的凉镇作用下快速凝结在南瓜之上，与南瓜的味道、桂花蜜的味道完全融合在一起，入口之后通过舌尖处最先尝到甜味的味蕾，把味道感觉最快速地送到大脑，造成一种突然的味觉冲击。

但这仍不是这道蒸南瓜的真正妙处。真正的妙处是借味，借他菜之味压制他菜。

许知味之前仔细观察过前面那些争聘厨师制作的菜品，那些菜品都是选择最佳最美的食材，力求肥腴鲜荤、味道正宗。但这样反而会出现味不突出，甚至味道混杂的现象。

而许知味差不多是最后才做菜的，这样就会出现一个弊端：品尝者前面已经吃了太多各色菜品了，所有味道都基本尝过了，味觉上已经出现排斥的反应。所以许知味必须用一个之前没有的特别味道来刺激品菜者的味觉，并借助前面菜品的味道来凸显自己菜品的特别味道。

所以他决定用酒。最能去肥腻消荤滞的东西就是酒，一般人喝酒就需要荤肥油腻的菜品来下酒，酒喝得越多，菜也吃得越多。以酒促菜，以菜耗酒。但是今天那些品菜的人吃了这么多菜却没有喝酒，这样口中心中的肥腻感觉可想而知。如果此时用一道酒味浓郁、酒香四溢的菜品化解肥腻的感觉，同时用甜味对品尝者已经麻痹的味觉进行冲击。那么之前所吃的各种美味的妙处便会全部被勾吊出来，变成酒味之后延续的无穷回味。

当口中酒味渐渐散去，无穷回味慢慢远去，品尝者口中、心中都像被洗净了一样变得清爽空净时，许知味又炒又焖又煮的三鲜恰到好处地给了品尝者全新的鲜浓香滑味道。

炒三鲜的味道是又一次突转。它是个全素的菜品，却是用了肥腴鲜荤的做法。食材配料并不过水，是直接急炒之后入重料加焖煮，而许知味用的重料便是梁溪北埠酱场做的酱油。

“梁溪源出惠山，其袤三十里”，梁溪水自惠山东流，至西水墩与环城河分流，经蠡桥、小渲、大渲流入太湖。梁溪北埠酱场在梁溪上段水道的北岸，沿河晒酱，无遮无挡，日照充足。此处正好又是河道的一个弯曲处，水流带动的水汽正好在此地聚集。这样就形成了做酱所需要的绝佳环境“日晒夜露”，出的酱厚浓鲜甜，是上好的烹饪佐餐调料。这种酱油的味道不仅具有黏附性、覆盖性，而且在焖制之后还有渗透性。

急炒让配料松软膨胀，焖煮后浓酱的味道就都渗入到中间去了。再加入糖、老鸡调汁，收干的厚汁就会裹满锅里的所有食材。特别是油面筋，它的质地特点可以让它饱含汁液。

酒味清口之后，一道浓而不腻的菜品入口，自然是别有一番风味。将品尝者已然疲惫的味觉一下子提拉到一个顶峰，也将赵湖东的兴奋拉到一个顶峰。所以他没有等最后剩下的两三个争聘厨师菜品端出，马上将手中筷子横在盛菜的盘子上，然后在桌上轻拍三下。这叫横筷拍定[1]，此动作的意思是向在场所有人宣布，做这道菜品的厨师被选定为厨头。这样可免了各种说明，也不需要对其他试菜争聘的厨师做什么尴尬的回绝。

许知味当上惠泉堂的厨头之后，范阿大的态度陡然变了。他虽然是个乡下人，但平日里是靠从种菜人家收蔬菜到无锡城里贩卖过日子的，走街串巷地卖菜啥事情都能听到和见到。所以说市井之中也有真学问，这点从范阿大身上就能看出，他的处世态度和原则都是有想法和目的的。

范阿大知道泥人街那里的酒楼菜馆都是什么档次，也知道要在那里的某一家店里当厨头没有点真本事是不行的。不，有真本事也不行，必须是真本事中的好本事才行。当时在惠泉堂看热闹的闲人们其实更热衷于传闲话，看热闹本就是为传闲话寻找素材。所以当他们添油加醋、神鬼仙家地将许知味用一个蒸南瓜和一个炒三鲜击败那么多厨行高手的事情在巷头坊间传开后，范阿大便彻底相信之前许知味说他曾在宫里当过御厨了。也正因为相信许知味曾经当过御厨，所以范阿大竟然连放在眼前的钱都不要了。

许知味在惠泉堂只干了三天，老板赵湖东便主动预支给他全月的工钱。而且许诺要是生意好，到月底还有红利提成。

老店新开，本身就有一些老顾客会回头。再加上闲人们越传越神的那场试菜，相当于是在给惠泉堂做免费广告。再加上许知味确实有那手出神入化的厨艺撑着门面，那生意怎么可能不好。以往一家酒店新开，总要磨合运营

[1] 这规矩只有民间流传，无资料可查，可能是取谐音“衡脍拍定”。

一段时间生意才会渐渐好起来。而惠泉堂则是从开业那天就开始爆满，没预订是进不了惠泉堂的。而且又过了几天之后，预订的单子已经排满到月底了。所以许知味到月底拿到红利提成已经是板上钉钉了。

落算计

带着赵老板预支的工钱回到范阿大家，许知味主动拿出一半给范阿大。这半个月工钱可是不小的一个数目，像惠泉堂那样高档酒楼的厨头，收入是店里所有雇员中最高的，包括主事的和账房先生都不能相比。因为其他人的工作都可以轻易找到替代的，而厨头却是无人能替代的，是一家店的支柱。

许知味这半个月的工钱，在十八湾那样偏僻的村子里租个房子足够大半年房钱的。但许知味不是个计较的人，他不仅觉得这些天麻烦了范阿大，而且他不在家时，家里的很多事情也可能会经常麻烦到人家。所以刚刚有钱入手，他就毫不吝啬地想着报答一下人家。

钱推到范阿大面前的同时，许知味说出自己另外的打算，他准备从范家搬走。现如今他当了厨头再不用在范阿大家搭伙了，惠泉堂缺啥都不会缺了他的伙食。而且范阿大家离着惠山挺远的，来来去去还要搭一段摆渡船才能过了运河，所以还不如在靠近泥人街的附近租房住。等以后钱攒够了，重新把自己的家修建起来了，到那时再回村里来住。

范阿大看着面前的钱咽了两口唾沫，然后很坚决地推回去。是的，他竟然不要许知味给的钱。前些天许知味找不到活儿有些走投无路时，他反是言语间逼着许知味拿出最后一点小钱。而现在许知味把丰厚的工钱分一半给他，他倒不要了。

“兄弟啊，你这啥意思呀？撕哥哥脸皮嘛，这钱我肯定是不能要的。再说你现在独自一个人，我怎么忍心让你到了家还出去租房子住，那也没个人照应不是。你就踏踏实实在我家里住下，就当这里是自己家一样。该干啥事就干啥事去，其他的后顾之忧我这一大家替你照应着。”范阿大又拍桌子又拍胸脯的，让人觉得他真情满满。

这其实正是范阿大的高明之处，不仅体现了他对许知味的为人了解得很透彻，而且他心里的算计也是面面俱到。

他知道了许知味的本事，知道许知味凭着本事以后肯定会挣更多的钱。如果现在他要了眼前这些钱，那么以后啥事情就都有标准可以算得清了。而且要是真把许知味给放走了，那算得清算不清的事情也就没几回了。但是他要是不拿这钱，拖住许知味仍住在他家里，那么许知味就会觉得一直亏欠他人情。而人情是没办法算清的，像许知味那样厚道的性格，人情欠得越多，他就可以将他套得越牢靠，将来的收益也会越发地大。

另外现在范阿大更看重的不是钱，而是许知味那手本事。取其鱼不如取其渔，所以他在想，要是让自己家里的几个伢儿都学到许知味的本事，那将来他的日子不就像皇帝一样吗？不但挣到的钱多得可以随便花，而且哪天都能吃到御膳一样的饭菜，那还不美得冒泡了。

真的是被范阿大一把给拿捏准了，许知味见范阿大如此真切动情，怎么都抹不开面坚持离开，只能无声地点点头，继续暂住在范阿大的家里了。

许知味做了厨头之后，范阿大全家都一下子变得对他很是客气。这一点让许知味很不适应，始终感觉哪里别扭着不舒服。所以他尽量早出晚归，一大早就出门，到惠泉堂去吃早饭。而晚上等惠泉堂打烊后回家，乡下的人家早就熄灯灭火睡觉了。

不过有些事情范阿大却是老实不客气的，比方说他乡下收了菜要是卖不掉，他就会挑到惠泉堂去找许知味。这么大个酒楼，谁家菜都一样用，也不在乎多进个半筐一筐的。而且许知味是厨头，这点主还是可以做的。不过本着对东家负责的态度，许知味每次都能把范阿大送来的菜巧妙地用在菜品里，替代其他一些可存放的干货，或者直接翻新菜样。而翻新菜样是老板赵湖东最希望看到的，因为不但可以给食客们带来惊喜，而且还会给他们留下更多的念想和话题，招揽来更多的食客。

另外一件事情范阿大也不会客气，那就是每次来惠泉堂他都要许知味给他搞点好吃的打打牙祭，这也是没有一点问题的事情。也不是说惠泉堂厨房里的东西多得吃不掉，而是过去厨行本就有这样的规矩，平时来送食材、调料、柴火的人都是会让他们吃饱了回去的。

这种规矩有两种解释，一个是民间传说中的解释，说进了饭店厨房要是还饿着肚子离开，那是会触饭店霉头的。因为这会暗示饭店的厨房不常开火，店里没生意。另外一种解释倒是很实际的，说这是厨房和送食材配料的人打好关系的一种做法。再好的厨师，要是没有上好的食材调料、上好的柴火，也是没办法烧出好菜品的。要是有人再故意挑不好的东西给酒楼菜馆送，或者在送的货品中做些什么手脚，那就更完蛋了。虽然酒楼菜馆不用买那些供货老板的账，因为供货的要做生意得求着他们，但是他会对这些送货的伙计特别客气，就是怕他们中间出什么幺蛾子。另外关系搞好后，万一什么时候遇到急需的情况，还得靠这些送货的伙计帮忙救场。

不过这些人到厨房里吃东西，只能管饱不能管好。因为他们吃的饭菜都是用做席食材的下脚料和挑出的劣等料做的。但这样的下脚料和劣等料也并非做不出好吃的菜品来，重要的是要看什么人出手烹饪。

其他送货的过来，吃点啥肯定不会要许知味这个厨头出手。但范阿大来了，许知味都是亲自动手。所以虽然只是些下脚料、劣等料，经他烹制出来后，仍是会让整个厨房里的人都不由自主地咽口水。

通过这两件不客气的事情，再加上范阿大那张见人就能套上话的嘴巴，惠泉堂里所有人都知道许知味和范阿大关系近得就像一家人。至于具体怎样的关系，却又没几个人知道。只大概听说他们两个是从小一起长大，而许知味现在就住在范阿大家里。

这一切应该是范阿大所希望的，让更多人知道他和许知味关系亲近只会对他更加有利，以后有些事情就可以假借许知味的名头去做。

不过范阿大虽然是用一根无形的绳子把许知味拴住了，但他心中却始终都在担心着一件事情。这件事情之前他倒没有太在乎，但是将许知味当作他下半辈子转运的大阿福之后，他就不能不防了。

许知味在惠泉堂做厨头，会根据实际的应季食材经常变化一些菜品，但是蒸南瓜和炒三鲜这两道菜却是不会变的，这已经是惠泉堂首推的特色菜。

试菜那天蒸南瓜和炒三鲜的名气就已经给打出去了，而且在街头巷尾的传言中被加以神化，所以这两个口口相传影响很大的菜品肯定是要作为吸引点招揽食客的。而为了能让这两道菜品与被神化的名气相匹配，许知味给它们起了两个颇为吸引人的名字:“酒露凝金莲”和“浓汁焖三鲜”。

不过这两道菜其实也是存在局限的，它们是许知味在特定条件下借味而做的菜品。而实际上平时酒宴和试菜不同，冷菜肯定是最先上的。所以即便蒸南瓜仍是风味独特、爽口宜人，但是少了借味的前提菜品，终究是大打折扣。而他的炒三鲜也是一样，酒宴中不能与借味的蒸南瓜衔接品尝，所以味道中的浓郁和鲜美并不能完全凸显出来。这样一来，这两道菜便再没传说中那么神奇了。

另外，在经过一段时间后，其他店家也有所动作。开始对惠泉堂的势头进行反击，争夺客源。他们在研究过惠泉堂的这两道菜后，纷纷仿制或改做。比如蒸南瓜那道菜，有的店铺就搞出酒酿蒸南瓜，取名叫“碎玉醉金盏”。还有的店调制出口味独特的玫瑰露汁，将蒸好的南瓜泡在其中，取名“金甲浴玫瑰”。而这两种仿制其实还是颇领神髓、颇具特色的，在锡帮菜系中流传了很久，特别是用酒酿蒸制南瓜，直到现在仍有这种做法的冷菜。

炒三鲜则更容易仿制了，除了类似许知味那种以油面筋为主料的全素炒三鲜，其他各种材料的炒三鲜都出来了，最后甚至连用全山珍、全海货的炒三鲜都出来了。不过炒加焖的技法都还是按许知味的步数来的，只是根据食材的不同相应调整了炒和焖的时间长短。而直到现在，这各种各样的炒三鲜仍然存在。

最后就连许知味看到其他店铺招揽的招牌都感慨不已，虽然只是两个特色菜而已，但他怎么都没想到别人会这么明目张胆地仿制和肆无忌惮地翻版。其实翻版比仿制更可怕，仿制至少还可以让食客品出味道的正宗和高下，有比较，有对抗。而翻版却是无法比较的，一道菜连名字带做法全套照抄，一个是别人区分不出差距来，以为此家炒三鲜就是彼家炒三鲜。另外就算能够吃出差距，但只要挨个骗别人吃一回，那么一道菜至少也能骗上好几个月。随后再稍微变一变，那就又能骗几个月。而这个过程中，原来最为正宗的做法却会渐渐被人遗忘，甚至被一块儿归到这些乱改乱变的菜品中去。

不过这些仿制和翻版也有许知味欣赏的。比如一道炒海参三鲜的创意，他就觉得如果用他自己的做法，再加上分材而烹[1]的手法，将海参在同炒之前进行单独的预焖制，肯定可以烧出极为美味的海参大菜出来。

泥人街上其他店的反击是凶猛的，再加上惠泉堂的市口并不好，所以才两个多月，惠泉堂的订桌就不再像开始时那么火爆了。店铺风水中有“金角银边草肚皮”的说法，这惠泉堂的位置就在草肚皮上。而且惠泉堂所在的草肚皮还有些特别，因为泥人街是沿山脚的不规则弧形，所以人家站在两头街口甚至走进街里一段距离，仍是看不到惠泉堂的门面的。而且别人要想走到他们店门口，不管从哪边街口进来，都需要经过好多家酒楼菜馆。所以临时进街吃饭的人，不管是不加选择就近选定的，还是特别挑剔走过整条街才选定的，一般都不会选择惠泉堂这个位置停下。而有些预订好的老客或以惠泉

---

[1] 这是厨行技艺的方式之一，是将质地差距很大的主材、配料分开烹制，然后在达到一定程度后再合在一起烹饪。

堂为目的地的老客，在从两边街口进入时仍是有可能被其他关系好的店家给截走。原来的望山好酒楼可能就是因为市口的原因才做不下去的，所以惠泉堂要想红火下去，必须有自己难以复制、不可替代的特色才能牢牢地抓住客人。

又绝味

许知味和老板赵湖东都意识到了，自己店里的两个特色菜其实都是小菜，易仿制和翻版不说，而且还压不住宴头。所以喜好品鲜尝新的食客新奇劲儿一过，他们还是会找有档次有面子的酒楼菜馆来招待客人，不会将这两个特色的小菜作为首选条件。所以要想将惠泉堂开业时的红火持续下去，就必须再有一两道特色的大菜，是别人不知窍门便无法仿制和翻版的大菜。

许知味很认真地斟酌了一番，从他以往研制的特色菜中选出了两道大菜。一道是“十二味琵琶鸭”，还有一个是汤羹，叫“翠雨入银湖”。这两道菜和酒露凝金莲、浓汁焖三鲜不同，那两道是临时想出来压制争聘厨头菜品的，虽然美味绝佳，但要发挥到极致还是有一些前提条件的局限在。而这两道他早先研烧出的特色菜品都是以无锡菜为基础，依江南人习惯的口味设定，适合的人群和范围比较广，所以拿来做惠泉堂的特色菜很是合适。

十二味琵琶鸭虽然叫十二味，但其中最正最浓的肯定是鸭肉味。鸡要吃母，鸭要吃公，许知味这道琵琶鸭不仅需要公鸭，而且指定是要苏州昆山的娄门鸭。但是不要老公鸭，而是要半老半嫩的黄蹼公鸭。因为烹制这鸭子时有道过油的程序，这道程序会将鸭油炸出，使鸭肉变紧变韧。所以做这十二味琵琶鸭时千万不能选老公鸭，否则味难入肉，肉僵难嚼。

琵琶鸭首先是要将杀好的鸭子浸料，再将鸭子裹紧用棕麻线扎好。扎好的形状就像是一个琵琶，而琵琶鸭的“琵琶”二字也是由此而来。

扎好的鸭放到大油中炸，快速锁住多种浸料的味道。然后再用红枣、榆耳、香菇、干笋等各种材料焖煮。焖煮这道程序是将更多味道烹制进鸭子里，同时也是要让鸭子变得酥烂。

这道菜的火候、时间以及配料配方关键而复杂，别人要想仿制很难。而许知味在十二味中最为别出心裁的还有一味，这一味就应该算是独家秘方了，就是焖制时加的水是薄荷水。薄荷水可以打掉部分荤腥，多出一丝清爽。但是这薄荷水的加入一定要恰到好处，若有若无的样子。只能作为其他味道的烘托和陪衬，却绝不能夺了其他味道的风头。

至于选中的那道汤羹，却是又有另外一番妙处。当时江南一带的羹品只是作为小食类的，与茶歇点心配套。所以羹品种类很少，基本都是甜品，如赤豆羹、藕粉羹等等。而宴席上一般也是不上羹品的，除非讲究的主家有特别要求，才会在宴席开始之前设果品、蜜饯、小吃、羹品。

而许知味这道羹是改良过的，准确地说应该是半汤半羹。配料不多，高汤、蛋清、荷叶。另外为了提鲜还可选择其他配料，一般会是银鱼、蚬子、黄鱼丝等几种。但不管是根据应季食材还是成本需要，这些配料就只能选用一样，多了味道就腥混了。

这道菜的关键是在火候、水量和勾芡。最终要将腥味熬出，鲜味留下，稀薄恰好，入口滑爽，全都在这三个方面的控制上。而这完全是靠经验和技巧，只要差着一点，那味道就完全不是那么回事了，所以更难仿制。

这两道菜品推出之后，再加上许知味不断有临时调整的应季菜品，所以惠泉堂再次从众多仿制、翻版的蒸南瓜、炒三鲜中突围出来，将泥人街上大部分的固定客户牢牢拴住。

在几番设法打破现有局面都未成功的情况下，惠泉堂周边几家酒楼菜馆的老板一起找到赵湖东。

泥人街上遭遇惠泉堂冲击最严重的应该就是这几家酒楼菜馆，它们距离惠泉堂都很近，同样没有太好的市口。而街两头市口好的虽然也遭受冲击，但很多临时摆席的客人和外来的客人他们还是可以抢到的，所以维持正常经营没有问题。而这几家原来还能分到一部分固定客户的，现在所有份额全让惠泉堂抢走了，经营上开始呈现举步维艰的态势。

赵湖东多灵巧的一个人，面对几个老板的到来，马上就知道了他们此行的目的，也马上在心中定下应对的决策，“各位老板，我赵湖东是头一回尝试着做吃食这一行。也是没有办法，盐号现在难做。一大家子都得吃穿，只能硬着头皮再托个讨饭碗。到了泥人街承蒙各位老板照应，总算是没把这讨饭碗给砸了。”

“赵老板，你也别抓挠得舒服还说痒痒话，如今是你要砸了我们的讨饭碗了。你也是有仁德的生意世家出身，知道做生意的规矩礼数，这一入行便是赶尽杀绝的架势，可是有悖快积德、慢积财的道理。”惠泉堂正对面的“梅下居”的王老板也不客气，直话直说。来了就是说事的，不说开了、说重了，那还不如不来。

“王老板这话说的，我原来也就是你们各家的食客而已，光会吃。这不才跟着几位学着做嘛，还真是不懂这一行该怎么做。也是侥幸，找到个挺有本事的厨头。这菜烧得好，也就一好掩百丑了，省了我不少烧香磕头赔礼赔罪的事情。”赵湖东绵里带针地回一句。他虽然是刚刚做酒楼，但家里祖传做盐号的，生意上、场面上的一套肯定是懂的。而且过去盐号涉官涉私涉江湖，哪一面都要能应对，所以你来我往、明争暗斗的双关话对于赵湖东来说就是基本功。

“赵老弟，现在可是我们来给你烧香磕头了。我们知道你有大本事，玩哪一行都是水到渠成的。惠泉堂才开三个月，你已经玩得风生水起，赚得盆满钵溢，但这样一来也把我们给逼到坎沿沟边了。这不，我们几个来的意思就是想能不能请老弟稍微退一退步，给我们也留个讨饭的破席之地。你肥膏大肉塞满了嘴，怎么也得给我们泼溅点汤汁出来吧。”惠泉堂西边隔着两家泥人铺子是“醉枫阁”，这家的钱老板年老沉稳，说话要城府圆滑得多。

“这个意思呀，钱老哥你早说呀，完全没必要红胡子绿眼睛地敲打我，那反而把我给搞糊涂了。你说你说，我听着，我该怎么退一退步？”赵湖东一副恍然大悟的样子。

“呵呵，很简单，能不能把你店里的特色菜换换，换成比较常见的。”钱老板的话依旧城府圆滑。他并没有要求赵湖东撤了店里的特色菜，那会显得很不近情理，而是让他换些常见的特色菜。

“呵呵呵，钱老哥你可真幽默，常见的特色菜？常见那还能叫特色菜吗？而且我这店开得一无是处，就靠两个菜撑着。要是把这菜再换掉，那不就血本无归了吗？各位老板，你们也可怜可怜我。我这也是熬了心油点的一把火，你们总不能让我把自己给点了吧。”

惠泉堂东隔壁“一楼松风”的吴老板听出来了，赵湖东死话活话地绕着，其实打一开始就是在敷衍他们几个人。赵湖东其实心里很清楚大家的意思，但他根本就没有想做出一点让步，所以吴老板觉得应该从利害关系来说动赵湖东，“赵老板，城门失火殃及池鱼。泥人街之所以有这样的生意环境，就是因为我们大家伙儿都把身家押在这里了，从而形成了一个特定的生意圈。如果真的逼得太急，我们一个个都折本关门退出泥人街，单留你们几家做得下去的酒楼菜馆。搞得这周围冷冷清清、阴风嗖嗖的，到时候估计也就不会有人专门跑远路到这里来摆宴请客了。”

赵湖东微微一笑，“我这里原来的望山好不就是折本走了吗？也没见你们各家生意因为他关门而冷落，反而是要更加好些吧。嘿嘿，吴老板，虽然我是试着做这吃食一行，但生意却是做了半辈子了，没见有哪个生意是保赚不赔的。不过好在吴老板你的一楼松风和我惠泉堂紧挨着，要不你现在就把它也转给我好了，我保证你不折本地离开泥人街。”

话说到这份上，大家都清楚赵湖东根本就没有让步的意思。其实想想也是，他原来做的是盐号生意，这生意和酒楼菜馆不同，是要抢独一号的。所以做盐的生意场就是战场，你死我活，谁占住了上风都不可能给对手缓气的机会。而饮食生意必须三五成圈、菜系互补的道理他确实不懂，短时间内也真的无法理解。

几个老板无法与赵湖东理喻，只能气哼哼地退出惠泉堂。但他们几个并没有马上离开，而是聚堆站在店门口旁的大樟树下，商量其他对付惠泉堂的办法。

王老板叉着肥腰，撇着嘴巴在发狠，“这姓赵的不上路子，那咱们也就不用客气，给他下点黑招儿。我去找人，专搅他的食口[1]，让他生意没法做。”

钱老板依旧很沉稳，“他一个做盐号的，各条路子上认识的人不比你少。要是搅他食口的话，那到最后肯定是个两败俱伤的局面，大家都得不偿失。”

“那么钱老板你给拿个主意，只要能行，需要花费多少银两我们大家分摊。”吴老板比较认可钱老板的说法。

“我在想他惠泉堂之所以能抢到生意，不就是因为有特色菜吗？但那菜不是他赵湖东做的，而是店里厨头做的。赵湖东不肯换菜，我们还真没法动他。不过我们是不是可以从他家的厨头身上动动脑筋？”钱老板轻轻捋了一把胡子。

“对！动他家的厨头。我去找人，让他家厨头再不敢进惠泉堂。”王老板恍然大悟的样子，激动得双手同时重重拍一下屁股。

吴老板瞥了王老板一眼，“老王，你别张口闭口就找人。你以为厨头是你能随便动的？有厨党罩着，动一下你的铺子从此以后都别想开了，还是先耐心听钱老板把话说完。钱老板，你就直接告诉我们具体该怎么办。”

“对！找厨党。”钱老板脱口而出，也不知道是他早就想好了的，还是吴老板刚刚提醒到他，“去打听一下惠泉堂的许厨头是厨党里哪位老大给推荐

[1] 食口是过去饮食行业的行话，两层意思，一个是指酒楼饭店做生意的铺面，一个是指酒楼饭店正在开席的时间。

的，然后绕个圈花点钱让给推荐的老大出面和许厨头说道说道。这样一来就算惠泉堂的几个特色菜不撤换，我估计味道上肯定会差了档次。”

“对对对！从厨头下手好。”

“让厨党出面，那许厨头不可能拒绝的。”

“这样好这样好，不闹啥大动静就把事情给解决了。”

几个老板纷纷赞同这个主意，随后马上就支派人去办这件事情了。

「以一对一，你若赢了，厨党不追究你呛行之举。你只需自行离开，我保证锡城之内你毫毛无损。若你还想留在惠泉堂，必须以一对三。我方三人中有一人品察出你菜中不足，你便输。而你须品察出三人全部菜品的不足，我们才算输。双方都品出或都品不出，算平，换菜再斗。」汪竹年给的两条路子一紧一松，其实是想让许知味知难而退。

「好的，那就以一斗三。」许知味的语气很轻松。

莫名迫

其实在厨党的一群人闯进惠泉堂的前几天，许知味就已经觉得周围有些异常。厨行里的规矩是一个厨房一个神位，别的厨师未经许可，进入就是不敬。这规矩真实的用意其实也是怕其他厨师闯厨偷学技艺。但是惠泉堂的厨房这几天却很是奇怪，总有些人莫名其妙地闯进来。

厨房里其他二等厨师和帮厨的都认识那些莫名其妙闯入的人，因为这些都是无锡厨行里有名的厨师，某一种菜系的老大。但是这些厨师也就是在厨房门口探一探头，虽然不刻意避讳什么，但是那样子肯定也不是来偷学什么技艺的，倒很像是在辨认什么人似的。

还有就是许知味每天早上来店里的路上，也会觉得有人跟着。那天摆渡过运河时最是明显，有几个人就像是专门等在那里打量他的，而且边打量还边小声说着什么。

许知味把这些情况和范阿大说了，范阿大说这可能是因为许知味现在名气大了，不仅在泥人街上是头一份，而且整个无锡城都有议论。所以有其他厨师闲人跑来认认脸，路上遇到人指指点点，都是很正常的。

其实这些情况许知味应该及时告诉赵湖东，赵湖东要是知道了肯定会细想缘由。如果能发现其中真实原因，那么提前走点路子，用点手段，找个厨党中有头有脸的人假说许知味是他推荐的，那就暗地里把事情全解决了，不至于闹一出轰动全无锡的斗菜，陷入谁都无法退让扭转的僵局。

厨党的人一进惠泉堂，柜上主事的就立刻笑脸香茶迎对。这主事的拿现在的职务来讲就是经理兼收银，做这职务的人一般都是饮食这一行的老油条，厨党里的人脸面全熟。所以一看进来那么多厨党的人，而且大部分都是厨党里有身份、有地位的老大，就知道不会是啥好事。所以一边客气地应付着，一边让人赶紧去通知东家赵湖东。

而这么多厨党老大一起聚集到惠泉堂的事情，立刻就惊动了整条泥人街和周边人家。于是各家店铺的老板、伙计以及周围住家、闲人也都涌到惠泉堂来看热闹，想知道到底发生了什么事情。

赵湖东赶到店里后，先是抱拳给所有人作了个圈揖，“各位老大，真是太给面子了，一下子全聚到我惠泉堂来。以往想请都请不来，今天给这机会真是难得。啥都不多说，我马上让厨房做席。各位一定要品个一二三，指点我个三四五，这样也好让我这店子能撑着开下去不是。哈哈。”

厨党中有身份的都叫老大，他们是以商圈范围界定的，每个老大都有自己的势力范围。但也有按菜系分的，这样的老大虽然没有固定势力范围，但影响力可能更大，全无锡城各处都可能有他们可召唤的人。这其中又是以无锡菜的老大汪竹年势力最大，无锡城里里外外最不缺的就是本地菜菜馆，所以他下面跟随的厨师最多，在厨党中也最有分量。

“赵老板，我们过来不为品菜，而是为了品厨[1]。”汪竹年打断了赵湖东的客气话。

“品厨？”赵湖东眉头微微一皱，他马上想到前几日几个老板来找他的事情，估计肯定是他们在搞鬼，“汪老大，这点你尽管放心，我厨房里用的人都是拿着各位老大推荐信来的，没有一个歪门歧路的。”

“可是有人却说你店里有其他道上冒进来呛行[2]的，而且已经证实了。”虽然厨党带有黑社会性质，但实际上他们和帮派还是很不一样。像汪竹年这样最有分量的老大其实也是厨师出身，所以说话时并不拐弯抹角暗带阴诈，而是直接就点到主题。

“这怎么可能，何人证实？”赵湖东肯定不承认，店里故意留呛行的就相当于要和厨党对着干，那以后的生意是会很难做的。

---

[1] 厨行坎子话，指查证厨师身份来历和本事。

[2] 厨行坎子话，意思是打压本地厨行。

“我们自己就能证实，因为厨党中无人认识你家店里请的厨头，更没人给他下过推荐信。我们就怕此事你不肯承认，所以一起来了以便当面对质。”

听汪竹年这么肯定地说，赵湖东心里不由得一紧，立刻意识到试菜争聘过程中可能有什么环节上出错了。

许知味被叫到大堂里，他虽然在皇宫里待过，见过各种大阵势，可是被这么一群凶神恶煞且见到许知味后愈发显露出凶悍之气的人围着，心中还是不由得一股股冒凉气。

“许厨头，你那推荐信是哪位老大给的？没事，有啥说啥，只要把事情说清楚就行。”赵湖东话里其实已经在给许知味铺垫后路了。他是怕许知味不十分了解无锡城的厨党，拿了哪个没资格的厨师写的推荐信，或者索性是被什么人骗了拿了个假推荐信。

“什么推荐信？”许知味懵懂地回问一句。

赵湖东脑袋“嗡”地一下，许知味这句话等于是明确告知大家他没有推荐信。

“那天试菜时你拿的是多少号？柜上说不定还有录人记着谁推荐你来的。”赵湖东赶紧抢说一句，他想再用其他法子给许知味挽回一下。比如说是和谁一起来的，或者是给谁试菜做帮手的。那么那一个人有推荐信就相当于他有推荐信了。

“我不知道几号，是伙计叫到没人应的号，又见我半天没应号，就让我进去试菜了。”许知味实话实说，但他这样的回答已经把所有回旋的余地都填死了，就算赵湖东也再无法从中周旋。

汪竹年一拍桌子站了起来，这突然的一下把许知味吓了一跳。

汪竹年确实很生气。他也听说过惠泉堂的厨头有些真本事，今天虽然是为了此人没有厨党推荐信的事情来到这里，但是只要许知味言语婉转些，东拉西扯些关系，或者胡编乱造些理由，让厨党在面子上过得去，那么他们肯定会顺坡下驴放许知味一马。最多是让许知味给点孝敬费，摆个入门酒就算加入了厨党。那么对于哪一方面都安稳妥当，而且多一个厨行高手加入也算是给无锡厨党增加一份力量。但是许知味当着众人面的回答不仅是将他自己回旋的余地填死，同时也将厨党逼到了没有回旋余地的地步。

“这么说你承认自己是来呛行的了。”汪竹年冷冷地说道。

许知味虽然不了解无锡的厨党，但在外面闯荡这么多年，厨行中的坎子话肯定是懂的，否则连菜都没法烧。所以汪竹年说的呛行他知道是什么意思，而到这个时候他也大概弄清这些人可能是本地厨师的代表，也估摸到这可能是他哪一点做得不合本地厨行的规矩，这些人是专门来找他理论的。

“我是本地城外十八湾村的人，算不上客边人[1]。到惠泉堂是本地做厨，也就是在自家门口混口饭吃而已，怎么都谈不上呛行。”许知味虽然不清楚对方到底要和他理论什么，但既然提到呛行，那么先把他是本地人的情况说出来，这样不管能不能化解呛行之说，至少可以先把关系拉近一些。

果然，听说许知味是本地人，汪竹年的脸色缓和了一些，“这么说你也是师出无锡菜了？”

“无锡菜肯定是学过。”

“话里意思你还学过其他菜系，哪一派的菜最拿手？”汪竹年好奇地追问道。

“学的百家艺，烧的天下菜。也没啥拿手不拿手的，都能凑合着吃。”许知味其实这是客套话，也是真话，他确实为了学好厨艺遍走天下，然后在皇宫的御膳房里更是学到各地方菜系的名菜并融会贯通。

不过这话要是在皇宫里、在官家或者是说给店里客人听那都是绝对没问题的，但是说给总把自己凌驾于平常厨师之上的厨党老大们听，那味道就不对了。在场所有厨党的人都觉得许知味是在说自己天下菜啥都会烧，而且哪一样都是拿手的。这是一种极度的狂妄，也是对他们厨党的极度藐视。

---

[1] 无锡话，外路人的意思。

汪竹年的脸色顿时变了几变，但他还是忍住了，“你虽然是本地人，但往常我们都没有见过你，应该是刚回乡不久。你之前是在何处站灶掌勺做老大的？”

许知味轻轻叹口气，“唉，外出游荡多年，却没混出啥人样来。回乡之前是在京城皇宫里做御厨的。”

这句话一出，大堂里顿时喧闹起来，有人摔了茶碗儿，有人踢倒了凳子。

“汪老大，他是在消遣你呢。”

“这小子太狂了，存心来抹我们厨党脸面的。”

“今天一定要和他斗一斗，让我来和他斗刀。”

“拈火炭，我来和他斗一把拈火炭。”

许知味不知道自己的话为什么引起这么大骚乱，这样的情形让他心中不免怯惧、慌乱。但他神情还算是镇定的，因为这些人虽然都在嚷嚷却没有动手。而且嚷嚷的都是厨行比试的形式，只不过有人喊叫的拈火炭已经是介于厨行和泼皮之间的比斗形式。但只要是比斗，那就表明他们暂时不会无缘无故对他动手。而且这是光天化日之下，店里有许多伙计，店外有许多街坊，按理说他们也不敢随便拿他怎么样。

“好好，既然是宫里出来的大内高手，那我们必须要领教领教了。赵老板，今天不得已只能借你惠泉堂大堂一用。我厨党在此架炉斗菜，若有叨扰你多加海涵。若有损失，输者出钞赔偿。”

汪竹年终于还是爆发了。他本来倒是想辗转着息事宁人的，毕竟赵湖东在无锡城也是有头有脸的人物，很多做厨的都用他家的盐，平时关系不算很好也不疏远。但是许知味那些话一说，就是在明目张胆地挑衅，他要再有丝毫退让，那么在厨党的众位老大面前就不好说话了。

“我不斗菜。”待大家安静一些了，许知味才轻轻说出一句。

“你不斗菜？是要斗刀？”汪竹年左脸颊的横肉微微一抖。

“我不斗菜也不斗刀，更不斗火[1]，厨技之道不宜讲斗，只宜讲和。五味调和，食味调和，人味调和，才能烹饪人间至极味道。”

许知味依旧是在说大实话，其实厨行中真的最忌讳个“斗”字，就算要斗一般也会选择口斗。因为口斗无高低，只说自己好，难说别人差。所以自古以来人们都觉得做厨行的嘴巴很灵光，会吹牛。即便有些厨师说其他事情时嘴巴好像不灵光，只要说到怎么做菜也必然能头头是道、娓娓道来。

口斗不行，那才会斗菜。斗菜其实已经是伤了和气，必须是品出一个高低来才算数。而菜品的高低好坏又是很难衡量的，品评者只能根据自己口味喜好做出判断。而真正的厨行高手和美食家又是不会轻易进行衡量和评判的，因为他们点出的往往是要害，是别人所做菜品中最大的破绽。那样有可能会砸了别人饭碗，落下难解的冤仇。

再其次是斗刀，这不仅是斗的刀功技艺，而且还带有冒险性质，很大程度上斗的是胆量。这种比斗不仅有明显输赢，搞不好还会见血伤人，有的厨者一回斗刀便终生再不能持刀。

至于斗火一类的比斗形式，那已经是带有自残性质的。这是厨行中人结党成群后，才将帮派比斗的形式与厨行特点相结合，逐渐演变过来的。所以真正的厨者更不屑此类拼斗。

“你都不斗？那就要受三刑、摆长席，向我厨党谢罪。从此锡城内外不得做厨，如要做厨必须远离百里之外。”汪竹年左脸颊的横肉又微微一抖。

“我凭本事做菜吃饭，我依官法做事处世，碍着你们啥了，你们凭什么私刑对我？”许知味骨子里的耿直劲儿也上来了。

---

[1] 厨行坎子话，指拈火炭、控锅火、捧火灰、捞油锅等比斗方式。

豆腐菜

事情到了这个份上，赵湖东已经可以肯定许知味不仅不是厨党推荐而来，就连厨党怎么回事都不清楚。于是赶紧上前把许知味往旁边拉一把，在他耳边小声将厨党是怎么回事说了一下。许知味这才知道无锡厨行之中竟然还有这样类似帮派的组织，也才明白他刚才所说的话为什么会引来那么大的反应。虽然那些话句句是真，但在对方这些自恃厨艺极高的老大们听来，肯定都觉得是揶揄、戏弄。

最后赵湖东有些无可奈何地对许知味说："兄弟呀，你刚才那些话我也不知道真假，但是那些话说出了口肯定是与对方杠上了。这菜不斗也得斗，不是说在乎摆长席，长席我出钱替你摆下肯定没问题。只是这受三刑不是你能扛得住的。三刑包括跪锅底，那是刚下灶的烫锅底。抓篓鳅，那篓子口是斜倒口篾条圈，泥鳅抓出后，手背手腕会全都破烂，搞不好一只手就废了。还有背佛油，无盖的罐子装了滚油让你光着脊背背上。罐子烫，人会不由自主地颠抖扭动。但越是颠抖扭动，便越会将滚油从罐口泼出，直接溅泼在赤裸的脊背上。"

"我不和他们斗菜，也不受他们的刑，他们还能强按着我来，就不怕被告官？"许知味依旧是不信邪。

"如果这样，那就是当众给了厨党最大的羞辱，那么他们就会下黑手了。受三刑只是皮肉受罪，被下黑手的话是残是死都有可能。就算不残不死，从此之后无锡城中也是再难有立足之地的。谁让你容身，谁就是和厨党过不去。就连叫花帮子都不会收留你，收留了你，意味着所有叫花子就再无法从任何一家酒楼饭店讨到一粒米。"

许知味呆住了，他根本没有想到自己莫名其妙间会陷入到这样一个尴尬而凶险的处境里。这让他仿佛又有了身处皇宫时的那种感觉，种种的无奈纠缠全由不得自己。

微微考虑了下，许知味长长叹一口气，扭头问汪竹年：“斗菜要怎么斗？”

“小炉烧菜。”汪竹年眉头一挑。

小炉又叫桶灶，一般是小户人家做饭做菜用的。因为这炉子占地小，搬移方便，节省炭料。不过这炉子酒楼菜馆也是必备的，大都是用来烧水、做发案[1]。

小炉不同于大灶，它的炉口小，火力弱，烹制缓慢，时间长。如果拿来烧菜，只能做些家常菜。而家常菜要做好其实是最难的，要用做家常菜的小炉做出大菜那样的美味更是难上加难。

“怎么评判？”许知味又问。

“相互评判，品出对方不足者为胜。”汪竹年所说评判方式是高手之间比拼才会用的方式。相互之间进行评判，也就是说必须将自己烹制的菜品做到没有丝毫破绽，这样才能不让对手从细微处发现其中可能存在的不足。另外这不仅是要考验厨者的烹饪能力，还要考他们的品尝鉴定能力。不过这应该也是最具有信服力的评判方式，因为能品察出对手菜品中的不足，而且是对手自认为毫无破绽的菜品，也就证明自己在这道菜上可以规避不足，比对手做得更好。

“那斗什么菜？”

“让堂外看热闹的人去厨房中随意点一主料，然后以此主料随意发挥。”

“我若赢了是不是你们再不来招惹我？”许知味微微仰首，有三分的傲气，更有十分的自信。

汪竹年微微一愣，不知为什么，他明显觉得自己这一帮人不管如何凶声凶气，总无法压住面前这个其貌不扬的厨子的气势。所以现在他心里有一种以往从没出现过的担忧，今天这场斗菜要是真的输了，那么整个厨党可就坍

[1] 厨行坎子话，指将干货食材用水或油发涨起来。

台坍到底了。

“以一对一，你若赢了，厨党不追究你呛行之举。你只需自行离开，我保证锡城之内你毫毛无损。若你还想留在惠泉堂，必须以一对三。我方三人中有一人品察出你菜中不足，你便输。而你须品察出三人全部菜品的不足，我们才算输。双方都品出或都品不出，算平，换菜再斗。”汪竹年给的两条路子一紧一松，其实是想让许知味知难而退。

“好的，那就以一斗三。”许知味的语气很轻松。

汪竹年心里再次抖颤了一下，他没有料到许知味想都没想就说要以一斗三。而这一选择则是再次将厨党反逼到没有回旋的境地，也让汪竹年开始重新思忖许知味刚才的那些话。如果那些话是真的，许知味真像他自己说的是个通晓天下菜品的御厨，那么厨党今天逼他斗菜可能会是自取其辱的做法。

一个人胆怯了，便会冷静；冷静了，便会考虑周全。而现在斗菜之事已经再无回旋余地，所以汪竹年的周全做法就是把自己退缩到后面，让另外三个老大代表厨党与许知味对决。

就在这个时候，有人从附近几家酒楼厨房里拎来了四个小炉，摆在惠泉堂的大堂里面。为了公平起见，他们都不用惠泉堂的炉子。

“豆腐，所选主料为豆腐。”有人在报喊主料，这主料是隔壁一家泥人铺子的老板娘选定的。

汪竹年听到选定的主料是豆腐后，微微松了口气。他心中暗自估算了下，觉得这一回厨党的胜算应该有八九成。因为他们厨党出来斗菜的三个老大一个是南长街南禅寺旁明镜台斋菜馆的厨头老沙，他是无锡城中所有专做素菜厨子的老大。而豆腐是斋菜中最常用的食材，所以不管菜式还是味道，老沙随随便便就至少可以做出几十种不同的来。另外还有个望湖楼的白大嘴，他是太湖船菜的老大，最拿手的几道菜中就有一道彩盒豆腐。最后一个是徽帮菜的老大，他有一手观赏性大过品味的绝活——扁担豆腐。

斗菜的食材都是惠泉堂厨房里的，斗菜的人自己进去挑拿。这其实也是为了公平，同一个厨房里的食材无区别。就算同类型食材存在好坏，那也是在考量斗菜者挑选食材的能力，这其实已经是包含在斗菜中的一种比拼。

厨党三个老大拿箩筐挑出自己需用的食材和辅料，并且用一些碗碟盛放好必备的调料。食材、辅料、调料的量都是要预先度算好的，不仅不能取少了，而且也不能取多了，全都是正好可将一道菜烧完的量。否则菜品烹制过程中再去厨房拿取材料，或者菜品完成后案桌上乱糟糟还剩余许多材料，不仅让人看着不舒服，而且会成为对方可以利用的把柄。到最终谁都品辨不出对方菜品的不足时，这些都可能成为被贬批的方面。所以这也是包含在斗菜中的一种比拼。

许知味首先选了一块豆腐，这是必须的，也是最重要的。但他并非顺着一屉划切好的豆腐依次拿取的，而是将外围豆腐移开，取了整屉豆腐正中间的一块。豆腐入屉压制，豆汁流失，但中间一块是整屉中流失最少的，保存的原有汁味也是最浓的。而且这一块是不与周围一圈屉框接触的，未受过硬面压挤。所以软硬、密度很是一致，口感相对也是最好的。

许知味挑选中间那块豆腐时，旁边那三个老大看着就已经感到诧异。而当许知味将选好的豆腐放入一桶刚打上来的井水里时，他们便更加诧异了，完全不知道许知味这样做是什么意思。也正因为不知道对手要干什么，所以三个老大的心中开始有些慌乱。

在后面辅料、调料的准备上，许知味用的时间要比那三个老大长得多。那三人已经在外面大堂开炉动刀了，许知味才慢吞吞出来。不过他并没有拿箩筐装各种各样的材料，只托了一个大白瓷盘。白瓷盘里有几根米葱和两个小碗盅，而小碗盅里有什么谁都看不清。当他把白瓷盘和浸着豆腐的水桶放在桌案上时，整个大堂的人都诧异了。大堂外面看热闹的人更是响起一阵嘈杂的议论声，在这议论声中有更多的人慌乱了，但这其中绝不包括许知味。

不仅不包括许知味，还不包括那三个老大。四个斗菜的人都是高手，所以不管之前有什么情绪波动，只要是往桌案锅灶前一站，便都进入到一个全神贯注的状态，像禅修，像入定。

三个老大是在一种全神贯注的忙碌状态中，他们的手眼、心神全随着刀、勺、锅、火而动。身体的每一个移位，手中的每一个起落，食材的每一个翻滚，调料的每一滴入锅，都在脑力和体力的严格控制之中。也正是因为全身心地投入了，三个老大的额头都已经开始微微沁汗了。虽然他们只是烹制一道菜品，虽然他们才刚刚动火动锅。

许知味则恰恰相反，他看上去很轻松。因为他啥都没有做，只是站在桌案和小炉之间半闭着眼睛一动不动，就像是真的进入了一种类似僧道修炼的冥想状态。这种状态和第三天“喜帝宴”时他做“霓虹盖金梁”的状态很相似，而且看起来今天比那天显得更加的笃定和平静，竟然连锅灶、台案都不去面对了，完全无视他所要操作的所有东西。

不过如果留心细看，还是可以看出此刻许知味的额头也微微沁出很细密的一层汗珠。是站得太累？是炉子太热？是人们围住堂口不透风？……没人知道这是出于什么原因。

明镜台斋菜馆的厨头老沙做的是“金河银山”，这不是斋菜中的传统菜式，而是老沙的独创菜品。他拿出这菜品斗菜，那是势在必得。

这个菜的关键是蛋松，所谓金河便是这蛋松。炸得好的蛋松起线不断，入口松软，蛋香、油香全包裹其中。用这样油脂丰富、香味浓郁的蛋松来入味豆腐，再加上木耳、香菇、嫩菜头的衬托。那豆腐做成的银山会美味无穷，就真的如同一个藏有百味的宝山。另外蛋松在汤汁的炖煮下，也会在浓郁香味之外再吸入诸多配料的味道和豆腐的本质鲜香味，并且饱含汤汁，入口爽滑。所以这虽然是一道斋菜，却是可以吃出比荤菜更加丰润肥美的味道来。

望湖楼的白大嘴烹制的彩盒豆腐又是另外一种精彩。这彩盒豆腐选料首先就和别人不同，主料虽然也是豆腐，但这豆腐用的却是油盒豆腐。所谓油盒豆腐，就是在大油中炸过的豆腐。一般的油盒豆腐都是豆腐坊里直接做出来的，因为油量、火候都是有要求的。需要用大锅大灶来油炸，否则炸不好就成破盒豆腐了。而豆腐坊里本来就会制作各类油豆腐、油茶干，有这样现成的大锅大灶。

但是白大嘴用的油盒豆腐却是自己炸的，用小锅小灶来炸的。既炸出油盒的脆面，将油渗入到豆腐块里去；同时又要保持住豆腐原有的滋味和口感，留下豆香和一定的嫩滑感。而这些要求其实全都在豆腐块薄薄的外层上实现，因为豆腐块的中间部分最终是要剜掉的，然后另外用调好的肉末填入再汁烧。

白大嘴这道彩盒豆腐的关键技巧其实就在炸油盒豆腐上。小火热油，缓入快起，半入油的“提炸巧翻”[1]。这不仅是要对火候、油温有极高的要求，在手法技巧上也必须有独到之处。否则豆腐未曾入油就已经损坏，或者入油之后出现粘锅和炸煳。

最后一位老大做的是扁担豆腐，这是一道安徽界内地方小菜系的菜品，主要以刀功和细致见长。但是这一道菜曾有段时间被厨行称为奇菜，倒不是因为它的味道如何妙到毫巅胜过仙品，而是因为烹制完成的菜品能表现出一种几乎不可能的奇观。

扁担豆腐的取料与许知味恰恰相反，是专取靠近格屉四边的豆腐。这豆腐受挤压最多，水分流失也最多，又有上下和侧面的压挤面，所以相比之下要更加韧性一点。然后在划切豆腐时巧妙利用那些压挤面，切出的长条豆腐块都有压挤面贯连。豆腐少油微煎，微微固化豆腐块的四面。然后先下配料烧熟并用勾芡浓汁，再把煎好的豆腐下入锅里。轻转轻滑，让豆腐块裹满厚厚浓汁。这样出锅入盘后的豆腐稍稍冷却下，可以用筷子从中间挑起。而长条状的豆腐虽然两边挂下却不会折断，就像两头挑着重物的扁担。

---

[1] 厨行技法，先提拿着将一块豆腐的一半入油，炸出封固的硬面，然后借助油的浮力翻身，炸制另外一半。

逐辨缺

三个老大里最先出菜的是扁担豆腐，这不仅仅因为它的烹制时间短，而且还因为稍加冷却的过程也包含在它的烹制过程中。

金河银山是在彩盒豆腐前面一些出的菜。虽然两道菜都有一个先要油炸食材的程序，但是炸蛋松没有炸油盒豆腐那么烦琐。油盒豆腐需要一块块地炸，而且是特别细致的活儿。另外最终要做成彩盒豆腐，在炸完豆腐后还有两道重要程序。一个是剜空填肉末，还有一个就是小火汁烧，所以肯定要慢一些。

不过就连彩盒豆腐都已经开始最后的汁烧程序了，许知味仍站在那里没有动，这让周围人都觉得他可能已经放弃斗菜了。

斗菜是有时间限定的，圈香[1]燃一圈为一菜时[2]。一般就算非常细作的菜品，一圈圈香燃完也都能完成了。而斗菜的情况比较特别，有人可能是会做格外烦琐细致的菜品，但是那也绝不能超过两菜时，也就是两圈圈香燃完的时间。

白大嘴今天的彩盒豆腐做得非常细致，方方面面都注意到了，所以做完时差不多正好是一菜时。而当白大嘴从专注的烹制和最终的成就感中收回心神抬头看向对手时，才发现许知味到现在依旧啥事情都没做，这情形不由得在他心境中划过一道很不舒服的惊讶感觉。而出现这种惊讶感觉的远不止他一个，这个时候整个惠泉堂里里外外所有人都不再关心白大嘴做的菜，而是全都把注意力放在了许知味身上。

圈香又燃了小半圈，许知味仍然站在那里一动不动。惠泉堂的大堂里变

[1] 过去厨房里用来驱赶苍蝇虻虫的。
[2] 厨行坎子话，指做一道菜的基础时间。

得更静了，但是大堂外面却开始嘈杂起来，就像有风吹过茂密的杂草。那是看热闹的人们在交头接耳地议论着，而且声音越来越高。

大堂里面的人虽然没有做声，但是心里其实比外面那些看热闹的人更加烦乱。许知味的状态让他们不明所以，这就难免会生出一种难以摸到底细的恐慌，而这种恐慌情绪在三个斗菜的老大身上特别明显。

不过有些人倒是挺乐观，他们觉得许知味可能已经知道自己斗菜铁定是要输了，所以索性就用这样一种方式作为抗争。这样子就算厨党最后斗菜斗赢了，但最终还是会被一些人认为是遭到对方戏弄，而且真要这样的话，这结果现在已经没有任何办法改变。所以这样乐观的人心中同样烦乱，除了烦乱还有愤恨，恨不得上去将许知味痛揍一顿。可这样的事情又是万万不能做的。那样搅了斗菜，不仅没了输赢之分，更是坏了厨党名头和规矩，所以只能眼巴巴地干耗着。

只剩半圈圈香了，汪竹年努了两下因许久未说话而粘黏在一起的嘴唇，清了一下嗓子，开口提醒道:“还有半个菜时，各位抓紧了。”这是按时间提醒斗菜的厨者，但其实现在这种情形下只是在提醒许知味。

许知味终于动了，他身体利落地转了个方向，朝向了斗菜的三个老大。而且他的神情也不再是半闭着眼睛的冥想状，而是笑吟吟地看着他的三个对手，看着坐在那一边的厨党老大们。直看得那三个对手心中发毛，看得那些老大难以安坐。

但是，许知味所做的仅仅是转了个方向而已，仅仅是笑着、看着，除此之外任何事情都没做。而且这样转身之后，他就再看不到计时的圈香。只剩半圈香了，他索性都不看了，那应该是已经彻底放弃了，拖延着把最后半个菜时耗光。

对面的三个对手和所有厨党老大心中也在急切地等待，等待最后半圈香燃尽。虽然许知味采取这种假应战的戏弄态度让他们很掉面子，但是相比之下，斗菜输了会让他们更没面子。所以他们很迫切地希望时间赶紧过去，那么最终许知味将以不斗而自动认输。

可是事情却不是这样发展的，许知味真正的烹饪正是要从最后半圈香才开始。虽然这个时候他转了方向看不到计时的圈香，但在他心里却有一块滴油的抹布。

最初许知味站在那里不动，其实是在感觉对手如何做菜。是的，他没有用眼睛盯着看，只是凭似是而非的感觉。因为对手是三个人，就算盯着看，一双眼睛也忙不过来。但是感觉却不同，那是可以将三个人所有的操作过程、食材变化、菜品形成全部涵盖其中的。并且可以通过动作、火候、味道等方面感觉到不妥的或错误的细节，最终确定对方菜品中存在的破绽。

也就是说，从双方的斗菜一开始，许知味就已经在品辨鉴赏对方菜品了。而他的这种辨菜品菜方式并非平常厨行高手能够做到的，必须是高手中的高手才能做到。

品菜很重要，许知味要想胜，就必须说出对方三道菜的不足。否则他的菜做得再好，让对方无法挑出毛病来，那结果也是一个平手。但是要想找出对方厨艺高手的破绽，并且一下找出三个高手的破绽，仅仅凭借最后对菜品的品尝是不够的。因为品尝是有各种局限的，这些局限除了菜品本身的冷热、凝结、散发等因素，还包括品尝者的身体、心情等因素。特别是在多道菜连续品尝时，更容易出现感官混淆，无法准确从中找到不足。所以许知味直接从对方的烹饪技法寻找破绽，然后结合所用材料和散发的味道综合做出判断。

除了感觉对手的烹制过程，许知味还在感觉他身体另一侧小炉的温度。斗菜不仅需要发现对手的不足，还要让对手找不到不足。所以他的菜还得做，还要做到最好。那么炉子肯定还是需要的，炉火也是肯定要加以控制的。

斗菜开始之前，小炉中统一加入了新炭。厨师可以根据自己菜品的要求，挑开炭火，调整风口封盖，获取想要的火候。这其实又是一种比拼，平时大灶烹饪有专门烧灶的帮手，这种帮手中不乏高手，可以按照站灶厨师要求烧出需要的火候。但是小灶不行，没有专门的帮手，必须站灶的师傅自己进行火候控制。这就对他们个人的综合能力提出了更高要求。

许知味没有直接挑开自己需要的火候，炭火就这么慢慢烧着。因为他需要的火候早晚会出现，重要的是准确抓住时机就行。所以他在感觉对手烹饪过程的同时还在感觉身边炉火的温度，而心中那块滴油的抹布告诉他，这个火候差不多到两圈圈香烧完之前才会出现。

“金河银山，应该是斋菜中的绝妙菜品。但是我想说的是，如今的斋菜本身就是一种在味道表现上有缺陷的菜种。这是因为在斋菜的发展过程中，逐渐形成了一种素菜荤做的癖好。一个个都觉得要将素菜做出荤菜的味道，甚至是超过荤菜才是最好，才是高明。而这就不可避免地出现本末倒置的现象，用辅材和调料的味道完全遮掩了主食材的本味。素菜没了素菜的味道，荤菜又终究不是荤菜，始终有着偏差，这便是味道上的尴尬。”许知味没有开始自己菜品的制作，反是先评判起对手的菜品，而且是在根本没有品尝的情况下进行评判。

听了许知味的话，有人在点头，有人表情不服，有人显示不屑。但是却没有人说话，他们在等待许知味更加针对性的评判。

“而为达到素菜荤做的效果必须要加入重油。金河银山中的蛋松，所起作用其实就是为了带入重油和类似荤菜的浓香。而这道菜最大的不足，就落在这蛋松上。”许知味继续说，而且直指要害。

老沙愣住了，不仅老沙愣住了，其他老大也都愣住了。许知味前面说斋菜追求素菜荤做的特点他们很多人都承认的，但是金河银山这道菜品却并不完全是这样的，它在荤素味道的制作和融合上还是恰到好处的。而且几乎所有人都知道，老沙这道菜的得意之处就在蛋松上，而许知味却偏偏说不足是在蛋松上。

这一回许知味并没有马上接着往下说，而是把锅放到身后的小炉上。再将一只小碗盅拿起，很小心地把碗盅里的清油倒入锅中。

“要想凸显主食材原本的味道，最初级的手法是要用熬制过的清油。而金河银山通过蛋松带入的重油却是混油，虽然肥腻浓香，但豆腐本身的豆味鲜香全被掩盖了。另外蛋松质地松散，会将各种调料的味道大量吸入。豆腐本就不易入味，与蛋松同烧，反被抢了味道。所以这道菜在方法和味道上依旧和其他斋菜一样是本末倒置，主食材的豆腐被蛋松替代了。最美味的表现在蛋松而非豆腐，已经算不上真正意义的豆腐菜。”

老沙将一只手撑住桌案，认真地听着许知味说的每一个字。他始终没有说话，连哼都没哼一下，因为他不知道该说些什么。不过有一件事情老沙心里却是知道的，那就是从今天开始，这道金河银山只能成为二等劣菜了。

其他厨党老大全在沮丧地叹气。都是道中高手，许知味这一说他们就知道已经击中要害。很明显，老沙在这一局里已经输了一半，接下来只能看他能不能辨出对方菜品中的不足扳回半局了。

许知味面前的锅慢慢地热了，锅边呈干燥的白色。倒进去的油开始有反应，但反应不大。而这一切都与许知味心中滴油抹布控制的节奏完全吻合。

许知味眼睛盯着锅里的油，嘴里却在继续地说着：“彩盒豆腐是一道少见的绝菜，各种烹制方法都已经运用到了极致。油盒炸至不油不腻，味汁的调制也恰到好处。而且肉馅的特点是味道内藏，不仅不会夺了豆腐味，咬嚼开后反可烘托豆腐的味道。从菜品制作的设想上本该没有任何不足。”

话头停了一下，许知味缓缓地将另一个盅子拿起。那里面是白盐，很精细的白盐。他将这盅白盐小心地倒入还未曾太热的清油中，是的，他竟然是将盐倒入了正在加热的油中。好在清油不是太热，盐的分量相对油量也算多的，所以并未发生油爆。但是随着油温继续升高，那就难以保证了。

堂中所有人都注视着许知味看似悠闲的操作，心中却焦急地在等待他把话头继续下去。

“但是今天这道彩盒豆腐却没能达到设想的要求，或者说是忽视了一个关键，一个平时就有可能不曾太放在心上的关键，这个关键就是炸油盒。也正因为这个关键，这道菜里本该最为美味的豆腐反变成了最为难吃的部分。”

“你这简直是臆想之后的信口开河，味道好坏，全凭口裁。你尝都没尝，凭什么说我菜里的豆腐最难吃？”白大嘴这个大嘴并不只是因为他的嘴大和品鉴能力强，还因为他善于辩驳，特别是菜品烹制方面的辩驳。

“根本不用尝，只从你烹制过程就能判断。但是这不足并非你烹制技法上的失误，而是今天你烹制条件的局限，因为你今天用的是小炉。”

“小炉又如何？我平时就用小炉。豆腐一块块单独炸的，而且是半入油巧翻身，火候上保证了炸制得恰到好处。这和用什么炉子有什么关系？”白大嘴不服气，他可以确定自己的烹制方法是合理的，而且不受小炉局限。

“所以我说你平时就未将这个关键放在心上，也或者你就是要用小炉来表现此道菜的细致和高档。但正是因为小炉小锅小油量，让你只能采用半入油巧翻身的炸制方法。但是一块豆腐分两个步骤炸制，时间会加长，导致豆腐吃进大量油脂。而且小炉火缓，炸制之后会让豆腐外层封面过硬，中间部分早熟，出现气眼。不像大灶大锅大油量，豆腐整个入油锅，一下子就四面封面，而中间部分依旧保持本来质地。”

白大嘴眼珠转了转，“就算你说的这些情况存在，那也好像对菜品没有任何影响啊。之后这豆腐是要挖开一块的，汁烧的味道依旧可以进入豆腐。而且汁烧的配料中我刻意用鲜甜掩了油味，不会显得太腻。”

许知味没有马上回复白大嘴的说法，而是很认真地开始切那几根小米葱，切好的小米葱葱管放在白瓷盘里显得青翠欲滴。

“你说得没错，这都是你彩盒豆腐的长处，但到现在我要说的不足你仍没意识到。小炉炸制，豆腐吃进大量油脂，这一点你的豆腐挖开和用鲜甜掩油味都能弥补。但是另外一个吃进豆腐的大油量，你却未能弥补。不，你是根本就没有意识到这个大油量。”

“另外一个吃进豆腐的大油量？”白大嘴不是没有意识到，而是完全不懂。

许知味拿起勺子，在锅里缓缓地搅动几下。他是要趁着油温没有升得太高，让加入的盐尽量融化在油中。

“对，这个大油量是肉末中的油脂。你挖开豆腐，填入肉末。肉末烧制后会析出大量油脂，这些油脂都尽数包含在豆腐早熟部分的气眼里，并且因为豆腐炸制后过硬的外层封面不会渗出。所以现在这豆腐会比肉末更油腻，并且随着菜温下降，油脂开始凝固并出现油涩味。等我的菜品完成时，这种现象会更加严重，所以你这道菜中的豆腐必然会成为最难吃的部分。”

听到这里，白大嘴的大嘴大大地张咧在那里，像惊愕，像愤恨，更像要哭。

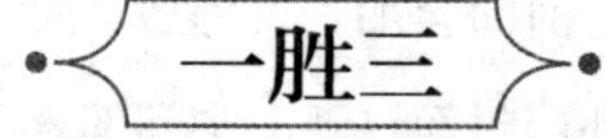

一胜三

许知味没有等白大嘴再辩驳些什么便继续点评第三道扁担豆腐，其实他心里也估计到白大嘴再也辩驳不出什么了。

“说实话，三道菜中扁担豆腐倒是我最为欣赏的。它在味道上最是平实，少煎，清烧，勾芡，裹味。虽然依旧没有采用更好的途径将味道渗入到豆腐里面去，但是包裹在外的浓厚味汁还是恰到好处的。与豆腐原有味道相得益彰，倒也清爽可口无可挑剔。”许知味说得就像亲口尝过一样。

“但是这道菜的不足却恰恰是因为它引以为傲的特色，所谓的挑而不断。为了这个颇具观赏性的特色，必须运用上好的刀功划切豆腐。这刀功首先是要做到轻勒缓拖，一线平直，保证切面的平滑无缺，这是保证烹制好的豆腐挑起不断的第一步。然后在划切中还要兼顾到方向、方式，利用豆腐压挤面。压挤面质地相对坚韧些，不容易折断。”

许知味说到这里停了一下，将浸在井水里的豆腐轻轻托出。持刀横削，刀势不急不缓。这取于格屉中间部位的豆腐依旧有上下两个压挤面，随着第一刀削中带掀，上面一层压挤面落在水桶中了。第二刀同样横削，刀过之后看掌中托的豆腐似乎没有任何变化，但其实已经是贴着掌心将下面一层压挤面削开了。

手中菜刀放下，许知味才续上刚才话头，"但是，正因为需要保留压挤面，所以这道扁担豆腐留下了口感上的不足。破坏了豆腐包裹芡汁后从唇舌间松滑而过的顺爽感觉。本来入口即化的效果，莫名多出了两下咬嚼。所以和金河银山一样，此道菜追求的特点反而成了败笔。"

一群老大听了频频点头，这一说法是显而易见的。但是做扁担豆腐的老大表情却有些纠结，他有点搞不懂平时被人家称道的特点今天怎么成了不足。但许知味所说他又无法做丝毫辩驳，因为事实好像真的是这样的。

而这个时候不管周围人有怎样的反应，许知味都不再理会了。他全部的神思再次进入一种空灵的状态，所有注意力都在炉温、油温上，在油中变化的盐上，在掌中托着的豆腐上。

桌案上有一只早就备好的青瓷大碗，许知味手掌一晃，一块四面净滑白嫩的豆腐翻落碗里，掌中留下薄薄一层刚才被削下的下层压挤面。切好的小米葱洒落在了豆腐上，显得青翠欲滴。勺子在锅里又搅动两下，再次促进下盐分在油中的融化。然后锅离灶口，油入勺口，勺倾碗口。那勺加热了的、融化了盐分的清油泼洒在小米葱上，泼洒在豆腐上。

随着热油的泼下，葱香飘起，豆香飘起，油香飘起。但是许知味并不允许香气的肆意流失，一双筷子快速在碗中压、划、翻、拌，将四散的香气裹入了豆腐之中，同时将融化在热油中的盐味一起化入豆腐。

从四面净滑光嫩的豆腐落在碗中的刹那，做扁担豆腐的厨党老大悟出了些什么。形要为味所用，形味相合才是高超境界。

当葱香、豆香随着热油升腾而起时，白大嘴也顿时明白了。凸显主食材的本味是最为重要的，主辅料的搭配一定要合理，层次一定要分清。越是简化单一的味道，越是清爽、突出、张扬。

筷子插入碗中的那一刻，老沙也一下子明白了。豆腐难入味，但不是不可入味。盐融于油中，就不会像直接加入精盐那样留下盐粒盐块。咸味随油而行，可随着搅拌均匀地渗透到这碗豆腐的每一个缝隙，融合于每一个碎块。再加上葱味、豆味、油味恰到好处地调和一处，便自然生出别有的滋味、无穷的回味。

拌好的豆腐放在那三道大菜的旁边，惠泉堂大堂的里里外外几乎所有人都认得，这只是一个小葱拌豆腐而已。但是对决的高手却知道这是一道不同一般的小葱拌豆腐，是可以斗败三道大菜的小葱拌豆腐。因为制作这个小葱拌豆腐的人不仅将对手菜品的不足一一点中要害，而且在制作小葱拌豆腐的过程中还给大家上了一课。能够上这样一课的人，绝不会在这样简单的菜品中留下任何破绽。

厨技之道没有规定标准，各种方式方法都有自己可追求的巅峰。但几乎所有的厨者都认为要想达到巅峰，首先要能做到“大道至简”。

所谓“简”者，一般认为是以最简易的烹饪方法，表现出食材最本质的味道。所以中华美食中的许多菜式上手并不算太难，这就是很多人学几天厨艺都觉得自己是行家的原因。

但是厨道的简易并不是简单，这个简易的“易”字，其实还有安易、广易、不易的意思在。事实上，烹饪的过程越简单，细节上往往越复杂，包含的技巧能力也越多。就好比成为厨者的第一步就是要学会放盐，但是就算成了大师后，面临的最大问题仍然会是如何放盐。

所以今天许知味的这道小葱拌豆腐首先就在放盐一技上折服了所有厨党老大，以油行盐，油到盐到，盐到味到，这是循规蹈矩的厨者很难想象，更不会尝试的。

但许知味的小葱拌豆腐还有一个妙处却只有品尝到这道菜的人才能体会

到，并且因此从折服到叹服。有幸尝到这道菜的人并不多，只有老沙、白大嘴和汪竹年。

烧扁担豆腐的老大直接认输，他没有品尝辨查许知味的小葱拌豆腐就走出惠泉堂的大门。

白大嘴往外走了两步，但跺跺脚又转头回来。他最拿手的彩盒豆腐被人家一下点破不足之处难免气急败坏，所以明知输局已定还是不甘心地转回来要尝一下对手的小葱拌豆腐。当一筷子豆腐入口之后，他冷静了许多，很沉稳地走出惠泉堂。

老沙认真地品尝了三筷子，最终点点头叹口气也离开了惠泉堂。

到这时候许知味已经完胜，所以他端起那只小葱拌豆腐的碗往旁边泔水桶中一倒。这也是斗菜规矩，胜者可立刻毁了自己的菜品，不让其他更多人品尝了说三道四。因为斗菜者即便输了，都是不会胡乱扭曲事实来贬低对手的，贬低胜了自己的对手也就等于在贬低自己。而其他没有参与斗菜的人却可以不尊重事实，肆意扭曲和贬低，并且可以以自己亲口尝过菜为依据。

就在许知味把豆腐倒下的刹那，汪竹年突然一下子蹿过来，伸手挡了许知味手臂一下。这一下让许知味未能将碗里豆腐全部倒掉，碗边上还剩了一点豆腐末。

汪竹年朝许知味看一眼，那种眼神许知味一下就明白了。因为他们都是技艺高超的厨者，是追求厨艺巅峰的厨者，眼神之中天生就有一种互通。

许知味朝汪竹年点点头，汪竹年用指头轻轻拈起碗边剩下的豆腐末放在嘴里，然后闭上嘴巴细细品味。他的表情很凝重，像石像一样。但从腮帮子的肌肉蠕动，可以看出他紧闭的嘴巴里有着复杂且细微的动作在持续进行着。

“食材滋味尽显，外加滋味圆满，但滋味之外还有并非味道的东西，这东西能入心入神。”汪竹年终于咽下豆腐开口说话了。

“对，那不是味道而是感觉，是随着味道游走的感觉。”许知味回道。

“是凉意，舒心的凉意。”汪竹年找到了许知味这道小葱拌豆腐中的又一个妙处。

“是凉意，因为豆腐用井水浸过，但是一旦入口就不仅仅是凉意了。初夏午后闷热，各位老大问罪斗菜心中燥热。特别是斗菜三位老大还在灶火油锅前忙碌过，求胜心情又迫切，所以当这清爽素淡的豆腐带着凉意入口入喉，这种随着味道而行的感觉会给他们心里带来一种可以抛却所有烦扰的清净自在。”

汪竹年呆呆地站在那里，许久之后才缓缓开口说了一句：“很好，真的很好。”说完他也穿过惠泉堂门口的人群，大步离开。

“怎么回事？这就完了。”

“厨党输了吗？是厨党输了吗？”

“怎么会呀，你们看厨党三位老大做的菜，沾点汤水都比那个小葱拌豆腐强啊。”

大门口的人群议论纷纷。

“为什么就厨党老大做的豆腐强，我就觉得小葱拌豆腐强。老大们做的豆腐不管用料用工都是我平常吃不起的，可小葱拌豆腐我哪天都吃得起。凭什么吃不上嘴的会比吃得上嘴的强？”说话的是个女人，声音很高很尖利，盖住了其他的声音。好像就是隔壁选定斗菜主材为豆腐的泥人铺子老板娘。

许知味清楚地听到了那老板娘说的话，他不由得微微一怔，心中顿时有新的感悟暗暗生出。

厨党的人走了，围观的人也散尽，就连惠泉堂里的厨师、伙计也都各忙各的去了。大堂里重又变得安静，只偶尔有几只麻雀停在门阶、屋檐上喳叫两声。

在惠泉堂里面的钱柜旁，柜上主事的也像麻雀一样，点头挑尾地在赵湖东耳边小声地说着什么。赵湖东的脸色有些纠结，看样子应该是那主事的在劝他做什么颇为艰难的决定。

许知味则随意找张凳子坐下。他现在感觉很累，刚刚做那一个豆腐比做十桌宴席都累。是真心累，累在心里。在这样一种环境和氛围下，以一人之力对决整个厨党，心里承受的压力可想而知。不仅心累，还感到后怕。今天这事情发生得很突然，过程又完全身不由己。要是他真有哪一步上稍微做差了些，那就莫名间惹上灾祸了。

钱柜旁边的赵湖东终于做出了艰难的决定。他倒了杯茶走到许知味身旁，拍拍许知味肩膀把茶杯递给他，“许厨头，歇两天吧。这就回去，后面厨房里我先让人顶着。”

许知味抬头看赵湖东一眼，“干吗要歇？我没事呀。厨党已经输了，他们肯定也不会再来闹事。老板你放心，这事儿虽然是因为我不懂规矩引起的，但现在已经了清了，不会影响店里生意的。”

“唉，那个许厨头呀，还是歇两天看看情形吧。你也避避风头，今天这斗菜你要是斗个平手或索性斗输了，那还有周旋的可能。但你全胜厨党，没给他们留一点面子。他们以后要想继续在无锡城立足混场面，怎么可能对你善罢甘休呀？”主事的倒不像赵湖东那么虚虚掩掩的，直接就把他们商量之后让许知味暂时离开的真实意图说出来了。

“厨党那些人不会这么不讲信用吧？难道，难道他们还会继续对我下黑手？”许知味很意外，事情好像并非他想象的那样进行的。

“厨党虽是帮派，却又不同于江湖帮派，不在乎什么江湖信誉的。而且你这一场斗菜都是破的人家看家菜、成名菜，出于私自的愤恨，也难保他们不会对你下手报复。”赵湖东解释道。

“是呀，厨党虽然不算真正的江湖帮派，但是他们下手可比那些帮派还黑，‘吃钵菜’[1]‘烧凤爪’[2]‘穿活肉’[3]，这些你都听说过吧？要是下手再鲁莽

---

[1] 说是用瓮钵砸头，其实就和一般帮派混混的拍黑砖一样，捞着啥都奔脑袋砸。

[2] 烫烧双手，但是不具备烫烧条件时，也会砸、刺、削皮。

[3] 原来的意思是用刀子穿舌头，但是真要操作时舌头哪有那么容易被拉出扎穿，所以后来包含了四肢在内。

一点，搞不好就得‘弹老三’[1]的。许厨头，听老板的没错，还是赶紧先回家避几天。过些天要没啥情况了，我再让人找你回来主厨。”主事的是连吓带劝，看得出，现在许知味在他眼中已经不是摇钱树而是惹祸根。

“照你这么一说，那我更不能回去了，刚才我已经告诉厨党那些人我是十八湾村的，他们真要是不放过我肯定会找到那里去的。而且我要是回去，这路上独自一人不正给了他们下黑手的机会吗？而且我现在的住处是暂借了别人的，人家家里上有老下有小的，我可不能再连累了他们。我想我这些天应该暂时待在店里才对，店里人多，街上店铺也多，这种地方他们不敢轻易下手的。”许知味没有被吓糊涂，脑子还是拎得清的。

“可你也不能连累店里呀！你这回把厨党给剥皮晒骨了，要是还赖在店里，他们没法对你下手，那就肯定会对店里下手。这后厨之中除了你，哪个和厨党没有点牵扯的，只要那边一句话，我们这边生意肯定做不成的。到时候就算你许厨头长了三头六臂，你自己一个人能把整个厨房摆弄下来？”主事的见许知味不愿走，也就不管真话丑话了，索性实话实说。

这话一说，许知味便彻底明白他们的意思了。他们不是为了让他避风头，而是要赶他走，或者说是将他推给厨党了。不过转回头想想也对，少了他惠泉堂也就少些特色菜，生意还是照样可以做的，损失不会太大。可要是留下他，就算有再好的菜品，生意没法做下去，一切都是枉然。

许知味转头看了一眼赵湖东，心里希望赵湖东是个有担当的人，能够看在他尽心尽力为店里做事的分儿上，为他提供些许保障。但是赵湖东避开了许知味的目光，只是朝着无人的角落自顾自地叹口气，摇摇头。

---

[1] 无锡话，死的意思。

晓真相

许知味这一刻再次体会到无助和绝望，就像在皇宫里被慈禧太后下旨杀头时一样。可那时候宫里还有个翁先生能帮到他一把，而现在谁能帮到他？都说宫中人情淡薄、事事凶险，这外面的世界又何尝不是这样？而且这还是在他的家乡，面前是他尽心尽力效劳的东家。

想到家乡，许知味立刻把茶杯往桌子上一顿，起身急步往外走，也不与赵湖东打招呼。他的想法是对的，既然惠泉堂不让他待了，那么就应该赶紧回到十八湾村去找范阿大。趁着斗菜的事情刚刚结束，厨党一时间可能还未曾想到马上在路上截他。也是趁着现在天色还未晚，青天白日的就算截了他也不敢轻举妄动。而只要他回到了十八湾村，范阿大应该可以招呼些乡里乡亲的人护住他。就算范阿大做不到这点，村里也待不下去了，那至少还可以帮他找个暂时躲避的地方。

许知味心里想着脚下走着，一路上倒也没有遇到什么情况，回到十八湾村时，村里也很平静。进村后许知味没有马上回范阿大家，而是直奔村里大场[1]。因为在大场的边上有个草亭，很多时候范阿大都会在这里喝茶喝酒。另外这个草亭是村里闲人聚集的地方，消息最为灵通。许知味可以从这里先探听一下有没有陌生人到村里来找他，以防厨党的人已经赶在了他的前面。

那草亭其实应该算半个草房，除了草顶，还有草席围起来的三面草墙。这地方平时都是一些老人闲汉占着，喝茶喝酒聊闲事。当村里有些公众的大事或者纠纷，人们也都会聚集到这里来评判、解决。另外这里还算是个小市场，每天早上和傍晚时分，村里的一些人会在这里互通有无交换些鸡蛋鱼肉蔬菜什么的，以丰富自己家的餐桌，满足自己这一天的伙食需要。

---

[1]　公用的空场地和村民聚集地，类似打谷场。

许知味离着草亭还挺远，就已听见里面有人在大声说着什么，而且好像还提到了他。于是他不由得微微一愣，赶紧放缓脚步慢慢往草亭走近，心中暗自担心不会是厨党的人已经赶在他前面来到村里了吧。

“就说许家那个刚回来的儿子吧，我们村里有出息的就数他了。听说他在宫里当过御厨，那可算是皇帝身边回来的。而且现在在泥人街上当厨头，烧菜的本事没人能比，是能挣大钱的把式。你们这几个成天混吃等死的表将[1]，怎么能和人家比呀？”

许知味听清楚了，这是村里老人在拿他做标榜教训不学好的年轻人呢。可是他们哪知道他现在惶惶然就像个丧家犬，都不知道何处才是他存身之地。

“拿谁比也别拿那个许厨子和我们比呀，他就是个猪头三，被范阿大个老门坎[2]玩得团团转。”有人在反驳刚才老人教训的话。

许知味听到这话后停住了脚步，他一时间有些蒙圈，怎么都没明白话里所说范阿大玩得他团团转是啥意思。

“就是的，那许厨子出门在外不回家，被范阿大玩了他娘子。而现在他回来了，又被范阿大骗着银子。哈哈哈，真就是个猪头三。”

许知味脑袋“嗡”的一声，仿佛被什么人瞬间给下了黑手，中了“吃钵菜”的道道。

“你们这几个赤佬[3]不要瞎叨[4]，这可是有关活人、死人声名的事情，瞎叨乱传当心遭报应。”有老人在制止那几个不学好的闲汉。

“我们可不是瞎叨，村里谁不知道范阿大是许厨子娘子的汉郎头[5]，要不然他那么精算的一个人怎么可能把许厨子娘子生的孽种给养着，那本就是他自己下的种。”

---

[1] 无锡话，坏东西、家伙的意思。
[2] 无锡话，意指狡猾、精明。
[3] 鬼东西。
[4] 瞎说。
[5] 奸夫。

“对对，你们看看那个孽种。才一点年纪，眼鼻间的奸诈气，还有满肚子的坏水，哪一处不是和范阿大一样一样的。”

……

许知味的脚步有点打晃，脑袋有些恍惚。他原来听范阿大说瑜梅留下那孩子是被贼胚欺辱了留下的，所以只想着那孩子一身贼胚相。但是现在听草亭里的闲汉们一说，再回头仔细想想，还真是和范阿大一个套子出来的。顿时间，许知味不仅心中充斥着羞辱，更有一种被愚弄的悲愤。另外还有一种被阴险、狡诈缠绕的恐惧感，也一起混杂在前面的两种感觉里。

此刻的许知味比在皇宫里等候问斩还要煎熬，比惠泉堂中被厨党一群人威胁逼迫还要难受。村里人鄙夷的目光、讥笑的面容，还有反复说出刚才那些话的嘴巴，一直在他脑海里盘绕、飘忽、放大……他唯一想做的就是逃离，不是逃离厨党的追逼，而是逃离村里所有人的视线。那些视线带来的是会比厨党下黑手更大的伤害，而且他之前一直都处于这种伤害之中却毫无察觉。

其实处于眼前状态下的许知味同样有些情况无法觉察，就在草亭一角里躲着个瘦小的身影，这身影正是被大家伙儿称作孽种的五儿。五儿不仅一直注视着许知味，也一直听着草亭里的对话，而且这样的对话他可能早就不是第一次听到了。

许知味急急地转身，一路小跑冲进范阿大的家，收拾起自己的包袱再冲出院门。但就在他出门的时候，竟然正好迎面遇到范阿大。

范阿大气喘吁吁，他也是急匆匆赶回来的，背后还远远地跟着他家小伢儿五儿。范阿大是在外面听说了泥人街斗菜的事情后急急赶回来的，他知道许知味招惹到厨党后肯定没其他地方可去，只能是回村里。但是村里也不是一个能庇护他的地方，现在的人有好处的时候是同村同乡，遇到灾事时谁还不是各顾各的。所以他也急着赶回村里，准备让许知味到其他地方去躲一躲。

范阿大刚进村口就遇到了五儿，五儿告诉他许知味在草亭那里听村里人的闲聊后跑去家里，他便知道事情不妙，于是以更加急匆匆的速度也往家里赶来。

范阿大边走边在心里说:“一定要截住许知味，不能让他啥交待都没有就这样走了。自己这么些日子花下的心思，总得有些回报才行。”

“就、就这么走了？”范阿大横在巷子中间，弯着腰喘着气对许知味说。

“我能留吗？我有脸留吗？”许知味愤恨地对着范阿大，双眼通红，像要冒出火又像要滴出血。

“我好心好意留你住，你咋一下就青面皮[1]了。你就算要走也得有个交待吧，总不能连我的面儿都不照，半句话都不留吧。”

“你要什么交待？我知道了，不就是要房钱吗。”许知味从包袱里抓出一串钱朝范阿大一扔。

范阿大慌手慌脚地把那串钱接住，然后继续喘着气说:“我听说了斗菜的事，厨党不可能容下你，无锡这一块地界肯定是留不住了。就算躲在十八湾村也没用，这村里都是自私自利的人，整天就知道嚼着蛆编排恶心故事。真要事情临头，没谁会出来帮你的。另外我也是真的希望你赶紧走，一个是躲开厨党消灾免祸。再一个要是把你老藏家里，村里那些人肯定得瞎编你和我家里的一些污浊事。名声重要啊！否则抬不起头做人。”

许知味听了范阿大的话后不由得一愣，这话里没有辩说关于他是瑜梅汉郎头的事，但似乎又在解释村里闲汉们所说的话不可信。

“甭管你怎么说吧，这里我都是不能待了。从前有个家不好好守着，现在想重建个家才知道是那么难，比学烧几道菜难多了。因为很多事情都由不得自己，人逼人，事逼人，世道逼人啊！”许知味重重地吐出胸中一口郁气，感慨之中眼泪差点流下。

[1] 无锡话，翻脸的意思。

“可是你打算去哪里呢？总不能满野地里瞎跑吧？”

这句话让许知味的表情瞬间变得沮丧且茫然。是呀，去哪里呢？哪里才是他能留下的地方？他专心厨艺这么多年，想凭一身厨艺飞黄腾达。结果在宫中当御厨险些丧了性命，幸好贵人相助才保住性命被赶出宫来。现在回到家乡又被厨党追逼着逃亡，有命没命还难确定。京城、家乡都容不下他，哪里才是他的存身之地？

“要我说呀，你这身本事要想有出头之日，最好还是去上海。上海离着无锡不算远，那里有洋人租下的地盘，开埠和洋人做生意已经有好些年了。每天洋车洋船来来往往，沿街都是大商行、大货栈。在那里做生意的真假洋鬼子、各路大老板最不缺的就是钱。就算是做点卖菜的小生意，那铜钿都是用簸箕往家搬。我主要是家里有老老小小的拖累着，要不然早就去那里发财了。”范阿大给许知味指了条路。

许知味听这话觉得有道理，京城和家乡他都待不下去，其他地方估计也不会好过这个地方。天底下也就洋人来来往往的上海和其他地方不大一样，说不定真就是一个他可以存身的新天地。再说了，这一刻他真的不知道自己该何去何从，所以随便什么人随便指点个什么地方，他都会觉得是条明路。

想到这里，许知味也不多说，背着包袱就要从范阿大这边挤过去。

范阿大一把抓住他的包袱，使劲拖住，“哎哎，话还没说完呢，刚才不是和你说了吗？要走也要有个交待呀。”

“什么交待，房钱不是已经给你了吗？你还想干什么？”许知味说话的同时用力一拽包袱，同时伸手猛推范阿大一把。做厨行的人平时颠锅把刀，手上力道都不小。这一下不仅挣脱了范阿大的手，而且还把他推了一个趔趄，幸好是靠住巷子里一边的墙壁才没跌倒。

“你干吗打我爹！你干吗打我爹！我和你拼命！”跟在范阿大后面的五儿扑上来了，两只小拳头对着许知味裆部乱捶一气。他这样子不仅颇具勇气，也十分阴狠。幸好是人小无力，所以只是吓了许知味一跳，并没有什么实质的打击效果。

许知味低头看着这个孽种，看着他与范阿大几乎一样的奸相、无赖相，心中一股股的气往上涌，真恨不得一脚将其踹死。但他最终还是忍住了，谁的罪过都碍不着孩子呀。

而这个时候被推得跌靠在墙上的范阿大再次扑上来，紧紧抓住许知味的衣服，“你还有些账没算清，怎么就要走！你要本事大，就把我们一老一小打死了再走！”

范阿大虽然紧紧抓住许知味的衣服，但还是被许知味用力一甩就甩脱了。甩脱之后，许知味又从包袱里掏出一串钱来扔给范阿大，“不就是要钱吗？这下总够了吧？”

这一回范阿大没有去接那串铜钱，钱掉在地上，那捶打许知味的五儿赶紧放弃无效的打击，一下扑地上将钱捡了起来。

“差得远呢，这点钱还要还账，你倒口轻漂漂[1]的。”范阿大说着话还想去抓许知味，但是许知味连续让开几步躲开了，而且顺势朝着巷口走去。

“有笔账是你家瑜梅要和你算的！”范阿大被趴在地上捡钱的五儿挡住脚步，然后见许知味已经大步走出一段距离，不由得在背后大喝一声。

再离乡

许知味如遭雷击，一下子站住。然后缓缓转过身来，“瑜梅留下的账？什么账？”

“就是这孩子！”范阿大指着从地上爬起来的五儿，“我不知道你在外边

[1] 无锡话，落得大方的样子。

听说过什么，但是这孩子是瑜梅肚子里掉出的肉总没错吧？我也是一时义气，收养了这个孩子。然后又和他投缘，一直养着没送人。按理说你回来了，这孩子应该交给你带走才对。”

“为什么交给我？呵呵，这孽种不知道是谁的，但肯定不是我的，我为什么要接着。”许知味听了范阿大的话后硬生生气出两声冷笑来。

“因为你欠着瑜梅的账！你双手一摊拔腿离家这么多年只管自己逍遥自在。可是害苦了瑜梅，是她替你孝敬老人给两个老人养老送终的。更害惨了瑜梅，要不是为了给你守住这个家，也就不会被贼人欺负。生出了这个可怜的孩子，还为这孩子丢了性命！”

许知味愣在了那里，范阿大说得不无道理，从这方面来讲他真的亏欠了瑜梅永远无法偿还的欠账。

“瑜梅把这孩子生下来，那就意味着她是要这孩子的。她替你给老人养老送终了，你是不是该替她养着这孩子？不管怎么说，这都是你家里留下的一条命。”范阿大的账目算得倒也有道理，许知味根本无法反驳。

“你家没人了，这孩子我替你家养了几年，我这账也就不和你算了。但你现在回来了，怎么着都得给带走吧？我可没必要再替你担着了。”

“可是……”许知味这一句“可是”包含了太多意思。这样一个孽种他心里肯定是不愿意接受的，怎么可能再带在身边。另外他现在是被厨党追逼逃亡，逃得了逃不了还是个问题，逃到上海能不能立足也是个问题，带个孩子真的不行。

“我知道，你现在的处境带个孩子确实不是回事。这样，我也是和这孩子投缘，继续帮你养着没问题，而且这账我依旧不和你算一分。但是等这孩子长大成人了，你可得把他带出去。教会他做厨的本事，让他能自己成家立业。只有这样，我觉得才算是还清了瑜梅的账。”范阿大不仅显得很讲道理，而且还表现得很大度。

“可是我到上海后也不知道能不能站住脚跟。”许知味脸色很无奈，也很纠结。

“那没事，你到那里站稳了就给我这边来个信，要是去了其他地方也给我来个信，只要是能让这孩子长大后可以找到你就行。你不是个大糊样[1]的人，我相信你。”

“行，到时候再说吧。”许知味现在只想赶紧离开。他心中不仅厌烦那个孽种，而且范阿大的嘴脸也让他感到非常恶心。

“你可记好了，这孩子大名叫范五宝。你给的这两串钱我先收着，以后给这孩子当找你去的路费。”范阿大从五儿手里接过第二串铜钱，将两串钱都套挂在自己的手腕上。

许知味再次拔腿往巷口走，心中暗自庆幸刚刚只是给了范阿大一个模棱两可的答复，而范阿大竟然也没有要他赌咒发誓啥的。

就在许知味快走到巷口时，范阿大在后面又提高声音说了一句，语气半真半假，“你可记好了，一定要给我来信。要是骗了我，你爹娘的坟可在这里没带走，到时别怪我刨了你家的祖坟。”

猛然间，许知味的心非常疼痛地抽搐了一下，就像是被毒蛇咬了。同时一股龌龊之气堵住胸口，无论如何都难以舒吐而出。他知道，不管范阿大这话是真是假，他已经被下了咒似的套牢。

许知味心情烦杂地出了村子，此刻天色已经渐暗。路边的桃树全变成了黑色的剪影，在微微的晚风摇曳下，显出几分诡谲，让人觉得随时都可能从背后蹿出什么怪异的东西出来。这种情景之下，许知味显得更加惶然，脚步在凸凹不平的土路上连续磕绊，几次差点摔倒。好不容易才跌跌撞撞绕过桃园，眼看着就要上了东西走向的大路。

---

[1] 做事不可靠。

但就在快要走上大路前，他发现土路与大路交叉的路口边有几个黑色的剪影。那些剪影肯定不是桃树，因为它们会移动，移动起来比晚风还快。

许知味是被围住后才看清那些黑影的，都是厨党的人，为首的是汪竹年。跑了一身热汗的许知味不由自主地又狂出一身冷汗，已经跑得非常疲惫的双腿差点软瘫。他心中一阵叫苦:“完了完了，被范阿大拉扯一阵耽搁了时间，终究还是让厨党给截住了。”

“许御厨，等你好久了。他们告诉我你进村了，我就估摸着你还得出来，一直在这儿等着你呢。”

汪竹年这话一说，许知味就知道他早早晚晚都是逃不脱的了，一直都有人盯着他呢。

“许御厨，能借个僻静地方说话吗？”汪竹年语气倒是挺客气的，但是在许知味听来却是阴森森的。

“为什么？这儿不能说吗？”许知味当然不愿意往僻静的地方去，在这大路上说不定会突然有人经过，他还能有机会逃过一劫。就算被下了黑手，那么也容易被人发现，及时救助，最不济被他们打死了，尸体还能及时让人发现。总不能被他们拉到什么野猫不拉屎的地方去，最后被野狗啃成一堆白骨都没人知道。

“许兄弟，我们冒冒失失地前来还请你多多体谅。不去村里找你，就是怕惊动太多人，传出去了我厨党又是自己给自己痛打回脸。你要是不愿往僻静的地方去，那我俩就到那桃树后面说会儿话，行吗？”

汪竹年更加客气了，还与许知味称兄道弟起来，这让许知味感到十分的诧异。不过到桃树背后说话，而且就汪竹年和他两个人，这是许知味非常愿意的。因为在大路边，对方又这么多人，他绝难逃脱。但是只有两个人进了已经昏暗一片的桃园，那么真要发生什么事情，他逃脱的机会就大了许多。

汪竹年和许知味进了桃园，过了两道树垅[1]后停住脚步，“就这里说吧，再往里走怕惊动看桃的。”从话里可以听出，汪竹年的原则始终是怕惊动到别人。

许知味回头看看已经距离厨党其他人挺远的了，而且这桃园挺深密，就算那些人都追进桃园要抓到他也不大容易。另外桃树上还有铜铃，就像汪竹年说的，再往里去轻易就能惊动看桃人。所以他就没有坚持再往更远处走。

汪竹年伸手从后腰间拉出一件东西。昏暗中许知味以为他是要掏什么家伙，一惊之下不由得急退两步，密密的白毛汗硬生生从后脊梁挤了出来。不过他很快就辨看出汪竹年拿出的只是一个布囊，看着分量挺沉的一个布囊。

“许兄弟，这是厨党老少爷们儿凑的一点意思，然后托我觍着脸皮来求许兄弟。”

“求我？”许知味有些蒙头转向。

汪竹年没有马上说话，而是解开布囊口的带子，敞开囊口。然后走近许知味，把那布囊塞在许知味的手里。

许知味双手捧着布囊，低头看一眼。虽然光线很不好，但他还是非常清楚地看到那里面大部分都是重宝、元宝的大钱，还有少部分竟然是银饼子。这是数额不小的一笔钱。

“兄弟，其实我们知道这点钱对你这身怀绝技的高人来说真算不得什么。但怎么着都算是厨党老少的一点心意，是从养家糊口的劳苦钱中省出来的，你千万不要嫌少。”

“为什么给我钱？”许知味真的糊涂了，厨党人不但不对他下黑手，反过来还给他钱。

“这话还真不怎么好意思说，可把我自己戳你面前就是为了求这么个事的，还就得耷皮着脸说啊。”汪竹年这很明显是故作的客套，“白天一场斗菜，

[1] 果树间调整旱涝的凸起土道叫树垅。

许兄弟妙手妙招，艺惊锡城。厨党颜面扫地，实在是技不如人，活该如此。但是厨党众人以厨养家，今后还得立足做活过日子，这一场丢尽脸面的斗菜要没有妥帖的说法，那以后不仅活儿做不出，还得落下被人传议的笑话。所以权衡再三，只能出此下招。想请许兄弟不要再到泥人街做厨了，拿着这些钱悄悄离开无锡，从此不再露面。那么我们也就好编个说道，把扯下的面子贴回去。”

“我还是没太明白你的意思。”许知味真的没太明白，但他至少知道自己目前没有危险了，所以才会安心地追问缘由。

“你斗菜之前曾说过你是御厨。这样你悄然不见，我们厨党便可说你是宫中御厨受赏还乡省亲。争聘厨头民间做厨只是一番游戏，兼带考察民间菜式，斗菜之后暴露身份已经悄然赶回宫中。试想民间的厨子，有几个能有福分与大内御厨高手比拼厨艺的？就算是输了都是一种荣耀。这样我们厨党也就不失脸面了，反可成为一种炫耀资本，各位输菜的老大依旧可以保住名头继续独当一面。”

这厨党之中不仅仅是因为厨艺出类拔萃就能当老大的，真的还是需要有些脑子和策略才能带领这么一个大行当。就说这汪竹年吧，斗菜输了之后，其他一些老大都提出出人或买人对许知味下黑手，只有他力排众议觉得不能这样做，并且以他的理由说服了大家。

汪竹年的分析是很有道理的，斗菜输了，就算对许知味下黑手，也无法挽回厨党脸面。而且这时候下黑手，等于表明是厨党干的。这不仅会让人们觉得厨党斗菜输了恼羞成怒不遵守承诺，被江湖帮派看低，而且还让人们更加确认他们是厨艺不行斗不过人家，才会用此下三烂的手法，加倍折损了他们的脸面和名头。

另外下黑手的要是没个轻重真出了人命官司，官府肯定也会第一个找上他们。而厨党实质上只是行业组织而非真正黑帮，成员都是实在做事的手艺人。真正的黑帮都不轻易招惹官府，更何况他们。所以最好的办法就是让许知味悄然离开，然后厨党造势夸大许知味的身份和本事。把输了的这场斗菜反变成一种荣耀，一次提升名头的机会。

许知味一下子就明白汪竹年的真实意图了，而明白意图后的第一反应竟然想到的是翁先生的话：“这厨道之上，你绝对是个强者……开创一个菜系，成为一代宗师！”是的，自己真的是个强者，许知味此刻真真切切地体会到这一点。仅仅是凭了一道菜的力量就让整个厨党低头，那么依靠他一身厨技像翁先生说的那样去开创菜系也真不是没有可能的。而且他这回是去闯荡上海滩，听说那里是个什么都有可能实现的神奇世界。蓦然间，许知味心中升起一种梦幻般的希冀。

“许兄弟，你怎样的意思可以明说？”

汪竹年的话让许知味意识到自己走神了。眼前要解决的事情对于厨党来说很重要，他们此行其实是要为自己以后的生计和面子制造一个大谎言。

许知味不由得苦笑一下，心说就算没有他们厨党的请求或逼迫，他也是必须离开这里的。这是一个他再没有脸面待下去的地方，一个必须永远离开的家乡，而且也应该是永远不会再回来的家乡。他的名声和尊严无奈之中被人损败，而厨党众人的名头被他折损后的心情又何尝不是同样的煎熬。

想到这里，许知味不由得长叹感慨：“唉！这做厨行的名头就像做人的名声，真的是损不得。”说话间，他把那钱囊重新塞回到汪竹年的手中。

“怎么？许兄弟不愿意帮这个忙？”汪竹年一怔，脸色顿时难看了下来。

“不是的，汪老大，你没见我背着被盖包袱吗？我本来就是要离开这里的，而且再也不回来。要早走几步过了遇上你们的茬口儿，可能你我从此都不会见面了，所以你们根本没有必要给我钱。斗菜的事情你只管按自己的意图去操作。即便以后有人遇到我认出我，提到这事真假，我也绝不承认到过泥人街，你只管放心。我要乘夜赶路，就此别过，后会无期。”

“这、这就走了？”汪竹年没有想到事情会这么容易就解决了。

“汪老大还有什么指教？”

汪竹年迟疑下，然后从布囊中抓出一大把钱，“要不，你多少带点。”

许知味手指扯了一下衣角，有些犹豫。也是的，所谓穷家富路，他离开无锡后前往上海也不知道会遇到什么情况。而且估计那人生地不熟的地方也不会有谁会帮他，所以能多带些钱有益无害。

但许知味最终还是没有从汪竹年的手里接过钱，只是咽了口唾沫嘿嘿一笑，“还是算了，钱这东西天下哪里都挣得到，却不是天下哪里都用得上。不过临走前劝汪老大一句，你的招灵光的，但一回有用，二次就不好使了。所以要霸住锡城厨行，还得从手艺上用心。菜品不足，人人难免。厨技之道诸多法门，其中‘变’字独占得一道。不足则变，变不足为圆满，变缺憾为特色，那才是厨技正道。”

“不足则变？变不足为圆满，变缺陷为特色？”汪竹年口中喃喃，心神旁飞。当他再次收回心神目光时，许知味早已经消失在夜色桃林之中。

蔡壬鑫依旧呆呆地坐在面馆里，用崇拜的目光一直看着许知味。直到许知味走出了面馆，他才想起自己的面条还没吃。而这个时候那碗原本烫手的鸡汁面依旧是温热的，这让蔡壬鑫想到三国里关羽温酒斩华雄的故事。

这个救馒头的师傅只几句话就教给人家改善生意的妙招，那份潇洒和笃定似乎也有着温酒斩华雄的气概。

镇海场

宁波城东北角的和义门和正东的东渡门之间有一个规模非常大的海鲜批发交易集市，叫镇海场。这位置虽然是在城外，但是临近三江口的水路汇集处，交通便利，可以从多条水陆途径及时运送来新鲜的海产品。

镇海场的海产品主要分为两类：大海鲜和小海鲜。大海鲜以象山过来的为最佳，如大黄鱼、红膏蟹、鸦片鱼等等；小海鲜则是以舟山的为最俏，有海瓜子、佛手贝、赤贝等等。

镇海场做海产的商贩也分为两类：大货主和小货主。大货主、小货主的区分和大海鲜、小海鲜没有关系，而是看所经营品种的高档与否，每次拿货数量的多少，还有拿到的货是送往哪里的。

祝昇蓬勉勉强强算得上是个小货主，他每天在市场里蹿来蹿去累个半死，也就收个三四筐的货。这一则是由于他太挑剔，收的货必须经手细挑，保证新鲜；再一个原因是他真的很懂行，知道镇海场里卖海产的渔家和货头[1]会在货里做些什么手脚，让那些脱水太久的海鲜看起来很新鲜很有卖相，这在贩卖海鲜的坎子话里叫“穿过年衫”。由于穿过年衫的做法太过普遍了，以至于祝昇蓬每天要找到些没做过手脚的海鲜成了很不容易的事情，更何况就算他找到了，人家也不一定会卖给他。

渔家和货头不愿意把货卖给祝昇蓬，是因为他每次货又不多拿，还那么挑剔。而祝昇蓬挑来的那些真正的好货，也没有那些穿过年衫的海货上相好看，价格上更是不如那些做过手脚的货有竞争力。因此他吃力受累挑来的好海鲜反而不一定好卖，这小货主做得只能是一天比一天更小。这不，今天又要过晌了，他收到的海鲜还有一半没能出手。看来又得亏本送到底街的小饭

[1] 也叫头家，花钱雇船出海打渔，获取到的海货不管多少都归他们。

铺去了，要是连底街的饭铺也不要，就只能晒成鱼干、贝干。

又差不多到中午了，祝昇蓬笔直地站在自己的摊位前，紧盯着摊子上的海货。仿佛他可以看出哪些海货正逐渐失去水分在开始干瘪。与那些干瘪的海货不同，祝昇蓬的衣着始终是整洁的，辫子是光亮的。不管生意好不好，也不管人家买不买他的海货，他都觉得自己应该以最为精神的状态对待每个客商。这是对别人的一种尊重，也是对自己以及摊子形象的树立。

“大哥！祝大哥！发财了，我们要发财了！搞七念三地[1]终究让我搞到个古林镇的大客。”一个扫把头[2]的年轻人耍着袖子跑过来，离得远远地就已经在兴奋地招呼祝昇蓬。

这个年轻人叫蔡壬鑫，和祝昇蓬是结拜的兄弟。但是这个结拜的兄弟还不如祝昇蓬，祝昇蓬好歹还勉强算得上一个小货主，而蔡壬鑫只是一个捡头。镇海场里所谓的捡头，就是东游西荡找一些临时生意做的人。这些临时生意可以是帮一些外来买家拉线介绍卖家，也可以是帮一些办席请客的人家代买海货。实在没临时生意接的话，那就在每天市场扫尾时，淘些没人要的劣货挑一挑、理一理，然后到棚区、工屋这些穷人聚集的居住地去叫卖。

“祝大哥，那位卞老板是个长期转货的大客，古林镇的菜场和大小酒家都是他供的海鲜。原来是人家直接把货送到古林去卖给他，然后再由他转手。但是他觉得那样挑选余地很小，想要的货拿不到，价格也贵。所以自己跑镇海场来了，想找个可以长期合作的搭档专门替他收海货。你想想，每天只要按他发的单子拿货就成，利头不会少，而且稳定，真的是挑灯笼都难找的大好事。我一个人本钱不够，所以想和祝大哥一起接了这生意。”蔡壬鑫兴奋地直挠自己的扫把头。

“有这样的好事？太好了！快，带我去见见那位老板。”祝昇蓬听清楚怎

[1] 宁波话，搞七搞八的意思。
[2] 头发尾端干枯，长不长，没法扎辫子，只能披散着。

么回事后也有些兴奋。

“大哥你别急。我和卞老板约好了，他先在市场里转一转，午饭之后就到你这个摊位来。”

“你真是个‘黄豆汤’[1]呀，市场里转一转，等会儿再让别人把这单大生意拉走怎么办？快快！赶紧带着我去找他。”

“不会吧？”蔡壬鑫挠挠脑袋，“这约好的事情，不会搞七念三的吧。再说了，也确实应该让他自己先转转，对行情有个了解，比较比较。这样才能看出我们的优势来，和我们合作也才更放心，对吧？”

“话是这么说，但是这市场里哪个不是死鸟说成活鸟飞的嘴把式？哪个不是‘咸鲜水天’的好吃货？三下五除二就能把外道来的拿货客给扯蒙了。”

祝昇蓬说的是实情，在这市场中做生意，首先要靠的就是嘴活。所谓的“咸鲜水天”，其实就是从四个方面夸海鲜。其中的“咸”，就是指真正正宗的野生海货，味道纯正；“鲜”，当然是指新鲜，出水后保存得好；而“水”，则是指特定海域，什么海域出产的什么海货最好，这都是有说法的；“天”，则是指的应季，不同的季节出不同的海货，应季的海货才是最肥嫩鲜美的。除了这四点，有些卖家还会吹“浪”，这浪是指风浪，捕捞艰难。还会吹“缺”，这是指捕获的量少，人家铺子都没有，只有自己有。这两点也都是抬高价格的重要因素。

“可是我们会挑好货，能看出船上出货时做的过年衫。有必要时我们还会‘晾挂收’[2]，这样可以争取到最优惠的价格。”

“嘘——不要瞎嚷嚷，你还怕别人听不见啊。这些都不算优势，更何况像‘晾挂收’这种欺诈手法只能玩耍似的难得用一次，用多了会毁自己信誉，以后人家都防着你，再使啥招都不灵了。”祝昇蓬真的想不出他有什么特别的优

[1] 宁波土话，做事不成熟的人。
[2] 是一种海鲜交易的手法，带欺骗性，一般用于很多人竞价的场合。

势可以争取到外道的大客。

"好的好的，我小声我小声。"蔡壬鑫刚刚把声音压低说了这么两句，随即马上又抬高声音大喊大叫起来，"啊啊！卞老板来了！你看你看，真是够有信义的吧。本来说午饭后来的，现在提前就来了。"蔡壬鑫抓下扫把头赶紧迎过去，然后把一个穿万字绸长衫的胖子往这边引。

祝昇蓬微微皱了下眉头，他知道约好了时间提前来并不是讲信义。恰恰相反，这其实是一种很滑头的做法。因为卞老板要是当时立刻跟蔡壬鑫过来，蔡壬鑫完全可以带他看些更好更大但不属于祝昇蓬的摊子。这种假摊子的真实实力是无法了解的。但要是按约定好的时间来，那摊子上肯定会做好一些准备，和平时完全不一样了。这种有准备的摊子同样是看不出真实实力的。所以约好时间却提前到，是最能看出摊子上真实情况的。单从这一点上就可以看出这个卞老板是个老江湖，必须处处提防。

"好好！不错不错。到这晌午时分了，你这摊上的货还能这么齐整，颜色还这么自然这么正，说明你开始拿到的是真好货。"

卞老板只在摊子上扫看了两眼，就做出这样的判断来，说明他是个做海货的行家。祝昇蓬现在摊子上的鱼虽然显得形态干瘪些，颜色苍暗些，但这都是没有做过手脚的。真的烧煮出来，肯定会比那些大半天过去依旧青是青、黄是黄的海货美味得多。

听了卞老板的赞扬，祝昇蓬稍稍放开些防备抵触的心理。他觉得可能终于碰到一个和他经营理念一致的大客。

"我刚才遇到这位小兄弟，稍微聊一下就觉得你们是有大能耐的，可以在这市场上玩转的。现在一看更是如此，能在这样大的市场上挑着拣着拿到好货，那肯定不是一般人能做到的。"

"卞老板，你真懂行！你放心，如果你把代收货的买卖交给我们，我可以保证替你拿到最好最新鲜的海货。"祝昇蓬指着摊子上的海货说。

"好好好，这一点我绝对相信。但是做生意首先图的是利大，这样的好货拿价肯定不会低。但高买高卖，要真能卖出倒也是可以的。可你这摊子我一看吧，就知道买的人也是图的价低。我要估计得没错的话，你这些海货每天也进不了多少，而且转手的话也只会是几个考究的酒楼菜馆和大户人家拿些，剩下的挨到下午只能当劣货处理了。”卞老板一语中的，一下子就点出祝昇蓬摊子的尴尬处境。

“卞老板你这话啥意思？生意到底让不让我们做直说，别搞七念三的不爽快。”蔡壬鑫天生戆大[1]性子，不等祝昇蓬回应就抢着问。

“嗨，这话还要我点透吗？你们拿的一手货都已经这样了，再要转货到我们古林镇，肯定更没卖相。所以我要的货物美价廉是肯定的，转货到古林镇后，我希望仍能保证物美，至于是不是价廉那就由我说了算。”

祝昇蓬一听这话就知道什么意思了，那时候海货运输缺少可靠的保鲜措施，交通工具又慢，路上耽搁时间长。那古林镇虽说距离镇海场也只不过几十里的路，但早上收来的海鲜要运到那里肯定过午才能到，就算保鲜措施做到最好，卖相至少也要折了三分。海鲜这东西特别，卖相一折，价钱就得加倍折，哪怕实际的质地吃口并没有变差多少也不行。所以折掉了三分卖相，怎么都得损失一半价钱。

蔡壬鑫也听出了卞老板的意思，还没等祝昇蓬开口他就又追问一句：“卞老板的意思是要我们不仅替你收海货，而且还要把收来的海货穿过年衫？”

“对对对，到底是年轻人，脑子活络，一说就透。”

“你这人也是搞七念三的呗，要穿过年衫的海货，你直接找那些从船上收低价货的摊主去好了，我们不做这没信义的事情。”蔡壬鑫断然回绝。

“他不能找那些收低价货的，因为直接从船上拿的那些穿过年衫的海货，质地已经大打折扣，腥腐、蔫黏的速度比新鲜的海货要快许多。再转运到古林镇去，中间环节一耽搁，质地就会更加恶劣。到时候就算过年衫未脱尽，

[1] 宁波话，指有些莽撞有些冲的人。

那些货的气味、腮色、肉质都是可以看出、摸出的。所以只有在镇海场先收到新鲜货，然后做过年衫转货，这样到古林镇后才能保证在过年衫的遮掩下，各方面都还过得去，可以以次充鲜卖得好价钱。”祝昇蓬像是在教导蔡壬鑫，但其实这话是说给卞老板听的。

“没错没错，还是祝老板拎得清，这对于你们来说是个稳赚不赔的生意。我看出来了，你们两个还得祝老板说了算。怎么样？我这笔好生意你们接不接？”卞老板预料着祝昇蓬肯定会和他合作。因为像这样一个包赚不赔的生意可以完全改变他们现有的处境，这是镇海场里很多人都期望得到的发财机会。

“不接！生意生意，那是一生的信意。挣那种昧良心的钱，损的是德行。我要真的为了赚钱不顾信义、德行，又何必等着接你这生意，早就发财做大货主了。”祝昇蓬不急不缓、言辞清楚地回道。

卞老板没有想到是这样的回答，不由得显出一脸的尴尬，扭捏着浑身的不自在。过了一小会儿才反应过来，朝祝昇蓬和蔡壬鑫鄙夷地一笑，“呵呵，就你们这样的船桩脑袋[1]还在镇海场混，难怪把最好的海货卖成了干货。别说我咒你们，不用多久你们两个就得自己离开镇海场，这里没有你们吃得下的饭。我看哪，你们这种船桩脑袋也就只有上海那地方可以混混去的，那里的真洋人、假鬼子做买卖倒都是板是板、眼是眼。可你们两个又哪来的本事、本钱和洋人做买卖，到头来还是讨饭的命啊。”说完之后，他站起来一撣后袍襟扬长而去。

“你……”蔡壬鑫听出卞老板是在损他们两个，想追上去争骂几句，结果被祝昇蓬一把给拉住了。

“算了，不要惹事了。人家说得也没错，这镇海场我们真的待不下去了。生意一天不如一天，最近我摊子上都是亏的。而你奔东奔西地捡货卖，其实也真不比讨饭的好多少。”

---

[1] 过去栓船的是石船桩，形容死脑筋、不开窍。

祝昇蓬这话一说，蔡壬鑫一下蔫了气。他恨恨地朝脚边凳子踢一脚，然后甩着袖子往另一个方向离开，只留下祝昇蓬怔怔地站在摊子前若有所思。

这一天夜里，祝昇蓬躺在床上怎么都睡不着，翻来覆去跟烙饼一样把床搞得不停地“吱呀”乱响。睡在床里头的老婆茗贞被吵醒几次，每次醒来都询问他发生了什么事情。这反复的询问反倒让祝昇蓬有些不耐烦起来，索性披衣起来开门走了出去，茗贞喊他几声他都当作没听见。

祝昇蓬出来院门才走几步，旁边小巷里就闷头撞出一个黑影，将祝昇蓬吓了一大跳。

“谁？这深更半夜的不睡觉，在暗角旮旯里溜着，想吓死人啊！”

“祝大哥，我呀。”是蔡壬鑫的声音。

“你这么晚在我家门口溜达什么？”祝昇蓬嘴里这么问着，心里却强烈地感觉到蔡壬鑫此来很可能和他睡不着的原因是一样的。

“大哥，你不也睡不着半夜出来溜达吗？是不是因为白天那个卞老板说的话？”蔡壬鑫挠挠扫把头咧嘴一笑。

“那姓卞的说的话多了，我为哪句睡不着呀？”

“去上海呀！大哥，他说我们应该去上海。说实在的，这镇海场我真不愿意待了，也真待不下去了。这码子生意不是我们能做的，我每天捡点货去卖给人家，心里都老挂着不得劲。虽说都知道是扫底的货，但是从那些买不起好海货的人手里拿铜钿时挺不忍心的，也不知道他们买了那样的海货回去怎么烧了吃。有时候看捡的货太烂了我情愿扔掉，也不盘弄着去卖了。照这样子下去，没多久我连自己嘴巴都糊不上。其实大哥你也一样，我怎么糊都只用糊自己一个。你现在成家讨老婆了，不仅要养自己，还要养家。要不是你家还没分家，有父母兄弟贴补着，我看你的日子更难过下去。”蔡壬鑫的话带着一种找到出路的兴奋，也带着一种急于逃离镇海场的急切。

祝昇蓬眼睛里也在放光，“可是到上海去能干些什么呢？”

“大哥你也搞七念三呗，这还用问？去和洋人做生意呀，或者帮洋人做生意。对了，还可以专门做洋人的生意。洋人也是人，也要吃喝拉撒睡的，也要买海货吃海货的。我们就收了海货专门卖给他们，最不济我们替他们跑腿收海货呗。”

祝昇蓬笑了，并非因为蔡壬鑫的想法单纯，而是因为蔡壬鑫的话让他看到了希望。但是笑意未曾完全绽开就又止住了，眼中闪动的光也快速暗淡下来，“唉，想得、说得、行不得，去上海，甩着两只手去呀？做洋人生意，没本钱怎么做？”

“我反正走了就没想回来，等天亮了就把我那两间巷口的房子找人给典了。”蔡壬鑫真的已经下定了决心。他家中老人早逝，又没有兄弟姐妹。有人编排说他是长了扫把头的扫把星，把全家都给克了。不过这扫把星最大的好处就是可以随便做自己的主，要典房就典房，要走路就走路。

“你那破旧房子典不了多少钱的。我没房子典，只能把摊子转了，再把存着的干货贱卖了，不过也没几个钱。”说话间祝昇蓬已经暗自盘算了下，“不够的，肯定不够的，别说做生意了，就是跑上海拖大车，这些钱连辆好点的车都买不起。”

蔡壬鑫挠了挠扫把头，“要不找人再借点？”

“借钱，谁有闲钱？而且还肯借给我们？”祝昇蓬话刚说完，猛地灵光一闪，“对！找我二哥去。”

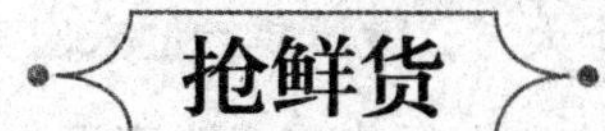

抢鲜货

祝昇蓬的二哥是办私塾教书的。江浙一带的人崇文尚学，只要条件许可都是要让孩子上学的。所以办私塾的收入不低而且稳定，除了手头宽裕多少都会有些积蓄。

祝昇蓬的二哥也知道他们两个现在的处境，在听清意思后，只稍作考虑便拿出两张数额不算大的银票来。“兄弟呀，你们也不用打凭据了。我们信义人家出身，要是不守诚信你们也不会混成现在这个样子。这钱呢不算多，我一个教书的也就这能力了。你们拿着这钱到上海要是做了啥生意，不管好坏算我一股。赔了就算了，权当哥哥我陪你们玩骰子输了。要是有赚头，也是我给儿女留点产业给个交待。”

“啥儿女？二哥，你搞七念三的终于是把二嫂搞怀上了？”蔡壬鑫脑子该快的时候不快，嘴巴不该快的时候偏偏快。

祝昇蓬没有说话，心里却在想：难怪二哥这么爽快就拿出钱来，是他们时机选得对，正好赶上他心情大好的时候。

二哥皱皱眉看蔡壬鑫一眼，再回头朝向祝昇蓬，“对！你嫂子是怀上了。等你们将来在上海做发了，生下儿子呢，我就让他去上海跟着你们干；生下女儿呢，嗯，长大后我也让她找你去。你们就拿我这一股的钱帮她在上海出嫁安家过好日子，行吗？”

这个条件祝昇蓬和蔡壬鑫想都没想就答应了，而且二哥的这个条件更增加了他们两个的信心。因为像他这样有学问的人能把这么一笔钱当作股份而不是借款，说明对他们选择去上海发展的前景还是很看好的。

可是祝昇蓬和蔡壬鑫并不知道，二哥说这话其实是有更深层次考虑的。他们两个真要在上海赔光了钱，他想讨也是讨不回来的。一个是他的亲兄弟，还有一个都把家里房子典了，逼不得也逼不出。另外他也是听说上海开埠，洋人上岸做生意，遍地都能搂到铜钿。所以索性落个大方，就算是给他未出世的儿女下个长久的赌筹。说不定这两个愣头青就在上海闯出些名堂来了，那他投入的这份闲钱赚头可就大了。

很难说祝昇蓬的二哥这种想法是否明智。半个月后，祝昇蓬和蔡壬鑫义无反顾地离开宁波前往了上海，此刻的他们也无法预料自己此行是否明智。他们更无法预料的是，他们前往上海以后，将会引发一段轰动上海乃至全国美食界的传奇。

祝昇蓬和蔡壬鑫踏上上海这方土地后不久，他们的心里就着实后悔了，觉得当初的决定太冲动，太不明智。

上海开埠之后，确实有不少洋商人进港上岸做生意。但无论进货还是出货，都是通过专门的货栈或商行，有专门的买办代理。而买办进货或出货，也是有专门渠道的。交易场所大都是在富丽堂皇的交易所或大旅社、大酒店里面，黄浦江沿岸的码头只见货来货去。到底是谁的货，在哪儿交易的，怎么交易的，全都看不到。这种做生意的形式是在镇海场里讨价还价、挑肥拣瘦的祝昇蓬和蔡壬鑫根本无法想象的。所以两人转悠了近一个月，别说做生意了，就连到码头上找个活儿干都没成功。因为这里干活的都是有自己团体和规矩的，另外运的货里也少不了一些见不得人的秘密，所以外人没有可靠的关系介绍和担保根本插不进去。

眼见着已经到上海很长一段时间了，非但没有在这个传说中遍地都能搂到钱的地方挣到钱，反是每天的房租、饭钱花掉不少。但是祝昇蓬和蔡壬鑫又不愿就此回去，特别是蔡壬鑫，他连房子都典了，已经很难回头了。

好在祝昇蓬和蔡壬鑫都是脑子活络的人，祝昇蓬首先就想到一个沿街卖杂货的挣钱路子。他们先是低价从一些乡下人那里买了些扫帚、簸箕、鸡毛掸子，每天抱着沿街叫卖，从中挣点跑腿钱。后来见上海城里的女人爱打扮，就又搞来些脂粉发油、头花彩线的东西来卖。

那时候上海已经开埠，女人相对比其他地方要开化自由。但是没事经常出门却是不可能的，人家还是会传闲话的。另外出门也走不远，那时候大部分女人还裹小脚没法走得远，所以有人能天天跑到家门口叫卖她们想要的东西，倒是带来不少方便。

祝昇蓬、蔡壬鑫小杂货的生意还算不错，挣的钱够他们在上海混个住处、吃饱肚子。后来祝昇蓬有一回卖小杂货晃荡到吴淞江[1]木渎港一带，又发现一个可以挣钱的路子。

上海开埠以来，外来人剧增，然后很多田地都被征用，本地蔬菜肉食的产出已经无法满足需求。所以每天都有内河船从江北一带还有苏州、嘉兴贩运大量的蔬菜肉食到上海来。

祝昇蓬和蔡壬鑫商量了一下，决定专门从那些船上收活鸡活鸭和鸡蛋鸭蛋，然后直接送到那些菜馆酒楼里去。

选择这样的生意做是因为祝昇蓬知道内河船慢，运来的蔬菜都不会太新鲜。除非是从离得很近的地方运来，或者是做了过年衫的，但那些货拿到手里后要想保鲜也很困难。而像猪羊一类大的活牲畜，他们又没有可以圈放的地方。另外本钱也大，万一出个意外逃散了、生瘟病了，那会血本无归。而活鸡活鸭只要有几个竹笼子就行了，卖不掉还可以养着。而鸡蛋鸭蛋存放时间很长，即便是大热天都不容易变质。

这条新的挣钱路子其实和他们在宁波做的海货生意差不多，熟门熟路容易上手。另外也和沿街卖杂货不冲突，那些杂货是耐用品，买了一次后都要用挺长时间。而且一天也不会买几次，街上每天走一圈就行了。

不过这条新的挣钱路子真要做起来还是颇为辛苦的。一个是要等船，那些贩运的内河船并非准时准点到来。再一个是要会抢货，直接到木渎港收货的不只他们两个，还有其他市场里的坐地商贩和一些大酒店大饭店采购的主事、伙计。所以要想拿到货、拿到好货，必须会抢。往往都是船还没靠岸就已经涉水上船，然后护着自己想要的那部分货再和货主讲价。

祝昇蓬和蔡壬鑫在镇海场里抢海货、挑海货练出了一套抢货的本事，下得了水，上得了船，所以每天都能抢到些不错的活鸡活鸭和鸡蛋鸭蛋。然后他们情愿多走些路沿街找那种小吃店、小饭店兜售，比如鸡汤面馆、鸭粥铺

---

[1] 即后来的苏州河。

子。这种小店要量少，但每天又离不了鲜活的鸡鸭，所以价格可以要得贵一些。

这天他们两个运气不太好，早上赶到木渎港时，刚好错过了前面一列内河船。船上的货物全让其他人扫空了，连个蛋壳都没给他们两个留下。所以小哥俩只能在河边死等，因为现在他们已经有几个固定的要货店铺了。要是没能拿到货让人家店里断顿，失了信誉以后人家就不会再拿他们的货了。

天气很热，还没有出暑，但是两个人顶着大日头始终在河边没有离开，踮着脚看有没有贩运的船再来。

过了大晌午，终于来了一条两挂的船[1]。但是祝昇蓬和蔡壬鑫远远看一眼就失望了，因为那是两只搭乘人的客船。两人对视一眼，只能无奈地转身，离开了木渎港的河岸边。

但是两个人还没走出多远，就听到背后客船上的船老大在吆喝:“快点快点！都快点上岸。后面送菜船就要到了，我们要赶紧给他们连挂船腾地方。”

一听到有送菜的船要来，祝昇蓬和蔡壬鑫转身就又往河边跑。只有在河边占到好位置，才能最先上到船上抢到自己想要的货。而这个时候远远可以看到，真的又有一长列连挂船缓缓撑过来。

不过这时候客船上的乘客也都下船了，这种客船载来的都不会是有钱的乘客，几乎全是背着包袱铺盖到上海来讨生活的乡下人。乡下人没见过世面，可能连这样长途的客船也都是第一次乘坐，所以船老大那么一吆喝，他们一个个紧张地拎着行李铺盖都往岸上冲，好像晚一点就会又被那船给带回老家去一样。

船上的人一下子涌上岸，沿着石阶往上跑，而祝昇蓬和蔡壬鑫则是要往河边去，这一下就和人群撞到了一起。祝昇蓬还好，眼见着那背着大小包袱的人冲过来，连忙往一旁快步让开，跳到台阶一侧的河坡上，只和跑在最前

[1] 两只船首尾连挂，从前内河船走远途为了稳妥多运，常采用几只船首尾连挂的方式。

面的几个乘客发生了点小碰撞。蔡壬鑫却是甩着胳膊一路往下跑，根本就没有想到要让开，一根筋地想着挤过人群到河边。另外他是在整片石阶的中间位置，就算想躲也来不及。

人推人挤行李撞，蔡壬鑫在人群中一下子就蒙圈了。不管怎么走怎么转，都会遇到来自各个方向的推搡和碰撞。连续地努力竟然未能朝河边靠近，反倒是被推挤得倒退几个石阶还差点摔倒。另外也是因为连续碰撞造成了不小的疼痛，把蔡壬鑫戆性勾了起来。他索性不再寻人缝往前挤，而是双臂肩头运足了劲儿往前直冲。

内河客船载不了多少人，看着涌上来一大群，其实一过就没了。蔡壬鑫要是再忍一小会儿，这人群就过去了。而当他运足劲儿往前冲时，人群其实只剩下最后的零散尾子。

蔡壬鑫很结实地撞到一个人的胸口。那人背着一个大被褥衣物卷，然后胳膊下还另外夹着一个挺沉重的油布包袱。正是因为东西沉重，那人才会落在人群的最后面。也是因为东西沉重，那人上石阶的脚步显得有些蹒跚。遭遇到蔡壬鑫大力一撞的时候，那人正闷头往上走，根本没有注意到。而被撞之后，因为他的后面没有其他人帮他撑扶一下，所以只能不由自主地连续往后跌走几节石阶。幸好这人手脚还算灵活，迅速扔掉胳膊下夹着的重包袱，顺势侧身蹲坐下。用手和背上扛着的被褥卷撑住身体，这才没有继续摔跌下去。

刚刚还蒙圈的蔡壬鑫一下子被吓清醒了，他也没想到运足劲儿的一冲会是这样一个结果。在这挺高的河岸石阶上真要把人家撞跌出个三长两短，他可就吃不了兜着走了。

“对不住对不住，是我莽撞了。你有没有受伤？”蔡壬鑫这人看着冒失，但礼数上是懂的，认错也快。急忙俯身去拉被撞的人。

“别过来！你别过来！我自己起来。”被撞的人见蔡壬鑫走过来，立刻伸手制止，然后自己很麻利地站起来，并且马上在身上摸查一番。这摸查倒不是看身体哪里受伤了，而是在查看身上携带的钱袋、盘缠还在不在。

蔡壬鑫见那人不让他靠近，并且很迅速地爬了起来，看样子应该不会有什么问题，于是暗暗松了口气。转而往石阶下走几步，准备替被撞的人把扔掉的包袱给捡回来。但他刚刚弯腰伸手，整个人却僵硬在那里。因为掉落后敞开一些的包袱里有一道寒光从他眼中闪过，那是只有极为锋利的刀刃上才会有的寒光。

是刀，真的是刀，而且不止一把。虽然蔡壬鑫只看到包袱里露出的一小块，但他却清楚地辨认出那是排列叠放整齐的许多快刀。

“你别动，我自己来我自己来。”检查完身上后，被撞的人被褥卷都没管，而是显得很虚慌地先朝着包袱跑来。

蔡壬鑫听到这话后立刻缩手、站起，在惊恐中急急地往旁边躲开几步。一个随身带着这么多快刀的人，而且神情动作如此虚慌，不是准备到上海哪个点上发要命财的土匪，就是从外地逃到上海来避难的罪犯。

还没等蔡壬鑫确定面前这个人到底属于前者还是后者，那人已经草草地收拾一下包袱，掩住里面的快刀，然后背起被褥卷急匆匆地离开了河边。

“刚才那人怎么回事？”人群散了，祝昇蓬也跑了回来。他没看到之前发生了什么，只看到蔡壬鑫被人家喝止并惊慌躲开，所以赶紧过来询问到底发生了什么情况。

“那人是邪路上的，搞七念三的，包袱里全是快刀！”蔡壬鑫说这话时一颤一颤的，显然是心有余悸。

祝昇蓬眉头微皱一下，“不要瞎猜，带许多刀就一定是邪路上的？那卖刀的店还不成了土匪窝。”

“不是，大哥你听我说。我撞了那人，那人不但不责怪纠缠，反而显得神情慌张，急匆匆地就溜走了。还有那些刀，明晃晃都是要人命的家伙，我不会看错的……”蔡壬鑫极力想表明自己眼光准确。

祝昇蓬根本没理会蔡壬鑫，他早就三四个石阶一跳冲向了河边。运菜的长列连挂船已经在往岸边靠了。

“哎，大哥，我没说完呢。”蔡壬鑫突然发现祝昇蓬已经不在旁边了，这才意识到自己来这里要做的正事是什么，马上跟在后面蹦跳而下。并且没等船靠岸就直接跳入河中，抢先爬上了运菜船。而这个时候其他一些抢货、贩菜的也都下水的下水、上船的上船、喊叫的喊叫，木渎港的河边顿时铺开另一番热闹景象。

寻盘铺

背着被褥夹着包袱的那人没有被河边热闹的情景所吸引，当身后的河边争吵喊闹起来后，他反而更加快了步子，逃跑一样快速离开木渎港。这个背着被褥夹着包袱的人正是许知味，他带着羞辱和惊吓离开无锡前来上海。

莫名其妙惹来的争斗得罪了厨党，半日之内就惶惶然如无处可躲的丧家犬一般，随时都可能遭到别人的黑手。虽然后来夜间桃园中汪竹年的一番请求让许知味知道他已经从这种危机中摆脱了出来，但这次的经历却给他留下了抹不去的阴影。那时候他是如此无助，比在皇宫里等死时还要无助。

到上海来的途中，客船的船老大还有那些撑船的船工嘴巴闲着也是闲着，就给他们这些向往上海的乘客讲上海的一些事情。这些人知道的事情大多是江湖传闻，所以说来说去都是帮派与帮派的争斗，帮派与官府的勾结，入不了帮派的混混偷摸强抢。许知味听到这些事情后更是心惊胆战，就生怕祸不单行再出啥意外。所以下船的时候即便船老大吆喝着往下赶，他依旧是等在最后才上岸，尽量不与其他人扎堆。被蔡壬鑫撞到之后，他首先想到对方会不会是小偷，然后又想这会不会是给他下什么套子。所以虽然被撞得很疼，跌得也惊险，他却不敢让蔡壬鑫扶一下，也不敢让他动一下自己的东西。最后连句道歉都没等蔡壬鑫说，就慌慌张张地赶紧离开了。

在来上海的船上，许知味就想好了他到了这里后应该做些什么。虽然厨党低头让他开始觉得自己足够强大，甚至还将翁先生让他开创菜系的话在脑子中晃过两遍，但他知道实际和想象是有很大区别的。他明明一身好厨技，以为回无锡随便就能找个收入丰厚的活儿。但事实上开始是找不到活儿，凑巧在惠泉堂找到活儿后，又无意之中得罪了厨党。然后和厨党争斗之后赵湖东便将他踢出，让他既心寒又无助。所以他觉得到上海后最好是自己给自己干活，不求谁也不碍到谁，吃苦受罪挣了赔了是自己乐意。

不过要想给自己干活，首先得有本钱。许知味毕竟一身本事又是在宫里待过的，要让他在路边摆摊肯定是不愿意的，怎么着也要有个遮风挡雨的小店面。许知味盘算了下他剩下的积蓄，盘个小店铺或者租个店面房打理成个小吃店应该还是够的。而且他刚刚到上海，人生地不熟的，也就能开个小吃店。这虽然来钱缓了些，但至少不会得罪人。即便抢了别人生意得罪了人，那也都是和他差不多的小老板，不会有什么大麻烦。等他钱赚多了，方方面面关系都理顺了，那么再考虑扩大店铺开菜馆。

许知味这样想倒不是有啥野心，他离家学习厨技本就有自己开菜馆的打算。要不是皇宫里那道菜为难了自己，那么再拿两三年的俸禄把本钱攒够了，他也是会设法主动离开皇宫回家开菜馆的。可没想到他最后是以那么一种净身的形式离开皇宫的，不仅没有攒够钱，而且还把之前所有积蓄都搭在里面。要不是有翁先生赠送盘缠，真就得一路做着活儿、讨着饭回家。

在来的船上许知味特意打听了下，上海哪几处小吃店铺最多。小吃店铺多了，竞争也就激烈，时不时就有些店铺做不下去被淘汰，盘到店铺的机会相对比较大。另外小吃店铺聚集，肯定是有大量的固定吃客。而他只要有了立脚点，将他的一套本事稍微施展些出来，那么这些固定吃客肯定会被他拉过来，成为他的钱匣子。

仔细权衡之后，许知味在别人提供的几处地方中选定了小东门。

黄浦江边的十六铺，江宽水深流速缓，是一段非常适合停靠大船的水岸。所以这里码头连着码头，从长江进入黄浦江的大货船、大客船基本都停靠在这里。

在那些码头的前面有一条顺着水岸蜿蜒折转的马路，这是货物上下船的重要运输道路。而隔着马路与码头相对的则是一些新建不久的各式房屋，其中有一些是和平常房屋看着不一样的，样子很怪但很气派。这些都是西洋造型的楼房，在这里有洋商人的商行，有谈生意的交易所，也有中国商人的货栈。而在这些洋房的周边，还有一些临时存放货物的货场、仓库。

从这些洋楼房中间的弄堂横穿过去，还有一条不宽的小马路，这条马路就横在小东门的前面。小东门原来也叫宝带门，是上海老城厢多个城门中很有名的一个。许知味最早听说这个名称是几年前上海闹小刀会的时候，被清军围困的小刀会最后就是选择小东门突围的。

如今的小东门已经没了战争的血腥味道，取而代之的是门里门外整条街上飘散的各种美食香气。小东门前的这条小马路虽然没有十六铺那边的马路气派繁华，但热闹程度却远远超过了那条街。因为这里是个人流集中的隘口，十六铺码头上停靠的大客船，下来的乘客要进上海城里，从小东门走是最为方便快捷的。另外，在这附近还聚集了大量码头做活的劳工，来往船只靠岸后，船上低等的船员、水手也都会在这附近暂时租住。

刚刚从船上下来的乘客，大都会就近找个物美价廉有特色的店铺填个肚子，这是因为船上的食物不是一般人吃得起，也不是有钱人吃得下的。而那些劳工基本都是从外地独自到上海来捞世界的，没家没口的根本不起火烧饭，平时吃喝也都是在便宜的小铺子里解决。至于那些暂时租住的船员、水手情形也都和那些劳工差不多，只是在小铺里选择食物时会比劳工稍微奢侈一些。

这种人群环境造就了小东门这一带的独特商业环境，小吃店铺的数量之多、分布之密集远远超过许知味的想象。他也是个走南闯北有见识的人，像这么多小吃店铺聚在一起的情形还是第一次看到。而这情形也让他一下子充满了信心，觉得自己肯定可以从中找到机会好好干一把。

但是当他在小东门周围转了两天后，信心就丧失了一半多。因为他看到这里沿街的房屋几乎都开了店铺，再没有可见缝插针的地方，要想在这里租个房子开店几乎是不可能的了。现在看来只有找机会盘个做不下去的铺子，可那也不是着急之间就能碰上的，需要运气，也需要守候。所以许知味在小东门附近的弄堂里租了个狭窄的房间先住下，等待机会出现。

在等候有店铺盘出的同时，他还打听哪里的酒楼菜馆要聘厨师。这倒不是他改变初衷想再去酒楼菜馆做活，而是因为根本不知道什么时候才能盘到一个店铺，所以不能总这样干等着坐吃山空。再有他做小吃店铺也是本钱越宽裕越好，提前挣点攒点，到时候遇到意外情况也好应付。

不过这一回许知味吸取了在无锡的教训，提前打听了下上海这地方有没有类似厨党的组织。值得庆幸的是，上海厨行并不像无锡那样存在厨党这样的帮派，这应该和它的大环境有很大关系。

上海开埠之后，全国各地甚至世界各地的人都前来上海，这就免不了人们在口味上追求多样化。而同一种菜系、同一个馆子，人们也希望能够经常变换花样或者更换厨师。除非是有标志性的美食，比如佛跳墙、周炮豚、金堂鱼翅，这些都是一道菜做好就能撑起整个店的。因为到这些店里品这些菜，主人可以在请客时提升自己的身份和表明自己的热情。不过即便是这些菜品要想长做不衰，那也必须是真正厨道高手做出的正宗味道，稍微差了点意思也会很快被淘汰。

正是由于这种状况和需求，厨行要想搞个组织垄断劳动力，与店家、雇佣者相抗衡那是很难做到的。因为菜品可以随时变，味道可以随时调，厨师可以随时换。最重要的是店家不怕缺厨师，每天大量涌入上海捞世界的人里不乏厨师。另外这些上海的大酒楼、大菜馆，要想从外地挖来什么特色菜的厨师也是很容易的事情。再者一个地方快速发展和繁华起来，同时完善的还有规矩。这规矩有官家的也有黑道的，而无论官家还是黑道都不会愿意出现更多拉帮结派的组织，特别是一些底层劳动者自己的组织。

所以不要说厨党，那时候在上海想私下拉起任何一个劳动者的组织都是很难的事情。据说当时上海属于底层劳动者的帮派组织只有浦东的“七家堡”，那是一个以船夫、水鬼[1]、内河渔民组成的互助团体。因为他们的主要活动范围是在水上，而且并不涉及主航道，算是在狭缝中存留下来。而其他的组织即便有，也都依附在真正的黑道帮派下面。

虽然没有厨党那样的组织，但是许知味依旧没能在酒店菜馆里找到活干。因为上海的酒店菜馆在招聘厨师时，一般聘用的都是整个班底。从毛活[2]、烧灶[3]到红案[4]、白案[5]都是自己一整套搭帮好了的。这一个班底虽然不像厨党那么大的规模，但关系更加紧密，相互间都有着一定的社会关系。所以像许知味这么单独一个人跑那些酒楼菜馆里找活干，怎么可能有他的位置。除非是一些低档的小饭馆单请他一个人倒是可以的，可是到那种小饭馆去干，和他自己开小铺子已经差不多，而且是帮别人在干。许知味觉得他还未曾到那种地步，所以去小饭馆暂时不作考虑。

时间一天天过去，老盘不到个店铺也是心焦的事情，于是许知味扩大了选择范围。但是其他地方情形也与小东门相似，根本没有可插针的地方。另外这种小吃店成本很低，做差容易做死难。经营品种和方式变化灵活，感到不行随时都可以更换。而品种和方式一换，哪怕只是吸引到一些好奇的人去

[1] 江中打捞物品、沉船的人。
[2] 厨行坎子话，负责原料初加工的人，如杀鸡、择菜。
[3] 厨行坎子话，专门负责烧灶的人。
[4] 站灶台烧菜的厨师。
[5] 做面点的点心师。

品鲜尝试，也能维持一段时间。

许知味也考虑过索性不去凑热闹，找个僻静一点的地方开个铺子，那些地方房租还低。只要做的小吃绝对美味，酒香不怕巷子深，也一样可以挣到钱的。但实地看过之后，许知味还是放弃了这种想法。

当时的上海区域分布很是奇怪，热闹的地方特别热闹，僻静的地方则仍和乡下村镇一样看不到什么人。而且过去不像现在，吃个小吃都是就近解决肚子问题的，很少有人为了个小吃还专门跑多少路的。有钱有闲有兴致跑多少路为吃口美食的人，一般又不会来这种小吃店，而是奔着有名的酒楼菜馆去的。至于平常人家都尽量不在外面吃，特别是在家门口吃小吃那绝对是浪费，走几步回到屋里头随便弄点啥就吃饱了。所以就算东西做得再好吃，没有客流量，没有附近居民的消费群，没有专程赶来的吃家、食客，那生意都是没法做起来的。

这天天还没全亮，许知味被一泡尿憋醒，赶紧起床从租住的小房间出来，跑到街边的厕所去撒尿。上海人家里一般都有马桶不用出门上厕所，长住的租户要么房东会准备，要么自己会添置马桶尿盆这类东西。而短租和临时居住的租户，房东家又不给准备，自己购置又是累赘，所以夜里尿急了都会出门随便找个角落解决。但是许知味不一样，他上过学读过书，又走南闯北见多识广，而且在宫里当过御厨。这样的人一般都有素质、懂规矩，再说了清洁卫生是厨师的第一基本要求，是做出好菜品的前提。

许知味出来的时间很早，但街上有些小吃店已经开始点灯做事。特别是一些需要发酵做面食的店铺，还有要自己磨豆浆做豆腐脑的店铺。这个点要是再不起来准备，就赶不上早点高峰了。

许知味走到弄堂口，人还在房子山墙的阴影中没出来，就突然看到一个削瘦的身影快速地溜过街面。那身影跑到对面馒头铺前放置的高笼大灶蹲下，看看左右无人，于是赶紧在灶下面瞎鼓捣了几下，然后急急地转身溜走。借助已经微微发灰的晨曦，许知味大概看清那人一张苍白慌张的脸。

许知味上完厕所之后没有再睡着。倒不是因为刚才看到那个奇怪的身影，而是因为没等他再次积攒出睡意，小东门周围就已经热闹起来。

救馒头

时间应该还算早，鸟儿才开始扑腾着出来觅食，但这个时候已经是小东门一天里最热闹的时间段。那些上工、上班的人都贪睡，总要挨到不能再挨的辰光才起来。然后早上基本都急匆匆地在小吃铺里吃点就行，或者买点馒头烧饼边走边咬。中午和晚上反倒没有这么热闹，因为中午有些货场、商行会提供午饭，还有一些虽然不提供午饭，但干半天活的人懒得来回跑，随便带些吃的东西就对付了。晚上下了工时间比较充裕，有些人就会自己烧点饭菜。这样不仅晚餐能够比较丰盛，连第二天中午要带的饭菜也都有了。不自己烧饭菜的人有一部分会找个地方拼餐、搭伙，还有的会在一些店里或让房东代做饭菜，否则顿顿小吃那可是吃不消也吃不下的。

许知味一般这个时候也起来了，但他不赶着做工去，所以可以不用急着吃早饭，而是先在街上慢慢晃荡着踱步。一边踱一边找，他是在找一顿既能满足口舌之美又能实在填饱肚子的早餐，也是在寻找一个有机会盘下的店铺。

越是这种红火热闹的时候，越可以看出店铺之间的区别来。生意好的，店里头人坐着，店门口人挤着，店主不停声地吆喝着。生意差的，店里店外空空荡荡，老板伙计全站在门前东张西望坐立难安。

“完了完了，哪个赤佬贼胚下作货，把我蒸灶的炉空给封了。这下惨了，我这馒头全死面发不起来了。这几十斤肉几十斤菜还有上百斤面全糟蹋了。”街上突然传来一声干号，那声音让人觉得胸口像被堵死了，嗓子像被划破了，很闷，很疼。

那年代说的馒头其实就是包子，并非现在专指的无馅实心馒头。所以要是一灶的馒头死面了，那损失的除了面粉，真就又是肉又是菜。

许知味此时已经远远地走过了他刚才出来的弄堂口，听到声音回头看去，好像就是弄堂对面的那家馒头铺门口传来的号骂声。

“杀千刀的，这么损！全家都不得好死！把我这么多肉呀面的毁了，害我今天没一分钱入账了，没入账明天我怎么买得回来馒头料啊，这是要断我生路呀！”干号里开始带出些哭腔。

许知味知道那家馒头铺，做的馒头还算不错。最近那老板又新做个大灶，加了十几层新笼屉，这是想多做馒头、多卖馒头。小吃店中像馒头铺这样的最为灵活，可坐店里就着白粥、豆浆现吃，也可以油纸包几个边走边吃，或者索性带了当午饭当干粮。不像面条馄饨之类的，要人来了、点好了才下锅，锅里捞上来后还要冷一会儿才能上嘴。所以馒头只要做得好一点，生意肯定是好过那些面馆馄饨铺。那馒头铺的老板也是看近来生意不错，这才新砌大灶，再加新笼，然后把一点流动资金全用来买肉买菜做馅料，想扩大销售量。但这样一来免不了会引起别家小吃店的嫉恨和担忧，怕他将自家的生意给抢走了。

“我家老老小小都在乡下张着嘴等吃喝呢，把我生意毁了那是要他们去要饭啊！烂心烂肺烂手指的缺德东西，害了我的生意你也是个裹草席的命。”骂声越发高了，这些做小吃铺的店主都练了能骂的嘴、能哭的脸，否则没法在上海的街上混下去。

许知味心里其实也有数，那馒头铺老板是故意喊疼叫苦呢，想让同情他的知情人把陷害者说出来。其实像他这样已经做了很长时间馒头的店铺，就算流动资金一次全砸在馒头料上了，第二天不带钱先去赊些料来也是没问题的，转过一段时间后这些钱也就赚回来了。不过发生了这种事情后，他肯定是要闹一闹的。找到源头最好，找不到也要威慑一下，防止再有类似事情发生。另外像他这样的小老板只想挣个全家温饱，并不求能够大富大贵，一下子这么多料砸了肯定是很心疼的。

其实看到那么多层笼屉的馒头没用了，许知味也很心疼。作为一个杰出的厨者，首先要做到的就是珍惜食材。这个时候许知味猛然想起早上他出来解手时看见一个人溜到馒头铺前的大灶旁鼓捣了些什么，可能就是跑去偷偷把灶口给堵了？想到这里许知味回身往馒头铺前面走去，拨开围观看热闹的人群挤到店门口。

“我能看看你的馒头吗？”许知味问老板。

“你干吗？还不相信我说的有人害我？”馒头铺老板没好气地瞪许知味一眼。

许知味问完以后也不管老板同意不同意，一个大跨步上了灶台，将上面几层笼挪开看了一眼。那些馒头的面果然没发起来，硬坨坨地呈白黄色。指头点一下，微微有点温度，算算时间应该就是大早上看到那人时被封灶熄火的。

“应该是一个时辰之前天还没亮起来就已经开始缓火了。”许知味扭头对馒头铺老板说一句。

“废话，要是天亮了那贼东西也不敢动手呀。哎，你说得挺清楚的，是不是看到是谁动手脚了。”馒头铺老板往灶台那边紧走两步。

许知味摇了摇头，没有回答老板的问题。他虽然看见有人动手脚了，但没完全看清楚那人的样子。这条街上店铺这么多，再加上周围住户多，就算看清了也不一定能从人群里把他认出来。而一旦真要认出那个出于嫉恨而采用下三烂手段的人，他又会莫名其妙卷入纠纷之中了。许知味已经吃过亏，有过教训，知道这世上有些事情是由不得自己的，所以最好的方式是躲开事情啥都不参与。

“你不知道那你爬灶上看什么看？是想看清馒头都毁成什么样了，然后把我这倒霉事当稀奇事情到处传去是吧？”馒头铺老板满肚子气正想找个对象发。

“我可以救你这些馒头。”许知味很平静地回一句。

“你说什么？”馒头铺老板以为自己没有听清。

“啊！这人刚才说什么？”

“他说能救那些馒头。”

“啥意思？救馒头，怎么救？”

“你杠棱[1]呀？救馒头就是把那些死面的馒头再发起来。”

“已经死面了还能发起来，他当自己是灶王爷呀！”

许知味的话不仅让馒头铺老板觉得可能听错了，而且还引起周围围观的人一阵嘈杂议论。

“你这馒头是天没亮时就被堵炉下风口缓火了。那时候馒头上笼还没多久，炉火只加热了一会儿就已经闷住。所以看着虽然死面，但酵母没有完全死透，应该还有一些余留。”许知味边说边走进馒头铺里，将蘸肉馒头用的香醋拿出几瓶来。

“站着干吗？赶紧卸笼。”拿着醋瓶子出来的许知味见馒头铺老板还傻乎乎地站在那里，便大声吆喝一句。

那馒头铺老板这下才猛醒过来，一副吃了还魂汤般的亢奋样，赶紧招呼店里打下手的小伙计一起把笼屉一层层撤下来。每撤一层下来，许知味便在那些未曾发起来的馒头上洒一层醋。

等全部笼屉中都洒过醋之后，许知味又大声吆喝道：“重新上笼，然后加大火猛蒸。”

笼屉重新码起来，大灶风口大开。馒头铺老板也不用伙计，自己拿灶叉把灶膛里的小火挑起来，大柴加进去。然后风箱急拉缓推，火焰窜起来一阵猛烧。

周围的人越聚越多，有附近的住户，有不去做工的闲人，还有街上其他店铺的店主和伙计。这些人是听说有人要救死酵未能发起的馒头，于是都好奇地围过来看热闹。像这样的事情他们之前听都没听说过，所以都觉得像是

[1] 上海话，傻瓜的意思。

变戏法一样精彩和不可捉摸，一个个踮脚伸脖盯着馒头笼，憋着气等最后的结果。

有两个人是看到馒头铺前聚了很多人才好奇地挤过来的，他们想知道这里到底发生了什么事情。这两个人便是往沿街小吃铺里兜售活鸡、活鸭和新鲜鸡蛋的祝昇蓬、蔡壬鑫。

“这一大早的，搞七念三地搞什么呢？”蔡壬鑫挠挠扫把头，然后直愣愣地就要往人群里挤。

祝昇蓬一把拉住了蔡壬鑫，而且还特意往后退两步，离人群远一点。他觉得他们两个人背筐提笼的，往人群里挤本身就会碰撞到人家。而且不知道人群围观什么事情，事态发展怎样。所以退后一点以便有状况时及时离开，才是正确的看热闹方式。

蒸包大灶中大火猛烧，蒸汽很快弥漫上来。开始还只是把高高的笼屉给笼罩住，到后来索性四散弥漫开去，就像飘起了一阵云雾。周围的人很快便从这云雾中觉出了不一样，因为从中可以闻到一种异常的香味，是混合了肉馅、发面、香醋的一种香味。以往只有在刚出笼的馒头被咬开后，把包含肉馅汁水的馒头皮连带肉馅儿一起蘸进香醋里，才会从醋碟中升腾出些许这样的香味，而且要凑近了才能闻到。所以过去会吃馒头的人吃相都被人家戏谑地说成偷食，因为那真的是要趴近桌面凑近醋碟才能品出最佳味道的。

但今天大不一样，以往让人们吝啬的香味奢侈而肆意地在街上飘荡。碰撞人们的嗅觉，挑动人们的味觉，让人不由自主地口中生津、唾液连咽。

灶里的大火还在持续烧着，馒头铺老板的圆脸上已经挂满汗珠。他挑火添柴的同时不停地回头看许知味，那神情应该是把许知味当救命稻草了。希望他能够到灶边来，观察一下灶火和笼屉的状态，以便确定什么时候撤火最合适。

但是许知味始终站在距离大灶蒸笼十步开外的地方，微眯着眼睛。不过他的鼻子却是在评判着烟雾中的香味，同时心中还有一块滴着油滴的布巾。

蔡壬鑫从前面人头的夹缝里看到了许知味，他觉得这个人有些眼熟，但一时间却想不起来在哪里见过。这也难怪，他只和许知味撞过一回，而且在那个双方都慌乱的状态下很难记清长相。

“可以了，撤火下笼吧。”许知味终于用很平静的声音开口了，说完之后用同样平静的步伐走出人群，往他原来要去的方向离开。

听到许知味的话，周围围观的人群再次一阵骚动，因为大家期盼已久的结果即将揭示了。而馒头铺的老板则显得有些慌乱，慌手慌脚地撤火启笼盖，他其实是最想看到结果的人。

笼盖刚刚启开，更为浓厚的香味翻滚而出，这味道让人们感觉就像已经咬到馒头，已经把混合在一起的肉馅、肉汁、白面吞咽到了喉咙处。

“让开让开！烫着了可别怪我。”馒头铺老板只能用这样威胁的说辞，否则围上来的人群让他根本无法把上面的笼屉抽下来。

人群退后了一点，馒头铺老板和打下手的小伙计把一层笼屉搬到了桌上。围住的人群在那一刻不动了，他们都在贪婪地嗅闻笼中散发出的馒头香，他们更是盯住了馒头笼想第一个看到出来的馒头是什么样的。

所有人中只有馒头铺的老板一个人在动，他拿下搭在肩上的毛巾，在笼上轻轻挥动两下。毛巾扇去了一片雾气，露出了馒头的真模样。

实在些说，馒头面的确发起来了，但并没有发到平常那么丰满松软。补救的办法只能是补救，馒头皮中原来已经死透的部分依旧是很难再发起来的，醋的作用只是将未死透的酵母给激发了起来。所以今天的馒头皮是半软半硬的，让死面达到一个筋道的可轻松咀嚼的程度。

但也正因为这样，馒头皮上吸附的肉馅油汁便更多地显露了出来，甚至从表皮中透出。再加上洒落并渗透进去的醋液，以及大火急烧硬逼的作用，让馒头皮有了一种贯穿性的视觉效果。每个馒头都显得晶莹剔透、玲珑别致，便如玉石雕琢的一般。

馒头铺老板小心地拈起一个馒头，慢慢送到嘴边，轻轻咬下。周围所有人的眼角都盯住他的嘴巴，心跳的节奏应合了他嘴巴的动作。

没有等馒头铺老板将这口馒头咽下说上一句话，周围的人已经开始纷纷扔下铜钱伸手抓馒头了。因为他们清晰地看到馒头铺老板嘴角溢出的油汁，看到他无比享受的表情。还有当馒头咬开后，一股更加浓郁的馒头香也很主动地在往他们鼻子里钻。

“排队排队！别抢！一个个来，不要抢！”馒头铺老板高声喊着，根本就来不及咬下第二口馒头。

当馒头香弥漫在整条街上时，馒头铺前高高笼屉里的馒头已经全部卖完了。只有老板的围裙兜里还剩下大半个，那是他最早咬了一口却根本来不及享受完的。当再次将半个馒头拿在手上后，馒头铺老板这才突然想起救馒头的人，于是踩凳子上桌子左右眺望，却怎么都找不到许知味的身影了。

祝昇蓬也买到了两个馒头。他先迫不及待地连咬两口，咂巴着味道。然后才想起来把另外一个递给蔡壬鑫，“兄弟，你尝尝，这馒头真的是从来没吃过，太好吃了。要是谁有会做这种馒头的本事，就路边支个摊儿也准能发财。”

蔡壬鑫却是若有所思，没有马上把馒头接过来，“那个救馒头的人在哪儿见过呢？对了，在木渎港的河边，我撞倒过他。这人带了很多刀，可能是个土匪。怎么土匪也会做馒头，别搞七念三是专做人肉馒头的？”

“带许多刀就是土匪呀？那刀剪铺里的刀还要多呢，打刀的铁匠都应该抓起来呢。”祝昇蓬觉得蔡壬鑫的想法真的有点可笑。

“对，还是大哥你说得对。带那么多刀的人还有可能是厨子，要不他怎么会救馒头呢。”说着话，把接过来的馒头大咬一口，嘴里才嚼巴两下便马上含糊其词地大声赞叹：“好吃！真他娘的好吃！”

这一天小东门街上几乎人人都在讨论救馒头的事情，有机会吃到馒头的人则更是大加渲染，把馒头的味道夸得像天上仙品。拿他们的话说，这一灶的馒头，就好比烧瓷器出的窑变，必须各种时机巧合都凑在一起了，这才能蒸出这样美味的馒头来。

论面馅

馒头铺的老板一直没找到许知味，但他在周围人里打听了下。有看着许知味眼熟的人告诉他，这人好像就是租住在他们馒头铺对面弄堂里的一个乡下人。所以当许知味在外面又转了一天回来时，他租住的小房间门口蹲着一个人在等他。

“许爷叔[1]，你可回来了，我在你门前等你一天了。”那个人看到许知味后一下子蹦了起来。

许知味先是被吓了一跳，当他定下神来细看后，认出那人原来是馒头铺的小伙计。

“许爷叔，你真的太神了，那馒头不仅救过来了，而且还救得那么好吃。”小伙计满怀敬佩地说，“不过，呵呵，我自己一口也没吃到，是听他们说的。”

“那你在这儿等着我，不会是让我再救回馒头给你吃吧？哈哈。”许知味知道这小伙计等他这么长时间肯定不会是为了这事情，但他看着小伙计一脸憨厚样，觉得挺好玩，所以故意逗逗他。

“不对不对，是我们老板让我在这里一直候着你。见到你后一定要把你请到店里去喝老酒，说是为了谢谢你早上仗义帮忙，妙招救了馒头。其实我觉得他可能还想向你讨教怎么做馒头，要是能从你这里讨教到什么妙招，那以后这馒头可就小东门这里最结棍的[2]，不对，应该是全上海最结棍的。”

小伙计真的很实在，想到啥就说啥，把他老板可能存在的企图都说出来了。而且看得出来他是个没有见过啥世面的孩子，把在小东门范围内的最结棍已经当成极大的荣耀。

[1] 上海人对父辈男人的尊称，类似叔叔、伯父。
[2] 上海话，最好、最厉害的意思。

许知味倒是真心挺喜欢这个小伙计的，做厨行的首先就是要实诚，会耍歪心眼的就算做得出好菜来，那也是一时之能。时间一长肯定会往歪路子上走，一旦开始偷工减料、以次充好了，所做的菜品和名头都会全部折损掉。

简单擦了把脸，掸打了一下身上灰尘，许知味便出门跟着小伙计往馒头铺去了。他这人或许在其他方面都不太讲究，但只要是到制作食物的地方去，或者是受邀去吃喝什么，他都是会把自己搞得清爽些。这是对人家的一种尊重，也是对天馈食物的尊重，由此可见，他骨子里就有一种成为高超厨者的天性在。

馒头铺老板很热情，茶干、鸭头、炒黄豆啥的也搞了五六个碟子，然后还有从隔壁小酒店打来的一瓦缸米白酒。许知味倒也不推辞，一则他早上确实帮了馒头铺老板的大忙，享之无愧。二则他预料着就像小伙计说的，馒头铺老板肯定还有其他意图在，他坦然吃喝，人家反而可以没有负担随便开口。三则他外面转了一天也真的饿了，而这米白酒和他老家无锡产的桂花米酒很是相似，非常合许知味的口味。

“许师傅，我虽然不知道你的来历，但早上那手绝活一露，这街头街尾便都认定你是做吃食的高人。”两碗酒下去，馒头铺的老板终于把客气话往正题上转了，“你到上海来肯定是瞄机会干大事的，没想到今天为我这灶馒头把行迹给显露了，真的是太仗义了。”

“哪里哪里，我到上海来也就是为了找饭碗。没什么高人不高人的，只是东奔西走的看到的听说的招儿多一些。”许知味说的是真话，他虽然厨技高超，但是到上海来真就是为了挣钱吃饭。而他技艺是专攻红案的，白案方面虽然也学过，却是很难得才做一回。不过他刚刚结婚就离家研习厨艺，后来又在皇宫御膳房待过，接触的都是各路顶尖的厨道高手。所以听到、看到的白案技巧都是一般白案制作者难以想象的。更何况像馒头铺老板这样的，制作的点心连真正的白案都算不上，全是最为家常的制作法。只是凭着料重酵老，这才比人家做得稍好些。

“许师傅你别这么说，这样说我的脸都没处放了。像你这本事跑哪里不是随手拈钱，哪像我这样的憋住口气死撑，只为了乡下的老老小小能蹲个土墙草顶、糊个不饿不寒。万一哪天这口气一松撑不下去了，那就可怜了我家那些老老小小，都不知道活路是往哪个方向的。”馒头铺老板又开始哀叹连连了，这应该是为他说出真实目的在做铺垫。

“我知道我知道，可是我这人的本事也就能救一灶馒头，其他也没啥能帮到你的。”

“不不不，许师傅只要答应我一件事情，那就算帮到我一家三代，是我全家的恩人了。”馒头铺老板说到这儿激动得站了起来，手里捧着的酒碗连连晃荡，泼溅得满手满袖口都是酒。

“你先坐下，我知道你的意思。我实话跟你说吧，我确实听过见过一些做白案的绝妙技法，但这些技法并不适用于你的铺子。”许知味把已经夹到嘴边的茶干又放下，“因为那些方法都太过精致细腻了，费力费时又费料。你不仅做不了，做了也卖不掉，卖掉就得亏本钱。再有今天我救馒头的法子只是权宜之策，幸亏起灶火和缓火时间都估猜得不错，这才把馒头救回。真正做的话，肯定没有哪家店会这样做馒头。因为这样做出的馒头虽然有特别的卖相，馅里的肉汁和醋味也足够吸引人，偶尔吃两三次会觉得浓厚的味道特别抓喉抓心，但再多吃几次就会腻了。这就好像吃馄饨，一碗馄饨开始两只蘸着醋吃会觉得特别顺口，因为味觉刚刚好被醋挑开。但是等吃到后面味觉彻底放开时，蘸醋反而坏了馄饨的馅味和汤味，莫名地生出一种腻烦感。”

许知味啰啰唆唆说了一大通，结果馒头铺老板的反应完全出乎他的意料，“不是不是，许师傅误会了。我不是想求你教我做馒头的本事，你那本事我估摸自己也学不会。我是想许师傅你悄没生息地住在小东门里，应该是想从这里下手做什么大事情。我知道，以你的本事一旦出手，那肯定是成片的饭碗被砸掉。所以我求你答应我，你真要在小东门开铺子的话，千万不要做馒头。”

听到这话，许知味反倒是愣住了，馒头铺老板竟然提出了一个他完全没有想到的请求，“这个吗，其实我跟你说，要想生意好，把馒头做到最好才是正道。干吗要依赖在别人不与你竞争上？这街上就算只有你一家做馒头，但你要做得人家难以下咽还是不会有人买的。”

“其他我都不管了，我只求你许师傅应承一句不在小东门开馒头铺。我知道你这样的高人说话如敲印，肯定是算数的。死皮赖脸求这么个应承也是没有办法，你一旦在小东门开了馒头铺，那我真就走投无路了，得带着全家老小去投河。”许知味没有马上应承，馒头铺老板已经有些急了，所以后面的话有些像是拿全家人的性命以死相逼。

许知味把酒碗重重地顿放在桌上，“我答应你，我不会在小东门开馒头铺。”

“那好那好，那太好了！许师傅，你安心在这里吃着喝着，我还要赶着去备明天的馒头料。鸣翔啊，你就陪在这里，给许师傅添酒夹菜。”老板一边吩咐小伙计一边往外走，“许师傅你随意，在我店里就像在你自己家里一样随意。以后哪天想喝点了，只要不嫌我店里酒菜素淡，你随时来。”

许知味没再理会馒头铺老板，而是又将茶干稳稳夹起，放到嘴里，慢慢地嚼着。此刻他吃得更加安心了，全当这是早上救馒头的酬劳。

老板走了，小伙计在桌边坐下，拿起长柄勺把许知味酒碗又添满，“许爷叔，你给我讲讲怎么做馒头成吗？”

“你想学做馒头？”许知味在添满酒的碗边上嘬了一口后抬头问道。

“对，我想学做馒头，做最好吃的馒头。”小伙计的眼睛里有火苗在跳动着。

“最好吃的馒头必须是自己的馒头，是自己悟出来的，和别人不一样的馒头。”

“我知道，就像许爷叔早上救的那馒头一样。但这馒头不能是救出来的，而是要做出来的，并且可以让人百吃不腻。”

许知味听到这话后重新打量了一下小伙计，他现在不仅可以从小伙计的神情和话语中觉出这是个实诚的孩子，而且还是个有灵性的孩子，“你叫鸣翔？刚才我听老板叫你鸣翔。”

“我叫黄鸣翔，家住在南翔镇。家里穷，种田没田、捞鱼没船，所以就把我送到这里来学做馒头。不管怎么说都是门手艺，荒年饿不死手艺人嘛。”

“那老板没教你吗？没教也可以自己看、自己记的。”

“教是教了，但是我总觉得哪儿都欠缺着什么。虽然料都是好料，但方法上、搭配上没能把那些馒头料的味道都发挥出来。”

说到这儿，许知味更加确信面前这个叫黄鸣翔的小伙计是个对厨道有独特见解的有灵性的孩子。

“一般而言，做馒头的关键是在面、酵、馅、蒸这几步上，但是要按着我的看法，这几步中的馅应该是重中之重。”许知味是专攻红案的，所以看法、角度和一般的白案不一样，首先抓的就是味道二字。

“这我知道，一是要选好料，必须五花三层的肉，然后细细地剁成肉糜。再加好的料酒和葱姜去腥气，盐要稍重些，这样蒸好后就着馒头面皮味道才正好。”黄鸣翔抢着说。

“老板要是教了你这些，那他这人还算厚道，没有刻意保留。不过他做馒头的技艺到这程度也已经是极限了，做出的馒头在平常市肆卖了，给人填个饥、油个嘴是足够的。但是要做真正好吃的馒头，凭这些是远远不够的。”

黄鸣翔听到这话后没有再作声，而是眼巴巴地瞧着许知味，期待他继续说下去。

许知味慢条斯理地又嘬了口酒，嚼了两粒炒黄豆，这才继续说了下去，“肉要选硬五花，也就是至少五层以上的五花。这样的肉肥瘦比例才最为合适，口感和味道都是最佳。然后这肉不是简单地细细剁了，而是要‘细切粗斩’，细切是切的肥肉，粗斩是斩的精肉。这样剁出的馅儿一是软嫩，二是鲜香，蒸好之后不会松散，紧实有嚼口。另外这馅儿里除了放盐很重要，其实还有一个‘油糖比’也很重要。”

“什么叫‘油糖比’？”黄鸣翔好奇地问道，这个概念是他从没有听说过的。

“根据我的见识，就算用了硬五花，馒头馅的汁水还是不够丰富。没有一口咬下汁水直流的效果，这样馅儿中的滋味和香味很难带出。所以在剁好肉糜之后，还要在其中加入更加浓厚的油汁才行。而这油汁从哪里来？就从五层五花肉的肉皮上来。把原本取下无用的肉皮洗净入锅，焖烂剁碎，加入肉糜之中。蒸制过程中，这些焖烂剁碎的肉皮便会化为浓郁黏稠的油汁包含在馅料中。”

许知味又嘬了口酒，“但是加入了如此肥糯的肉皮汤肯定会太过油腻，而消除油腻的最好方法是加糖。但这糖又必须加得恰到好处，既消除了油腻，又使得馅料味道更加浓郁丰富。不但多出一种微微甜润，而且不会抢了肉馅的鲜香。这肉皮汁与糖量的配合，就是所谓的‘油糖比’。但是这个‘油糖比’是没有标准的，需要针对当地大部分食客的口味轻重、饮食习惯来确定。”

“许爷叔，说实在的，我就觉得你今天救回的馒头很是特别。且不说馅料如何，那卖相就好得不得了，看着就想吃。你说做馅料的法子，我知道做出来肯定美味，但再美味还是包在里面看不见，要尝到嘴里才知道。所以做馒头去卖和自己家里做吃的不一样，首先就要做得让人家看了想吃才行，然后才能用味道将其吸引住。”黄鸣翔说出了自己的看法。

许知味愣了一下，黄鸣翔的话里有他未曾考虑到的道理。他只想到如何把馒头做得好吃，却没有想过这小小馒头其实也是包含商道之理的。而黄鸣翔的思路正是将味道、商道相互结合了。

“馒头面皮的做法大部分是用发酵面，看上去松松软软的，吃口也很好。但这种面皮却容易吸收馅料汁水，所以很多时候人们反觉得这种吸足馅汁的馒头皮比馅料本身还好吃。”许知味稍稍停了下才又继续说了下去，“不过也有一些人是用烫面做馒头的。烫面皮实僵硬，缺少面香，很难入味，就像是用来装馅料的面口袋而已。而今天救回的那灶馒头很是凑巧，它其实是将发酵面和烫面的特点结合了起来。如果真想刻意做出那样的馒头，还得好好琢磨、反复试做。”对于馒头面皮许知味只能说到这里，因为他真的不是一个面点师。虽然也学着做过馒头之类的面点，也见过许多顶级的白案高手做过面点，但他除了正常的发面方法，真没有尝试过其他方式。

“我知道了，等我以后回了南翔家里，我就慢慢试着做，肯定能做出像今天这种卖相的馒头来的。然后再配上许爷叔教做的馅料，那馒头肯定会比小东门任何一家的馒头都要结棍。”黄鸣翔目光变得平静而深远，仿佛已经看到自己成功的那一刻。

“对了，除了卖相还有馒头的面香，那也是不用吃到就能勾住人的。我以前见白案高手做馒头，笼屉的草垫是要特制的，必须是用新稻草加‘徽毛’编制的。所谓‘徽毛’，其实就是经过处理的长尾松松针。用新稻草加‘徽毛’做出的草垫，透气性好，蒸制时受热全面。而‘徽毛’若有若无的松香味，再加上稻草的清香，可以将馒头的面香、馅儿香衬托到极致。”

许知味说到这里将大半碗酒一口喝干。黄鸣翔要给他再加，他按住长柄勺拦了下来，然后起身往门外走去。黄鸣翔也赶紧站起来要送他回去，结果没走出店门又被许知味拦住了。

当许知味的背影消失在对面弄堂的阴影里再看不见了，黄鸣翔重新回到桌边坐下，托着腮帮子慢慢嚼着两粒炒黄豆若有所思。许知味所说的一切和他的构思相互交接、融合，最终在脑海里化作一笼特别的馒头。

几年之后，黄鸣翔回嘉定自开馒头铺。他吸取许知味所说精髓，总结技艺，大胆尝试，制作出与众不同的肉馒头。

美食资料记载：“清同治年间，上海嘉定南翔镇的黄明贤创下皮薄汤甜肉鲜的南翔肉馒头，也就是后来的南翔小笼包。”这南翔小笼包的制作方法和特点与许知味传授给黄鸣翔的技法极为相似，而黄鸣翔也是南翔镇人。但没人知道这黄鸣翔和那黄明贤是什么关系，抑或黄鸣翔就是那黄明贤。

鸡换面

祝昇蓬和蔡壬鑫这几天有些不顺，木渎港河边不知道从哪里冒出一帮子人抢了他们的财路。这些人应该是有人统一指使的，每次运菜船一靠岸，他们便占船的占船、拦人的拦人，有什么新鲜的好菜都被他们抢了去。而且就算有什么人手脚快抢在前面占了船，也会被这些人故意寻衅挑起争斗，最终满船的鲜货还是被他们抢了去。

刚开始戆劲上来了的蔡壬鑫也想和对方硬抢，但被祝昇蓬给拦住了。后来看到其他争抢的人吃了亏，搞得头破血流伤筋动骨的，不禁暗自庆幸没当出头椽子。不过这些天两个人只能在那帮人把新鲜好菜挑完之后，才收到一些毛散脖缩瘟病样的鸡鸭。而且能捡到这点货已经很不错了，还有很多抢货的连根鸡毛都没捞到。

但是好多事情都是双刃剑，啥都没抢到固然挣不到钱，但抢到这些得了瘟病一样的鸡鸭出不了手的话，不仅挣不到钱，甚至还要赔钱。而祝昇蓬和蔡壬鑫又是不会做假弄虚的实诚人，所以只能找些小店铺磨嘴皮子低价兜售。

祝昇蓬和蔡壬鑫嘴好腿勤，收来那些鸡鸭后马上细分下，然后兵分两路想办法售出。卖相稍好些的让祝昇蓬往一些中等的酒楼菜馆和老主顾那里送，他平时为人沉稳实在，别人都比较信任他，所以将这部分鸡鸭出手问题不算太大。

而剩下那些不好的，则由蔡壬鑫往小店铺和街边摊兜售，实在不行了马上就往合适的居住地兜售。蔡壬鑫原来就干过“捡回货”，卖劣货比较有经验。另外他这人性子宽、受得气、会磨缠，那些小店老板和摊主禁不起他几下软磨硬泡，多少总会拿他一两只鸡鸭的。但是即便这样，他们两个还是经常会有一些鸡鸭卖不出去。而这样的鸡鸭卖不出去就不能像以往那样养着第二天第三天继续卖，必须赶紧放血，否则一死就得扔垃圾堆了。

及时放血的鸡鸭可以做成风鸡风鸭，祝昇蓬原来常常把卖不出去的海货做成干货，现在加工鸡鸭倒也异曲同工熟手熟路。不过遇到僵缩得太厉害的鸡鸭就只能直接拔毛烧煮了，因为血流已经开始僵固，做出来的风鸡风鸭也是会有怪味的。所以最近祝昇蓬和蔡壬鑫的伙食倒是不错，经常可以吃到鸡鸭。不过有时候一天跑下来利润可能也就这么一两只鸡鸭，杀了吃了，相当于被迫把挣到的钱换成不新鲜的鸡鸭装进了肚里。

这一天，天色又近黄昏，太阳已经挂在西边的芦苇花上了。蔡壬鑫用木棍的一头单挑着只竹篾笼在街上快跑着，把扫把头后面的发梢都跑得直直朝后了。他这也真是急了，到现在为止还有两只翅膀松垮、微微哆嗦的老母鸡没能出手。

必须出手！蔡壬鑫下定决心。这些天来那些快死的鸡鸭已经吃得蔡壬鑫彻底反胃，想想都有要吐的感觉。所以这两只鸡他今天无论如何都要出手，否则就算送人、扔掉也都不带回去了。

但是天这么晚了，又是这样子的两只鸡，一般的店里都不会收的。因为马上就要打烊了，而店里明天要用的早就应该备好了。所以蔡壬鑫思来想去，唯一可能把鸡出手的地方只有小东门里的崔家鸡汁面店。

“你小子真是不开眼啊。没见我店里冷冷清清的？生意太差了呀，昨天的鸡汤都还没用完呢。而且你这鸡活养也难养到明天，硬塞给我，我肯定是白搭钱。你不会是嫌我这铺子倒得慢特地来帮我加速的吧。”崔老板的腔调里带着真切的难受，他这鸡汁面的小铺子最近生意越来越清淡，新老顾客好像全被斜对面的馒头铺给抢走了。

蔡壬鑫看着笼子里缩毛闭眼一颠一晃站都站不稳的两只鸡，也真心觉得要让崔老板收下是有些为难的。但是今天收的鸡鸭卖相都不好，卖不出价钱，一天跑下来挣到的估摸也就两只鸡的价钱了。要是把这鸡带回去，那么他和祝昇蓬又得连续吃两天鸡了。现如今这鸡肉真的都吃出鸡屎臭来了，再要这样吃下去完完全全就是在遭罪，搞不好从此见鸡就得吐。

“崔老板，这鸡你现在趁活放血拔毛，炖下的鸡汤味道不会差的。而且我给你的价格已经是市场价的一半不到，全上海都没这么划算的。”蔡壬鑫还是决定再努力一把。

崔老板索性连话都不说了，只是不停地摇头。蔡壬鑫撇着嘴、苦着脸吧嗒了半天，仍是没有说动崔老板。

“要不这样办吧。”蔡壬鑫挠挠脑袋咬咬牙，做出了最后让步，“你说你面馆没生意，那我就到你店里来吃面。不过我不付面钱，就用这两只鸡来抵。”

蔡壬鑫情愿吃面也不要吃鸡，所以他决定变通一下用鸡换面。

崔老板被蔡壬鑫说的方法吸引了，他看看笼子里的那两只鸡问道：“怎么个抵法？”

“抵你二十碗面，我和我大哥随便什么时候来吃，你记账，吃完为止。”

“十碗。”

“十八碗。”

“十五碗，一碗都不能再多。”崔老板很坚决地给出最后的价。

“那、那就十五碗。”蔡壬鑫使劲抓一把自己的扫把头。

崔老板马上来了精神，从下面条的台子里拿把剪刀转出来，熟稔地从笼子里抓出鸡来，剪开喉咙然后扔到一旁的木盖桶里放血。盖桶没有发出多大响动，因为那两只命在旦夕的鸡早就没了垂死挣扎的力气。

“来！给我来碗鸡汁面，多撒些米葱香菜胡椒。”蔡壬鑫甩甩袖子，大大咧咧地往桌旁一坐。

鸡杀了，抵算面条的交易完成，所以蔡壬鑫现在在这个面馆里已经拥有了十五碗面条的资产。当他听到自己肚子里“咕咕”的叫唤声，于是也摆出一副阔气样子来报复性消费一下，顺便使唤使唤崔老板解解气。

“给我来碗鸡汁面，不放香菜只放葱，不放胡椒只放盐。”这时门口进来一个人，还没坐下就出声要了一碗面，所提要求似乎和蔡壬鑫恰恰相反。

“好勒，你往里面坐，这边桌子干净。”崔老板没有理会蔡壬鑫，而是甩着抹布朝刚进来的客人迎过去。

“啊，是你！”进来的人和崔老板打个照面，发出意外的一声轻呼。

“啊，是我，大哥认识我？恕我眼拙，每天客人来来往往的，我没记住你是哪位。”崔老板赶紧打招呼，他真不记得进来这个客人在哪里见过。

崔老板抱歉自己没有认出对方，坐在里面的蔡壬鑫倒是一下子蹦了起来，“你不就是那天给斜对面馒头铺救馒头的爷叔嘛。就是你，你太神了！救回的馒头太好吃了！”

听了蔡壬鑫的话，崔老板脸色微微一变，随即耷拉个脑袋转身往里走，转回下面条的案台里头下面条去了。小东门前些天到处都在谈论救馒头的事情，而崔老板的表现却像是从来没有听说过一样。

进来的客人正是许知味，他在桌边坐下，没有搭理蔡壬鑫。最近这街上认出他并主动和他搭讪的人很多，其中最为啰嗦好奇的就是一些年轻人。这也难怪，年轻人都崇拜传奇、向往神奇，所以见到许知味后难免纠缠着瞎问，这其实和现在追星的感觉有点相似。可是许知味却不适应这一套，被搞得有些不胜其烦。而蔡壬鑫的热情和兴奋又显得有些莽撞，所以许知味并未作出回应。

另外许知味现在的注意力在崔老板身上，刚刚打个照面时，崔老板那张苍白的脸让他觉得就是前些天一大早到馒头铺蒸灶那里做手脚的那个人。

蔡壬鑫虽然做生意软磨硬泡的，但是正常时与人打交道却很是知礼识趣，所以并没有追着许知味多啰唆什么，而是重新在桌边坐下。只是好奇地看着许知味，琢磨着这到底会是怎样一个人。

崔老板快手快脚，很麻利地下好了两碗面。和其他下面条的有些不同，崔老板将面条捞起后并不马上入碗，而是在漏勺中连续抛甩几次。那动作显得非常地娴熟和潇洒，一团面在空中翻滚几次，却没有一根面条甩出。

抛甩几次后的面条放入大瓷碗中，随后马上转身掀开炖汤的罐子舀出一大勺鸡汤来。油亮的汤汁缓缓浇在面条上面，将碗中面条完全淹没。再轻巧地抓一撮葱花撒在碗里，而这个时候汤汁的油花也都浮了上来。于是清澈汤汁上顿时金色油花忽忽闪闪，绿色葱花漂漂荡荡。

崔老板先把一碗面放在面灶外侧的木台子上，叫蔡壬鑫自己端了去。然后才用一个托盘把另外一碗端出来，放在许知味的面前。

蔡壬鑫慌慌张张地把碗端到桌上，烫得龇牙咧嘴。两手手指刚刚离碗就一起急促地搓捏上耳垂。但是他忽然停住了手指，回头看看坐在靠外一张桌子上的许知味，然后毅然决然地忍着烫把面碗又端起来，端到了许知味坐的那张桌子上。

“嘿嘿，一块吃，一块吃！”蔡壬鑫挠挠脑袋笑嘻嘻地在许知味对面坐下，拿起双筷子在碗边上搭了搭却又不吃。而是歪着脑袋看着许知味，像是要向许知味学习怎么吃面。

许知味刚才看了崔老板下面的过程就已经在微微点头了。而当那碗面条放在他的面前，再提鼻子吸气嗅闻一下之后，许知味更是由衷地赞了一句：“不错不错，这可以说是小东门范围内最精致最讲究的吃食了。”

“咦，不对呀，崔老板你搞七念三地骗我鸡对不对？这救馒头的爷叔都说你的面条是小东门最好的了，那生意怎么可能会差。”蔡壬鑫反应很快，他听到许知味这句话立刻觉得自己吃亏了。

改面条

崔老板没有搭理蔡壬鑫，而是长叹口气，“唉，做得精致讲究有啥用，生意做不出呀。要是吃饭的个个都像大哥你这样识货，那我日子就好过了。”

“生意不好？”许知味听到这话后转头看看。这个面馆门脸虽小，但是市口还是不错的。房子进深挺长，里面空间很大，操作台的部分比门脸还要宽出许多。另外后墙那里还有个小门，说不定小门的外面还有可以杀鸡洗菜放杂物的院子或小弄。许知味想，这个铺子真的挺合适，要是面铺老板做不下去能把它盘给他就好了。

“对的，生意不好。唉，大哥，你别提这勾我痛处的话呀，快尝尝面。一口没吃就说我这面细致讲究，你吃两口试试，看能不能说出我这面的妙处在哪里。”

许知味笑了笑，拿筷子挑起两根面到嘴里，细细嚼了嚼咽下，“面条不管怎么做，总跳不出面、汤、哨、熟四字诀。这就像唱戏的唱、念、做、打一样，要想博个好彩，就看他在这四个字上下多大功夫了。”

说到这里，许知味停下来喝了口汤，咂巴几下嘴才继续说:“江浙一带吃面更是将重头放在汤上。一般人做鸡汁面，都是在熬鸡汤上下功夫。但是就算在鸡汤里加上了火腿、髓骨、干贝这些上好的汤料，做出来的终究只是好汤而不是好面。你这汤里肯定没有那些上好汤料，不过……”

“不过什么？”旁边蔡壬鑫一直都在跟着许知味的吃面程序走。许知味挑面进口他也挑面进口，许知味喝汤他也喝汤。而许知味说话时，他便伸头瞪眼入神地在听，所以许知味的话稍有迟疑他便马上追问。

“不过这汤也真的不错，因为这是配汤。都说要成好汤，无鸡不鲜、无鸭不香、无骨不浓。你这汤里有鸡有鸭有骨。如果我没猜错，是六份母鸡、两份公鸭还有两份猪大骨配在一起炖熬出来的。君臣佐使俱有，味厚、香浓、色透，成本却不比全母鸡熬出来的鸡汁贵。而更妙的一招是你在面条出锅之时会用手法抛甩面条，把面条中的水分甩干。然后再加入汤汁并完全将面条浸没，这样就能完全将汤汁中的味道吸收到面条里去。所以你是真正做出了一碗好面，而不只是做了一锅好汤。”

“大哥，你真是行家。”崔老板竖起个大拇指，“可惜的是懂我这面的人太少，所以这生意越来越难做了。”

“难做那也该从自己身上想办法呀，给别人下阴招那可是缺了做人德行的。”许知味觉得这时点出对方下作行为是最为合适的。

崔老板愣了一下，脸上有些发臊，心中有些疑惑。他应该想到了他之前的下等行为了，但是又在怀疑许知味说的到底是不是这个事情。他做那事情的时候周围没有人啊，这吃面的客人又是怎么知道的？

“其实损德性的事情做一次，害不了人家一世生意，倒可能害了自己一世名声。别人一时的损失也根本成就不了自己长久的利益，长久的利益是要靠自己的本事去获取的。再说了，整条街的铺子，总不能天天挨着个去给他们做手脚下损招吧。”

许知味这人耿直，继续教训崔老板。而崔老板也已经能够确定许知味所指肯定是他堵了馒头铺蒸灶风口的事情，都说要想人不知除非己莫为，看来这话一点都没错。

“也是实在急糊涂了，才做了下作事情。大哥，我这生意一天一天地亏着钱，家里还有伸着脖子等吃饭的老小，着急冒火地牙都浮了、眼都红了。脑仁子一蹦就出个昏招，过后也后悔。”崔老板显得很羞愧。

“这倒也是奇怪了，这么好的面怎么会生意不好呢。我想想，是哪儿差高落低了。”许知味低声嘀咕了句，这情况他也觉得奇怪。不过再细想想这些天他在小东门周围转圈看到的一切，猛然间就想到了一个问题，而这个问题很可能也会成为他自己开铺子后同样会犯的错误。

“你们在说啥呀？搞七念三地什么意思？都像说的黑话。”蔡壬鑫在旁边听得莫名其妙。

许知味又吃了口面，喝了口汤，然后咂巴下嘴说道：“你的生意虽然不行，但是做鸡汁的料却丝毫不掺假，全是鲜货没用‘闷个’[1]。这说明你这人骨子

[1] 厨行坎子话，死的鸡鸭牲畜。

里还是实诚的，做那事情真的是一时糊涂。”

“大哥，我听出来了，你是真行家。不是不是，你是真神。你帮帮我，给我出个主意吧，让我这店子能够做活了。我一家老小都会念着你的好，求求你了大哥。”崔老板连连作揖。

“对对对，这爷叔救过对面铺子的馒头，生意不好求他肯定能成。你看现在对面的馒头铺，生意比以前更火了。”蔡壬鑫这时候听懂了，赶紧在旁边给崔老板帮腔，但最后还是不忘关照下自己，“崔老板你的面铺生意要是也火了，那可得天天从我这里拿鸡鸭啊。”

许知味放下了筷子，看一眼崔老板愁苦的脸，再转头把整个铺子看一遍。这铺子不错，崔老板要做不下去的话，他可以趁机盘下来。但是崔老板要是把铺子盘出去，他一家老小过日子可就难了。

“大哥，帮帮我吧。”崔老板还在哀求。

“对对，帮帮崔老板吧，他这人不错，做生意实在。买我们鸡鸭就算讨价还价都是在明处，从不玩虚的。”蔡壬鑫说的都是实话。

纠结了好一会儿，许知味最终艰难地叹口气，“唉，都不易呀。你养一家老小比我一个人混日子更加不易。我来告诉你吧，你铺子做不好的关键不是面条不美，而是食不对客。”

“什么叫食不对客？”崔老板急忙追问一句。

“食不对客，就是说所做的食物不能合乎周边食客群的口味和需要。你这面条，如果放到一家大馆子里当主食或餐前小吃那是肯定没有问题的，但是放在小东门这一带那就不行了。这一带的食客大都是以吃饱为目的，以廉价为选择，味道是次之的次之，放在第三位。所以你这样细致美味的面条他们偶然才奢侈一回来打打牙祭，平时是不会选择的。而如果一个小吃点心不能做成周围人的日常需求，再美味也肯定是难以维持下去的。”

“那我该怎么办？也做馒头卖？”听得出崔老板已经有些慌不择路了。

“呵呵，你也会做馒头？你的馒头能做过对面铺子？”许知味反问一句。

崔老板立刻摇摇头，这是想都不用想的回答。

“为什么不坚持自己擅长的，还从面条上改良。”

“这面上还能怎么改？把味道改差点？”

许知味皱了皱眉头，“人在局中难自清，你也是做面做迂了。什么东西都是往好里改，怎么能改得不好吃呢？住在这周围的人群都是做体力活的，就算有一些商行里的，也是奔前奔后做烦杂事的，所以你搞的面首先要耐饥。耐饥的面一个是面条本身要粗一点，还有就是要油厚。再一个这类食客群喜欢口味重香气浓的，价钱方面要能承受得起。”

崔老板感觉完全蒙了，“这许多条件，我一个面上怎么做得出来呀。”

“用猪油吧，做猪油拌面。猪油厚实浓香，耐得住饥。举个例子吧，那扬州炒饭最初叫越国公碎金饭，就是用猪油炒的蛋炒饭。隋炀帝下扬州，船行一日直至天黑才能歇。船工和纤夫中途无法停下吃饭。那越国公杨素便以猪油和鸡蛋炒饭让船工和纤夫吃，这样就能一顿耐住一天的饥饿，保持体力拉纤行船。而小东门这一片不管是做工的还是行路的，吃饭也都是以填饱肚子保持体力为首要目的的，所以用猪油拌面最为合适。另外猪油香气浓厚，入口香滑，很容易吸引到人。还有猪油相对而言成本上要比鲜鸡鸭小得多，这样面价也就可以降下来不少。如果能再慷慨一点，拌面中加两根菜头，去猪油滞口的油腻。另外再送一碗清汤，去拌面的酱咸。那么味道不仅可以相辅相成得更好，形式上人们也都会觉得更加划算也更有吸引力了。平常一碗光面的钱，不仅可以得一碗面一碗汤，而且面上还有菜，肯定会受欢迎。”

“对对对，我就这么一听都觉得划算。要是我吃面的话肯定会选这个猪油拌面。”蔡壬鑫又在旁边插话。但那两个人都不搭理他，就像他不存在一样，搞得他只能一个劲地挠脑袋。

“而且为了防止这拌面人家吃腻了，或者午饭、晚饭不习惯吃面，那你还可以用同样材料做猪油拌饭。猪油现成的，青菜只需切成丝，白盐更是不缺的，只要另外用好米蒸锅热饭就能拌了。”

“这猪油拌饭怎么拌？我以前从来没做过，不知道怎么拌才好吃。”崔老板苦着个脸。

“你不用会拌的，其实就算你会拌也不一定能拌得人家满意。每个人的口味喜好是不一样的，你永远都无法确定最好吃的标准是怎样的。所以就我刚才说的几样材料，来了客人你把它们装在碟子碗里一起交给客人，让他们自己去拌。加入多少盐多少油他们根据自己的口味喜好来控制。”说到这里许知味再不啰唆，拿筷子很快将面前面条吃光。那鸡汁面现在这个温度最好，早了油面盖着下面的汤会嫌烫。但冷透了也不好吃，油会凝住，面会泡浮。

吃完面崔老板怎么都不肯收钱，许知味也老实不客气，背着手走出面铺。出门后他回头再看一眼铺子，心中突然像悟出了什么。这满大街哪一个铺子不是牵系一家人的日子，甚至牵系了几家人的日子。哪一家倒了，铺子转给他了，那么就会带来好多人的苦日子。他是个心软的人，就像看到馒头铺老板号哭一样，就像听到面铺崔老板苦诉一样。不管哪家铺子要是真到了让他接手的地步，他瞧着别人可怜兮兮的一副样子，肯定会仗义地替人家想办法重新把铺子撑起来。所以他注定不可能在这里盘到小铺子，而大馆子又开不起，或许命中注定就是个为别人家挥刀抡勺挣饭吃的。

许知味深深地为自己叹了口气，然后神情轻松地从面馆门前走开。想到了也想开了，转瞬之间，他这些日子一直坚守的愿望放下了。

蔡壬鑫依旧呆呆地坐在面馆里，用崇拜的目光一直看着许知味。直到许知味走出了面馆，他才想起自己的面条还没吃。而这个时候那碗原本烫手的鸡汁面依旧是温热的，这让蔡壬鑫想到三国里关羽温酒斩华雄的故事。这个救馒头的师傅只几句话就教给人家改善生意的妙招，那份潇洒和笃定似乎也有着温酒斩华雄的气概。

只过了四五天的样子，崔家鸡汁面店的猪油拌面就叫响了整个小东门。那猪油的香味和着酱香、葱香一阵阵飘出，诱惑了整条大街。经过店门前的人马上走不动步子了，不经过店门前的人则会循着味儿走过来。

而崔家鸡汁面店推出的猪油菜拌饭更让人垂涎欲滴。吃那饭不仅能够填饱肚、享受美味，而且还可以体会到一种制作美食的从容和潇洒，以及一种美味由自己手中完美呈现的成就感。

崔家鸡汁面店后来改名崔家猪油拌饭，而直到如今，猪油拌饭依旧是上海的一种独特美味。

第五章

第五章　竞租开馆

此刻许知味心中有些感慨，他专心厨技，那心态便如与世隔绝一般，这世间许多事情都是不懂的。就好比宫中上菜的重重关卡、厨党的种种刁难、沿街小铺生存的艰难，还有这竞价租房中的技巧。

其实这些才是真正的人间，并不像做一道菜那样轻易便可趋于完美或近乎完美。

血溅岸

两天后的上午，蔡壬鑫背着些扫帚簸箕、针线花粉啥的在德富里的王陂后街叫卖。被几个大姑娘小媳妇给围住了，好一阵挑三拣四、讨价还价。最后拖了老半天还有一个姑娘拿着把扫帚挑了又挑、试了又试，就是不能爽快地付钱。

“姑娘，就是一把扫帚，不用搞七念三地挑那么仔细。”蔡壬鑫实在是等得有些不耐烦了，于是在旁边撇嘴嘟囔一句。

“怎么不要挑？你看看你这把扫帚把子太短，用的肯定是坏梢子料，把后段切了。这一把梢子不密，扫起来漏屑。还有这把……真是什么人卖什么货，还不让挑。”

蔡壬鑫一句嘟囔没想到招来那姑娘一大通又快又急的数落。听到最后一句时，蔡壬鑫下意识挠一下脑袋，他知道那姑娘是在揶揄他的扫把头。按理说蔡壬鑫也是个直性子的戆大，但是他在人家大姑娘面前却怎么都冲不起来，只有挨怼的份儿。

“怕了你了，看你这样子都像要拿我脑袋扫地似的。”蔡壬鑫故意做出一个惊恐万分的鬼脸，“你挑你挑，姑奶奶，你只管挑，挑到你满意为止。”

听了蔡壬鑫服软的话，再看到他滑稽的鬼脸，那姑娘不禁“扑哧”一声笑出声来。

就在这个时候，祝昇蓬急匆匆跑来，拉着蔡壬鑫就走：“快，去木渎港，原来在那里收菜的老板贩子都约好了，今天要合力和那些霸船收菜的流氓赤佬抢菜，把他们气焰打下去。”

“这事可不能少了咱们呀，不然真把收菜的地盘抢回来了，我们没出力以后就没脸再跑去收鸡鸭了。”蔡壬鑫边说边急慌慌地把东西收好。

“我也是刚刚听说，来叫你就是为了这个。不用急，现在赶去应该还来得及。”说话间祝昇蓬和蔡壬鑫已经把东西收拾好，然后快步往街口跑去。

“喂，喂，这扫帚还没给你钱呢。”挑扫帚的姑娘在背后挥着一把扫帚喊。

“扫帚送你了。”蔡壬鑫头也没回，只朝身后摇了下手。

那姑娘拿着扫帚站在那里，一时间没明白到底怎么回事。

“水仙，人家小伙子看上你了，扫帚不要你钱了。”

“这扫帚也算是定情物了，这可要好好收藏。”

“别瞎说了，水仙家怎么说都是开茶楼有家底的，能看上那跑街卖杂货的？”

“难说的，没听评书《水浒》里说嘛，佳人有心村夫俏，红粉无意浪子村，呵呵！”

女人们一阵逗笑。

那个叫水仙的姑娘脸上挂不住了，脆快地骂一句：“乱嚼蛆的臭嘴巴，闲得没着落躲家里跟男人啃去。”然后拿着扫帚低头跑进弄堂。

“慢点跑，胸挺屁股翘的，别撞到个浪男人给揩把厚笃笃的油。”

“别说，瞧水仙这身段子已经长发了，是到了想要男人的时候了。哈哈！”

……

那水仙平时也是牙尖嘴利的，但毕竟是个姑娘家有些嘴是没法斗的。所以听到后面那些话只当没听见，拐个弯儿进了自家门。

祝昇蓬和蔡壬鑫赶到苏州河的木渎港还是晚了些，所以他们只是看到了一个非常惨烈的场面，幸好未曾置身于惨烈之中。

原来那些天天到河边抢收鲜货鲜菜的老板、贩子，今天摒弃前嫌同仇敌忾，向那些霸占了他们地盘、抢去他们饭碗的地痞混混开战了。当然，那些菜贩子都不是很会干架的，所以不会自己几个人就纠集了前来争夺码头，多少都请了些帮手，其中也不乏一些经常在街头上寻衅闹事的小瘪三。

其实这一次到岸的船只有三条，运来的鲜货并不多。但因为是事先约好的，而且本意也不是要抢货，只是想把那些地痞混混赶走夺回码头。所以船离着码头还远远的，大群的人就已经冲了下去，在冲下去的过程中还发出只有战场上才会听到的嘶喊。

不过和许多战场上的结果一样，并非人多就能获取胜利。冲下去的这群人大部分只是贩卖鲜货的小贩子，是最低等的生意人。而他们的对手都是街头上靠打斗拼命来获取生存机会的地痞混混，不仅个个有身手，而且还敢下狠手。另外这些地痞混混和平常的地痞混混还不一样，他们是有组织的，是相互间有合作的，是在遭遇冲击之后有后援的。

所以冲下去的嘶喊声虽然很高亢，但刚刚到河边就遇到了阻挡，就像潮水遇到了堤坝，嘶喊声一下子成了乱喊。而当从其他地方赶来更多的地痞混混后，乱喊就全成了惨叫。木渎港的岸边上，到处是满地乱滚的人，还有已经滚不动的人。鲜血洒得遍地都是，河水里也一样，不时有点点滴滴或大团大团的殷红随着起伏的水波荡漾开来。

结果最终仍是地痞们收购了船上的所有鲜货。他们扔掉打断的棍棒、沾血的石块，提着鲜货从躺在地上的人群中踩过。只在岸边留下了一些死鸡死鸭和挣扎着快死的鸡鸭，就和躺在那里的人群一样。

祝昇蓬和蔡壬鑫被眼前的一切吓到了，他们原来以为就算发生争斗也就是推推搡搡、拳来脚往，全没想到会是这样的流血场面。而且从现场态势看，那些有组织的地痞混混们应该是早就得到消息并做好了准备。菜贩子们合力想把地盘夺回来，而对方也准备好借用这个机会让别人再不敢有这种非分之想。所以祝昇蓬和蔡壬鑫知道，这场争斗之后，相当于彻底表明木渎港的码头归那些地痞混混的组织所占。他们再没机会接近运送鲜货的船，就连剩下的劣等货都收不到了。

祝昇蓬和蔡壬鑫的想法一点都没错，他们这些菜贩子遇到的不是一般的地痞混混，而是一个日后在上海迅速壮大的帮派组织。这个组织其实就是上海最早的青帮，其中成员原来大部分属于漕运水手帮。咸丰年间清政府停了粮食漕运，大批漕运水手上岸。有的投靠原先和漕帮有很大关联的盐帮，有的投靠了地方其他黑帮，还有一部分自己组织成立帮派。因为江浙沪一带管地痞混混又叫青皮，所以他们索性将这名称顶上头，将自己组织成立的帮派称作青帮。

那天下了点小雨，可能是老天爷为了表示自己同情痛苦呻吟的那些菜贩子而挤出的些许眼泪，也可能是老天爷觉得河边的那些血迹太过触眼，想悄无声息地将其洗刷掉。

祝昇蓬拉着蔡壬鑫在一家药铺的门檐下避雨。他们两个是一路奔跑着离开木渎港河边的，比他们赶去那里时更加急促。如此急促并非为了避雨，而是因为害怕。站在门檐下大口喘气不全是因为奔跑，也是因为害怕。害怕的不全是因为刚才看到的那个血腥场面，害怕的还有他们断了一条还算好的生存之道。难道他们两个人真就要在上海跑街卖针头线脑地混一辈子吗？

“这搞七念三的，以后该、该怎么办？”蔡壬鑫的声音有些微抖。

“我也不知道。”祝昇蓬恨恨地抹了一把脸上的汗水和雨水。

两个人再不说一句话，只看向远处细雨迷蒙的天际。

几个人推着车从药铺门口走过，到跟前祝昇蓬和蔡壬鑫才反应过来，发现他们正是刚刚从河边收来鲜货的地痞混混，不禁吓得心脏狂跳。但那些地痞混混根本没有理睬祝昇蓬和蔡壬鑫，因为他们不会关注药铺，而是要找沿街的菜馆酒家，或者是去哪个市场的商家。收来的鲜货只有加价转手了，才能成为实际的利益。而青帮占住码头，要获取的就是这份利益。

看着那些人推着车走远，蔡壬鑫突然想到了什么，有些激动地一把抓住祝昇蓬的胳膊，“低价收菜高价卖，如果再无法收到低价菜，为何不拿了那些转手的高价菜把它们提到更高的高价去卖？”

“提到更高的高价？”祝昇蓬眉角一挑。

蔡壬鑫用力点着头，发梢上挂着的雨水珠被甩成一片水雾，“对呀，对呀！要想获取到最大的利润，最好的办法是将那些菜煮熟了卖。”

“你是说开馆子？”祝昇蓬眼睛一亮。

“我们到上海来就是要干大事的，就算仍然可以到河边收鲜货贩鸡鸭，那也终归不是长久之计。虽然没能和洋人做成大生意，但也不能一辈子做个小菜贩吧。要是能开个菜馆，虽然归根到底还是在贩菜卖菜，性质却是完全不一样的。不管大小都算个老板，利润上也可观。而且我们原来做过海货和鸡鸭的生意，店里食材的采购可以说是熟门熟路。”蔡壬鑫使劲抓挠两下扫把头。

“可是开菜馆谈何容易，首先就得有个好市口的房子，然后还要了解这一行中的一些规矩流程。”祝昇蓬还是很理性的。

“越是不容易，越是要开上档次的大馆子。现在市口好的小铺子不好找，因为成本低，有个铺子出来马上就一堆人来抢。反而是大的店铺房子要的人少，而且还可以压压价。赚钱肯定也是大铺子好赚，你看小东门那里，一个馒头铺挣的钱都用罐子装。要是开个大菜馆，几个菜就抵了他们一天的馒头了，那挣的钱还不得用坛子装。”蔡壬鑫眼中放光，他已经被自己描述的前景完全激活。

“大馆子？真能行？”一向谨慎的祝昇蓬的心被说活泛了。他和蔡壬鑫两个人到上海来就是想开创大好事业的，结果还是沦落到小菜贩的处境。如今收不到鲜货连小贩都做不得了，这说不定是好事。已经被逼到那个份上，那就索性投入全部积蓄破釜沉舟动个大手脚。

“只是不知道我们的钱够不够投个大馆子。这样，这两天我到那些馆子酒楼去转转，了解下做这一行的规矩，再大概估摸一下需要多少投入。你呢，接着跑街卖杂货，但是顺带注意哪里有合适的门面房租赁。不管成不成，咱们先准备起来。机会不等人，只能我们准备好了等机会。”祝昇蓬虽然很快就拿定主意，但是接下来的做法和安排却是有条不紊的。

就在祝昇蓬和蔡壬鑫商量开馆子后不久，机会很快就来了。快得完全出乎他俩的意料，也快得让他们根本来不及做任何准备。就连原来预想要做一些了解和估算的都已经来不及，只能仓促且慌乱地就扑向那个机会。

其实除了这个机会快得出乎意料，还有其他一些情况也在祝昇蓬和蔡壬鑫的意料之外。想在上海开馆子，而且是开大馆子的人并不在少数，并非像蔡壬鑫说的那样大店铺的房子没人租。

上海开埠，又有洋人设下租界。外国商人运来洋货和中国人做生意，全国各地都有人涌到这里来发财讨营生。而清政府又在上海开办江南制造局，海关、缉私、检验、税务等方面也增设机构，从各地调来众多官员和兵卒。外来的人多了，想吃家乡口味的人就多了，平时相互间的交往聚会也多了。所以在上海开一家有特色的菜馆酒楼，应该是很有发展空间的。很多人都看到了这个商机，所以想租赁大店面的人不在少数。

还有一个就是想要找个好市口的合适铺面也很不容易。饮食行业不同于其他商家，必须是要市口好，来往热闹。“金角银边草肚皮”，饮食店铺位置的重要性其实在惠泉堂与泥人街上其他店铺争抢生意时就已经体现出来。而上海和无锡的泥人街还不同，去泥人街的食客是有目的地行远路，专门去那里找特色美食摆谱请客的，深巷之中寻酒香。而上海却不同，当时这里已经是全国节奏最快的一个城市，专为一顿饭去远行探幽的人已经少之又少，餐饮行业的市口要求比其他地方更加实际。

一般而言，餐饮生意的利益来自于四大部分，其中很大一部分挣的是过路客，另外一大部分是挣就近解决三餐或请客的方便客，然后有一小部分是稳定的回头客，剩下极少一部分是到处品尝体验的美食客。这四种客人，抢到前两种客人的关键就是要店铺的市口好，而获得后两种客人的前提也是市口要好。

很快出现在祝昇蓬和蔡壬鑫面前的机会，就是有一家市口很好的店铺要出租。他们两个虽然之前没有做过菜馆酒店，但是原来做贩卖海鲜时没少和菜馆酒店打交道，多少知道其中的一些窍门。所以这个机会出现后，他们想都没想就决定不惜一切代价牢牢抓住。

挂晾收

出租的店铺原来是一家茶馆，就位于孔子街和白淞街的交叉口上，是正宗的金角位。而且这店铺位置是在街的东头，属于龙头上首位。因为这条街的主要客源大多是从东边外滩过来的，会最先选择在东边的店铺就餐。另外从白淞路往北走就是法租界，那里的洋人这些年一直都在建造样子奇特的高楼和洋房，雇用的工匠、劳工很多。这些工匠、劳工也是一个很大的客源，他们要过来吃饭的话也会顺着白淞路最先到达东边街口的位置。

而出租的这家铺子本身结构也很好。不仅门面高阔，通长的铺面上还有二层，可以设置包间。穿过店铺往里去，还有两重院落空间，直通到后面的王陂后街。店铺的主人就住在门面后边的院落里，这是过去比较常见的前店后家式建筑。

铺子本来是主人家自己开茶馆的。周围一圈的居民区叫德富里，雅人闲人生意人都有，所以原先茶馆的生意还是不错的。但是上海开埠之后，整天没事干专去泡茶馆的人少了，而且很多人学着洋人喝味道怪得像中药的咖啡，谈啥事情也都开始去咖啡馆里装时髦。这样一来茶馆继续开下去就划不来了，挣到的茶钱也就只够付付人工啥的，所以算算还不如将房子租掉划算，坐着净收钱还不用操心受累。

店铺的主人钱贺子是个老生意精[1]。且不说他自己开了这么多年的店了，就是每天在茶馆里听那些茶客天南地北地海聊，各种生意花头也可以知道不少。所以出租这个店铺时，他采用了竞价的方式。把想租他铺子的人都召集了来，然后给个底价。如果只有一个愿意租的就直接成交，不止一个的话，那么想租的人可以按自己的承受能力往上加价。直到租金加到其他人承受不

[1] 上海话里精通做生意的人。

了一个个放弃了，那么最后剩下的那个人便以他出的最高价成为承租者。这种方法对于出租房子的人来说是只赢不赔的，租金只多不少。别人不仅根本没有讨价还价的机会，反而是在相互争租中把租金不断提高。

蔡壬鑫在街上听到这个茶馆店铺竞租的消息时已经是竞租的当天，所以赶紧回来告诉祝昇蓬。而当两个人赶到店铺时，里面已经坐下了十几个前来竞价租房的人。

店铺东家钱贺子看看人来得已经不少，于是像模像样地看看天色，再看看辰香盘[1]，然后轻咳一声说道："各位老板来租我房子都是图的发财好事，所以我也挨到现在选了个吉时开价。吉房吉时出吉价，我要的底价月租是四十两银，押一个月付三个月，每到期提前一个月付下期房租。"

这个价钱从实际价值上看似乎不算高，清朝末期，四十两银差不多相当于现在的八千到一万元。这么大的店铺一万元一个月，拿现在来说，真的很低很低了。但那时候的房租却不能以现在上海寸土寸金的市场环境来衡量。虽然开埠十几年了，但各种商业还没真正红火起来，上海人对那些洋货还是存在怀疑和抗拒的。房子也不像现在这么紧俏，店铺房本身的价格也不是太金贵的。而四十两银相当于当时衙门里一个下级武官四五个月的俸禄，所以这租金其实并不算低，只能说不太过分。

至于付房租的方式，也算合理，对房东有一定保护性。但这种方式对投资资金不充裕的承租者却是有较大压力的，因为第一期连押带付就得拿出一百六十两银子。而这才是开始，馆子要做起来，后续的投入还会更多。

只听到这个底价，祝昇蓬就蒙了。虽然他还没有好好调查一下开个大馆子到底需要多少投入，但这底价以及付房租的方式已经到了他们承受的极限。这一大笔钱付出之后，他们的积蓄已经所剩无几。而要想将一个馆子像模像样地运作起来，投资少了肯定是不成的。

---

[1] 一种可点香看时辰的器具。

其实这时候店铺门口还有一个人比祝昇蓬更蒙，他听到这个底价后连门都没有进，双脚直接停在了门外。由本来试图参与的竞租者直接转换成看热闹的了。这人就是许知味，他现在也是病急乱投医，感觉自己小吃铺是盘不到了，就痴心妄想地想直接搞大馆子。当钱贺子底价一报之后，他只能在心里不住地后悔："离开无锡时自己真是应该拿了厨党给的钱才对。"而现在，他身上剩下的钱连一个月的租金都付不起。

其实已经蒙了的祝昇蓬和许知味听到的才是底价。这个价报完之后，竞租者中示意愿意承租的至少有一半人。而且很快就有人报价主动提高了二两银子，一副势在必得的架势。而其他的人虽然没有马上开口，心里也已经在考虑是否在这基础上继续加高租金。也有人已经确定会继续抬高价格，只是想看看情况再报出。

"大哥，这房子咱们得拿，不管用啥法子咱们都得拿。我把宁波的家都卖了，到上海来就是为了博一把的。之前我们连拿牌下筹码的机会都没有，这一次的牌无论如何咱们都要捏住，否则再不可能轮到我们。"蔡壬鑫像屁股着了火似的在祝昇蓬身边转。

祝昇蓬没有说话，他在思考蔡壬鑫说的话。的确如此，从竞租的人数以及竞租人的迫切状态来看，从最近不断有新馆子开张的情况来看，这一次他们如果不能拿下这铺面，以后做大馆子的想法恐怕再也没机会实现了。

"我给四十三两。"这时有人抬手示意，并高声报出一个新价格。

茶馆里沉默了一会儿，然后又一个人喊道："我再加一两，四十四两。"

祝昇蓬眉头紧皱，额头上微微沁出汗来。眼前这架势看起来他们想要拿到铺面是不可能的了。

"这价钱搞七念三地加这么快？大哥，怎么办？"蔡壬鑫已经急了。

祝昇蓬扭头看蔡壬鑫一眼，发现蔡壬鑫的眼睛都红了。心想也难怪，蔡壬鑫把宁波的家都卖了，比他更加没退路，全指望在上海博一把呢。

"大哥，出价吧。这个馆子要能做成算咱们运气好，就算做砸了，回去跑街卖杂货也能挣到口饭吃。”蔡壬鑫是在给祝昇蓬定心丸吃，同时也是再次表示决心。

祝昇蓬咬咬嘴唇，用袖子擦一下额头的汗水，“就这样往里扑铁定是要输的，不得已咱们真就得下作一回，用个下三烂的招儿。”

“这个时候还管啥下作不下作，要是世人都用正路子，我们也不会被逼到这份上。就说怎么办吧。”

“咱俩来个‘挂晾收’。”祝昇蓬低声地说道。

蔡壬鑫听到后先是一愣，随即连点两下头。接着祝昇蓬又在蔡壬鑫耳边急急地嘀咕了几句，然后两人晃晃悠悠分开，各自走到茶馆大堂的两边。

没人注意到他们两个人在后面嘀嘀咕咕，大堂里所有人都把注意力放在价格上呢。只有站在门口没进来的许知味盯着他们两个，这是因为他觉得蔡壬鑫很眼熟。那天在面馆里虽然蔡壬鑫主动和他面对面坐一张桌子，但是许知味的心神都在品面和替崔老板想改善生意的办法上，并没有刻意打量蔡壬鑫。而且有的时候两个人坐得太近，反而不容易把整体相貌看清记住。所以许知味只是觉得蔡壬鑫眼熟，并没有认出他来。

不过他们两个在那里一副焦急的样子，然后又嘀嘀咕咕地咬耳朵。这让许知味觉得很不正常，感觉这两个人是想要搞出点什么事情来。但他以前从没见识过这种竞租场面，更无法想象在这其中还能搞出什么事情来，于是也不作声，只饶有兴趣地在旁边看着。

“我出四十五两。”又有人抬手轻喊一声。

“我出四十六。”前面那人的声音还没落，又有人抬高一两价格。大家循声回头看去，是站在人群背后一根堂柱旁的祝昇蓬。

“我出四十七两。”又一个人喊道。大家再扭头循声看去，是站在另一边柜台前的蔡壬鑫。

“四十八两。”

“四十九两。”

“五十！”

“五十一！”

“五十二！”

祝昇蓬喊到这个数字时，蔡壬鑫没有马上再往上加。他等了一会儿，等什么呢？是等那些觉得自己已经无法再参与竞争的人离开。

竞租就像是在一个战场上，输的人没谁会留恋这个地方。所以随着价格的提升，一些完全失去竞争信心的人陆续悻悻地起身离开。这种情况下如果继续坐在这里，后面的结果将会让他们觉得是更大的羞辱。

人没有走完，包括祝昇蓬和蔡壬鑫在内，大堂里还有五六个竞租者在。

“五十三两！”蔡壬鑫的语气里带着股狠劲。

“五十四！”祝昇蓬根本没有一丝迟疑就又加一两。

“五十五！”

“五十六！”

“五十七！”

“五十八！”

“五十九！”

“六十！”

又连续三个加价没有丝毫停顿。而就在祝昇蓬喊出六十时，余下的几个竞租者几乎是同时屁股离凳站起身来，毫不犹豫地往门口走去。于是茶馆里的场面显得有些混乱，喊价也都停了下来。

钱贺子坐在中间的桌子前嘴角微微牵动了一下，但他赶紧强行忍住，未把心中的得意和开心表露出来，依旧保持不动声色的神情。

当茶馆中再次恢复平静时，竞租者就剩祝昇蓬和蔡壬鑫了。蔡壬鑫的样子像是在艰难地权衡着什么，但是又过了一小会儿，他还是用不舍的表情摇摇头走出了茶馆。

“看来只能这样了，六十两就六十两吧。”钱贺子轻轻拍了下桌子。听他那话里的意思就好像他还亏了，让祝昇蓬占了大便宜了。而他心里倒也希望祝昇蓬能够竞租成功，相比之下，这个清爽干练的年轻人看起来要比歪靠在柜台边的扫把头靠谱得多。

“嗯嗯，六十两也不算贵呀，他们怎么一个个都缩回去了。这门面现在上海不好找，我还是很满意的。还有后面的两进院子我也都挺满意的，这价拿下来还是很划算。”祝昇蓬晃着脑袋说。

“后面的两进院子？啥意思？”钱贺子听着不对劲，脸上的眼鼻嘴一下嘬到一起，就像个烧麦。

许知味一直站在门口看着整个过程，刚开始他并没能理解祝昇蓬和蔡壬鑫要干什么。不就是加价竞价吗，干吗要自己人互相加价把价格抬高？这好像没有什么意义，纯粹是自己在给自己下套呗。但是当他看到那些竞价的人相继离开后，他觉着有些明白了。这两个小伙子连续地加价，虽然只是一两一两小幅地加，但是加的速度很快，加得毫不犹豫、义无反顾。这是在无形中给别人心理上施加压力，其他竞租人根本没有考虑加价的机会，很快就觉得自己没有希望租到而放弃。而自己两个人之间这样竞价，虽然是把租金抬高了不少，但相比更多人参与竞争几两几两地往上加的最终价格划算许多。

此刻许知味心中有些感慨，他专心厨技，那心态便如与世隔绝一般，这世间许多事情都是不懂。就好比宫中上菜的重重关卡、厨党的种种刁难、沿街小铺生存的艰难，还有这竞价租房中的技巧。其实这些才是真正的人间，并不像做一道菜那样轻易便可趋于完美或近乎完美。

虽然说万事相合相通，从厨技之道也是可以悟出处世之道的，有时候厨中伎俩甚至比处世技巧更为玄妙。就好比许知味在惠泉堂试菜的技法，和厨党斗菜的技法。但是如何将这些技法进行变化和借鉴，许知味却未能融会贯通。而且很有可能永远都无法悟出和贯通，只能是尽量做一个优秀的厨者而已。而这两个年轻人虽然年纪比他小很多，在这方面却更有经验和头脑。所以在这世上，他们应该能够比他走得更远更好。

想到这里，许知味微微点头，转身离开了茶馆门口。他是一个未曾敢走进门里的竞租者，却差不多是最后才离开的。而且相比其他那些失败的竞租者，他还算有收获的。

坦诚诺

蔡壬鑫走出茶馆时，刚好看到了许知味的背影，也认出了这就是救馒头和改面条的高人。他挠一下扫把头本来想追上去打个招呼的，但是才急走两步就猛然意识到“挂晾收”正进行到关键时候。这时候环节上稍有衔接不对就会前功尽弃，所以只能作罢，放缓脚步继续慢行。

蔡壬鑫的脚步真的很慢，照他这样子，估计两盏茶的工夫都离不开这个街口。他虽然不停地在走，心中却是非常地着急，希望茶馆里祝昇蓬的进展能够快些。

很快，祝昇蓬也快步走出了茶馆大门，并且边走边嚷嚷:“怎么回事嘛？不守信用嘛。对外都说是连后面两进院子一块儿租的，怎么现在又变卦了。没后面那两进院子我干吗出这么多的租金。”

“你这人不是捣糨糊[1]吗？哪里听说是连两进院子一起租的。你个猪脑也不想想，我全租给你了我自己住哪里去。”钱贺子也嚷嚷着追出茶馆，出来之后发现祝昇蓬离他已经有很远一段距离，想追上去说理已经来不及。于是急得在门前连连跺脚，朝着一个方向不停地原地转圈，就像瞎了一只眼又急于

[1] 上海话搅事、糊弄的意思。

逃命的鱼儿。

“哎哎，你，那个谁，就你！”钱贺子突然间看到没走出几步的蔡壬鑫，赶紧颠跳着老腿急跑过来一把拽住，“你别走你别走，我一眼就看出你是个实诚人，这房子别人高价我都不租就租给你了。你刚才出到五十九两，我再让你二两，五十七两，只要五十七两。”

蔡壬鑫像是一时没能反应过来，没吭声，只是半张着嘴露出一副茫然的神情。

“五十五两，五十五两成吗？”钱贺子急切地再让二两。

这回蔡壬鑫有了反应，他撇嘴一笑，然后很快、很坚决地摇了摇头。

钱贺子愣了一下，这反应完全出乎他的意料。但钱贺子毕竟是个老生意精，遇事懂得如何周旋，“价钱可以再议，我们进去说进去说。”说着话勾住蔡壬鑫肩膀重又把他拽回了茶馆。

进了茶馆，把蔡壬鑫按在椅子上坐下，钱贺子便唾沫横飞地把自己这茶馆房子的市口、构造、风水如何如何好大吹一通。蔡壬鑫则始终安静地坐着，除了偶尔抓挠一下扫把头，再没有其他反应。

等钱贺子说累了，说得无趣了，也觉得他心中暗打的算盘也打好了，没必要再多说了。这时候他很突然地转向蔡壬鑫，眼睛直对着他，“五十二两，前面一排房的后场地让你白用，这是最低价了。”

蔡壬鑫笑了一会儿才说话:“爷叔，你也太会搞七念三了。前面一排房的后场地，也就是这店面房的内院，怎么都是算给店房而不是算给后面住房的。就你开这茶馆的水缸柴炭啥的不都得堆那里，不见得我租下来后，就让我的杂物都放店面外的街上吧。”

“呵呵，啊，这也对啊。”钱贺子干笑两声，却并不尴尬，而是显得轻松。因为他至少知道面前这小伙子是诚心要租自己这个店铺的。

“五十两怎么样？你刚才可是已经出到五十九两的，这可一下少了九两。

要不是那个烂污𡋾[1]瞎搅和，这个租金你肯定是拿不到的。”钱贺子狠狠心又让了二两。

可是钱贺子此刻哪里会知道，蔡壬鑫不仅不会出五十两，就连最初的底价四十两都不会出。他们是真没钱，要想做成个大馆子，现在他们手里的每一个铜子儿都是要起大作用的。

“挂晾收”是海货市场里的行话，也是收货贩子对付船老板的方法。所谓“挂”，也叫对挂，是两个或三个人相互抬价，把其他收货的逼走。但之后喊价最高的并不成交，而是找各种无端的理由不要这货，把卖家挂在那里。而“晾”呢，就是让出第二高价的买家慢慢和卖家磨，但并不是磨价格，而是磨时间。既表现出要拿货的欲望，又感觉价格太高很是为难。而新鲜海货上岸后是经不起这么拖时间的，一两个时辰之后价格就会大打折扣。这样再等到时机成熟，也就是卖家最迫切需要出手的时候。再由第三人或者直接由出第二高价的压了极低的价格收购，这也就是最后的“收”。

这个方法其实并不完全适合竞租房子，祝昇蓬用这法子也是病急乱投医。房子早租几天晚租几天是没关系的，又不会变质损坏，所以“挂晾收”只能用到一个“挂”，没得“晾”，至于“收”，就只能是以全部的真诚和将来的承诺来打动钱贺子了。

“爷叔，跟你说实话吧，刚才那个烂污𡋾是我大哥。”蔡壬鑫伸手摸一下扫把头，这是在做挨打的心理准备。

“什么？你大哥？”钱贺子一下子蒙了，但他很快就又醒悟过来，一把抓住蔡壬鑫脖领子，“你们两个在搞什么花头精？”

“爷叔，你听我说。我们两个不是搞七念三的人，实在是想把这茶馆拿下来开个菜馆。这周围横竖多少条街，就属爷叔的铺子最好。要拿不下你的铺子，我们都没信心把馆子开好。”蔡壬鑫瞪着眼睛绷着脸，把话说得很真诚。

[1] 下三烂的意思。

钱贺子听了这话后，抓住脖领的手稍微松了下，但马上又重新抓紧。

“爷叔，可是我们两个真的没太多钱。你看看我们的样子，就知道是到处闯荡吃了多少苦却没发到财的。所以我们决定把所有积蓄投到你这铺子上开个像模像样的菜馆，将来把它做成全上海最好的馆子。但是我们现在所有的积蓄投进去也都很难做得像样，所以还得指望爷叔多帮衬。不过我们承诺在前，甚至可以写到租赁文书里。一旦我们生意做起来了，不仅按最高的房租付给你，而且还将前面少给的租金补上。”蔡壬鑫看着挺毛糙，说的话却很触动人。

“你们两个把其他竞租的人逼走，就是想底价租到房子？”钱贺子觉得他已经明白他们两个用那下三烂伎俩的目的了。

“不是的，我们还想请钱爷叔再让让，三十两一个月怎么样？”蔡壬鑫纠紧了脸皮挠挠头，他自己都觉得这话不好意思说出口。

“想得美！怎么可能？大不了算我走路踩着狗屎了，明天重新发帖子邀其他租房的再来竞个价。”钱贺子都恨不得大耳光抽蔡壬鑫。

“爷叔你听我说完呀！这三十两看着比你底价还差十两，但是我们承诺馆子要是开得好还按六十两补给你。这样一来你不仅是有了三十两保底的，而且还相当于有了分红。再说了，你要不租给我们再邀其他人竞价，人家会觉得我们两个是你找来故意抬高底价的，传出去还不骂你老骗子呀。”蔡壬鑫性子戆，说话不忌讳。而更重要的是他不忌讳的话让“挂晾收”有了“晾”。

钱贺子愣住了，蔡壬鑫的话正好戳中他的痛处，他刚才急着拉住蔡壬鑫不断减价就是因为这个原因。公开竞租在孔子街不曾有过先例，他也是听洋行的人说了觉得好才用的。

其实邻居街坊背后都议论他心太贪，说这法子是棺材里伸手——死要钱。现在竞租这事情被两个毛头小子给搅黄了，传出去猜他钱贺子在其中搞花头的肯定有。而笑话他搬石头砸自己脚的人肯定更多，那脸面真是丢不起。

“三十两太少了，我不认识你们两个更不放心你们两个，至少得三十五两。”钱贺子纠结半天终于松了口。

“爷叔说了话我们肯定不能拂面子的，三十五两就三十五两。不过还有件事情也得和爷叔商量下，就是我们不能押一交三，只能一个月一个月地交。但我们保证每个月提前三天交。”

“你个小赤佬！消遣我的是不是？”钱贺子发火了，本来纠皱成个烧麦的脸一下子被怒火舒展成张红油饼。他抓住蔡壬鑫脖领的手虽然猛地推开了，但另外一只手却是猛然抬举了起来。

就在这时，一个清脆的声音从店堂后门传来：“阿拉爷老子[1]，侬又做啥？发嘎笃（这么大）光火！”随着这说话声，蓝花布的短门帘一挑，一个身材娇小玲珑却凹凸有致的姑娘走了进来。那姑娘一看钱贺子抬手要打人，赶紧跑过来抱住钱贺子。

“做啥做啥！爷老子，你做啥要打人呀？这把年纪了别没打着别人，自己再扭了撞了的。”

“水仙你别管，这个瘪三小赤佬把我竞租房子的事情给搅黄了，还想占便宜把房子租了去。做梦！就你们还开菜馆，蛤蟆跳龙门，跳过了你也是个夜叉！”钱贺子是真急了。

“你这人怎么回事，我们又没招你惹你，你来坏我们家的事干吗。年纪轻轻不干正事，跑这里当顶门煞了。棺材铺子里少了钉，锤这儿来窝人心。告诉你，要是把我爷老头子气坏了，我找衙门告你。”

出来的那姑娘虽然样子柔柔的，但嘴巴脆快，语气凶狠，把蔡壬鑫骂得一愣一愣的。另外蔡壬鑫被这么一骂也确实意识到些后果，他和祝昇蓬的损招儿真要是把钱贺子气坏了，这房子不仅租不到，告到官府里他真就要承担责任的，这么一想他心里不由得有些害怕了。

过去的茶馆可不像现在，那是三教九流汇集的地方，可以堂而皇之借用此处谈些歪门邪道的交易，比酒家菜馆还要乱。这姑娘是茶馆人家出身，打

---

[1] 上海话里比较俏皮地称呼父亲，在别人面前则称爷老头子。

小市井旮旯里的啥歪道道都见识过，街上各种损人骂人的话都听过。她虽然阻止了钱贺子打蔡壬鑫，但是自己却毫不示弱地替代了她老子，伸手指着蔡壬鑫的鼻子继续放鞭炮似的蹦词儿:“你别装痴卖呆的像啥事都没发生一样，死猪不怕开水烫是不，你就算是个死猪要把你摆臭了，人人躲着嫌着当你臭猪屎你就该怕了……咦，怎么是你？”

蔡壬鑫被骂得满脸臊红直抓脑袋，突然间听对方说了句“怎么是你”，于是下意识地扭头往门口看一看，以为进来了什么人。

“你怎么干这事情的，看你平时卖东西挺实诚的，是不是有什么误会？”姑娘又问一句。

蔡壬鑫这时才确认那姑娘是在和他说话，可她怎么会认识他的。卖东西挺实诚？莫不是这姑娘也曾从他手中买过小杂货。

“水仙，你不要和他废话，让我把他给打出去！”钱贺子仍在上蹿下跳。

“爷老子，你静一下。这人我认识，我还欠他一把扫帚钱呢。平时周围邻居都从他手里买家用的零碎东西，大家都觉得他挺实在忠厚的，怎么就惹到你了？”叫水仙的姑娘正是前几天慢吞吞挑扫帚，结果蔡壬鑫着急赶去木渎港连钱都没来得及付的那个姑娘。而当她认出蔡壬鑫后，语气态度都客气了许多。

“是我不好，招惹爷叔生气了，事情是这样的……”蔡壬鑫摸两下扫把头，很不好意思地把他无奈使诈的做法全告诉了水仙。然后特别真诚地讲明他很想把房子租下来，而且愿意以文书形式承诺，生意好的话会以最高竞价补齐房租给钱贺子。

“这也不错呀，有个大头保底，拿个小头赌赌运气。这其实跟分红利差不多。”水仙的话头偏向了蔡壬鑫。

“你别听这个小赤佬捣糨糊。你刚才说什么来着，欠他扫帚钱？他就一个跑街卖杂货的，连个自己吃的饭菜都不一定搞得周全，还开大馆子？痴人说梦。”钱贺子听水仙说蔡壬鑫是卖杂货的，就更加看不起他了。这时候就算蔡壬鑫再提高些房租，钱贺子都不情愿租给他了。

“我爷老头子这话说得也是，你要不会做菜做饭，那开馆子怎么做生意？而且你看现在这周围好馆子那么多，你这不仅是要有人会烧菜，而且还要烧得很好吃才行，否则铺子租给你也是赔本的多。”水仙这倒是在替蔡壬鑫着想。

“对！”钱贺子一拍桌子，“你要是能烧出让我觉得好吃的菜来，或者雇个厨子能烧出我挑不出毛病的菜，我就按你说的价格和付租金方式把房子租给你。因为那样你才有可能做成个好的馆子，我也才可能拿到你承诺的高房租。可是你成吗？你有这样的人吗？”

蔡壬鑫愣在了那里，他虽然会挑海鲜会抢鲜货，但他真的不太会烧菜。而开个馆子真的是需要一个好厨子才行，没有好菜的馆子，就算开了也是没几天就垮。问题在于招厨子的事情应该是租到房子后才着手办的，钱贺子现在这么说其实是在将他的军。

不过蔡壬鑫这次没有呆愣太久就眉挑眼转地重新活泛起来，因为他想到刚刚在门外看到的许知味。许知味救馒头、改面条，都是绝妙的美食技法。虽然没有看到他烧过菜，但是他带了那么多的刀。带刀的不一定是盗匪还可能是厨师，而带很多刀的厨师按理说应该是本领高超的厨师。

“爷叔，你等着，我这就去找厨子。这房子你先别租，等我把厨子找来试过再说。要真不行我主动放弃，而且还帮你去挨家说明情况，把竞租的人都请回来。”说完他转身甩着袖子往外跑，几步后又停了下来，“你千万别租啊！”

“你去吧，不租，你不回来这房子就先不租。”水仙主动替钱贺子给蔡壬鑫吃了颗定心丸。

蔡壬鑫跑出茶馆，正在街对面来回踱步的祝昇蓬赶紧迎过去：“怎么样？有没有拿下？”

“先和我去找厨师，就是那个救馒头的厨师。他是关键，房子能不能拿下全看他的了。”

追厨回

蔡壬鑫和祝昇蓬并不知道许知味住在哪里。但是他早上在小东门附近救过馒头，几天后的晚上又在那里的鸡汁面馆评过面条，所以断定他应该就住在小东门附近。而许知味乘船从木渎港上岸时蔡壬鑫撞到过他，可以确定他和他们一样是从外地到上海来捞世界的。而小东门附近就有很多这样的外地人租住，只要在那里挨个打听外来的单身中年男性租户，应该能很快找到许知味。

于是他们两个跑到小东门后，一个从南往北，一个从北往南，挨个到弄堂里去问。但是一个时辰之后，都已经过了晌午，仍是没有打听到。当两个人再次失望地从弄堂里出来聚到一起时，祝昇蓬觉得再不能这么找了。上海这么大，这人不一定就住在小东门。就算住在小东门，周围环境这么复杂，外来的人又多，他们又不知道寻找对象的名字身份和来历，寻找对象也没有什么引人注目的特征。别说很难找到，或许找到了住处都会错过去。

“不能这么找了，他不是救过馒头，然后又教面馆老板做面吗？你去面馆我去馒头铺，说不定他们那里有人知道这个师傅住在哪里。”祝昇蓬想到了一条可能会成功的捷径。

蔡壬鑫很快就从面馆里出来了，崔老板那天晚上也是头一回见到许知味，之后也再没见过，不知道他具体住在哪里。

祝昇蓬在馒头铺里待的时间只稍长一点点，随即快步跑出了馒头铺。见到蔡壬鑫马上叫他：“快点，打听到了，就住在对面弄堂里。”

“你们是找许爷叔吗？”馒头铺里的小伙计黄鸣翔追了出来，“他走一会儿了，带着行李走的。走时和我打了个招呼，说是上海这地方不适合他，没他能凭本事发达的立脚地。他到其他地方找门路去了。”

“啊呀！还是晚了。”祝昇蓬拍一下大腿。

“快追！可能还来得及！”蔡壬鑫拔腿就跑。

“你往哪里追呀？你知道他去哪里了？”祝昇蓬在后面高声问一句。

“木渎港！”

许知味在木渎港，他乘船来上海是从木渎港上岸的，走也是要从木渎港离开的。

船还没到，许知味站在河边，看着一波一波的河水扑打着石堤若有所思。水波上有一根枯枝，这是一根曾经倔强生长在树上的枝条。但现在它却只能随着水波荡漾，并且无论如何都冲不上面前的石堤。许知味感觉自己就像这根枯枝，曾经为了追求厨艺、追寻富贵抛下一切，以为生长就能穿云。而现实并非想象的那样，老天随时可以停止你的生长、破灭你的梦想。所有一切全由不得自己，或入激流，或入漩涡，或沉河底，要想爬上一道堤岸那是难上加难。

正想着，内河小客船慢慢靠近岸边了。许知味已经盘算好了，乘这船往西，转进京杭大运河之后再搭船一路北上，还回京城去找翁先生给他做家厨。虽然再去京城有些冒险，万一被谁知道并传到宫里，很可能会连累翁先生。不过他也真是实在无处可去了，到京城后就只当他当初是坐了牢狱，进了翁先生府里再不露面就是。

至于范阿大那边，他以后找人给他带个信，告知他自己又去了京城，这样也算是给他一个交代。而知道他再去京城后，不知道他在京城干什么。按范阿大的性子肯定会有所忌惮，不敢对他家的祖坟动啥手脚。另外那孽种长大之后，山高水远的，也就不见得会到京城来找他了。

船靠了岸，许知味混在人群中往上船的跳板那里聚拢。就在快轮到他上跳板的时候，身后的人群突然一乱，然后有人猛然拖住他的包袱，大喝一声：“别走！”

钱贺子目不转睛地坐在那里，从那厨子开始动手他就目不转睛地坐在那里。

蔡壬鑫刚赶回来时，他还眼珠乱转、脸皮乱抖，一副不屑一顾的样子，因为他心里断定蔡壬鑫是无法达到他的要求的。不过这小子倒真的拉来个厨子，而且还又是救馒头又是改面条的说得天花乱坠，把那厨子吹得仙人似的。但他钱贺子是什么人？是这街口上混了几十年的老生意精，哪能信他个嘴上没毛的瞎咧咧。

被拉来的厨子看着木讷憨厚，谁知一开口更加会吹，说他是啥在皇宫里做过御厨的。钱贺子当时一口茶就喷了出来，不是吓喷出来，而是笑喷出来。吹牛本事有高低，本事高的吹出来别人全信不疑，本事低的别人一听全当作滑稽。

那厨子样子木讷却不傻，他看出钱贺子喷出这口茶是什么意思了，于是再不多说一句，而是开始动手做菜。有些事情最好的说明不是靠嘴，而是靠手。

而就在那厨子把一块大排放在案板上用一只瓷酒瓶敲打时，钱贺子乱转的眼珠定住了。他见过很多种做大排的方法，但是先把排骨打一顿的方法真是第一次见。而从那个厨子熟练的手法来看，这其中真的可能有什么玄妙，并非临时想个装样的招儿来糊弄人。

许知味在将要上船的那一刻被赶到的蔡壬鑫拉住了，他完全没有想到就在他对上海彻底死心决定离开的这一刻，命运突然峰回路转了。

说实话，蔡壬鑫刚刚拉住他并且大概说清来意时，许知味并未有什么兴趣。虽然看到他们两个在竞租时的一套挺有想法，但是凭这两个年轻人要开个像样的馆子还是不大可靠。而且这两个小伙子很会玩手段，会不会为人也很不厚道。他给他们做事，会不会被他们算计了。赵湖东、范阿大对他的态度，已经让他畏井绳如畏蛇。

蔡壬鑫真就没办法说服许知味。当船老大吆喝着船要开了，让没上船的赶紧上船时，许知味依旧提着行李决定离开。幸好这时祝昇蓬也赶到了，而祝昇蓬来得虽然慢了些，但一路之上已经考虑好一些问题了。其中包括怎样才能将许知味留下，并且以后能全心全意地为他们开的馆子出力。

“给你两分干股！”祝昇蓬朝着已经迈步踏上船跳板的许知味喊道。

许知味的脚步停了下来，回头用难以置信的目光看看祝昇蓬，再转过去看看蔡壬鑫。

蔡壬鑫先也是一愣，眼睛盯住祝昇蓬。当他从祝昇蓬的表情和眼神中看出这是毫无虚假的决定后，立刻转向许知味，“许爷叔，留下吧，我俩的馆子给你两分干股。不！应该是我们三个一起开馆子。”

听到再次的确认，许知味迈出的脚从船跳板上撤了下来。

两分干股，这真是天上掉下的馅饼。许知味听到这个承诺的那一刻，他确信自己时来运转了，老天终于也眷顾了他一回。不过他很快又知道，他要想获得这两分干股，必须马上去用合适的菜品征服钱贺子。让钱贺子相信他们的馆子能开起来，而且会开得很红火。

一路赶回茶馆已经是傍晚。当时的上海虽然已经开埠，但夜生活还是很贫乏，平常人家都是夜黑上床、省油做娃。所以这时候大多商家都开始上门板打烊，更不要说卖菜的了。一般不管是市场里坐地卖菜的还是到街上走着卖菜的，都会在中午之前结束。过了中午，所有的菜都是下市菜，连原价的一半都卖不到。像祝昇蓬、蔡壬鑫原来那样贩卖活鸡鸭，那也最多拖到晚上。而他们赶回茶馆的时间，各种菜贩子早就把能卖的不能卖的都处理好，开始盘算明天的生意了。

许知味清楚他必须要做什么后，在回来的路上刻意地留意有没有什么地方可以买到食材。虽然非常好运地在河边一个船户那里匀了点人家自己吃的青菜和几只劈好理净的河蚌，然后又在一家屠户肉铺里买到点剩下的猪大排，但是这些对要做三道试菜的菜品还是差一些。而且任何其他辅料都没有，所以许知味只能到了茶馆里再见机行事，看那里面有什么储存的食材或干货可以利用。

过去茶馆里除了烧水泡茶，还给客人做些小点心，所以都会有一些现成的材料，比如面粉、糯米粉之类的。炉灶也是现成的，但这些炉灶不是正宗的厨行炉灶而是家用的小炉家灶，火力不能实现急炸爆炒的需要。能和厨行大灶一样达到目的而没什么差别的烹饪方式只有煮和蒸。

其实许知味现在面临的情况等同于试菜，必须尽快证明他的烹饪本事，让钱贺子相信依靠他可以将馆子做起来而且做好了。但是再好的厨师也无法做无料之炊，而许知味手中现在只有大排、河蚌、青菜三种食材，辅料一种都没有。属于又缺食材又缺辅料，处境很是艰难。至于像在惠泉堂试菜时运用的借味技法，更是全无可能。所以他不仅要在茶馆里找到可以衬托大排的辅料，想好河蚌和青菜的烹制方法，最好还能找到些其他食材做出第三道菜品来，而且是要和大排、河蚌、青菜相辅相成的一道菜品。

许知味首先要面对的难题就是大排，这种食材在平常人家看来是不实惠的。它以精肉为主，还带骨头，少了油水，缺了肥糯。而要想烧得好吃更不容易，因为精肉肉质纤维粗，用家灶的慢火烧煮肉质容易变柴变老。所以许知味决定先将大排敲打一番，把精肉中的粗纤维敲断敲烂。

许知味这是借鉴了御膳房里福建籍御厨的做菜方法，福建籍御厨做肉丸和燕皮那肉都不用刀剁的，而是用棒槌砸，砸烂肉质纤维却不失肉质中的汁水和滋味。而大排也一样，只要敲打程度控制得好，是可以将纤维砸断让肉质疏松开来的。然后用调料浸渍后裹浆过温油，再入锅酱煮。不仅肉质松嫩，而且味道可以分三个层次传递给大排。第一层是通过浸渍直接渗入到肉质的每个间隙，第二层则可通过裹浆将味道裹满整块大排，第三层则是通过酱烧，由外及里地烧入大排。

不过许知味今天这大排如果只是作为一个面条或白饭的佐餐盖浇，那肯定没有丝毫问题。但是现在是在试菜，钱贺子只会品尝大排不会吃饭或吃面。

这样的话把大排单独酱烧不加其他配料就会显得味道单一，吃几口后就会显腻。而且即便味道很好，口感滑嫩，却没有一点特色可言，和其他人做的酱烧大排相差不是太大。

针对这一问题，许知味在茶馆中找到一种辅料予以解决。这辅料不仅可以去腻返清，而且给大排注入一种自然淡雅的清香味道。辅料就是茶叶，许知味今天给钱贺子父女烧的是一道别出心裁的红茶大排。

昇鑫馆

钱贺子从目不转睛转而到目瞪口呆，是许知味在锅里放下过了两遍水的桐关红茶的那一刻。开始他看见许知味泡红茶并不知道他要干吗，但是厨行中有用茶水去腥的做法他是知道的，可这大排又用不着去腥，而且去腥一般是用茶水，可是许知味却将泡过的茶叶直接放入了酱烧的锅里。

从茶叶入锅，到锅中香气飘起，再到红亮的大排出锅，钱贺子一直是目瞪口呆的。但是当他把大排送进嘴里后，他的眼珠一下又活转起来。那是一种被刺激到的活转，是思维、神经不断快速做出反应的一种活转。随着慢慢地咬嚼，细细地品咂，表情也在发生着连串的变化。最开始的脸部表情是纠结的、难以置信的、追寻细节和根底的，然后在美味的享受中渐渐地就舒展开来，就像一张热油中渐渐发涨开的肉皮。

厨师做菜不仅需要对每道菜品的细节流程非常熟悉，另外还需要有非常精准的时间掌握，以及清晰的思路和记忆。许知味今天就做三个菜品，虽然流程上毫不复杂，但是时间的掌握上却仍表现出了恰到好处。

当大排敲好开始浸渍了，许知味马上趁着时间和了一些糯米粉，还碾碎了一些黑芝麻酥糖。这东西都是茶馆常备的，酥糖本身就是直接供应茶客的小吃，而糯米粉是可以做出好多种小吃的，比如汤圆。

许知味做的也是汤圆，黑芝麻酥糖碾碎做了汤圆馅儿。以前在宫中御膳房有御厨用专门磨碎的黑芝麻、酥粉、红糖做汤圆馅儿，而许知味用黑芝麻酥糖碾碎做的馅儿和那比成分上其实相差不大。虽然显干点，少了调和的熟猪油或芝麻油，但是用来勾住钱贺子的嘴巴那是绝对没有问题的。

汤圆没有多做，就四个，四个皮薄馅儿多的大汤圆，四个绿莹莹的大汤圆。没错，是绿莹莹的，而不是白色的。因为许知味和糯米粉加入的水不是温开水，而是绿茶水。

从和糯米粉到做汤圆，许知味的心中始终有一块滴油的布巾，所用时间恰好是大排浸渍至最佳程度的时间。短一点，不能完全入味；长一点，葱姜汁和料酒过多渗入就会让肉质中的味道微微显涩显酸。

大排烧好出锅后，许知味并没有马上拿去给钱贺子和水仙品尝，虽然那浓郁的香味已经让他们两个人直咽口水。这倒不是故意吊他们胃口，而是因为许知味觉得没有到最佳的味道火候。

没错，出锅后菜品的冷却也是一种火候，并不是什么菜趁热吃都是最好的。太热叫烫，烫是一种刺激性的触觉。有的时候这烫可以在品尝菜品时对味道起到一定推动作用，比如说拔丝山芋就必须趁热吃，冷了就是吃糖块。再比如烤红薯也一定要带烫吃，否则就少了甜香，也没了龇牙咧嘴的快意。但是红茶大排却不是这样的，必须先稍微冷却一下，因为太烫会影响味蕾的敏锐度。而红茶大排中茶的味道很清淡，要有敏锐的味觉才能充分感受到。

大排冷却的时候，许知味将汤圆放在旁边一个小炉上开蒸了。这是许知味今天所做汤圆的另外一个特别之处，不是用水煮的，而是隔水蒸的。一般煮汤圆讲究快熟慢养，这样才能煮透而不破。特别是大的汤圆，尤其需要注意这一点。但是许知味做的汤圆不行，这汤圆除了太大，皮还薄。所以用蒸的方法才是最稳妥的。

就在汤圆开蒸之后，许知味快速地将河蚌切斜角块。然后开油锅爆葱姜，下河蚌翻炒之后加酒加水慢火焖烧。河蚌性寒且有泥腥气，所以用葱姜热油爆炒；河蚌质地韧性，所以用慢火焖烧。而且只有加重酒焖烧，才能将河蚌中的浓鲜味全数烧出来。

焖烧河蚌的时候，许知味开始处理青菜。那些祝昇蓬和蔡壬鑫已经帮忙择好的青菜许知味只取用了一半，外层和中间的菜叶他都没用。因为外层菜叶太老容易嚼渣，中间菜心很嫩，反少了相宜的嚼口，更少了清鲜和回甘。青菜洗净切成菜丝，这和一般青菜烧河蚌不一样。

这个做完，大排的温度已经差不多了，他先把酱烧的茶味大排给钱贺子端了过去。回过来汤圆蒸好出锅，但蒸好的汤圆并没有马上端给钱贺子，而是马上锅中加水加油加糖熬糖汁。熬好的糖汁浇在汤圆上，于是盘中汤圆变成了四个如同抛了光的翠玉球。而且有了糖汁挂光发亮，便隐隐将其中的黑芝麻酥糖粉透出来，晶莹剔透煞是好看。

汤圆端给钱贺子之前，许知味将炉口打开一些。于是锅里蒸汽开始升腾，汁水开始沸腾，河蚌的肉块在汁水中慢慢翻滚。

钱贺子这时候再不注意许知味在怎么做了，他已经完全沉浸在细细品咂大排味道的专注里。直到许知味将那四枚流光溢翠、晶莹剔透的大汤圆放在他的面前，他的注意力才转换了方向。

过去以茶入菜也有，但是却未曾形成普遍性，特别是在民间。即便是现在厨行发展得如此红火，用茶入菜的菜品仍是寥寥可数。这是因为食材味道和日常饮食习惯与茶味相差还是很大的，需要非常细致的烹饪方式，量上也要掌控得恰到好处才行，所以一般只会出现在比较高档的酒宴中。另外加入茶叶的菜品偶尔吃一次会觉得新奇，味道也清新，可以衬托主食材的风味特色，但如果经常吃，就会觉得味道偏邪了。因为这毕竟不是茶叶的正常食用方式，而且会影响大多数食材原有味道的呈现。

许知味做前面两道茶味菜品，是讨巧也是冒险。讨巧的是钱贺子是开茶馆的，对加茶的菜品味道应该更容易接受。另外他一直都是泡茶喝茶的，突然间改变一种吃法，会给他更多新奇感。还有就是情感的利用，钱贺子一直开茶馆，对茶是有特别感情的。用茶做菜，更容易获得他的肯定。而冒险的是，钱贺子开茶馆一直喝茶，那么他对茶的味道肯定特别敏感。所以加入菜品中的茶味他会更加强烈地感觉到，并且可以更准确地辨别出茶味和食材味道的差异来。另外他很有可能早就形成一种对茶的品味习惯，混入其他食材和调料的味道后会让他觉得不适应。

针对这些，许知味用过了两遍水的红茶加入大排，就是要尽量削减茶味的浓度。而做汤圆的糯米粉中则是加入的碧螺春茶水，这只会留下淡淡的余味和茶香。

不过第三道菜河蚌烧青菜却是很笃定的一招。无论前面两道菜是否会让钱贺子感兴趣，这第三道菜的美味都是会被前面两道菜给凸显出来的。就在钱贺子开始品尝那绿莹莹的汤圆时，锅里的河蚌汤汁大开了。许知味立刻将切好的青菜丝下到锅里，只用勺子稍稍搅和一下，便立刻加盐起锅。

试菜一般都要用三道菜，但是很多厨师只是追求形式，一般以一冷一炒一煮来比较全面地显示自己的功底。选择的都是自己认为最拿手也最美味的菜品，至于这三道菜之间的关系并不太在意。

许知味则不然，在无锡惠泉堂试菜时他就已经注意到这一点。而且不仅注意到自己菜品的味道和相互关系，更是利用了前面试菜厨师的菜品，达到借味的目的。今天虽然没有其他试菜厨师，食材也受到局限，没有挑选的余地，但许知味依旧是把三道菜品制作得相得益彰。

前面的大排不管酱烧还是加入茶叶，那都是追求浓郁。多种味道的混合，最终一起烘托和推动大排的肉香、骨香，再加上酱香、油香，以达到松滑滋味中不失肥腴口感的目的，这叫香而不腻。而那汤圆则是纯粹的清淡软糯，咬开后香甜满口。像是给之前大排味道一个反差，又像是给前面大排味道一个升级。茶味香味在延续，似交杂，又似各行其道，留下久久回味。这除了香而不腻，还有甜而不滞。

但更重要的是第三道河蚌烧青菜。河蚌经过闷烧，不仅仅是要把它的韧性煮得酥烂，更是要将其肉质中的鲜味烧出。之前将河蚌切斜角块也是为了这两个目的，多切口的蚌肉块可以更加有利于鲜味烧出和肉质烧酥。而青菜丝最终只是在河蚌的汤汁中滚烫了一下，不过这已经足够了。这不仅可以保持它青绿的菜色不变，而且可以保证它菜叶中的清鲜不变。最为巧妙的是，切成丝的菜叶可以将河蚌的浓鲜裹挟其中，这是青菜切成片状很难达到的。青菜的质地决定了它较难吸入其他味道，而许知味却用形状弥补了。

三道菜，头一个酱香，第二个香甜，第三个却陡然变化，变成了鲜美，浓鲜加清鲜的鲜美。所以前面两道菜除了自身好吃，还起到一个铺垫的作用，因为人的味觉在品尝过酱咸、香甜之后会对鲜美更加敏锐。如今做宴席总是在上完甜品和点心之后再上最后的一道鲜汤也是这样的道理，那时候即便是很素淡的清汤，仍是可以吃出非常鲜美的味道来。

水仙品尝到的味道肯定与钱贺子有一定差别，对茶味菜品的理解也应该没有钱贺子那么老道深刻。或者再说直白一点，她觉得茶味菜品滋味非常好的可能程度要远远低于钱贺子。但是水仙的反应却是又快又强烈的，就在钱贺子还在慢慢品咂汤圆时，她就已经很夸张地摇着钱贺子的胳膊连说："好吃！太好吃了！"

不过钱贺子不是那么容易被别人左右意志的人，他很耐心地品尝了第三道菜。其实这是在水仙看来最不起眼甚至觉得没有必要品尝的一道菜，这街上巷里的主妇仆佣谁不会做个河蚌烧青菜。

不过钱贺子最终决然将房子租给祝昇蓬和蔡壬鑫，更主要的是因为那道河蚌烧青菜，因为他从没吃过这么好吃的河蚌烧青菜。而能将一道平常的河蚌烧青菜都烹制得如此美味，那么其他的菜就更不用说了，有这厨子主厨的馆子将来肯定能开得红火。

祝昇蓬和蔡壬鑫的积蓄真的不够用，好在茶馆中有很多现成的东西可以利用，比如桌椅板凳。碗筷盘子啥的也有，虽然用来做宴席种类不够齐全，但添加一些花费不会太多。重头倒是厨房，虽然炉灶、板案啥的也都有，修改一下也能用。但是许知味却提出，这些一定要全拆掉重做。厨行中炉灶的火候是很重要的，一般的小炉小灶针对少量菜品也许能做好。但是馆子中的菜品是各具特色的，有着各自的要求，所以炉灶的火候控制范围应该是很宽裕的，可以从极小火力调整到极大火力，而且可以根据要求随时改变火力。

祝昇蓬东抠西捏总算是按许知味的要求把厨房改造完成，堂坐和包间里一些必要的东西也添置完毕。但这个时候他们的所有积蓄也都花光了，就剩下了一点买食材买调料的运转资金。不过说实话，即便他们花光了所有资金鼓捣一下，却未能让这个茶馆完美变身为菜馆。看着还是破落、陈旧了一些，而且怎么看都觉得哪里还欠缺了些啥。

“少个招牌呀，你们连个店名都还没有吧？”钱贺子替他们看出了问题。“这馆子搞得很不齐整[1]，所以你们这个招牌一定要做得漂亮，得六尺红木底雕绿字的那种。现在只能靠这个来显气派了。”钱贺子原来是开茶馆的，过去茶馆大都是用原木色的招牌加绿色字，所以在他感觉中红木雕绿字是最为气派的。

“对，店名是必须想一个的。不过六尺红木底雕绿字的招牌那倒没必要，可先临时替代下，等以后生意挣到钱再重做。”祝昇蓬捏一捏空瘪的钱袋。

“招牌要是都做不出个像样的，那你们这馆子还有哪里像馆子的地方？这房子租给你们我还有收高房租的盼头吗？”钱贺子嘴巴一撇，满脸的不乐意。

“钱爷叔，馆子名字好起，但做那样气派的招牌得不少钱。我们现在剩下的钱不多了，店里运转要用的，不然搞七念三都没得搞了。”蔡壬鑫直接就把实话说出来了。

“其实先搞个布幌子的招牌也不错，同样吸引人，而且不花多少钱。”祝

---

[1] 漂亮、亮眼的意思。

昇蓬说话时一向正经的脸上堆满尴尬的笑意。

“布幌子？跟个死了人用的布幡子差不多。”钱贺子没有好话了，他觉得要是没有个像样的招牌就像糟蹋了他的房子一样。

“这这……钱爷叔，你别这么说呀，我们开个店也是图顺遂的。”虽然语气有些怯懦，但直性子的蔡壬鑫还是表示了一下自己的不满。

钱贺子可能也觉得自己说得有些过分了，所以干咳了一声摸摸胡须没有继续教训蔡壬鑫和祝昇蓬。

“钱老板说得也有道理，这馆子整治得是不上档次，真需要个好招牌来撑下门面。”许知味走了过来，而且还塞给祝昇蓬一只钱袋，“算我股份我也不能真的一分钱不出，这点钱先拿去做个好招牌吧。”

拿着钱袋，祝昇蓬有些激动，许知味的举动意味着他已经和他们两个人真的捆在一起了。

“许师傅，这招牌的钱你给出了，索性这店名你也给出了吧，我们都听你的。”祝昇蓬很真诚。

“我看就从你们两个人名字里各取一个字，叫昇鑫馆。你们年轻气盛毫光高，借着你们的运道和势头，肯定能把这馆子做好的。”许知味很快说出个店名，像是早就想好的。

“昇鑫馆？”

“昇鑫馆！”

“好！就叫这名字！”

所有人都一路目送着许知味走向丙字号包间，还有人主动将占住路的不知情者拉开给许知味让路，就仿佛是送一位斗士去进行一场决斗。

许知味走到丙字号包间外站住，然后朝着旁边的伙计示意一下。于是那伙计清嗓子喊了一声：「丙字号上菜两道，本店特色好味嘞——」

隔纸切

昇鑫馆选了一个良辰吉日开张了，红木底雕墨绿字的大招牌扎了红绸花悬挂起来。除了按钱贺子要求做了这么个大气漂亮的店名匾额，他们还另外做了个挂匾挂在大堂里。这挂匾用红绸遮着，也不知道到底是写的字还是画的画。不过按一般店铺惯常的规矩推测，挂匾上要不是武财神像那就该是彭祖像。因为菜馆属于用刀的行当，所以挂武财神像是求财正神。而挂彭祖像则是因为传说中彭祖是厨行的始祖。

虽然招牌气派，但是开业的动静并不大，前来道贺的人也不多。祝昇蓬、蔡壬鑫还有许知味都是外来的人，在上海没有啥朋友。所以来道贺的大都是一些周围的住户邻居，他们乐得凑凑热闹，都是纯粹不带礼的空头贺。只要过来拱手说几句吉祥话，然后就可以堂而皇之地坐到店里喝杯茶吃几块点心。还有些带点鞭炮大糕当贺礼的，那都是馆子厨房改造时挣到他们钱的工匠。这倒是他们这一行的规矩，帮店家做事，开业时是一定要来道贺的。另外也可能还有些尾款没有结清，所以借这机会和主家热乎下，余下工钱也好要。除了这些人，再有就是小东门那里鸡汁面铺的崔老板和包子铺的小伙计黄鸣翔了，他们两个都念着许知味的好才来道贺的，算是懂得报恩之人。

看到昇鑫馆开业道贺的不多，而且都是这样的一些人，附近其他一些店家都在暗暗摇头，而且很一致地在小声嘀咕着："要出事。"

真的出事了，就因为道贺的人不多，而且来的人都不是开业场合需要出现的，所以出事了。这种情况就连开了几十年茶馆的老生意精钱贺子都没有想到，因为他开茶馆时没有遇到过这种事情，然后又做了那么多年，也在这街上有门道有根基，这类事情是碰不到他身上来的。只有近些年开店的店家，还有些外来人开的小店小铺才领教过这类事情，但钱贺子又从未关注过这些店的开张。

就在昇鑫馆的招牌挂上去还未曾有半个时辰的样子，几个横着膀子、晃着脑袋、敞胸露腹的人进了昇鑫馆的大门。进门之后，其中一人从怀里拿出一个大红纸包捧在手上，然后几个人齐齐吆喝一声："送刀为贺，老板赏个。"

一见这几个人进店，原来那些道贺的邻居、工匠都纷纷站起身让到一边，有人咬在嘴里的点心都忘记嚼了。虽然大门现在被那几个人堵着，但他们都一个个四处寻摸有没有其他的门径可以悄悄离开。

"谢啦谢啦！几位兄弟客气，里面坐下喝茶说话。"祝昇蓬赶紧打个拱手，满脸堆笑地迎上去。

没料到祝昇蓬刚靠近，那捧着红纸包的人面无表情地把红纸包往他脸前一送，"你接了刀，我领个赏。大家欢喜，开张大发。"

祝昇蓬从没见识过这种场面，他一时不知道该怎么办才好，想伸手去接那红纸包，看这几个人的样子又觉得不妥。于是犹豫下又缩回手来，怕自己懵懵懂懂地在什么地方差了规矩再惹下无妄的麻烦事来。

"这是怎么回事？"许知味悄声问站在那里的蔡壬鑫，他是刚刚从后面厨房里出来。今天开业，许知味做好各种准备要来个开门红，用几个特别的菜品把昇鑫馆的名头一下打响。但是突然间听到前面热闹的大堂一下子安静下来，然后又有几个熟悉茶馆环境的道贺邻居匆忙从厨房里穿过，由后面院子离开了，于是感觉前面可能出了什么事情，急忙从厨房里走了出来。

蔡壬鑫习惯性地想抓一下扫把头，结果却摸到今天刚戴上的小帽，"搞七念三的，不知道搞的啥花头。"

"这是'刀头硬讨贺'。那红纸包里是一把破菜刀，如果接了，就要用包刀的红纸包满一包铜钱给他们。不过谁都不知道那红纸有多大，说不定展开后两三个桌面那么大都可能的。如果接了刀不包钱，那你就得拿那刀让他们中的人见血。而这样做的话不仅是坏了自己开业的吉利，还可能被他们纠缠着去见官，这一闹馆子恐怕暂时就没法开张了。"旁边鸡汁面店的崔老板看许知味、蔡壬鑫他们根本不懂这里面的规矩，于是赶紧说给他们听。

“这些都是什么人？做这种事情不就和强盗一样吗。难道就没人管管他们？”许知味问道。

“这些人都是街上拉帮结派的瘪三党、滚刀肉，专干敲诈勒索的事情。不过他们也不是啥都不怕的，也是看着景儿做事的。你们今天一个是贺客少，而且贺客又都是周围住户他们眼熟的。要是贺客多而且又有好些是他们不认识的，他们一般不敢这么做，生怕其中有什么厉害人物。再一个你们馆子开业怎么地也该邀请此处保长、里长，还有请几个负责管这片的差官衙役。那样他们也都会给些面子，不敢轻举妄动的。”

崔老板虽然只是个小面铺的老板，对这些街头规矩还是很了解的，所以许知味和蔡壬鑫很后悔开业之前没有多方面请教请教。特别是许知味，他在无锡做厨已经吃过这样的亏了，现在参股开馆子，竟然又把这茬给忘了。

“那么怎么办？要是拿几个小钱打发一下没问题，可要是摊开一张大纸那得多少串铜钱才能包满，现在店里账上真的是没钱了。对了，他们搞七念三的，那我们也索性装傻卖呆不接他的刀。”蔡壬鑫觉得自己这个办法不错。

“不接刀，他们会拿刀自残，吓走客人，让你这开张不得顺遂。而且还会耍无赖说是被你们店里的人砍的，闹到官衙都不怕，总之是让你这店没那么容易就开张了。”

“以往就没谁不花钱也把问题解决的吗？”许知味轻声问道。

“有呀，就孔子街上的刘家刀剪铺。那江北刘家是世代习武打铁的出身，后来铁器活儿越做越细致就专做刀剪了。开业那天这些瘪三党也去刀头讨贺，结果刘老板说他的刀剪铺子见血洒红生意更兴隆，拿了他们的破刀真就下手，把一群瘪三追砍出整条街。”

“也就是说他们是见得血却丢不得命的，真要遇到横的、遇到敢跟他们使刀的他们还是害怕。无赖要用无赖的方法去对付，要么给抹顺了，要么就给镇住了。”许知味说到最后很肯定地点了下头。

这时候祝昇蓬正回过头在看许知味和蔡壬鑫，面对这样的场面他不知道该怎么应付。可要是不理会这些人好像也不是办法，今天开业总不能就让这几个人堵着门杵在那里吧。

“我来接刀，你往后。”许知味走了出来，对祝昇蓬轻声说一句。祝昇蓬赶紧退了回来，一则真是不知道该怎么办，二则也是急于退回来问清一下这到底是怎么回事。

许知味走了过去，单手从领头的瘪三手里接过红纸包。这纸包往手里一拿，他便立刻知道里面是一个厨房常用的平头厨刀。但是许知味接过菜刀之后却没有把红纸包打开，而是空中颠一下，隔着红纸一把抓住了刀柄。然后另一只手的手指隔着红纸按住刀口边一抹，便立刻知道这把菜刀前后都钝，中间快口只有一寸半，而且还破缺了一个口子，真正能切的刀口只有一寸的样子。

“五寸身，直龙压脊。三分背，檐流挂锋。三寸头，三寸尾，头平尾硬，尾动头行。好刀好刀，各位老大内行，这刀做厨最是合适。我这两天在后面厨房里忙乱得头晕眼花，竟是把刀都忘记备下了。各位老大送刀为贺太及时了，我就代老板领了吧，各位老大找地方安心坐下喝茶，回头我请各位喝酒品菜。”许知味虽然表情木讷，做不出虚假的满脸堆笑，但是话却说得非常客气，毕竟是在宫里待过的，各种讨好话、顺耳话、客气话听都听会了。

那几个硬讨的瘪三愣在了那里，他们也是从来没有遇到过这种情况。自己红纸包破菜刀刀头硬讨贺，结果老板没接刀反是出来个厨子接了刀。那这道贺的喜钱该找谁要？他们自己也有些蒙了。

“好的好的，各位老大往包间里请，往包间里请。”祝昇蓬赶紧顺势而下，上来把几个堵住门的瘪三往包间里让。这样一则把门让出来，二则他们到包间里面就不会影响到其他来道贺的客人。

那几个瘪三有些茫然地挪了一下脚步，但随即马上又觉出不对，相互间看几眼再小声嘀咕两句。然后其中一个人嘶哑着嗓子朝着许知味喊道：“你取了刀也不打开看看吗？这刀裹着红纸可是做不了菜。”

知道规矩的人心里都清楚，他们这是想要许知味打开红纸包。这样展开的红纸有多大，那就得包多少串钱给他们。虽然老板没有接刀，但他们也全然不管了。只要店里有人接下刀，他们这硬讨贺就讨到底了。随便谁给钱，总之得有人给钱。

“不看不看，我今天就这么着做菜了，包着红纸图个喜庆，呵呵。”许知味的回答让周围人觉得也有些耍无赖的味道。

“哼，这是要跟我们对着横啊。那我们倒想见识下，你这裹着纸的刀怎么切菜。你要能做到，兄弟们今天认栽，捂脸倒走出大门。[1]”瘪三党里领头的那个人咬着牙说道。

许知味没有说话，而是扭头朝着后面出菜门的位置吆喝一声：“来卷干丝页。”

话音刚落，从人们头顶上扔出一卷干丝页。许知味这些日子不仅是将昇鑫馆的厨房改造打理得非常专业，而且还招了几个灵巧得力的二厨、厨工。只几天的训练磨合，就已经可以非常默契地合作了。所以许知味才开口，要的东西就到了。

干丝页落下来，许知味一把接住，然后就在大堂中间的一张八仙桌上摊开，手指一拂轻轻按住。这几下眨眼之间流畅完成，很多人都没能看得清楚。

不过再往下的情形所有人都可以看清了，因为许知味突然间像是凝固在了那里。他的眼神盯住桌上被他一只手压住的干丝页，另一只手则缓缓提刀。很缓，很缓，就像那红纸包着的刀有千斤的重量。很显然，他是要用这把包了几层红纸的破菜刀来切干丝。

---

[1] 过去长江下游一些地方的规矩，认输的人或觉得做了对不起别人事情的人，手掌五指张开捂住脸，倒退着走出门口，以此喻示自己无脸见人。

都知道大煮干丝是扬州菜中的名菜，切干丝的刀必须是背厚、头重、圆弧刃，提刀轻、落刀重，切出的干丝切面滑爽。再有圆弧刀刃下刀前后呈滚动状，这样刀口是依次从干丝页上切过的，减少挤压力，保留干丝中微量的豆汁。烹制时其他众多辅料的鲜香味加入，依旧不会使其失去原有的豆类清香。

不过今天许知味肯定不能这样切。眼前的事情含混不过去，他就只能用这把红纸包着的破菜刀来做文章了。一定要将这些瘪三镇住才行。

干丝其实要比土豆丝、萝卜丝难切，厨师练刀要到第三层才开始切干丝。这是因为豆腐干丝页不仅是软的，而且最外面一层和里面的韧性也不一样，很容易切出“抽签头”和“柳叶腰”。所谓“抽签头”就是一头宽一头窄，而“柳叶腰”则指整体歪斜，这样每根干丝的两头厚度会呈尖锐状。但是今天许知味不会在意这些，他选择干丝页正是因为它软，而且里外韧性不一样。

红纸包着的破菜刀落了下去，从抬起到很高的位置落了下去。厨师的做菜刀法有切刀法、竖刀法、剁刀法、批刀法、剜刀法、拖刀法等等，切干丝最好的是切刀法，而且是切刀法中的滚切法。但是许知味今天要是也用滚切法的话会很难看。刀难看，会碎纸乱飞；干丝很难看，会跟杂草乱枝一样。所以他用了剁刀法，而且是剁刀法中的剁急提。

什么叫剁急提？就是在高落的刀劲中带着悬劲，刀口碰触到干丝时已经收回了五分力。最上层的干丝层面其实是用剁劲撞开连接的，余下的层面则是震开的。而一剁之后的提劲，既可以保证包住刀刃的纸张不会破，也不会损坏到放置干丝页的八仙桌面。

其实最开始的一刀许知味也没有太大信心。他练过这样的刀法，是用绸布包刀训练出来的，所以许知味推测这样的刀法或许可以隔纸切物。但他又确确实实从来没有尝试过用纸包刀切物，因为以往根本没想到会遇到这种情况，练习时也从没这样做过。

当第一刀下去，第一根干丝从刀下滚出后，他开始有了信心。这干丝虽然和平常切的不一样，切口不平滑，很是毛糙，另外也比平常切的要粗一些。切过之后八仙桌面虽然没有任何损坏，却是留下一道湿印渍，这是剁切的撞击将干丝中的水分给挤压了出来。

第二刀下去，情形和第一刀一样，许知味更加有信心了。于是从这时候开始，他的起刀落刀越来越快，到最后人们只看到他手中一片殷红在飞舞，桌面上一根根白丝在滚出。而整个过程声音很小，就像他手里的刀根本没有落到八仙桌上一样，就连桌上放的盖碗茶杯都没有发出什么震动的响声。

整页的干丝并没有完全切完，大概在切到一半的时候，许知味猛然停刀。然后左手不再按住干丝页，而是随时掀开旁边一个盖碗茶杯的盖子，将杯子里大半杯茶水拿起，一下泼在大堂一侧的圆木立柱上。一时间茶水四溅，周围那些人包括几个瘪三都下意识地往旁边躲了躲。

当躲避的人重新站稳脚步去看怎么回事时，泼在柱子上的茶水已经流成一个湿面。而这个时候许知味手中包着红纸的刀在桌面上一抄一甩，那些切好的干丝都从桌面上飞起，飞上了圆木立柱，全黏附在茶水流成的湿面上，没有一根掉下。

请代购

人们刚开始并未能马上反应过来，大概过了三四秒钟，才有人意识到许知味一气呵成所展现的是什么，不由得叫声“好！”，而且发出这声好的正是那几个瘪三中领头的。

随着第一声“好”发出之后，是陆续四五声的“好！”。等再过一会儿，惊讶声、叫好声、赞叹声响遍了整个昇鑫馆的大堂。

许知味缓缓放下手中的刀，他特意把刀口朝外，这是要让那几个瘪三看清楚，包着刀口的红纸还是完好的，并没有切破。

那几个瘪三只来得及匆忙看一眼，随即便被其他道贺的人挤开，他们全围上来看许知味那把未曾切破红纸的破菜刀。这时候那刀在他们眼中就仿佛是神刀，比许知味的“泼水沾丝”更让他们觉得神奇，以至于完全忽略了那几个瘪三的存在。

用厨子替老板接刀的无赖办法未能将瘪三党糊弄住，许知味知道他只能用镇住他们这一招了。但是要做到像开刀剪铺的刘家人那样拿刀一路追砍这些瘪三，他没有这样的能力，也没有这样的胆量，所以只好拿出他所擅长的做厨刀法来试一试了。

干丝是他认为最合适的材料，只有这种软软的材料才能隔纸剁开。剁开的干丝切面毛糙，这其实是更适合黏附的。而且过程中干丝水分挤压出来，干丝的分量变得更轻，也是有利于黏附上柱。所以当第一刀切开干丝之后，“泼水沾丝”的成功其实已经是在他意料之中的。

而过程中也不是没有惊险。后来有人将红纸包着的那把破菜刀打开看过，包菜刀的红纸已经破得只剩一层了。只是剩的这一层是最外面的，破损的都是里面的，所以人们无法看出。

别人看不出，许知味心里却是知道的，从刀落在干丝上的手感他就能觉出不对来。所以在切到一半时他就停住了。最外面的一层纸虽然看似是最直接的接触面，但由于它接触的都是干丝，所以没有破。而最里层的纸张每一下都是与刀口碰撞，所以很快就破损了。这也幸亏刀口很钝，包的红纸很大，层数很多，这才让许知味坚持切出了那么一把不算少的干丝。

许知味的刀法真的让那几个瘪三害怕了，隔着纸的破刀都能切出如此细致的干丝来，那要真有快刀在手，要想切啥还不都随着心意。以前那刀剪铺的刘老板拿刀追砍只能算他凶悍而已，而要说刀法，这个厨子就算不要他们的性命，转瞬间把他们几个人的脑袋削成个鸭蛋状那也是完全可能的。

因为害怕了，所以其他贺客无视他们、推挤他们的时候，他们并没有做出太大反应。反而是顺势往大门外退去，准备借着这个机会溜之大吉。

“等等！不要走！”就在几个瘪三党要走出大门之际，背后突然传来一声喊，几个人不由得一个哆嗦站立在了原地。

发出喊声的是祝昇蓬，他急步赶了过去，堆笑作揖拦住几个瘪三混混，“今日我们店开业，几位老大亲自跑来道贺。哪能茶都不喝一口就这么走了，那不显得我们太不懂人情世故了吗？”

“你要怎样？”领头的瘪三警觉地问道。

“这里不是说话的地方，几位随我到包间里去。后面厨房准备些酒菜点心到甲字号包间，让几位老大先喝起来。”祝昇蓬一边把几个瘪三往包间里让，一边吩咐着。

祝昇蓬到底要干吗，不仅几个瘪三没看懂，就连许知味和蔡壬鑫也完全没有理解。好不容易将瘪三党吓得要乖乖溜走了，干吗还这么客气地把他们留住。不过许知味和蔡壬鑫知道祝昇蓬一向办事稳重，相信他这样做肯定有他的理由。所以不仅没有表示疑问，而且马上按照他的吩咐准备了酒菜点心送进包间。这种相互信任其实是合作者必须要有的默契，许多人合伙开店最终开不下去，就是因为合作者之间缺少这样的信任。

几个瘪三稍稍犹豫了下，最终还是在祝昇蓬的热情相邀下进了包间。相互间客套一番后问清楚，那领头的瘪三叫水闩头。

瘪三党几乎都是外来的山东人。那时候从山东到上海来找生路的人最多，但找不到好生路的也最多，最终搞得街上讨饭的大多是山东人。而上海人叫山东人“塞等拧”，这发音在上海话里和下等人、三等人是谐音的。再有外国人管要饭的叫 begger，于是瘪三就成了下等人的代称。而瘪三党的性质其实有点像强乞讨的丐帮，所以瘪三这个名词多少还带点无赖流氓的意思。

不过水闩头倒不是山东人，他是土生土长的本地人。原先家里一堆人靠条小船专门在内河中捞虾摸蚌过日子，后来船破了，父母也老了，他家几个兄弟只能上岸各自寻生路。过去的水上人家没学问没手艺，上岸后只能做些粗重的活儿糊口饭吃。偏偏这水闩头不是个甘心埋头做苦力的人，于是就和一帮子瘪三混在一起。每天街头市场上玩些磕磕碰碰、敲诈勒索的把戏，捞不到钱就捞吃喝，倒也能轻松地混个肚饱身暖。瘪三党里的山东人冲冲打打没问题，但单靠冲冲打打未必能混得下去，很多时候还是要有脑子有手段。当发现水闩头脑子够活、手也够黑后，一群瘪三把他推出来做了领头的。

“水老大，我这人不会玩虚的，请各位到这包间里来，其实还有一件事情要谈。”祝昇蓬等那几个瘪三几杯酒下去后，开口说正事了。

“你有什么事要谈？”水闩头刚刚放松的神经一下子又绷紧起来，心说这酒真不是好喝的，说不得自己就落进人家套儿了。而其他几个瘪三也赶紧放下了酒杯，停住了嘴里的咀嚼。

“哈哈哈，这可是一件好事，让你我都能发点小财的事情。”祝昇蓬故意用笑声让气氛变得轻松些。

“发财的事情？”

“对，你我都发财，互惠互利。”祝昇蓬很肯定地说道，“是这样的，我这馆子每天都得购进很多新鲜菜。而我们几个都是外地人，那些卖菜的本地人在价钱、好坏上都会欺着我们。水老大你是本地人，其他各位老大又在这街面上混得久，谁都得给你们面子。如果你们出面，肯定能收到本地最好最低价的菜。这样，我每天提供个单子，各位老大就按单子上写的菜去拿。然后不管你们是多低的价格拿到的，我这边都按市场上的价格收进，全付现钱。”略微停顿下，祝昇蓬又补了一句，“只是要保证这菜必须是新鲜的，是好的，我们家那个厨头比较挑剔。”

到这时候就可以看出祝昇蓬绝对是个心思缜密的生意人。清代袁枚在他《随园食单》有言：“一席佳肴，司厨之功居其六，买办之功居其四。”也就是说要想做出美味佳肴，除了厨技，买到好的食材也是非常关键的。海货干货之类的贵重食材，祝昇蓬和蔡壬鑫可以亲自去买。一个是其中价钱相差太大，别人买办不能放心；再一个他们就是做这种买卖出身的，彻头彻尾的行家，啥过年衫都瞒不过他们的眼睛。让其他人去，他们反而不能放心。

但是一个馆子菜品的重头是在鸡鸭鱼肉和时令蔬菜这类食材上，虽然这些都是低档次低价格的，但用量很大，而且要保证绝对新鲜。外来的运菜船已经被青帮的人给霸住了，无法从那里再抢到好的第一手食材。更何况外地船运来的食材总要经过一段时间，怎么都不如本地的食材新鲜生猛。但是本地的食材产量少，价格贵，甚至有时候你有钱都买不到。因为有很多本地菜农本就是自给自足、自产自吃的，都不拿到市场上去卖。

刚才许知味替代祝昇蓬去接刀，退回来的祝昇蓬了解了水闩头那些瘪三的来历。随即便想到，像这种无赖混混是最难对付的。今天他们就算被许知味给打发走了，回头肯定不甘心还会变着花样来骚扰。就算明着不敢来，暗地里使阴招更是防不胜防的。而对于做饮食这一行的来说，一个阴招就有可能把名声全搞砸了，所以最好还是想办法将他们安抚住，或者建立一种互利互惠的关系。

然后他就又联想到买办日常食材这件事情。他们这店刚刚开，又没有本地的人缘基础，不能像其他店铺那样很快形成固定的供货渠道。而像他这样的外来人，到市场上采购本地食材肯定会被欺压。但是水闩头这些瘪三却不一样，他们就算不花钱，都有可能从郊外搞来最新鲜的蔬菜和鸡鸭鱼肉。所以他可以落个大方，把每天的单子给他们去采购。他说给市场价，其实是避免了吃贵货。而水闩头他们却是有利可图，肯定会尽心去办。

说白了，祝昇蓬就是想利用水闩头他们来构筑他的固定供货渠道。水闩头的瘪三党一直是在本地混的，虽然没有口碑却有一定手段。将他们当作一个本地的人缘基础来构筑供货渠道，不仅每天的日常食材供应能有保障，而且店里以后还少了很多外来的麻烦。必要的时候，这一帮子人还可能派到其他用场。

话说到最后，祝昇蓬还补了一句“厨头比较挑剔”，把许知味给抬出来。这是趁着刚才的火候，拿许知味再镇他们一镇。以防这些瘪三吃了卖菜那边的便宜再贪这边的好处，拿些不好的食材来强卖。

水门头只转动了两下眼珠就与祝昇蓬达成协议。他们每天在街上敲诈勒索，虽然也能混日子，但是没有一点固定的收入。祝昇蓬给的这个财路相当于让他们有了一个可靠保障，每天不管怎么样这笔入账是旱涝保收的。上海开埠之后，到这里来混世界讨营生的人越来越多，混不下去的人也越来越多。而混不下去的大多只能留在上海街头做瘪三，所以水门头他们的日子也是日渐地不好混了。

原先横竖二十几条街都是他们占着地盘，现在其他一些瘪三党出现后，他们活动的范围正在不断收缩。所以祝昇蓬给的这条财路对他们来说是很及时也很重要的，算是天上掉馅饼的好事。另外水门头的脑子活，稍微盘算下就知道，凭着他们这些人耍赖耍横的手段，最终收来的菜再转卖给昇鑫馆利润肯定不低。所以今天的硬讨贺不是没有成功，而是讨到一个更大更长久的钱包。

开厨吉时到了，门口燃起两串鞭炮。许知味灶台上点香奉水、奉油、奉糖祭请灶神，然后点火起灶。而许知味在厨房中做这些的时候，祝昇蓬和蔡壬鑫在大堂里把那块挂匾上的红绸给拉了下来。

这时大家才知道那挂匾上既不是武财神像，也不是彭祖像，而是一副店训:“食不厌精我最精，脍不厌细我最细，取材足、鲜、真，做人诚、谦、正，烹制人间百般滋味，挣得昇鑫万载名声。”

昇鑫馆开业这一天，许知味用“隔纸行刀”“泼水沾丝”震惊了周边几条街，然后又用“酱汁排骨”和“滑溜面筋泡”两道菜香透了几条街。

酱汁排骨和滑溜面筋泡的名字听着很普通，没有用很华丽的词藻进行装饰。但这是许知味和祝昇蓬、蔡壬鑫商量后确定的菜名，因为普通的菜名可以显得更实在。不仅让人一眼就看清其实际的材料，而且没有玄乎的高高在上，让人轻易生出一种信任感和亲近感。

其实这两道菜制作的功夫却不同一般，酱汁排骨是结合了“霓虹盖金梁”和“茶香大排”两道菜的特点烹制的，程序化繁就简，虽没有加入茶香却加强了酱香和甜香。滑溜面筋泡则是从“浓汁焖三鲜”变化而来，焖三鲜这个名字不够明朗，人们无法知道其中是什么食材，这就会让人觉得有些玄虚，不敢轻易去点它，生怕被宰或被忽悠。而在菜名中直接报出面筋泡就不同了，这让食客马上知道这是道什么样的菜，价格应该多少合适，吃得心安理得。滑溜面筋泡烹制的方法变化不大，主配料基本没变，只增加了面筋泡的比例，这样叫滑溜面筋泡就更加名副其实了。再有就是加大了汤汁的浓厚度，味道也更加咸香鲜甜。

最先吃到昇鑫馆菜品的是那些道贺的客人，但他们并没有特别在意酱汁排骨和滑溜面筋泡。要是由着他们心意来说，他们会觉得昇鑫馆里的每道菜都非常好吃，每道菜在形式和味道上都别具特色。能普遍有这种感觉除了许知味的厨艺确实高超，还有就是他刻意安排的上菜顺序。每道菜品都会和前后的其他菜品相互关联，在味道上实现或推高、或转折、或重叠、或延绵的效果。所以品尝到那些菜品的人就像在一路观赏奇妙的景色，峰回路转永无止境一般。而当昇鑫馆最终挂出特色菜为酱汁排骨和滑溜面筋泡时，很多人不以为然，他们都觉得还有其他多种菜品应该比这两个更好吃。

许知味其实心里知道，有些菜品真的可能比酱汁排骨和滑溜面筋泡更好吃，但那些都是用了高档食材的，比如乌参、玉背、南腿之类的。这样的菜品像他们这样档次的菜馆以及所处的商圈并不适合大力推广。而酱汁排骨、滑溜面筋泡其实和他们馆子的定位还是非常合拍的。价格适中适宜，一般人都能承受，而实际的利润也不低。

另外许知味推出这两道菜作为特色菜，还有一个重要的原因，就是上海也有非常适合烧这两道菜的好酱油，不输于无锡梁溪北埠酱场酱油的好酱油。上海很早就有海盐的“盐帮”、宁波的“宁帮”搞出的多个酱园，做出的酱油都非常鲜美。但许知味经过品尝评判之后，却认为最好的酱油应该是本地高东镇的“钱万隆”。这倒不是说钱万隆酱油就一定胜过盐帮、宁帮，而是因为这种酱油用来烹制酱汁排骨和滑溜面筋泡更为合适。合适的好调料往往能增加厨者的信心，做出的拿手菜才能更加拿手。

酱汁排骨和滑溜面筋泡在客人中出现了很好的反应，凡是点过这两道菜的都说好吃，以至于后来到店里吃了这两道菜的人还会打包一份带走。周围的一些住户虽然不能奢侈地到店里来消费，但听说了这两道菜的美味后，也会拿个盆儿碗儿地到店里捎上一份改善一家人的伙食。

这一切和许知味预料的一样，他推出这两道菜其实是应合了人们正常的饮食口味。两道菜都是味浓汁厚，鲜香带甜。而一般人在未曾食用到其他更多菜品，只点了单一的或简单的几个配菜时，会非常容易被这种浓味的菜品刺激到味蕾。

所以昇鑫馆开业后一炮打响并不奇怪，因为许知味首先就用两道菜给人们放下了两只钩子。而接下来，他还会用更多美味的菜品给人们铺开一张网。

来品缺

孔子街和白淞街两条道上的大小店铺很多，各种档次的菜馆酒家也不少，所以再多开一家昇鑫馆并没有引起其他店家的太大关注。这是因为昇鑫馆与其他菜馆酒家的定位有着一些差距，再加上其他菜馆酒店都各有自身特色，比如岱宗楼就是专做鲁菜的，四季红是专做川菜的，这些店铺是有定向客源的。就算那些老客偶然也会到其他新开的店里尝个新鲜、换个口味，最后还是会转回来的。另外还有些小菜系的菜馆，比如苏北酒家、泽湖居，这些店的菜品特色都是在很小范围中流行的，到上海来开店那是有针对人群的。一般是跟着大批当地到上海来做工的人群或迁居到上海来的人群前来开店，相当于给老乡们开的家乡厨房，生意虽不算火爆但是很稳定。

而孔子街所有酒楼菜馆中只有仁和馆和泰合馆做的菜品是以江浙菜为主打，这和昇鑫馆多少有些冲突。不过仁和馆和泰合馆都是上档次的大馆子，而且立足上海已经很长时间。如果说昇鑫馆和他们能形成竞争冲突，目前可能还真是有些高抬了昇鑫馆，不过同时也是说明了昇鑫馆有着极大的潜力。

这天快到中午的时候，仁和馆的姜老板坐在门口的椅子上抽着水烟。门外走过一个人看到他马上高声地和他打招呼：“姜老板，挺闲的哈。做生意的就怕闲，开菜馆的更怕闲（咸），哈哈哈。”

“对对，蒸糕考究个黏，做菜考究个盐，咸不得咸不得，呵呵。”门口背光，钱老板其实并没有看清站在门外和他打招呼的是谁。但是做生意的讲究搭话就是客，进店就是爷，所以就算没看清也马上客气地搭腔。

“街那头昇鑫馆的盐可下得恰到好处呀，那是一点都不闲。我刚过来时看到，点堂吃的差不多都已经坐满了，买排骨、面筋泡端回家的盆儿碗儿的也在柜台上排了个长队。”

“是吗？哦哦呦，是陈二爷呀！”姜老板这时候眼睛才完全适应了门外的光线将说话的人看清，原来是这里巡街衙役的小头目陈二尾。

二尾其实是小名，但是过去很多人没有起正式的大名就会把小名加个姓当大名。不过有很多人说陈二尾的父母有预见，这小名起得好，真的是从小看到老。这陈二尾年轻时仗着衙役身份凶悍好斗、欺压居民商户，就像个二尾蟋蟀。现在年纪大了，胆子小了，便一改风格，跟着有钱有势的使阴招欺负人，就像个二尾巴狗。而且他真就长了两撮没几根的分叉鼠须，就像两根小尾巴。

“姜老板，我说你可不能就这么坐着抽烟束手待毙呀，人家生意压上了头，你就得清汤冷灶过年愁了。得想个法子转转势头才好。”陈二尾的话显得很是语重心长。

姜老板一听陈二尾的话马上就明白他是什么意思，这是想让自己求他去昇鑫馆那里搞搞事情捣捣蛋，让那边的生意做不顺。听说前些日子昇鑫馆开业时没有请他们这些个巡街衙差，那么眼窄心奸的陈二尾存了搞昇鑫馆一下的心也是正常的。可姜老板又何苦给他这样一个由头，而且这由头一给，少不得一笔不菲的好处得掏给陈二尾。

想到这里，姜老板马上打个呵呵回道："呵呵，新箍的马桶还香三天呢，刚开个新店怎么都得热闹段时间。先随他热闹去，新鲜劲儿过去了，还得实打实地把生意做好才能立住脚跟。要说到实打实地做生意，这周围一圈我仁和馆绝不输给谁。其他人家都不慌，我干吗要慌啊，呵呵，对吧陈二爷？"

"新箍的马桶香三天也好，臭三天也罢，谁都能知道它是个马桶。捂过头的咸菜坛臭了，那就坛子不是坛子、咸菜不是咸菜了。姜老板也是好心性，够大气。不过我劝你还是盯住了、掂好了，过了闸的浪再要想挡那可就要费老力气了。"陈二尾说完扭头悻悻地走了。

"陈二爷，不进来喝口茶再走？"姜老板朝门外虚虚地喊一声，这是习惯成自然的假客气。不过看着陈二尾远去的脚步，再想想他刚才说的话，心中还是不由得升起一丝担忧。

这时候出菜门的帘子一挑，一个没几根毛的光脑袋探出瞄了下大堂里的情形。看得出，这脑袋掀起半边帘子本来是想瞄一眼还缩回去的，但是当他看到大堂里的堂座没坐几个人时，就索性掀开帘子走了出来。

"老板，这几天不对劲啊，生意怎么这么差？平时这个点至少该上一半客才对，现在准点了都上不到一半。连着几天多出不少料都废掉了，要这样的话明天就不要备太多料了，还能省点开支。"那光脑袋皱眉头时连裸露的头皮都皱出了几道深纹。

"黄头，你出来得正好。刚才我还正和巡街的二尾子说这事情呢，他说街那边新开的昇鑫馆生意火爆，我家的生意都是被他们给抢去的。那意思是要我出些辛苦费，然后他给玩手脚搅他们生意去。我刚才马上给回绝了，但是回头想想或许真有动动手脚的必要。”姜老板把自己刚刚的想法和那光脑袋说了。

那光脑袋是仁和馆的厨头黄鹤成，江浙菜系中一等一的高手。听了姜老板的话后马上说道:“好，老板你回绝得好！生意场的事生意人自己了，惹了那些杂人进来，味儿就不对了。不就是刚开了个昇鑫馆吗？啥时候我们去走两趟，会会他们。厨行高低菜说事，灶头旺了撤火棍，好弄的好弄的，找到缘故了就好弄的。”

祝昇蓬是最先觉出那三个客人不大对劲的，而认出姜老板和黄鹤成的是后面厨房里的一个杂工。

一个后厨厨头的首要作用是整体统筹。根据时令季节安排每天需要购买的食材和可出售的菜品，还有宴席菜品的组合等等。所以只有招牌菜厨头才会亲自动手，其他菜品都是由副灶[1]、二厨、三厨烧的。当然，其他厨师要是能烧出特别美味的特色菜也是可以当招牌菜的。所以能不能拿出美味的菜品决定了一个厨子在店里的地位。如果能有一道菜品成为代表店里特色的招牌菜，收入不仅会大幅提高，就连老板都会敬畏三分。有些厨头做了一段时间后被别人替代掉，就是因为其他厨师烧出的招牌菜比他的更受欢迎。

菜馆厨房里除了厨头、厨师，还会固定聘请一些专业烧灶的。厨师烧菜一靠食材二靠火，所以灶台的火候控制是非常重要也非常专业的一件事情。不过后来各种新的可控炉灶出现后，专业烧灶的逐渐被淘汰了。

然后就是一些厨工、杂工。杀鸡洗鱼清洗高档食材都是由厨工来做，拣菜洗碗清扫灶台则是由杂工来做。厨工一般是长期的，大都是厨师自己带来的帮手。杂工都是临时的，因为所做的事情没有技术含量，哪里都能找到。这样一来杂工的流动性就会比较大，生意不好的店铺随时会辞退他们，而他

---

[1] 厨行坎子话，是指除厨头之外能掌控全局的厨师，一旦厨头有什么情况要能替代。

们一旦被辞退就会马上去找生意好的店铺接着做。有的时候不等店里辞退，他们看着生意不好会主动离开去找下家。而认出姜老板和黄鹤成的就是刚刚从仁和馆离开的一个杂工。

姜老板已经是连续第三天到昇鑫馆丙字号包间里点菜了，陪他一起的除了黄鹤成，还有柜上的主事。这些天仁和馆生意不行，店堂里的事儿副灶就能应付了。也正是因为生意越来越不行，黄鹤成这才决定马上到昇鑫馆里转一转，看看到底是怎么回事。

祝昇蓬为人谨慎精明，而镇海场做海货生意的经历又让他特别注意细节，什么人眼前过都能把身份层次猜出个七八分，所以店里的账目、点单以及客人安排都是由他来负责的。也正因为这样，他发现有三个人连续三天都订座在丙字号，三天点的菜没一个相同，而更为奇怪的是三天里偏偏没有点一个特色招牌菜。

祝昇蓬听许知味说过，食客点菜首选会是招牌菜。即便不点招牌菜，但吃过一两顿之后肯定会有重复点哪道菜的现象，这是因为他们找到了适合自己口味的可口菜品。如果经常来却从不点重复的菜，那一般会是厨行的对头。不是来找你菜里的缺就是来偷学你菜里的好。所以当姜老板他们再次到来时，祝昇蓬暗中叫店里的伙计、厨工偷偷去辨认下，看有没有人认识这三个人的来路。

黄鹤成是江浙菜的高手，厨行中也多少年闯荡下来了，所以许知味告诉给祝昇蓬的那些经验他不可能不知道。而知道了还偏偏这样做，其实就是想掂量一下昇鑫馆厨头的分量。

昇鑫馆开业那天当家的厨头玩了一把“隔纸行刀”“泼水沾丝”，这个是众人眼底下做的，玩不出虚的也做不得假，单是这一点就能断定昇鑫馆的厨头是个高人。而前两天连续多道菜品品下来，更加可以肯定这厨头不同一般。

因为不管是点的哪道菜，菜的味道似乎都隐隐有着特别的地方，有着诱人的点。但真要说清到底是什么地方什么点，却又无从说起。而这些菜虽然不一定是厨头做的，但肯定是会经过厨头评定和指点的。

所以黄鹤成三次来全部点了不同的菜，他这是想考量一下许知味的厨行经验，另外也是要探探许知味的胆量。如果觉不出他们是来辨菜寻缺的就是光会做菜而经验不足；如果觉出他们是来辨菜寻缺的却不做任何反应，那就是胆量不足，也可以说是对自己的手艺没有足够信心。

黄鹤成虽然抱着这样的意图，但他却不抱任何侥幸。他相信许知味肯定能觉出他们这些人的来意，并且肯定会有所反应，否则他也不会在开业那天和瘪三党玩刀了。而黄鹤成也真心希望许知味能够做出比较实际的反应来，最好能与他面对面来个碰撞，高手总是希望能够遇到和自己实力相当的对手。另外也只有碰撞之后，黄鹤成才知道他该如何来应对昇鑫馆，从而改变仁和馆现有的状况。

当祝昇蓬告诉许知味，仁和馆的姜老板和厨头黄鹤成今天是第三次来到丙字号包间，并且再次点了完全不同的菜品后，许知味一言未发。

厨行的人都应该知道，像这种同行间到别人店里去品菜，一般有两个目的：取长和寻缺。取长是学习别人菜品的长处，不过取长都是会到一些老字号，而且会是距离较远的甚至另外一个城市的老字号。因为离得近的你即便完全学会了人家的菜，也只不过在相邻的店里多出相似的菜品，特色还是人家的。寻缺则是找别人菜品的不足和缺憾，这只有竞争对手之间才会这样做。而且到了别人店里都不会品人家最拿手的菜，因为那些菜是很难找出问题的。

昇鑫馆是个刚开的店，和仁和馆在一条街上，而他们连来三次都点不同的菜却偏偏没点招牌菜，这些都摆明仁和馆的人过来是寻缺的。

许知味虽然没有说话，心里却在权衡着。人家摆明了来寻缺，他作为厨头不能像在宫里时那样无动于衷、不予理睬，也不能像在无锡时那样处处退让。厨行中应对寻缺有个最狠的方法叫斗辨，也就是比斗品辨能力。

人家是来品辨你菜品短处，那么你就用菜品考量出他品辨能力上的短处。这样别人就算品出你菜的缺处也说不出，因为你完全可以说是他品辨菜品能力不够的问题。而且还可以反过来抓住对方的把柄，从对方有短处的品辨能力怀疑到他的厨技。试想，一个连菜品好坏都品不到位的人又如何能烧出好菜来。

想到这里，许知味在灶台边的抹巾上泼了一勺油。然后在抹巾角上一滴一滴油滴下的过程中，认真做了一道酱汁排骨和一道滑溜面筋泡。做完后他用肩上搭着的毛巾擦干脸上的汗，再洗净擦干自己的手。直到这个时候他才说了一句:“来的都是客，不管别人图好图坏，我们都得敬他们个好才对。”说完这话，他拿个托盘端了这两道菜往丙字号包间走去。

所有人都一路目送着许知味走向丙字号包间，还有人主动将占住路的不知情者拉开给许知味让路，就仿佛是送一位斗士去进行一场决斗。

许知味走到丙字号包间外站住，然后朝着旁边的伙计示意一下。于是那伙计清嗓子喊了一声:“丙字号上菜两道，本店特色好味嘞——”

反斗辨

坐在包间里的三个人中，姜老板和主事的都微微一愣。因为他们点的菜都已经上完，怎么外面的伙计又在喊上菜?

黄鹤成却没有感到一丝诧异，他把身体端坐一下，并且朝门口侧过去半个身位。他在等待，等待要上的好菜，也等待上菜的人。他有预感，这个上菜的人很有可能就是来和他碰撞的。

许知味很小心地拨开竹珠帘子，先把托盘递进去，然后才侧身从珠帘中穿过走进包间里。然后继续很小心地弓腰端托盘往桌前走，不急不缓，稳稳当当。

黄鹤成站了起来，微微低下点头。这是表示一种尊重，一种对同行也是对对手的尊重。从许知味拨帘进房间的动作，黄鹤成就已经看出这是个非常优秀的厨者。他有笃定的心境，所以才有细致稳定的动作；他有谦逊的姿态，所以才有不急不缓的脚步。而最为重要的是，他手中托盘里的两道菜，蒸腾出的热气竟然不摇不荡。这已经不是凭身体动作可以控制的，而是他的心性已经完全糅入了菜品之性。

许知味把桌上的菜盘子叠了叠，然后把托盘直接放在桌子上。在座的三个人是来辨菜寻缺的，所以许知味菜成之后擦汗擦手，就是为了不让一点杂味再接触到菜品，就连盛菜的盘子都不碰一碰。菜端到桌上，更是不能与其他盘子杂放在一起，要用托盘和其他菜品做个隔离。而动手叠了其他菜盘菜碗的手，更是不能再碰触到托盘里的两只菜盘，所以要把它们连带托盘一起放在桌上。

就这个上菜的过程，已经是在进行着一种比拼。许知味在宫里就曾吃过上菜的亏，知道了上菜的过程其实是可以玩很多技巧来混淆菜味遮掩菜色的。今天虽然只是一个八仙桌，寥寥几个菜，无法像宫里那样可玩出很多花样。但就从对方如何看待他上菜过程的态度，如何用合适的方法去进行品菜，就能显示出对方厨技以及品辨能力的高低。厨技之道在于“细”字，这“细”不仅是做菜过程的仔细、精细，还有上菜过程的把细和品菜过程的细致。

“贵客常来，是来送的衣食。我等知恩，回奉简菜感谢。我是此店后厨里的许知味，几位别介意我唐突，我只是想请三位尝尝我们的特色菜。要觉得还能入口，你们给传个好名声，我等也能增点底气好好混这一行；你们要觉得难下咽，那也吐了缓口气儿，容我们个工夫收回个本儿再找其他出路。”

许知味说的是过去饮食行的客套话，也叫软硬话，真实的含义其实不亢不卑。他曾在外闯荡多年学习厨艺，说这种软硬话也算是一种基本功。而且就他的性格而言，饮食行的软硬话对他正合适。如果他能学会只软不硬的话，那就早是另外一番天地了，也不用跑到上海、跑到这昇鑫馆里混了。

就在说软硬话的同时，许知味右手食指、中指伸出，在桌沿上轻叩两下。这有两层意思：一是两指代表筷子，意思请对方品菜；二是这两指并拢伸出又叫剑指，江湖上是请对方过招指教的意思。

这个时候黄鹤成紧张了、谨慎了，因为他看出对方奉菜的目的是要和他斗辨。斗辨是怎么回事他很清楚，斗辨的结果是什么他也知道。首先他必须接斗，否则属于直接认输被人笑话。不仅对对方店里菜品的任何评价别人都不会相信，而且名头大损。但接斗的话对他其实是不利的，因为他从一个评判者一下转换成了被评判者，从主动变成了被动。

黄鹤成紧张还因为出现斗辨这种情况是他之前没有想到的，一点心理准备都没有。虽然他估计对方发现他们这些人过来品辨寻缺肯定会有所反应，却没有想到反应竟然会是最狠的斗辨。

一般遇到有人品辨寻缺的情况，只有资格老、名头大的老字号才会出斗辨的狠招。一则那些老字号要维护自己的荣誉必须这样做，不能有丝毫退缩。再则他们就算输了，有多少年积攒下来的口碑名气撑着，影响也不会太大，最多是折了一两个特色菜而已。新开的店则不同，它们如果被别人寻到缺，最多是几个菜品会被吐槽，生意受到一定程度影响。但如果出面斗辨并输了，那么什么歪话、贱话就都在别人嘴里了，没有回旋的余地和机会。最终可能是对全部菜品的一个打击，直接涉及店铺的存亡。

当许知味食指、中指在桌沿上轻叩过之后，黄鹤成手按桌沿缓缓躬身前倾。这是对奉菜之举以示谢意，也是表达他对许知味的尊重。因为就前面短短这一段上菜过程，黄鹤成已经完全可以确定这是一个值得他尊重的对手。同时他这样躬身前倾，其实也是品菜辨菜的开始。这样的姿势，可以从桌子上方嗅闻到两道菜飘散的香味，也可以从更为直观的角度看到两道菜的菜色。

菜品色香味三道的辨判，这一个躬身的动作就已经完成两道。

姜老板和主事的并不能觉察他们已经处在高手的比拼中，无论许知味的上菜过程还是黄鹤成的躬身行礼，在他们看来只是一种客套而已。店家赠送菜品，客人礼貌回礼，都是最正常不过的。所以他们很自然地拿起筷子，准备去品尝一下这两道自己没点的菜品。

“你们别动！”黄鹤成喝止了姜老板和柜上主事。

姜老板和主事的被喝止之后才注意到黄鹤成表情的凝重、眼神的专注，从而知道这两道菜不是那么好下筷子的。于是都轻轻把手里筷子搁下，并主动把身体往外挪一挪，离着那桌子远一点。

黄鹤成从旁边提来茶壶并拿了两只干净的茶杯，先倒半杯茶端起来连喝三口。而第四口的茶水并没有马上咽下去，而是含在嘴里。然后把一双筷子竖放在另外一个茶杯中，另一只手提茶壶用茶水浇洗筷子。等那茶杯里浇洗的茶水差不多满了时，黄鹤成放下了茶壶提起了筷子，与此同时含在嘴巴里的那口茶也咽了下去。

茶水可以去味，也可以正味，许多品菜的人都会用淡茶水漱口。但是漱口会对味蕾有比较大力的冲击，同时也会导致舌头和腮帮肌肉的大力运动，这样在接下来的品菜中，就会影响到味蕾和口感的敏感度。而黄鹤成的做法相比之下更加讲究，他是连续正常喝茶，然后口中轻轻含茶，最后再正常咽下。这样同样清了口，却不会出现舌头和腮帮肌肉的大力运动，从而保证了口舌的正常状态。

用茶水浇洗筷子也是一样。那些筷子看似干净，其实在使用和清洗的过程中肯定还是会有轻微的味道和油质不会被清除。这也是为什么我们用的筷子虽然每次都洗得干干净净，时间长了之后还是会出现怪味、发黑发油的原因。所以一般筷子用一段时间就要更换，过去一些老人节俭不舍得换，也会在使用一段时间后用盐开水煮一下筷子。

黄鹤成用茶水浇洗筷子，并不能完全将筷子上的杂味和油质驱除。但是却可以形成一个短暂的隔离，用清淡清爽的茶味掩盖那些杂味和油质。而淡茶味又是最接近于木筷子本色味道的，所以再用它来夹菜、品菜就能最为真实地反映出菜品的味道。

看到黄鹤成有条不紊所做的一切，许知味心中暗暗称赞。像这样的厨行高手他见得不多，即便是在宫中御膳房里，有些御厨品辨菜品时都无法做到像黄鹤成这样严谨到位。

黄鹤成拿浇洗过的筷子先夹起一块排骨，许知味看后在旁边微微点了点头，露出一点轻松的微笑。

按理说，品菜顺序应该是先素后荤、先淡后浓才对，这样才有一个味觉的递增，层次清晰地品尝出菜品的味道来。而不至于让前面浓腴的味道一下充斥味觉，冲击记忆，导致后面菜品的味道无法准确捕获。但是黄鹤成今天却是先尝的排骨，那是因为刚才躬身向前时的一眼和一嗅，他便看出也闻出油炸过的面筋泡烹制之后比精肉带骨的酱汁排骨更加肥腴。而且面筋泡素料荤做的烹制方法也使得这道菜的滋味比排骨浓郁丰厚许多，所以他先尝排骨是完全正确的。

但是准确并不意味着完全到位，品菜其实也像做菜。食不厌精，脍不厌细，品菜的精细程度是决定了品辨者层次和档次的。

“好！”只吃完一块排骨，黄鹤成就立刻肯定地说出个好字。然后将筷子直接伸进第二道菜的盘子。

许知味喉咙间滚动一下，像是透出了一口浑气，又像是咽下了一口美味。就在刚刚过去的那个瞬间，他抓住了黄鹤成的一个破绽。

“也很好！”黄鹤成这一次吃了面筋泡，还吃了冬笋、胡萝卜等配料，最后还用筷子头沾了滑溜面筋泡里的汤汁咂巴了下，这才迟迟地说出个“也很好”。可见他真的进入了比拼状态，在极为谨慎认真地寻找破绽。

许知味面无表情，他在等待黄鹤成后面的话。他知道自己面对的是个高手，这样的高手不会轻易对别人的菜品连说两个好。真要连说两个好的话，那么肯定只是为了作为一个开场、一个引子，更加强有力的贬低肯定就紧跟在后面。

“但是两个好加在一起就不见得是好了。”黄鹤成接下来的一句话果然如许知味所料。

黄鹤成说完这句话后停了下看看许知味，但许知味的表情并没有他想象中应该出现的诧异和慌乱。这情况和他以往遭遇的情景完全不一样，这让黄鹤成更加相信他今天遇到的是个不一般的高手。他已经想好的贬低理由可能对方也早就想到，并且已经有了应对方法。所以他立刻觉得他应该把理由再拓展一下，这就像下棋一样，多想一步就意味着获得胜算的可能性要大一些。

“贵客贵言，愿意聆听。怎么个好，又怎么个不好？”许知味很淡定，他觉得黄鹤成能说出的好在自己意料之中，能说出的不好也会在自己意料之中。

“这排骨赤红透亮，如同挂了釉色。肉烂骨酥，鲜咸直渗其中。咬嚼不松不软，久嚼不失甘浓之味，齿颊留香。面筋泡汁滑味浓，口感饱满，入口之后便有暖阳化开之感，其中包含的味道整个扩散开来，回味醇甘持久。”黄鹤成的评判非常到位。

“不好之处呢？”

“也在其中啊。”

“也在其中？”许知味微微一愣，这回答是他没有想到的。

“对，排骨甘浓，齿颊留香。面筋泡也同样是味浓，甘醇持久。这两道菜都是取的浓厚之味，而且都是以酱为主味。如果单吃一道，那会特别抢口，一味之功可抵了其他几道菜品。或者排在一桌宴席的菜品之中，用其他清淡纯鲜味道相隔缓冲下，那么这两道菜会是两个突出点。我估计你用这两道菜品作为招牌菜就是这样的目的。但是你若将这两道菜一起拿来我品，那就显得重（chóng）了也重（zhòng）了。”

“重了也重了？”许知味依旧淡淡地追问一句。

“没错，同类味道重复了。两道浓味同时品，叠加的味道也太重了。”黄鹤成觉得他这一个缺抓得肯定是准的。

“可是你有没有想过，我可能是故意将这两道味道相近的菜品一起奉上给各位贵客品辨的？”许知味嘴角微微翘了翘。

这一回轮到黄鹤成愣住了，许知味的话让他突然之间感到了不安。是呀，他面对的是一个厨行高手，且不说对方烹制这两道菜的厨技如何，就从对方走入这包间的每一个动作细节来看，都不该是犯这种错误的人。这样看来他品辨出的缺可能正是对方放的倒钩？

何处味

黄鹤成真的开始担心了，他是跑人家店里来找毛病的，然后用以打压对方生意的上升势头。可千万不要他自己啥都没找到，反给对方落下打压他的名头和仁和馆名气的把柄。

“故意的？故意又能表现些什么？”黄鹤成反问一句。他虽然觉出些不对，但绝不会就此承认自己的失败，这才刚刚第一回合。

“故意是想看看贵客能否从两道菜中辨出区别来。”许知味并非故弄玄虚，这真是他最初的意图。

“有区别，但区别不大。都是以酱味为依托，以甜味为辅助，只是味轻味重间的差异。”黄鹤成很肯定地说。

“不仅仅是轻重的差异。不同分量的酱料与合适的糖分配合，其实是会出现不同形式的味道的。比如说玫甜香、瓜甜香、重酱香等等。我这排骨中运用的比例就是重酱香，不然肉质中间的味道就会白淡。而面筋泡里的比例却是玫甜香，面筋泡吸味力强，不需要太浓重。再有玫甜香与冬笋、胡萝卜配合可以更加爽口。”

黄鹤成的脸色不好看，他真的没有注意到这一点。酱与糖的配合肯定会出现味道的差别，但是他却没有归纳到如此细致。而且他的师父也没有讲过，从厨之后也没在其他地方听说过。但他心里却清楚，许知味说的是绝对有道理的。

“再有，贵客躬身看色闻香，茶水缓净口，浇洗品菜筷。只有品菜高手才能做得如此到位，所以你若不是厨行中的人物那便是美食的行家。但是过程中还是差了两处，而且都是与用筷有关。”

许知味说到这里时停了一停。而黄鹤成眉头紧皱、眉角抖动，他真是想不到自己到底差在哪两处了。

“头一处，吃排骨时你的筷子应该反夹翻转正夹才对。酱汁排骨入盘，正面酱汁会留住，反面酱汁却是流失或被其他排骨和盘底挤压掉。所以用筷由反夹翻转正夹，可让正面酱汁流动，均匀裹上整个排骨。所以这一道酱汁排骨你品尝时没能让其酱汁变化到厚薄均匀、布裹饱满的最好味道状态。第二处，就是品过第一道菜之后没有再净口洗筷，这样就混淆了前后菜品的不同酱味。这可能也是太过自信，在通过眼见和嗅闻之后就已经确定两道菜味道的近似，觉得没有必要再将它们的差异细加品辨。头一处，是有失细致，第二处，是自己大意失误。”许知味话说到最后，其实已经是在给黄鹤成台阶下。

“酱味会变，但是甜味不会变，回甘不会变。”黄鹤成声音变得粗重起来，他已经再找不出其他可反驳的理由，这已经是他之前想好的最后一招了。

“没错，甜味是不会变，但这又是我刻意的。”许知味从容对答，对方找这一个缺也是他早就想到的，“都说众口难调，我用这甜味就是要做到众口可调。甜为先天之味，人们出生后的第一口味道就是甜味。菜品中加入甜味，回味甘香，是所有人都可以接受的。所以我这是要做人人菜、天下菜。”

“可是甜不促力，人要吃咸的才有劲。”很显然黄鹤成已经没啥话可说的了，他涨红的脸色显得尴尬。

“甜不促力的说法具体应该根据体质与习惯而论。太湖原本通海，潮水反卷水质泛苦。所以居住在太湖周边的人都习惯在饮食中加糖，否则口中干涩、四肢无力。苏州、无锡饮食的喜甜都是这个原因，但那里人并不因为食甜而不促力。”许知味再次驳倒黄鹤成的说法。黄鹤成既然不就着台阶下，那只有把他直接逼落台阶了。

但是就在这时，黄鹤成尴尬得有些木然的脸突然间灵动起来，就像干枯垂死的草芽在一场大雨后重新找到了生机。

“你是无锡人！”黄鹤成像有了很重大的发现一样兴奋。而其实昇鑫馆的厨头是无锡人早就在周围几条街上传开，还有他救馒头、改面条的事情，也被人们经常谈到。这其实是祝昇蓬和蔡壬鑫故意说出去的，算是一种宣传营销的方式。不过许知味做过御厨他们没有说，因为这一点像是牛皮吹过了，别人可能会因此反感。

“我是无锡人呀。”许知味有些茫然，他不知道这一点怎么会让对方如此兴奋。

“你烧的是无锡菜！”

“算是无锡菜吧。”

“对了，你烧的是无锡菜，而不是上海菜，更不是人人菜、天下菜。你所谓的众口可调只是调的无锡那一方人，这两道菜的甜上加甜正说明了这一点。甜腻之味掩盖食材本身的鲜香本质，不能将不同食材的独到滋味推显出来，只是用酱、糖的配合简单涵盖。你不懂上海的味道，更不懂天下的味道。你甚至连我都不如，我还知道江浙之味，你只限于无锡一隅。”

许知味无法辩驳也无法否认，他的菜虽然是自己所创，但的确是以无锡菜的底子为基础，最终的味道都和无锡菜相近。这是个没有办法的事情，就像离家久远的人说话总有些乡音无法抹去一样。而黄鹤成说他只限于无锡一隅他绝不承认，游学四方多年以及御膳房待的那三年，他所学的厨技和菜品几乎可以说涉及天下所有菜系。但是他也真不知道上海菜应该是什么味道的，到上海来这么久，他真没发现有哪种饮食哪种味道是真正可以代表上海的。

一场惊心动魄的斗辨结束了，不过如果不是内行人，根本体会不到其中争斗的激烈。许知味和黄鹤成在姜老板和主事的眼里只不过是客客气气地聊了几句，就连端上来的菜也只稍稍动了两筷子。还有许知味从抹巾浇油开始到进包间，他所做的一切在别人的眼里也一样没啥特别。甚至端菜送入包间的动作还让一些人觉得有些笨拙，远不如上菜的伙计熟练。可谁又知道那是一个全神贯注、人神合一的状态，几乎是付诸了所有的体力和心力。

从斗辨的过程来讲，其实两个人应该算是斗成平手，许知味还稍占上风；但是从结果来讲，却是黄鹤成胜了许知味。虽然最终不是从菜品上胜的，也没辨出缺来，但他的的确确是从一个区域性菜系的概念上胜了许知味。

昇鑫馆开在上海，但是许知味做的是无锡菜。从针对性上来说，他的菜只适合很少一部分从无锡来的外来人；从适应性上来说，他的菜可以吸引上海人和其他地方的外地人，但不会持久。尝几回味道可以，却无法做成周围人的长久需要；从准确性上来说，昇鑫馆没有标明是锡帮菜馆，也没有带其他任何菜系标志，所以他应该做上海菜才对。或者像许知味说的做人人菜、天下菜，但现在显然不是这样的。

黄鹤成知道他再不会来昇鑫馆品辨寻缺了。这次被对方奉菜斗辨，差点就毁了他一世英名，最终好不容易抓住对方一个菜式的概念侥幸脱出。他心里非常清楚，自己胜得有些无赖。可是很奇怪的是，昇鑫馆的那个厨头并没有再加反驳，竟然就此默认了他的说法。要是换其他厨子肯定不会就此罢休，而真要细辨下来的话，他的说法还是很难站住脚的。他们仁和馆做的是江浙菜，其他馆子也都做着外帮菜系的菜，不也都没有标明是哪里来的菜馆吗？上海原本没有系统的菜系，要求人家做标准的上海菜那是强词夺理。

另外黄鹤成也领教到许知味的功底了。虽然不知道这个人到底什么来头，但是他很清楚地知道，厨艺上他应该是比对方弱了一筹。这次争斗其实他还托大了，没太把对方放眼里，却没料到那么个不太像样的店里竟然有这样厉害的厨道高手。现在既然侥幸胜了一招，那就要借此大做文章。但愿可以一下将昇鑫馆打死，因为以后应该再不会有这样的机会了。

“昇鑫馆是以无锡菜当家，甜腻过头，只能偶尔当糖吃吃。”

“昇鑫馆无糖不出菜，鲜香味全被甜味掩盖。”

“过甜的菜吃了乏力软骨耗精神。”

“昇鑫馆的菜吃不出本味来，把好食材都糟蹋了。”

“仁和馆黄厨头在昇鑫馆辨菜全胜，江浙大菜种压倒锡帮小菜种。”

只短短半天，这些流言就添油加醋地传遍了周围所有街巷。

祝昇蓬、蔡壬鑫他们知道这些话是仁和馆传出来的，但是他们没有任何办法。许知味只是默默地思考着什么问题，并不否认外面传言的说法。短短两天里，昇鑫馆的生意大跳水。堂吃和外带的生意全面下跌，只剩原来的一半都不到。

虽然仁和馆的招数阴险了些，但是昇鑫馆还是有应对办法的。这个时候只要及时调整菜品口味，再进行一些宣传和优惠酬宾的手段，仍然是可以把劣势给扳回来的。而凭着许知味厨技之高之博，调整菜品口味并不是难事。

可事实并不像祝昇蓬和蔡壬鑫想的那样，许知味并没有马上改变菜品味道。黄鹤成那天斗辨时说的话对他触动很大，上海竟然没有代表当地特色的菜系，那什么才算真正的上海味道呢？许知味的脑子里甚至又有翁先生让他开创菜系成为一代宗师的话闪过，但仅仅是闪过。因为这个时候是如何将昇鑫馆支撑下去的关键时候，其他任何奢想都太不切合实际了。

也就在昇鑫馆未曾及时对菜品味道做出改变的时候，更为强大的冲击出现。是的，斗辨之后街面上的各种流言只是起到一个引子的作用，而要将昇鑫馆置于死地的冲击却是来自另外一个重要对手——泰合馆。

泰合馆其实平常的生意就比仁和馆还要好一些，昇鑫馆开业之后他们所受影响要小于仁和馆。这是因为泰合馆平时的菜品定位和价格要稍低于仁和馆，营销方法上也比仁和馆丰富。有专门的外卖外带窗口，酒店的格局档次也不比仁和馆差。昇鑫馆开业之后，率先去尝新鲜的大都是吃家[1]和有钱人。只有这些客人才会找着吃、挑着吃，所以仁和馆的大部分顾客被拉走了。而泰合馆的食客有很大一部分是纯粹为了解决三餐的中层次食客，他们中虽然也被拉走一些，但有很多钟情于习惯口味的仍是选择留在泰合馆。

不过当仁和馆的人去昇鑫馆品辨寻缺，并放出打击性的传言之后，泰合馆的冯老板觉得这是一个机会，他可以趁着势头再放把狠火，一定要把昇鑫馆压倒到再无法抬头的地步，或者索性一棒子打死。否则日子一长让昇鑫馆在这条街上完全立稳脚跟了，势必会成为泰合馆的长久威胁。到时候与泰合馆分庭抗礼还在其次，说不定哪天就爬到泰合馆头上去了，转而让泰合馆再没有起身翻转的余地。自古以来生意场上的事情就像六月的天，说变就变难以预料。所以收衣服要趁早，等雨下来就晚了。

于是冯老板当机立断，泰合馆所有菜品大幅让利。这一消息不仅在门口打出了大幅的红纸榜，还让伙计到处发放红帖[2]。

消息传播得很快，只大半天时间，周围几条街的家家户户都知道了，而且还传到十六铺一带。那一带是公司、货栈、商会的聚集处，有很大一批收入中上的人群。这些人常常会去馆子消费摆架子撑面子，但又毕竟是替人做事的，挣钱也很辛苦。所以像泰合馆的优惠消息对他们是极具诱惑的，又能摆谱又能省钱。

在泰合馆让利的这些菜品中，最具杀伤力的是“肠汤线粉”“咸肉豆

[1] 相当于美食家。
[2] 就是红纸写的宣传单。

腐”“炒鱼粉皮”“炒肉百叶”等几样流行的菜品，都是以大幅的折扣酬宾。其中更有些菜品半价在外卖窗口出售，每天都被周围居民排队争购。

昇鑫馆其实也有这类菜品，因为是流行菜，也可以说是常吃菜，几乎所有酒店菜馆都是会烹制的。许知味在开昇鑫馆的菜单时曾和副灶、二厨等人商量过，这些菜品都是副灶、二厨提出的。许知味虽然对这些菜品不是很熟悉，但是很赞同制作出售这些菜品。因为这些菜品成本不算高，细作之下一样很美味。食客点菜，也都会是特色菜加流行菜、常吃菜的搭配形式，所以这些菜品相当于一个店铺里可供菜品的基础。而且这些流行菜很多厨师都会烧，店里生意忙的时候，点到这些菜品谁都能上手去做。

但正是因为昇鑫馆也是以这些菜品为基础的，所以在泰合馆半价酬宾的举措下，昇鑫馆才更加受伤。而且流行菜的烹制方法上很统一，许知味也是因为尊重副灶和其他厨师，没有太多过问这些菜品的烹制方法。这样一来至少目前为止他们在这些流行菜上没有任何优势，更没有吸引食客的独特烧法。

泰合馆半价酬宾，这个幅度也不是昇鑫馆能够抗衡的。但如果他们同样采取让利的方式与泰合馆展开肉搏，肯定是死路一条。因为他们本来本钱就少，开业时的各种费用就捉襟见肘。开业时的一些日子虽然生意不错，但收入大多付给了之前那些改造厨房和简单装修的工匠们。还有赊欠拿货的一些供应商也都得把账赶紧结了，否则以后合作就没那么顺畅了。不过这样一来，他们账本上的流水就基本没什么增长。

而接下来的房租要交，厨子、伙计们的工钱要付。从目前的状况来看，凭着店里现在每天的生意收入，这两大笔开支到时间肯定是凑不齐的。所以昇鑫馆这时候要是也降价酬宾，那就相当于自求速死。

但是如果不展开一定手段的竞争，眼见着所有生意都被泰合馆拉走，最多是多挨上几天。一旦房租、工钱等各方面的问题爆发，昇鑫馆仍然无法支撑下去，这情形就相当于慢慢等死。

而这条街上，三家菜品味道相近的菜馆就是泰合、仁和、昇鑫。泰合馆让利酬宾之后，与泰合馆对门的仁和馆虽然没有跟风大幅降价，但他们的生意倒也比前几天好转起来。因为很多闻风赶到泰合馆就餐的食客如果没能占到桌位，都会就近改到对面的仁和馆用餐，仁和馆平白就赚取了这部分客源。所以三家的经营状态是泰合馆搂了一批客人，仁和馆筛了余下客人，能跑到街的另一头昇鑫馆吃饭的食客就微乎其微了。照这种状态持续下去，就算昇鑫馆能够想办法应付了房租和工钱，拖不了几天还是必死无疑。

奸做商

祝昇蓬、蔡壬鑫万万没有想到，好不容易才开起来的馆子，经营了还没几天，就在仁和馆、泰合馆恶意流言和低价营销的双重打压下，陷入了濒死的边缘。所有一切来得很是艰难，失去得却是太过容易。现在摆在他们面前的路仿佛只有两条，速死或等死。而应该是昇鑫馆支柱的许知味，到现在都没有做出任何反应。就好像那一场斗辨将其精神彻底打垮，让他沉溺于自悔、低迷的状态无法自拔。

“不行，这样下去肯定不行！”就连一向沉稳的祝昇蓬再也无法沉静。在打过两遍这一天的收支账目后，他狠狠地将算盘在柜台上一掼。这一下太过大力，以至于有珠杆被震得脱落，几颗跳出的算盘珠沿着长长的柜台一路滚去。

没人理会那些算盘珠，在这种生死关头谁都不会在意几颗算盘珠或是整个算盘。算盘珠滚到哪里还能找到，但如果眼前的困境不能解决，那么他们的结局可能还不如这些算盘珠，最终会流落到何种地步完全无法预知。

“大哥，既然他们搞七念三地瞎搞，那我们就跟他们拼了。”蔡壬鑫的眼睛有些充血，小帽歪戴着都没觉察。

“怎么拼？硬拼死得更快。”

“我不是说拼菜价，我是说下黑手。他不让我们活，我就让他先死。等夜深了，我溜到他们店里去放把火。”蔡壬鑫的话倒是很吓人，但他这人虽然有些戆有些冲，其实是绝没胆量做这种事情的。说出这样的狠话来，只是心里已经恨到了极点。

“兄弟呀，这种想法不能有。你要真这么做了被抓住，不仅我们这店开不下去，还白搭进去你个人。就算没被抓住，我们店肯定也是被怀疑的主要对象。衙门过来一番折腾，生意一耽搁，也是没有回转机会。”祝昇蓬说的很有道理也很无奈，因为就算蔡壬鑫冒着坐牢、丢命的危险去拼，他们的结局仍是死路一条。

“真的是不心甘啊！这生意做得才几天就天界地府打个来回，一高一低两头掉转得也太突然了吧。这世道咋这样呢，我们做生意又没碍着谁惹着谁，怎么搞七念三地容不得我们。”蔡壬鑫的声音里都带着哭腔了。

“你生意好了，也就抢了别人生意，人家怎能容了你。都说和气生财，那是说的强者，是有了名气实力的，到那层次再和气对人当然有财发。像我们这样的是要拼尽全力挤入生意场的，去争夺别人碗里的吃食，那么这生意场势必会成战场。你死我活的关系，还谈什么和气生财。”祝昇蓬边说边用手掌拍打柜台，越拍越重，最后猛地停住，满带悔意地说道：“也是我们太急了，还不会打仗就急慌慌冲进了战场，手里没有武器就陷入被人家重重逼杀中。这一回输得惨了，输得连挡一下、躲一下的能力都没有。”

就在这个时候，门帘一掀，一个俏丽身影跑进来，“你们两个傻待在这儿干什么呢？快去看看，快去看看，许师傅在后面井边转来转去，别是想不开吧？”

这话一说，两个人立马蹦起来往后跑去。许知味是他们拉来的，他也为了这个店全身心地付出了，总不能让他因为目前状况出啥事吧。而且现在所有希望还寄托在他身上呢，希望他能够想出什么妙招来力挽狂澜，就像在小东门那里救馒头、改面条一样。

许知味真的呆呆地站在井边，背着手，歪着头，像是在思考着什么，又像是在下最后跳入井里的决心。

“许师傅！”“许爷叔！”祝昇蓬和蔡壬鑫跑过来一把抱住许知味。

“许师傅，店就算倒了，我们还可以从头再来，只要人在总有翻身机会。你可不能想着想着绕不出来呀！”祝昇蓬不仅抱住许知味的一只胳膊，而且还将身体挡在许知味的前面。

蔡壬鑫则索性从后面拦腰抱住许知味，“是呀，何况我们店还没倒呢，还有扳回的机会。就算扳不回，大不了我俩和你一起去路边摆小食摊，去卖面条馄饨，那也饿不死的。”

“干什么干什么？你俩干什么？”许知味挣扎着。但他越挣扎那两个人抱得越紧。

“许爷叔你不要这样，店开不下去其实大家都急，都在想办法。而且主要原因是泰合馆降价酬宾，和你辨菜辨输了关系不大。你不要太自责，搞得自己想不开，我们都没有怪过你呀。”水仙虽然没有上来帮忙拉住许知味，但她在旁边快嘴快舌地劝解着。

许知味停下了挣扎，水仙说的话他听到了，原来这三个年轻人是怕他跳井寻短见。他虽然和他们一起合作的时间不长，但是从他们的为人，对他的态度，以及现在紧紧抱住他的样子可以看出，这些都是实诚善良的人。不过水仙话里的意思还可以听出，他们说不怪他，其实对于他斗辨输了这事还是有抱怨的。也是，要不是斗辨输了，接下来的冲击可能就不会来得那么快。而只要让昇鑫馆能够生意红火上几个月，把底子夯厚实了，就算有更大的价格竞争和市场冲击，那都是能够扛住的。

不过对于这祝昇蓬和蔡壬鑫冲出来阻止他寻短见的举动许知味还是很感动的。他在宫里被欺，赶出宫后还是被欺。发妻留下孽种，厨党逼迫驱赶，危难时赵湖东将他一脚踢出惠泉堂，范阿大先欺骗后要挟。这一切让许知味几乎已经感觉不到人间的美好了，人与人之间似乎只有伪装和利用才能相处。但是这两个素昧平生的年轻人却给了他不同的认识，让他看到人与人之间还有真诚、关爱和希望。所以他很庆幸自己当初留下的决定是正确的，与这两个年轻人同舟共济是一种幸运。哪怕遭遇到狂风恶浪，都一定要相互携手闯过去。

“放开了，我没有想要寻短见，我是在看月亮。”许知味平心静气地说道。

“看月亮？”“这月亮有啥可看的。”祝昇蓬和蔡壬鑫很不解。

“许爷叔，你看月亮是想起谁了吧？想你老婆、情人？还是你父母兄弟？戏文里演了，人寻死前都会想到很多人的。”水仙在旁边喋喋不休。

“嗨，谁说我要寻死的，我也没啥人可想。我就是看看月亮，想个帮我们店摆脱困境的招儿。”许知味一副哭笑不得的样子。

听到这话，蔡壬鑫立刻愣头愣脑地转头朝水仙大声质问：“你咋搞七念三地瞎说话，你哪只眼睛看出许爷叔要跳井的？”

“你吼啥呢？狗嗓门再把几条街的狗都给招来了。我不是看许爷叔傻呆呆地站井边上替他担心吗？真是狗咬吕洞宾，我一番好心让狗给吃了。”水仙边骂边悻悻地走了。

“不是的，我是说……”蔡壬鑫哑口结舌，刚刚还愣头青，一下变呆头鹅。

“也怪了，水仙这丫头平时和我们都文文雅雅、客客气气的，怎么和小蔡一搭话就啥阴损话都来了，骂起来脆光光地就像在甩鞭子。”许知味其实早就发现了这个奇怪现象。

“越是亲近的人越是会随便开粗口，就像老婆骂自己男人一样，骂了也不会往心里去。”祝昇蓬在旁边偷笑。

“大哥，你别搞七念三的。人家水仙一个闺中丫头，瞎说会坏了人家名声的。”

“我瞎说吗？你被她臭骂一顿还护着她，这是我瞎说吗？她闺中丫头这么晚还跑到前面铺子里来找谁的？是找你的吧，还我瞎说。人家看到许师傅这样子好心跑来告诉你，没听到好话还被你一顿责怪，你也真是个讨骂的胚子。”祝昇蓬面带微笑不急不缓地分析。

“这倒不是瞎说，水仙老有事没事地找小蔡，是有点动了女儿心的样子。”许知味也附和着说。

“这是好事呀，兄弟，你看能不能利用水仙从中周旋一下，让她爹把收下个月房租的日子往后延延。”祝昇蓬这也是灵机一动。

“不行不行，这话我怎么说得出口？”蔡壬鑫的扫把头摇得像拨浪鼓一样，“钱老头的精明你又不是不知道，到日子要不把房租给他肯定不行的。都不用其他店逼迫，他就能直接把我们这馆子给闹关门了。”

“对，这话不能出口！既没了男人样，也掉了我们昇鑫馆的架子。我们绝不依靠妇孺裙带示可怜，而是要凭自己能力脱出困境。”许知味这一回倒是赞同蔡壬鑫的。

祝昇蓬从许知味的话里听出了什么，他目光闪动地看着许知味，“许师傅，你是不是想出什么办法了？”

许知味没有马上回答，而是指指天上月亮，再朝井下指指，“你们也看看月亮。天上的和井里的。”

祝昇蓬微眯眼睛抬头看看天上的月亮，然后便静心等待许知味解释。

蔡壬鑫看一眼天上，又看一眼井里，摸摸发梢撇撇嘴，茫然地摇了摇头。

“天上有月亮，远不可及；井中也有月亮，看似可及其实也不可及。天上月可以赏看，井中月也可以赏看，而且另有一番情趣，所以井中月可称为月外之月。厨技之道也是如此，食材之鲜、烹饪之法是为了取其真味，但除此之外还有味外之味。比如盛菜的器皿、上菜的顺序、摆菜的格局。我当初在宫中做菜就曾吃过这方面的亏，那些上菜摆菜的宫女太监都有自己一套匪思奇巧的技艺。这些技艺可以成就一道好菜品，也可以让某一道菜品永无出头之日。这技艺就是味外之味，是味道的拓展。”

“可这和我们店里生意有什么关系？”蔡壬鑫没能理解，所以直愣愣地问道。

“生意也是味外之味，生意做不好，那么所做的菜品再好也没有出头之日。但是做生意和做菜不一样，做菜只要专心往最好最细致上做就行，而做生意却是有阴阳两面的。真、诚、正是做好生意的原则，但是必要时也要用到奸、邪、诈的手段。”

“许师傅，你的意思是我们可以使用些旁类的手段来摆脱困境？”祝昇蓬眉头微微一展。

“诚做美食奸做商，应对奸诈、求取生存的关键时候，难说是旁类还是正道。”

“许爷叔，你是要我们买低价、低劣的食材来烹饪菜品，然后和泰合同样低价酬宾？这个、这个恐怕不好吧，我们原先就是不愿意做这种事情才离开宁波的。”蔡壬鑫表情纠结，摘了小帽在挠头。

“你先别说话，听许师傅说完。”祝昇蓬制止了蔡壬鑫。

“诚做美食奸做商，是说诚信做菜，保证菜品质量、味道是我们店生存的根本。这就像是天上的真月亮，绝对不能有偏差的。而奸做商是说生意的手段和办法可以玩虚的，用奸诈之术。因为这是用来对付对手的，你若不奸人家就不让你活。你只有比人家更奸，才能有生存之路、立足之地。”

“诚做美食奸做商。”祝昇蓬在细细咂摸。

“许爷叔，你就不要转着圈讲道理了，直接说怎么搞吧。”蔡壬鑫性急，他巴不得许知味马上交给他一件有效的举措去实施。

许知味轻咳一下清清嗓子，“我觉得要分三步去做。第一步就是要在现有的流行菜上压住对方。但这并非去比斗，更不是降价，而是要发现到对方菜里不足，将他们的不足告知公众，然后在自己推出这些菜品中弥补其中的不足。第二步就是要改变正常经营的观念，在上海这样的开埠市场，凭昇鑫馆现有的实力，就算有再好的菜品和服务，短时间内都有可能被别人挤垮的。

所以要抢时间、抢客源，快速积累起一个比较厚实的本钱底子。这样就算别人白送菜给客人吃，我们也能撑到他们先倒闭关门。”

“许爷叔，现在的问题就是抢不到客源啊。”蔡壬鑫忍不住又插话，被祝昇蓬伸手止住。

“第三步，我们要找到一个更合适的味道标准和更低的菜品层次，做出当地人能长久喜爱的一些看家菜品，形成自己独有的特色。并让本地食客和更多外帮食客能够从中找到惊喜和享受，最终变成他们的日常所需。”

许知味说到这里停了下，看看祝昇蓬和蔡壬鑫。这一次两个人都没有说话，只是点了点头。

于是许知味接着讲了下去，“我们撑不了多少时间了，所以这三步要连贯而下，不能给对方丝毫喘息的机会。明天我们先这样……”

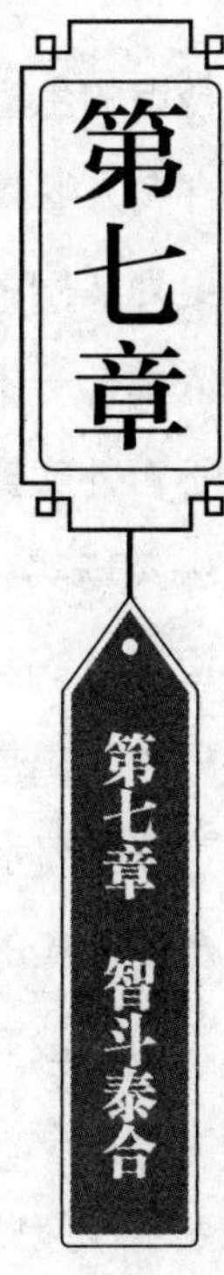

第七章

第七章　智斗泰合

蓝小意指指许知味刚才坐的那桌子，「因此你吃的那杂锅菜是上海味道，咬了一口的油碟儿是上海味道，手里的青菜粥也是上海味道。你在上海，你做的菜人们吃得惯，喜欢吃，那就是上海味道。何必纠结于什么正宗、什么真正，把自己做的菜变成正宗的、真正的上海味道不就行了吗？」

抢外卖

泰合馆的生意真的好得不得了，包厢、大堂全都满座，门口茶水椅那里还坐了许多人喝茶嗑瓜子在等前客离座“净台翻席”[1]。

但更为热闹的是门东边的外卖窗。泰合馆的几道流行菜对折降价之后，周围的人算计一下那比自己买菜自己烧还要划算。于是每天只要泰合馆开了门，也不管外卖窗有没有开始卖菜，就已经有人在这里排队了。好些人索性把早上去菜场买菜改成到泰合馆来买菜；有些人过来还一人替几人占位；还有的把篮子、锅盆依次挂在窗口外替人排队。而其实那队伍也就是排成一个人堆，只有靠里靠外的区别。而一旦外卖窗开始售菜了，那人堆便马上拥挤争吵成了一团浑水，钻挤、推搡、扒拉、叫骂……各种形态生动鲜活。

泰合馆外卖的菜品是一轮一轮的，几个品种同时出一锅，每一种也就能卖个十几份就没有了。然后就要等下一轮的菜烧出来才有得卖，而下一轮什么时间出、还有没有得出都不清楚。因为店里面的生意还要做，不见得就有厨子空着专门来烧外卖的菜。这样一来，一轮菜出来立刻出现拥挤争卖的情况也就不奇怪了。

本来像这么火爆的外卖生意是应该专用两个厨子来做的，而且每个菜可以预先烧出一大桶慢慢卖，那就不会这样拥挤争抢了。但是泰合馆似乎故意采用这种一轮一轮断续销售的方式，有人说，因为他们想保持每道菜都是刚烧出来的味道。有人说他们这样卖菜是赔本赚吆喝，所以不能无限量地供应，否则自己亏得吃不消。还有人说这就是泰合馆需要的效果，故意不断在店门口造成拥挤混乱，让人觉得他们的生意特别火爆，吸引更多的人去他们店里用餐。

---

[1] 厨行坎子话，指前面客人吃完整理桌子重开新席。

不过这种混乱不是什么人都愿意的，比如说巡街的衙役官差，他们就希望街面上平平静静没事发生。这每天时不时出现的拥挤吵闹，搞不好还有摩擦争斗。真要出了什么事情闹到衙门里，那也有他们失职的责任。所以这一天巡街衙役小头目陈二尾进了泰合馆，找到泰合馆的冯老板要求妥善解决此事。

在经过很短时间的交流和几个别人无法看清的小动作之后，这件事情果然顺利解决了。解决的结果是泰合馆外卖依旧进行，但是会有巡街衙役到场维持秩序。其实就算有官差衙役在场，该挤还是挤，该抢还是抢。只不过这样一来再要出点什么事情，他们就可以推卸责任，说自己当时在场维持秩序，但依旧无法制止事情发生。

蔡壬鑫和水仙很早就排在外卖窗口外的人堆里，他们两个的出现让整个抢购外卖菜品的混乱队伍显得非常的不协调。因为能混在这人堆里争抢购买外卖菜品的一般都是低层次的居民，中老年人居多。像蔡壬鑫这样高大帅气的小伙子和水仙这样的小家碧玉，应该去店里点菜堂吃才对。所以人们除了注意外卖窗口，几乎都把目光放在他们两个的身上，并小声嘀咕着。

陈二尾背着手在泰合馆前来回地走，嘴巴里还不时吆喝着："都是街坊邻里的，抬头不见低头见。不争不抢，相互谦让。排好队伍，按序购买。"而其实在这过程中，他才不管排不排队抢不抢，甚至连耷拉的眼皮都不朝那些买菜的人群抬一下。

不过眼皮都不抬的陈二尾还是发现了水仙，有可能是水仙桂花香的头发水被他的狗鼻子给闻到了。

"呦呦，这不是钱家的水仙姑娘吗？你咋也跑到这里来凑热闹，和这一堆邋遢婆姨挤在一道抢外卖。你要吃啥让你爹带你进馆子呀，你爹要不带，爷叔我带着你呀，嘿嘿。"陈二尾乜着眼睛歪着嘴朝水仙走来。

"啊，是差头陈二爷呀，这不是我爹懒得走动又想换换口味嘛，我自己也懒得烧煮，就跑这儿来买外卖了。"水仙嘴上回应着，身体却是往蔡壬鑫身边缩了缩。

“换口味也不用挤这里买呀，我们去点堂吃，小锅单炒，然后给带回去就是了。”陈二尾又往水仙这儿逼近两步。

“不用不用，我来得早，排得挺靠前的。再说这窗口外卖的比堂吃的便宜，就是听说划算我才自己不烧到这儿来买的。”

“这里卖的菜哪能吃，都是用泔水桶里的货色糊弄下等人的。来来，跟爷叔去里面点菜。”陈二尾也往人堆里钻，伸手去拉水仙。

蔡壬鑫在旁边眼见着陈二尾就要抓住水仙了，于是赶紧伸手推了陈二尾一把，把他从人堆里推了出去。

“哟呵，哪家的小子，胆儿够填黄浦江啊，推你陈二爷？我告诉你，你这可是算造反袭官啊，官司吃定了。咦，你小子我瞧着眼熟呀，好像是……对了对了！我知道了，难怪家里开着馆子还跑这儿买菜，你们这不是要换口味，你们这是来偷口味的！你小子给我出来，跟我去衙门！”

陈二尾说着话又往人堆里扎，并且一把薅住了蔡壬鑫的脖领子，想把他给拉出来。

但这个时候并没有多少人注意到陈二尾的举动，因为外卖的窗口打开了，整个人群开始往前挤。蔡壬鑫在往前挤的人群中，抓住他脖领子的陈二尾在人群外，于是陈二尾就像外挂在一个大人群上的包袱，被拖得一溜趔趄。为了保持身体的平稳不被带倒，陈二尾只得把薅住蔡壬鑫脖领子的手松掉了，蔡壬鑫也赶紧趁这机会往人堆里又缩了缩。

但是陈二尾岂能甘心，刚站稳脚步就马上绷足了劲再次往人堆里挤，伸着双手在人群里又是扒拉又是推搡。刚刚蔡壬鑫推他一把让他很意外也很跌份，所以他无论如何都要把面子找回来，不然以后巡街都没法把腰板挺直。另外陈二尾如此执着也是想借此再讨好一把泰合馆，他把跑到他们店里来买外卖菜品的昇鑫馆二老板给揪住了，那泰合馆的冯老板怎么都得再酬谢他些好处才是。

这时候人群已经挤在外卖的窗口前不动了，人们一个个都抬双手举着碗盆和铜钱，期待窗口开始卖菜。也正因为人群不动了，所以蔡壬鑫再无法辗转躲避，被挤死不动的人们固定了位置。眼见着陈二尾就要再次将他抓住。

水仙知道绝不能再让陈二尾抓住蔡壬鑫。现在虽然人多挤在人堆里，等会儿前面的人买完菜一走，蔡壬鑫就彻底落在陈二尾手里了。于是她急中生智，双手从人缝里伸到前面，在两个双手高抬的妇女胸前狠狠地掐一把。

"啊！""啊！"两个女人发出了尖叫。

"哪个畜生挨千刀的乱摸呢？"

"下作胚子，老娘撕烂你的脸皮！"

两个女人放下双手转过身来。她们的背后是水仙，一个姑娘家肯定不会做这事情。水仙的旁边是陈二尾，而且还伸着手用着力在往人堆里挤。于是想都不想就认定刚才是陈二尾下的手，一起哭骂着扑向陈二尾，咬着牙齿发了狠地又打又抓。

上海虽然开埠之后民风开化许多，然后又有许多外地穷苦人家的女人跟着家人迁入上海，相对而言对一些妇道细节并不是非常在意。但那时候毕竟还是处于封建社会，跑出来买菜做饭的女人也是没有办法，挤到这样的人堆里抢购菜品更是难为她们，就为了家里老小有口好吃的能改善改善。而挤在人堆里争买菜品她们最担心的应该就是被人家轻薄欺辱，那传出去比在其他地方被轻薄欺辱更让人笑话。因为是为了抢买口好吃的才遇到这事情的，这会被传说成她们又馋又不要脸。

这样的心理和社会状况导致陈二尾遭受到极度狂暴的误会。哪怕陈二尾是个官差，那两个妇女都会用最强势的行动来表现自己坚贞不容侵犯。对轻薄者越狠越不要命地出手，就越能维护她们的形象。

陈二尾一下就被打得蒙头转向，赶紧放弃抓住蔡壬鑫的打算退出人群，抱着头东躲西藏避让莫名其妙的攻击。但他的反应终究还是慢了，转瞬之间差顶子掉了，差服被扯破了，横竖十几道血印子出现在脸上。

争买外卖菜品的人群转移了注意力，由拥挤在外卖窗口转而变成围住了陈二尾和那两个女人，可能是两个女人合殴官差的趣事带回去要比那些打折的菜更加下饭。毕竟不是为了争买外卖而打架在这里还是头一次，而且是和维持秩序的官差动手。所以有很多人在为那两个女人鼓掌叫好，可见陈二尾平时是多么地惹人恨。

窗口打开开始卖菜了，但卖菜的伙计也被外面的打斗给吸引住了，盛菜收钱变得漫不经心。所有人中仍专注于自己目的的只有蔡壬鑫和水仙，他们两个拿碗在窗口盛了两个菜就急匆匆离开人群往街的另一头快步走去。陈二尾已经认出蔡壬鑫，不过还没说出来。要是让泰合馆的人也认出蔡壬鑫，那么这两个菜能不能买回去就不得而知了。

担心的事情出现了，蔡壬鑫和水仙才走出人群几步，就发现外卖窗口的伙计从大门绕出来，朝他们两个追了过来。

看泰合馆的伙计追来了，蔡壬鑫拉住水仙赶紧往回跑。这条街不算长，从泰合馆到昇鑫馆最多也就几百步。但是水仙是小脚跑不快，眼见着那伙计再急跑几步就赶上了。

"快，你先拿着菜跑回去，他追上我也不敢把我怎么着。"水仙说着话把她拿的那只碗也塞给了蔡壬鑫，然后转身迎上泰合馆的伙计，张开双臂将他拦住。

蔡壬鑫端着两只碗撇了两下嘴，然后一跺脚很坚定地站到水仙身旁，并没有听她的话先跑回去。

"你干吗？追啥追？难不成还想把我们买的菜给抢回去？你家菜我买不得吃不得吗？大白天你追着我个姑娘家跑，就不怕吃耳光？看看，那边当差的差头都被打个七荤八素，你就不怕被打个九死一生？"水仙把那伙计拦下之后便连珠炮地一顿呵斥，搞得那伙计张口结舌，直翻白眼。

“不是，小姐，是……”伙计好不容易瞅准空子蹦跶出几个字。

“什么是不是的，你这大男人追着我能安什么好心。要是有啥好心那就是你这菜里下了耗子药了，追过来让我别吃？你放心，你好意我心领了。不过这菜我哪怕拿回去专门药老鼠都没你啥事，只要不少你一文钱你就管不着了。”水仙理直气壮地继续呵斥那伙计。

“不是，小、小姐呀，你们还没给钱呢。”泰合馆那伙计终于抓住个间隙说出了一句完整话。

辨残食

蔡壬鑫和水仙买回来的两个菜是“肠汤线粉”和“炒肉百叶”，这是两种非常大众的菜品，不过“肠汤线粉”一般人家家里是很少做的。所谓肠汤，就是用猪肠、猪肚、猪心、猪肺炖的汤。这其实类似于我们现在的肚肺汤，只是在其中加入较大份额的猪肠一起炖。炖出的汤再下入粉丝，就是“肠汤线粉”。因为猪的肠、肚、肺处理起来麻烦，搞不好就会有腥臭味。再加上整套的猪内脏做出的肠汤会是很大一锅，一两顿吃不完也不便存放，所以一般人家平时是不会做的。

“炒肉百叶”倒是人们家里经常做的。炒肉其实就是红烧肉，只是它的烧法和后来的本帮红烧肉烧法不大一样。是要先将肉炒上糖色之后再焖煮，所以叫炒肉。“炒肉百叶”就是红烧肉烧百叶。这道菜在当时烧柴火的灶台上烹饪必须有个烧灶的好手才行，否则想把肉烧烂让百叶入味还是有些难度的。

许知味只尝了一口蔡壬鑫和水仙买回来的“炒肉百叶”，就立刻皱起眉头。他没有把这口菜咽下，而是在嘴里一点点反复咀嚼着，仔细品味着其中的味道。

“许师傅，品出啥不对了吗？”祝昇蓬心里着急，但仍是语气沉稳地问道。

许知味没有说话，而是拿筷子又尝了一口“肠汤线粉”。这次线粉没有嚼两下就咽了下去，咂巴了下嘴后，又拿勺子抿了口汤。也就在肠汤刚刚入口之后，许知味的眉头再次皱起。

“不对呀，这菜味有些蹊跷。百叶结吃油很厚，入口没有一丝干涩感和豆腥味，按理说应该是烹饪到位、食材妥当的做法。可是细嚼时却有着一种重油齁喉的感觉，不知因何而来的。而那‘肠汤线粉’也很奇怪，线粉入口软硬恰好，火候不急不缓。偏偏肠汤的余味有些许焦苦，这按正常烹饪方法也是说不通的呀。”许知味发现的是连他都弄不大明白的问题。

“有这些就行了，我们马上让伙计们街上四处传话，就说泰合馆的‘炒肉百叶’齁喉，‘肠汤线粉’焦苦。”祝昇蓬松了口气，他不怕蹊跷，只怕许知味找不出泰合馆菜品的缺处来。

“不行不行，这些许的不足平常人很难吃出，就是我也要细细品味才能发现。这样传出去人家吃不出来，反而会说我们无端陷害别人。而且就算有老食客嘴巴刁能吃出来，那也只是坏了他两道菜而已，对整个店的生意影响不大。”

“那许师傅你的意思是……”

“这两道菜品出现的情况很奇怪，所以最好是找出原因，说不定就能对他们所有菜品的制作方法或者食材选用来个有力打击。”许知味坚持要找出问题的原因来。

“能买回这么两个菜来已经是不易，再要想找出菜味怪异的原因，那就更加难办了。对了小蔡，你和水仙去买菜时有没有听到些什么有用的说道？”

此时蔡壬鑫和水仙在柜台旁边很专注地嘀咕，根本没有注意许知味品菜以及发现到菜中蹊跷。

水仙在小声地夸赞蔡壬鑫，“你今天挺汉子的，我让你走竟然没走，一直站我身边。”

“搞七念三呗，你陪我去买菜的，有啥事情我能让你吃亏？就算今天这菜买不成，我也是绝不会走的。”蔡壬鑫虽然小声，但语气很坚定。

“你就不怕陈二尾那边脱了身转过来把你再给抓住？”

“不怕，就算我被抓到衙门里去挨板子，也不能让他们动你一根汗毛，嘿嘿。”蔡壬鑫摸摸自己散乱的发梢，可能是觉得自己这话说得有些虚而不太好意思。

“嗯，不错不错，不对，你还是有错的。我让你走你没走，这是不听我的话，军不听将令，算是个大错。不是打板子的问题，是要砍头的。”水仙嘴上这么说着，心里其实就像淌着蜜。

也就在这个时候，祝昇蓬打断了两人的低声私语。

“有用的说道？大哥你问的啥呀？”蔡壬鑫只听到最后的半句话。

“我是问你在那里买菜时，有没有听到其他人说些什么，关于泰合馆菜品的。”祝昇蓬很耐心地把刚才的问话又详细复述一遍。

“没有，那些买菜的人都只是说泰合馆外卖的菜好吃，油水足，便宜划算。”蔡壬鑫听到的议论真就是这些，想不出更多了。

“那有没有其他不是买他家菜的人说了些什么，或者他们店里的伙计自己说了些什么？”许知味在旁边又问。

“没有，真没有听到什么。”蔡壬鑫又伸手去挠脑袋，结果直接把小帽给碰歪了。

“有的有的，你忘了？陈二尾要拉我进店里点堂菜时，曾说泰合馆的外卖菜不能吃，都是用泔水桶里的货色糊弄下等人的。”水仙马上插上话来。这倒不是她记性好，而是当时蔡壬鑫正全神贯注注意陈二尾乱动的手脚，没有在意这句话。

“陈二尾说过吗？他说这话可能是为了骗你跟他进店里去吧。”蔡壬鑫的想法倒也有道理。像陈二尾那样的人开口就是瞎咧咧，十句话里有一句话不能全信，剩下的九句是全不能信。

“不不不，这一回陈二尾漏出的可能就是真话。”许知味轻轻一拍桌子，然后拿着勺子和筷子又奔刚买回的那两碗菜而去。

这一次他并没有尝那些菜，而是另外拿一个碗将“炒肉百叶”里不多的汤汁给舀了出来，然后连着碗放在一盆冷井水里。再拿一个碗把“肠汤线粉”里的线粉挑出来，把汤也缓缓倒出，只留下沉淀在碗底的食材。

这些都做好之后，许知味拿筷子拨挑肠汤下面沉淀的小块肠肚心肺。把肠肚心肺都理到一边后，中间还剩下一些短碎的线粉。

“看出这些线粉有啥不同吗？”许知味问了一句，但没有等其他人回答，他就继续说了下去，“这些线粉比刚才挑出的那些长段线粉要粗得多，显得很浮涨。”

“这不奇怪呀，短碎的线粉更容易吸水，肯定会粗一些、涨一些的。”水仙平时偶尔也会烧饭，她泡过线粉知道些其中的道理。

“但是泡过的线粉在入汤烧开之后，其中水分会析出，线粉仍然变细，只是保持了柔软，就像我刚刚挑出的那些长线粉一样。而沉在底下不能将水分析出并变细的线粉，一般都是泡过二回了。”

“什么是泡过二回？”水仙很好奇。

“就是除了做菜之前水泡过，下入汤中烧煮变细之后又被汤水再次泡粗。这样泡过二回的粉丝失去了胀缩性，就会一直呈浮涨状态，吸足水分沉在汤底。”

祝昇蓬有些明白了，“许师傅，你的意思泰合馆外卖的‘肠汤线粉’是用了之前客人吃剩的残汤，所以在撇出这些汤时难免会有些短碎的粉丝遗留下来。”

“是用了残汤。正因为是残汤，所以汤中作料和食材会有二次大火烧煮的过程，很容易让汤水出现焦苦味。特别是内脏这一类原来就带有血气和浊气的食材，发焦苦的现象更加明显。”许知味很肯定地说出自己的判断。

“用残剩汤，真恶心。这泰合馆做生意怎么这么不要脸。”水仙捂着嘴说，摆出一副恶心要吐的样子。

“按照他们现在的菜价，正常是连食材成本都收不回来的，更不要说还有人工、房租上的开销了。但是他们又不敢用倒个[1]来做菜，那是很容易被吃出来的，普通食客就能从嚼口、腥气和颜色上辨别出异常。所以他们只能用这做法，拿包厢、大堂里点吃的残汤加水加不值钱的线粉做了再外卖。这样就很难吃出不对了，但是成本却大大降低了。”

“啊！难怪泰合馆的外卖是一轮一轮的，是在等包厢和堂吃的剩汤剩菜撤下来才好再做。”蔡壬鑫也想明白了一些情况，“那炒肉百叶是不是也用了吃剩的肉和百叶？”

“‘炒肉百叶’其实是以百叶为主，少量的肉和肉汁都是为了给百叶提味。所以剩下的菜里很少会有肉，客人都会先挑了吃掉。而百叶一次烧煮之后就会入色，重新再加料煮的话，剩菜里的百叶和后加的百叶颜色会有很大差异。这也是一眼就能看出来的。”

“那么说这‘炒肉百叶’没啥问题了。”蔡壬鑫要是不和水仙说悄悄话，而专心看许知味品菜，那就不会问这样的问题了。

“有问题，这百叶太油了。这道菜里少量肉和肉汁不会把百叶烧得这么油腻浓肥，所以应该是另外加了其他的油脂。但这油脂又不是很好，吃到嘴里会有齁喉的感觉。”

“用了假油？放坏的陈油？”水仙捂着嘴问，以示自己的厌恶。

“应该不是假油和陈油，那同样是会被食客轻易吃出来的。你们看这冷却的汤汁，看出什么问题没有？”许知味指着刚才放在冷井水里的那只碗问，“冷却之后的汤汁上面会积留一层凝固的油面。如果单纯是炒肉留下的油面，那会是白色的猪油，稍微透着点糖酱色。但是你们看这白色的油面上，还有

---

[1] 死的家禽牲畜。

些许黄色的流动油脂并没有凝固，这是凝点比猪油低的植物油。另外这猪油面上的糖酱色很难看出，反而是隐隐发出一些青绿。”所有情况真是需要许知味说出来才能发现，不然别人根本不会注意到。

“但是这些又能说明什么呢？”祝昇蓬看到了却看不懂。

“搞七念三呗，这‘炒肉百叶’用的是杂油，有荤有素的杂油。”蔡壬鑫抢先回答了祝昇蓬的问题，很大可能是想在水仙面前表现一下他的智慧。

“不仅是杂油，而且是水浮油，又叫口水油。是将一些剩菜倒入水中，等其中油脂浮起后撇捞出来的油脂。”用这种油烧菜许知味游学厨艺时听说过，但是亲眼见到还是第一次。

巧言激

“这下行了，抓住要害了，可以让他们泰合馆彻底身败名裂。想让我们死，现在鹿死谁手还不知道呢。”蔡壬鑫很直接地显出些即将屠杀猎物的残忍。

“可是我们说了别人信吗？只要人家尝不出来，泰合馆就可以咬死了不承认。而这做法又不是一般人能辨别出来的，除非他店里什么人自己承认这做法。”许知味说的是实情。

“许师傅的意思是要我们收买一个泰合馆的厨师让他说出来吗？”祝昇蓬总是比别人想得更深远一些。

“泰合馆里哪个厨师都不会出来说，说了他就彻底丢掉泰合馆的营生。除非给他很大一笔钱才行，而我们又没那么多钱。”蔡壬鑫真的很直，既说了别人的难处，也说了自己的难处。

“要不还是让水闩头他们试试，用强硬手段，暗地里下手逮住个泰合馆的什么人逼他说出。”祝昇蓬这个想法应该更容易实施一点。他们店要倒了也相当于断了水闩头的财路，所以这种事情让他办肯定在所不辞。

“水闩头他们的话更没人信了。而且他们逼迫别人说的，人家当着众人可以反转口径，说是出于被逼无奈才这样说的。或者直接说是水闩头他们陷害泰合馆，逼他照这话说的。”许知味觉得这件事情用水闩头他们并不合适。

“那许师傅你有什么办法？”水仙在旁边问了一句。

“我也没有办法，我只是觉得如果有个信誉好的、有威信的而且和泰合馆没有瓜葛冲突的人出面，由他来告诉大家其中真相，那才最为合适。”许知味有想法却不知道怎么去做。

“信誉好的，有威信的，这街上就数刘家刀剪铺的刘老板了。他倒是黑道白道都不怕，街坊里有啥评理的事情也都常常会找他。”水仙马上想到一个人。

“可是刘老板和泰合馆是有瓜葛的。泰合馆厨房用的刀铲啥的都是刘家铺子的，而刘家铺子的伙计到泰合馆去买菜都不用排队，直接从厨房里打给他们。”

蔡壬鑫这人虽然心地不错，但说话太直，性子也戆。所以尽量不让他和客人接触，平常主要负责店里贵重鲜货和干货的购买，还有就是餐具厨具的维修购置。这样一来他闲暇的时间就比较多，没事就爱在街上转悠。而泰合馆对昇鑫馆造成威胁之后，他便常在泰合馆周围转悠，所以看到与他们店里有关的事情很多。

“真的？”祝昇蓬一下站了起来。

“真的，我看到好几次。他们店里伙计还说泰合馆的菜便宜，现在店里每天的包餐都吃这个。不仅不用专人烧了，菜呀油呀都省了，给老板节约不少开销。”最近昇鑫馆生意不好，蔡壬鑫没事就着急上火地在街上来回地转。所以听到见到的事情真的不少，特别是和泰合馆有关的事情。

“知道了，就是说刘老板他也吃了泰合馆的残剩汤、口水油。这就行了，我们只要找个合适的人到他面前去挑动一下，把真相有意无意地透露给他，按照他的秉性肯定会查个究竟的。”祝昇蓬兴奋地双掌一拍，但随即又一甩手，“可是找谁去他那里挑一下呢？我们去肯定不行，刘老板会认为是在故意挑拨他和泰合馆的关系。”

水仙眼珠扑闪两下，“有个人去肯定能行。”

“谁？”

“快说！是谁？”

“阿拉爷老头子呀。”

钱贺子不是那么轻易就会给别人出面做事的，更何况是有可能得罪人结下冤家的事情。不过架不住水仙的撒娇打泼，再晓之以理动之以情，最后又以祝昇蓬、蔡壬鑫可能会赖房租为威胁。钱贺子不得不挪动他的老腿走一趟，将他老生意精的一套唱念做打展现个淋漓尽致。

钱贺子到刘家刀剪铺时，老板刘重圭和店里的伙计、刀匠们正好在吃晚饭。刘重圭起这样一个名字是因为他命中缺土，而圭有两个土。然后他家又是祖传的打铁营生，五行中土能生金，所以名中用圭非常合适。

“呦，吃晚饭呢。你们吃你们吃，我就随便看看，买个削老脚皮的刀子。”钱贺子站在别人饭桌边说老脚皮，好像就是故意来让别人反胃的。

“钱老板啊，你自己看，看了合适的先拿去用，钱回头再说。”刘重圭为人爽快，抬头和钱贺子打个招呼，并不起身让座让饭。上海周边民风不像北方，北方人吃饭时来人都客气地让一让，但其实也没谁真就在人家桌边坐下一起吃的。上海这地方原来是江滩海岸，不算富裕，一般百姓家挣到的吃喝也就刚刚够糊自家人的嘴巴，所以索性形成了吃饭不看人、看人不相邀的习惯。

“你们吃着，不用管我。”钱贺子嘴上说着，却没有离开桌子边，“哟哟，这伙食不错嘛，油水挺足的。刘老板对做事的兄弟们不错啊，都在一个桌上吃一样的饭菜，仁义、仁义！”钱贺子站在桌边吧嗒吧嗒说个不停，搞得人家根本不好意思拿筷子吃饭，都抬着头听他说话呢。

“也没啥好吃的，油水倒还行，都是泰合馆的外卖菜。难得有这样又好吃又实惠的菜可以买，所以这几天店里都不烧了，全是从他家买的，哈哈。”刘老板实在人，一点都不掩饰吃到便宜货的开心。

“啊！刘老板你怎么也吃泰合馆的泔水菜呀？平时你们关系不是挺好的吗？他家没告诉你……”钱贺子先是很惊讶的样子，话说了一半时突然意识到什么马上闭嘴离开桌边转向刀剪柜台。

“等等，钱老板，你话说清楚了呀，我这人最听不得半句话。”刘重圭放下筷子站起身朝钱贺子走来。

“其实也没啥，呵呵，真没啥。对了，我都忘啦，那边涤清池已经开汤了。我去泡个澡顺便把脚给修下，那就不用自己买刀了。走了走了。”钱贺子说完转身就往门外走。

但他才转身，刘重圭就已经抓住了他的手腕子，“钱老板，等下等下。我虽然也在这街上开个铺子，但是是江北过来的乡下人，你们本地人是看不起我们的。啥事暗地里都和我隔着街呢，不对，是隔着江呢。”

“怎么会呢，我对刘老板一直都是佩服得五体投地的，怎么会看不起？现在上海像刘老板这样不畏强暴、刚正不阿的人可是没几个了。”钱贺子满嘴好话，其实是不知不觉中在把刘重圭往高台子上架。这样等会儿他说出真相时，刘老板这高台子再要想下来，就无论如何都得有个漂亮的亮相才行。

“既然看得起我，那就把刚才的话说规整了呗。你们要么是本地人，要么是来上海很多年了，肯定有些背后的猫儿精[1]会瞒着我们外地人的。我也不白问，伙计，拿把削啥都行的好刀过来，送钱老板了。”刘重圭这哪是送刀，摆明的就是威胁。

---

[1] 江北土话，花样、秘密的意思。

“唉，刘老板，我是真敬重你的，所以告诉你一声桌上那菜别吃了。不过我也是个守信的人，这条街上都是天天抬脸就能见的老邻居，所以到底怎么回事我真不能给你说明了了。而且就算我说明了了，你也不一定就能信，到最后还以为我从中挑事搞坏街坊邻居的关系。特别是你刘老板光棍眼里是不揉沙子的，我说完你再一闹，我平白地招个仇人。”钱贺子絮絮叨叨一大通，就是不说具体什么原因。

“行了！钱老板，你咋这么磨叽的，不就一句话的事情嘛？你要实在不肯说也行，那告诉我找谁能问清楚这菜为什么不能吃。”刘重圭大声喝止了钱贺子的絮絮叨叨。

“呀呀刘老板，这么大声干吗？都吓着我了。”钱贺子看样子真是被吓得有些腿软，就近在一张条凳上坐了下来，“找谁问还要我告诉你呀？真是的，你找泰合馆里烧菜的问一下不就知道了吗？他们说的话比我更可信。”

“对，去截个泰合馆的厨子问问就知道。”刘重圭接过伙计拿来的削啥都行的好刀往外面走，有三四个伙计和刀匠也赶紧起身跟在他后面一起出了门。

钱贺子到这时才短促地喘出口气，而这口气喘出的声音有些像笑声。

昇鑫馆里，许知味披上了一件外衣也往门外走去。但是还没出门他就又停下了脚步，回头朝柜台前的祝昇蓬说：“我又想了想，刘老板那边就算真把事情给闹起来的话，很有可能只是影响到泰合馆的外卖生意。而散播出的消息反而会让那些店里头吃饭的食客觉得自己高人一等，点堂吃摆宴席是有保障的。所以水闩头那边的安排还得正常进行，不能给泰合馆有喘息的机会。我这边也抓紧了，争取这两天里能想出招儿再压他们第三把。”

祝昇蓬正很认真地在一张大红纸上写着什么，只微微抬下头说道：“好的，许师傅，你放心，水闩头那边我都安排好了。不管刘老板那边有没有反应，水闩头他们都会按说好的路数去做。”然后继续认真地在红纸上写着工整的大字。

许知味没有再多说什么，迈步走出店门，就像一个斗士走进了决斗场。

远处的街巷深处传来几声悠长的吆喝:“高汤大馄饨——”“菜泡饭——”“洋糖——炒米——”……

手里提着的纸灯笼发出暗淡且扑朔的光，将许知味的影子拉得很长很长。这长长的影子在石板路上、街边墙面上诡异地跳动、扭曲、闪过，朝着那些吆喝声发出的街巷深处而去。

独占桌

泰合馆的外卖窗口是上午被人家砸了的，当时外面掼上的窗板还没有卸掉[1]。所以砸外卖窗的人是连着外面窗板和里面格窗一起砸坏的，可见这应该是一个或几个暴躁力大的莽汉才能办成的事情。

砸坏窗户的人砸完就溜走了，是怕被巡街的官差衙役抓住，那会被打板子而且还要赔钱的。留下看热闹的人肯定不会是砸窗户的，其中包括刘重圭。

昨天夜里刘重圭和店里几个人在小巷子里堵住一个泰合馆的厨子。且不说刘重圭有提着刀子追砍瘪三党的威名，就深更半夜几个大汉将自己一围，再加上一把削哪儿都行的好刀威胁着，那厨子肯定是问啥说啥了，而且不敢有半句假话。

窗户真不是刘重圭砸的，也不是他店里伙计、刀匠砸的。虽然他们有能力砸也有意愿砸，但是都没来得及等他们下手，就让其他满肚怒火的人赶到

[1] 过去店铺的门窗外面还有一道通过上下滑槽装上的木板，以此作为店里与店外之间比较严实封闭的阻隔。过去店铺打烊也常以上门板作为代称。

前头了。刘重圭本来计划是要在中午人最多的时候去砸的，这样可以造成更大影响让更多人知道。所以他大早在小菜场、烧饼铺等一些人多的地方提前散播了泰合馆外卖菜品的真相，不仅是为了进行预热，到时候可以有更多的人为他壮声势，也是为了让他嫉恶如仇的壮举更快地在人们口中传播。

但是没想到刘重圭的预热才开始，马上就有人做出了更加激烈、更加迅速的反应。也是的，争先恐后推挤打架地争购，最后花血汗钱买到的、吃到的竟然是用残剩汤口水油做出的龌龊菜。这不仅有被欺骗的感觉，更让人觉得是遭受到了莫大的羞辱。

买泰合馆外卖菜品的人差不多都是底层居民，其中大部分还是外来人员，平时就被本地人看低一等甚至几等，而像泰合馆那样的大菜馆子更是拿狗眼看他们。这一回泰合馆做出了如此下作的事情，且不说这真相是由有信誉、有威信的刘老板说出来的，就是其他不完全可信的人说出来的也有很大可能会激起他们积攒许久的怒火。

泰合馆的冯老板在家里就听说店里外卖窗被砸了，刚开始觉得这应该是别人嫉恨他们家店里的生意好才下的手。于是吩咐伙计先去报官，发生这样的事情要不借助官府力量震慑一下，以后还有可能会发生。

市井街巷中扩散速度最快的应该就是传言，冯老板随后马上就又知道了自家外卖窗被砸的真正原因，而且据说真相是刀剪店的刘老板透露出来的。听到这话之后，他的脑袋不由得“嗡”地一下，他用的这法子是泰合馆的厨头保十给的招儿，据说就算是美食行家都很难品出问题来，品出问题也很难找出原因来。这刘老板只是一个做刀磨剪的刀匠，平时省吃俭用的连上档次的菜都没见过几个，他又是怎么知道的？是谁在背后玩着花样吗？如果真是这样，那么说明人家已经开始对泰合馆进行反击了。

冯老板预感到某种不祥，于是着急忙慌地赶到店里。他赶到店里时，店门前围着一大群的人。不过衙门的衙役也到了，所以并没有更多的损失，就是外卖窗的窗板和窗户被砸坏了。

围在那里的人看到冯老板后发出一阵恶毒的骂声。冯老板脸上虽然很挂不住，但他却未曾将围在这里的人当回事。能站在这里不走的，都是些闲人、下等人，对他实际做的生意没有太大意义。他店里主要做的还是宴席和点餐。外卖只是玩玩噱头、制造点人气而已。如今这样子了，最多是不做外卖了，只要是这些闲人、下等人不影响到正常的包厢、堂吃生意就行。所以他只是简单和那些人辩驳两句，推说秦合馆的外卖菜是厨艺差劲、没有经验的三厨做的，做的时候敷衍了事连锅都不刷干净，所以让别人误会他们用了残剩汤、口水油。

这解释要摆在以往倒也能糊弄糊弄人，但问题这一回的真相是刘重圭从他自己家的厨子嘴里掏出来的，所以冯老板的解释惹来的是更加直接的谩骂。

按压不下局面的冯老板只好找陈二尾，偏偏今天陈二尾没有来。本来巡街范围的街上出事了还报了官，陈二尾作为巡街差头怎么都该到场的。但是由于昨天被两个莫名其妙的疯女人一打一闹，陈二尾的脸上被抓挠得七横八竖的，所以今天怎么都没脸再到街上转悠了。他不管怎样都是个官家的小头目，架子和面子是可以用来换零花钱的，要是老被这样闹得灰头土脸的以后就不值钱了。

而且今天报官出事的又是秦合馆，陈二尾一听不免心有余悸。昨天没来由被两个女人撕打一番，感觉他可能是被人家下了套，也正因为这样他后来才没有再追盯着蔡壬鑫，生怕被套上加套。今天秦合馆被砸，听说刀剪铺的刘重圭也出面了，陈二尾立刻就觉得这事情和昨天发生的事情是有关联的。于是再不敢搅和到里面了，哪怕明知道冯老板那边今天买他架子和面子的好处肯定不会少，那也只能忍着心痛打发两个手下过去看看，做个样子。

冯老板找不到陈二尾，就给那两个官差塞了些钱。但还没等他说话，收了钱的官差就告诉他，他们在这里只能劝说别人不要太过激、再打砸。人家正常说话做事和不危害到别人的行为他们也真的没法管，包括站店门口骂街和劝说其他客人不要去他们店里吃饭。

这两个官差脑子是好用的，冯老板塞的钱不收白不收。但是泰合馆的做法犯了众怒，而且众怒的人群都是不怕碰细瓷器的烂瓦片，他们也真没必要充当裹在细瓷器外挨烂瓦片的烂棉花。

冯老板倒是不以为然。他觉得两官差嘴上虽然这么说，但既然收了他们的钱，只要他们能挎着刀一直在店门口转悠，那些没见识的乡下人、下等人就不敢乱来。

快到中午的时候，那些围在门口的人群渐渐散去。已经快吃晌午饭了，不管是发泄怒火的还是看热闹的，都得忙些和自己肚子有关的事情去了。

冯老板见那些人渐渐散去，不由得扶额称幸，暗中钦佩自己的见机行事，拿钱把那两个巡街官差一直留在店门口。这样至少事态不会继续扩大，而且店里中午的包厢和堂吃生意仍可以火热地进行。

但是冯老板很快发现自己错了，从一早赶到店里的时候就已经错了。就像那两个官差开始说的，他们管不了别人没有危害性的行为。而走进泰合馆里面吃饭，怎么都不应该算是有危害性的行为。

水闩头他们一帮子人来得算是早的，是泰合馆今天中午的第一批客人。正好是快到午饭时间了却还没真到午饭时间的点儿，再晚些可能就有其他客人抢先进泰合馆坐下了。不过他们就算再晚点来，有其他客人已经在他们之前进到店里了，看到他们也肯定是会赶紧溜走把桌位让给他们。

水闩头带的这十几个人只有几个是瘪三党，其他大部分都是他恐吓威逼或花点小钱找来的闲人、赖汉。反正这些人闲得无聊跟着瘪三党折腾折腾全当打发时间，如果还能从瘪三党手里得两个小钱，那就更是意外之喜了。不过今天不管瘪三还是闲人、赖汉，进到店里都很守规矩。人们常说环境造就人，就算再赖再瘪三，进到这么高档的酒店里吃饭，可能都极力想把自己装扮成高等人吧。

进来的所有人都很安静地在桌边坐下，很正经地点了自己想要的菜。但问题是他们每个人都各自安静地占了一张桌子，然后每个人正经点的菜也都只有一个酥油黄豆。等菜上桌之后，一个个就着店里免费提供的香茶，慢慢地、细细地品尝着泰合馆里最为廉价的这道酥油黄豆。

这一天的中午，整个泰合馆就像墓穴一样沉寂。没有吆喝声、呼唤声，没有杯盘的碰撞声，也没有后厨的油爆声和锅勺声。只有泰合馆的大门口不时会传来脚步声，但这些脚步声刚刚进门就又转身以加倍的速度出去了。

泰合馆中午的生意依旧很好，所有桌子都满的。而且这些客人吃得都那么安静文雅，让人都不敢和他们拼桌，可能怕惊扰到了他们。而店里的老板、伙计则更不敢去惊扰他们，那样有可能引来炸开墓穴的惊雷。

这样的方式在过去饮食行当中叫“占桌驱客”，是一种很平常很无赖但对于商家来说很无奈的搅和生意的方法。先来的客人占住了桌子，要是他不愿意和别人拼桌，那么店家是不能安排的。更何况是瘪三党这样惹不起的无赖地痞，就算他们同意拼桌，别人还不敢、不乐意呢。所以今天中午泰合馆的生意几乎已经注定就只有二十几盘的黄豆了，最终的利润可能连免费提供的那一壶壶茶水都抵不上。

冯老板搓着手在门口转圈，他看看外面两个官差，那两个官差却根本不看他。也是的，这事情官差也管不了，人家正常到这里来吃饭。不闹事照给钱，哪家王法都没有犯。冯老板也抬头看看离着不远的刘家刀剪铺子，这条街上应该只有刘老板能够镇住这些瘪三。但是泰合馆外卖龌龊菜的事情是刘重圭说出来的，上午砸窗的事情不是他让人干的也是他唆使人干的，所以想让他帮忙赶走这些瘪三党更是绝无可能的。

最终冯老板放弃了一切想法，他决定放弃这一天中午的利润。做生意总有起伏，该舍的时候就要舍。他用残剩汤口水油做菜外卖被发现，总得破破财息事宁人一下，让别人心里平衡、火气消消才行。

但是冯老板却没有想到，不仅仅这天的中午，这天的晚上又是“占桌驱客”。不仅仅这一天，接下来的几天，天天都是“占桌驱客”。

而这几天里，昇鑫馆的生意一下又重新火爆起来。其实除了昇鑫馆，其他酒家菜馆的生意也都有所改善。

早在泰合馆外卖窗被砸，门前围观人群义愤填膺，骂声和唾沫朝着泰合馆滚滚而去的时候，昇鑫馆的门前挂出了一张很大的红纸招牌。这红纸招牌正是祝昇蓬昨天晚上趴在柜台上写的："以诚做菜，菜不跌价。菜若跌价，诚中有诈。味道保障，不掺不换。品出缺处，可不付账。"这招牌一出，正好应合了泰合馆的丑闻，算是昇鑫馆给广大食客的一个承诺。

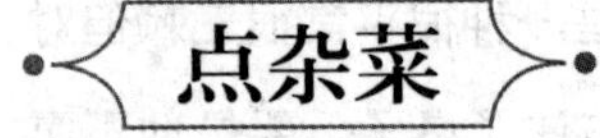

点杂菜

泰合馆优惠菜品里暗藏的秘密找出来了，做龌龊菜的臭名也传出去了，连续几天的"占桌驱客"也在继续，但许知味知道这都不是长久之计。

"占桌驱客"这一招儿虽然挺绝的，但也只能适可而止。否则就会显得做得太绝太无赖，最后反会让泰合馆成为被同情者。而昇鑫馆则可能因为无休止地用这一招而被大家排斥，因为水闩头现在给昇鑫馆代购食材，明眼人一下就能看出他们这是在为昇鑫馆办事。再有泰合馆肯定也不会让这种情况持续下去的，找不到官家找黑道，最终可能会是一场两败俱伤的结果。

另外泰合馆的名声虽然被搞得很臭，那也只是在很小的范围内。虽然街面巷弄、家长里短之间传言扩散得确实很快，但和现在的网络传播、媒体扩散毕竟不好相比。所以也就周围一些居民会抵触泰合馆，更远一些地方的特别是外来的人员不大会知道这些。而附近不断建起和新开的一些洋行、商号里聘用的职员，他们的消费水平正适合泰合馆这样的菜馆。而且他们大部分都是外来的人员，所以没有人直接告知和刻意阻止的话，还是会首选泰合馆用餐的。

而一旦泰合馆重新稳住阵脚，昇鑫馆要想将有所改观的局面持续下去并最终立稳根基就不大容易了，泰合馆肯定会有准备更加充分的再次反击。所以昇鑫馆要想真正渡过难关，关键还在三管齐下的第三步上。也就是许知味找到的上海味道，能吸引本地人和外地人的上海特色。只有找到真正的上海味道，再结合许知味所擅长的锡菜特色，从菜品的味道上压制住泰合馆，抵抗住来自各方面的冲击，那才是真正的长久之计。可是几天过去了，许知味却一点进展都没有，非但没有进展，他甚至都觉得或许根本就不存在所谓的真正上海味道。

不过许知味不是一个轻易放弃的人，所以这一天晚上当店里最忙碌的峰头过去后。他又披着衣服提个纸灯笼走进了街巷的深处，去寻找至今未曾找到的最正宗、最地道的上海味道。

开源里在昇鑫馆所在的孔子街西边，要走挺远一段路。而且这地方饮食的店铺并不多，就算有也是不大上档次的。一般能提供几个菜让客人吃饱就不错了，比那些小吃店、点心铺好不了多少。另外这里还有一些专做一菜一饭生意的窄小门面。所谓一菜一饭，是指店里只有一种菜和一种饭供应，纯粹为了填饱肚子。这样的小店可能连小吃铺子都不如。

许知味这晚上之所以往西走，是因为听到店里有食客在议论，说上海县城的成陆成形是由西往东从青龙镇[1]开始的。而上海开埠之后，新上海的成形和发展是由东往西从黄埔江开始的。所以在上海要找中国人的东西，得往西边去，要找洋人的东西，那得往东到黄浦江一带。

这话虽然只是一种酒桌上的戏言，但是许知味觉得不无道理。到上海之后他也感觉到，黄浦江一带确实集中了很多外来的东西。就连一些建好的和正在建的楼房建筑，也都是洋人喜好的模样。而本地的大部分手艺人、吹鼓手和菜农都是集中在仪凤门外，就连每天倒马桶的也大多是住那边。所以要想找到上海本地的、传统的东西，真就应该往西边去。

---

[1] 也就是现在的青浦位置。

许知味晃荡到开源里时夜已经深了，而且过了开源里就是仪凤门了，从这儿再往前就到城外去了。而城外除了南边的大片农田和荒野，就是北边的法租界，真没有他想找的东西。所以今晚又一无所获的许知味只能止步，带着些失望转身走进相比之下还算有点人气的开源里。

其实这个时候开源里的店铺大部分也都关门了，只有一些一菜一饭的小店铺仍等候着零星的生意。另外就是一些沿街叫卖的食挑子，还在坚持游荡，时不时发出一声悠长的吆喝。

许知味在一个挑子上买了一只炸油碟儿[1]，不过只咬了一口就没继续吃。因为这只油碟儿的米粉太粗，是干粉屑而不是水粉屑，而且臼[2]的功夫不到位，中间的豆馅儿有嚼渣，应该是用了未去皮的红豆。炸得也不好，火头高了，油也大了。其实这样的油碟儿用温油养、浅油煎，比大油高火炸更好。

“这么晚了还能有生意做？”许知味没有继续吃油碟儿，却是和卖油碟儿的老头拉上了话。

“呵呵，这不刚做了先生你这笔生意吗？”老头笑得有点暧昧。

“我是没事做瞎逛，其他人可不会像我这么晚都不归家吧。”

“这么晚在这附近逛的男人可不都是瞎逛，那边惬意坊、红鲜坊、清泯堂里的花姐哪个不都是能把男人眼睛美瞎的？嘿嘿。”老头的笑声中带着遐想。

“惬意坊、红鲜坊、清泯堂？这些都是……哦哦，我知道了知道了，都是那种地方。”许知味不是个傻子，就算是个傻子在上海待了这么长时间，男人都热衷的烟花柳巷事情怎么都会被强灌进半个耳朵。

“不对不对，可不都是那种地方。咦，先生倒真是奇怪，天这么晚真不是去那种地方玩的？那我得给你讲讲，这三种地方真不是一回事。”老头虽老也是男人，也一样热衷烟花柳巷的事情。既然扯到这话题就拉住许知味再不让

[1] 一种米粉做的带馅儿的油炸点心，扁扁的，中间微微凹下。
[2] 干粉屑是洗净晾干糯米在石臼里臼出来的。

他轻易离开，势必让他完全搞明白才肯罢休。

“这三种地方虽然都是女人坐家，但是实际情况完全不一样。惬意坊是唱念做打全套戏，只要有钱，想要啥都行。红鲜坊则不一样，只有半套戏。可吃花酒听花曲，轻易不让过夜，过夜也是寅时之前必须离开，这样坐家女子也算有个假声名，日后从个良家也容易。清泯堂则完全是卖艺不卖身，里面女子都是才艺姿色过人，比惬意坊、红鲜坊都要胜上两筹。而且各有自己独特技艺，琴棋书画、诗词歌赋总要能占着一绝，否则也勾不住男人往她们那里去送钱啊。”老头肯定是经常和别人聊起这些事情，否则不会如数家珍地连贯说下，连口气都不喘。

“知道知道，回见回见。”许知味对这些没有兴趣，他要办的事情还没办成，所以急于离开。

“等等！”那老头很突然地一把拉住许知味的胳膊，“你快看，那就是清泯堂一两味轩的蓝小意，她占的一绝是配盒菜。由她点配的盒菜客人最后总会吃得一点不剩，所以她到这时候反而会饿了，出来买东西吃。”

许知味回头看去，一个婀娜身影从旁边走过，就像是夜间飘过的一片青雾。那身影穿蓝色的宽袖半长褂，蓝色的两片襟半身齐脚裙，提一盏瓜棱形红纱小灯笼。这身影本就已经颇具魅惑，而行走起来之后更是柳摆花扬，就如传说中会在夜间进到梦里诱吸男人魂魄的梦姬。

“什么是配盒菜？”许知味这回感兴趣了，但只是对菜感兴趣。

“就是从外面不同的店里点了菜装在盒子里，然后送到她的一两味轩给客人吃。然后那菜就特别好吃，然后客人就会赏很多钱，然后……”老头这时候说话已经没有那么利索了，可见到了他也不是太清楚的部分。

“为什么会特别好吃？”许知味马上追问，这是他特别感兴趣的部分。

“为什么呢？就是因为点的各种菜搭配得好，能合上客人的口味呗。具体怎么回事我也不十分清楚，我要都懂的话，人家怎么还能被称为一绝。”老头再无法说清楚了，显现有些烦躁，或许这已经超出了他所热衷的范围。

卖油碟儿的老头无法说清的事情，许知味只需稍微想一想就能明白六七分。一个人自己虽然不做菜，但是却能将不同店里的菜品搭配成席给别人吃，而且会让别人觉得特别好吃，这至少说明了几点。

首先这个蓝小意对那些店里有什么菜品非常了解，对那些店里某种或某几种菜品的味道特点是怎样的非常了解。其次蓝小意对那些菜的主料、配料成分非常了解，对多种菜之间的差异也非常了解。

再有，蓝小意会运用这些菜别具特色的味道和差异，相互配合，达到一个相辅相成、相互烘托的目的，这是比了解食材、合理配料、精心烹饪更高的一种境界，与许知味的上菜顺序有异曲同工之妙。

最后可以肯定蓝小意具有极高的品尝鉴别能力，并且曾经有过品尝过无数菜品的条件和机会。而能有这样机会和条件的人出身肯定不会是平常人家，一般就算是出身在厨行人家也都会有菜系菜种上的局限，不可能品到这么大量的菜品，所以更大可能是出身于富贵人家或官宦人家。

“老板，一份杂锅菜搭白米饭。”蓝小意在不远处一家一菜一饭的门前站住，轻提裙襟，往门口矮桌前的矮凳上款款坐下。

“还是虾米葱姜清水汤？料佐[1]改不改？”那店里的老板应该和蓝小意很熟络，像是早就知道蓝小意会有一些特别的要求。

蓝小意没有马上回答，而是先将身姿完全坐稳，再将衣裙整理妥帖。完了这才接着说道:“今天气燥，来的客人又一身腥汗味儿，让人胃口缩减了，气息浮乱了。这样吧，今天底汤还照旧，将葱花改香菜。然后过油肉减去两片，肚皮和裹面炸鱼去一半。多加半个萝卜，嗯，再多加两叶白菜。”

蓝小意刚刚说完，许知味也已经在旁边一张矮桌边坐下。这小店门面窄，门口总共就这么两张矮桌，蓝小意和许知味一人占了一桌。

“呦，先生您来了，吃点什么？”老板马上招呼许知味。

---

[1] 材料和作料的统称。

“你这不是一菜一饭吗？难道还有得其他什么可以点。”许知味不是矫情，而是真的觉得有些奇怪。

“我店里虽然只有一种杂锅菜，但这菜是有变化的，可以按喜好点加其中不同的料佐。哦，对了，如果你不知道自己喜好什么，或者不知道什么料配合得才妥当。那最好还是由我给你配，不然可能会不好吃的。”老板先是赶紧解释，但随后可能觉得不是什么人都能像蓝小意那样精致搭配想要的杂菜，于是又劝许知味还是不要点了，让自己替他做主。

“我不要你配，你就给我上和她一样的。”许知味说着话朝蓝小意指了指。

蓝小意身体没有动，只眼皮朝许知味挑了一下。但随即又耷拉下来，完全无视许知味的存在。

许知味却是在认真打量着蓝小意。虽然光线不是太好，但他依旧可以看清这个女人已经不是很年轻，嘴角眉尾都已经略见沧桑。不过除了这点瑕疵，身姿、气度的确不俗，肤色也依旧白皙，从骨子里透出一种无法磨去的高贵。

过了一会儿，两只一模一样配料的杂锅菜连着烧煮的黑陶砂锅端了上来。黑陶砂锅受热后散热较慢，锅体可长时间保持一定的温度。所以上了桌的杂锅菜依旧在炖煮着，汤面菜料微微涌动。

许知味从筷子筒里抽出筷子的时候，店里的老板刚好也将一双特意用开水烫过的筷子递给蓝小意。两双筷子同时在各自面前的砂锅边上轻轻搭一下，然后筷头入锅，沿锅边划过大半圈，再到锅的中间点两下，最后轻轻放在唇边小嘬一口。这整个过程叫“锅边齐筷溜边划，中心沾味唇边尝”，一般是精于美食之道的行家在品味很烫菜品时所采用的一种做法。

两双筷子嘬完味道后都放在唇边没有移开，因为他们相互间都发现到对方和自己完全相同的动作了。两个人都在惊讶，蓝小意没有想到这同源里除了她还能出现又一位品鉴美食的高手。而许知味没想到的是蓝小意真是一个非常内行的品鉴美食高手。刚才虽然听说蓝小意有配盒菜的一绝，但许知味还是认为这绝技很大程度还是与她相貌或才情有关，所谓盒菜不过是一种收取花资的噱头而已。但是从刚刚的动作上可以确定，对方是真正的行家。

品意境

但行家的道行到底有多深，却不是这么一个少见的品鉴动作就能知道的。所以两个人筷子放在嘴边都没有马上动，他们都在等，等对方有更多的表现。

筷子放在两人的唇边许久，没有人开口说话，也没有人动。就像筷子头太烫了，都放在唇边将它吹冷。不过在这样寂静的夜里，在一个烛火昏暗摇曳的小店门口，出现这种情形难免会让气氛变得有些诡异。

最终还是许知味先打破了这种僵局。他虽然依旧没有说半个字，却是将手中筷子运动起来，有条不紊地在砂锅中依次夹出菜来吃。不过他是吃一口便摇一摇头，再吃一口又摇一摇头。

蓝小意可能是被许知味摇头摇得有些好奇了，于是也缓缓将筷子离开嘴唇，轻吐一声:“好吃吗？”

“食材倒是新鲜的，但烧法好像不该是这样的烧法。整个菜虽是清水汤为底，倒也不失油香肥润。只是这油是过油肉和油发肚皮上来的，属于炸油和肉质析出荤油的混合油，所以油香上混杂了。另外素的配料本就比荤的多，你又减了荤的，多加了萝卜白菜。导致过油肉和油发肚皮上析出的这点油拔不出鲜浓，整个菜的味道终究还是寡淡了。

“看出来了，你不是个吃家，只是一个厨子。”蓝小意的声音很好听，语气也很肯定。

“这能看出区别？”许知味觉得有些不可思议。厨师也是食客，好的厨师必须是品辨美味的高手。否则无法知道一道菜最佳的味道是怎样的，又如何能烧出最佳味道的菜来？

“当然有区别，你虽然也是在品菜，却是做菜人的吃口。这吃口比一般的食客要厚重，比好的吃家要死板。就说这杂锅菜的底汤味道吧，略显寡淡才是对的。这样的汤料不会掩盖食材的本质味道，可以将食材所带有的独特味道，特别是素食材的本质味道吃出来。”蓝小意回道。

许知味是很懂本质本味道理的，他在惠泉堂与厨党斗菜拌的小葱豆腐，就是尽显了厨技中此道的精髓。但是这一道并非什么菜品都适用的，比如面前这个杂锅菜，配料众多味道陈杂，如果再追求每种配料的本质本味，那就会变得混乱。厨行中常说“味多即是无味”就是这个道理，所有类似这种杂锅菜的菜品都是必须有一个主味贯穿其中作为牵引的，而主味一般都是利用底汤来呈现。

“底汤寡淡就无主味牵引，这杂锅菜的众多配料便会各自成味，相互间没有了关联。而且每种配料的质地松韧不同，同时下锅经过同样火候同样时间的烧煮，难免会出现生熟硬烂的不一致，这是此菜的又一个弊处。”许知味觉得他抓得很准，混烧的菜如果不能分档取料、分料预烹，那都是有可能出现这种弊处的。

“师傅，你的嘴巴大意了。这道菜是有主味牵引的，就在底汤中，那就是盐的咸味。”蓝小意稳稳地坐着，稳稳地回道:“咸味是万味之根源，用得最为普遍。但此味往往会被人忽略，特别是在味道众多的杂锅菜中。”

许知味听到这话额头微微冒出些冷汗，他的一个小葱拌豆腐胜了厨党三道名菜，就是以盐取胜。都说为厨之初难在盐上，为厨至老仍难在盐上。今天他品这杂锅菜忽略了咸为主味，恰恰说明厨技之道永无止境，他还需不断历练精进才行。

“再说这味道杂陈、生熟硬烂不一致，那我来问你，全锅菜中你可曾吃到一两味最佳的配料？”蓝小意问。

“萝卜酥松清爽。肚皮含汤，轻油而不腻。应该是这两味最好。”许知味如实回答。

“那你再将菜舀入饭中拌着吃。”蓝小意说话的同时，自己已经拿勺子连汤带料舀了些杂菜在饭碗里，就像是在给许知味做示范。

许知味也像蓝小意那样做了。当半碗饭吃下去后，他变得怔怔不言，一副若有所思的样子。

“老板，给他上点酱菜。”听了蓝小意的话，老板给许知味上了一碟腌制得红亮饱满的生姜芋。

许知味夹两片生姜芋嚼了嚼，再扒了一口杂锅菜拌的饭，身体像是微微地打了个颤。

蓝小意嘴角露出一丝笑意，“品味美食，不仅仅是要品出酸甜苦辣咸、鲜香涩浓淡，而且还要再从这种种滋味中品出某种意境，也可以说是感觉。这杂锅菜只以清汤为底汤，以咸味为主味，入口确实略显寡淡少味。但寡淡、清简才至高远，才能让其他食材本质的味道更清晰地显现出来，这是一种意境。杂锅菜中食材虽众，最终吃在嘴里可能只一两种料在味道和口感上是恰到好处的。这便如人间万事万物此消彼长、此高彼低，没有不足便没有完美。何须求得事事完美，那样就难有完美了。又如人生一世起伏跌宕、百味杂陈，能有几次真正得意？一次两次已足矣，一味两味亦足矣，这又是一种意境。”

说到这里，那小店老板突然恍然大悟地插进一句，“难怪您的坐家堂取名叫作一两味轩。”

而说到这里，许知味也忽然间明白了一个现象。昇鑫馆开业时，他利用上菜顺序托显菜品味道，力争每道菜都能呈现出最美最好的味道。但最终食者却反而是将其中两道特色菜给忽略了、无视了，并未有谁觉得它们非常突出。正如道家五种意境之一的“至乐无乐，至誉无誉”，所以只求一两味才是取舍相衡的至理。

蓝小意没有理会那老板，而是只管自己接着往下说，仿佛怕一打岔便会忘了后面要说的了，“杂锅菜拌入饭中，那饭便成了主料，而杂锅菜的所有食材配料、汤汤水水都成了辅料。众多或浓或淡、或生硬或熟烂的味道都进了饭里，都成全了一种味道，饭的味道。苏轼《老饕赋》里有‘聚物而沃美’之说，便是此意。此时再无须细品，就着汤水吃它个酣畅淋漓，不亦快哉，这仍是一种境界。当半碗饭下去之后，口中完全被饭的味道充斥，感觉已然平和。于此际再利用酱菜加入一个特别的刺激味道，咸甜爽脆。顿时便会有一种美人惊鸿一瞥的惊颤，有葱葱玉指一点额头的情动，有万里混沌一阳乍开的豁然。这还是一种境界。”

许知味呆呆地坐在那里。研究厨技之道这么多年，他都从未曾想过从一个品食者的角度来评判、衡量一道菜。这其实是一个很大很明显的错误，很难体会到菜品的味道层次中还有一个意境的深度。他虽然也酌人而烹、视人而炙，比如“霓虹盖金梁”，给小皇帝烹制与给翁先生烹制的就是两种方式。但是他这种酌人而烹、视人而炙只是局限在品食者的身体状态上，未能考虑到品食者的心境和心念，终究还是欠缺了一筹。

许知味的呆坐只持续了一小会儿，随即他马上省悟过来。急忙把手中碗放了下，掏出一块手巾擦擦嘴、擦擦手站了起来。

而蓝小意依旧在说着，根本不管许知味呆坐也好、起身也罢。一旦话头岔开，她就会有种食而不得其味的感觉，“所以这厨子和吃家的吃口是不一样的。厨子确实是要会品菜，但你们品菜的标准是好吃，或者说叫味足、味满、口感顺。但是一个真正好的吃家，除了这些还要能多品出一个人心。一道真正美味的菜品，可以让人吃得笑逐颜开也可以吃得泪流满面，可以吃得豪气万丈也可以吃得情意绵绵。所以做菜的厨子必须先将自己心境融入，那么吃家才能品吃出相应的意境。”

站起身的许知味等蓝小意停下话头后，马上迈步走过去，恭恭敬敬地朝她深深作了个揖，“姑娘说得一点没错，在下就是个痴迷厨技但难成大工的厨子。今日听姑娘一番言语受益匪浅，还望再赐教一事，告知在下什么才是正宗的上海味道。”

蓝小意是个场面上混衣食的人，懂得礼数。刚刚和许知味算是口头上进行了一番品菜辨菜的争斗，所以泰然稳坐，镇定应对。但是当许知味恭敬地过来行礼求教了，她便马上起身，万福还礼。于是立刻可以看出蓝小意不仅说话时别人很难插嘴，就连举手投足间也是严丝合缝步步到位。

“什么是正宗的上海菜味道我还真的不懂。上海早先的本地菜品被叫作田菜，但只是一些很粗糙的菜品，大都用随手可得的食材制作。这些菜甚至都无法上桌面，有的就在炉子边或端在手上就吃了。烹饪方法简单，所有食材呈现的都是本质味道。这可能是因为上海东临海，北沿江，西衔太湖，河道纵横，加上冲积土质适合植种。所以物产不仅丰富，而且多出鲜美膻肥之物，烹饪出本身鲜美是为最佳。比如最常见的围炉肉锅、炖蛋、白煮杂鱼、沾酱螺蛳，都是本味尽显的菜品。但这些菜品基本都是家常制作，就算用在馆子里也只是作为增添特色的辅助菜品。”

蓝小意说到这里正好旁边有一粥挑子走过，于是挥手让卖粥的给许知味盛了一碗薄薄的青菜粥。等许知味喝了两口菜粥之后，蓝小意才又接着说：“这菜粥就属于田菜范畴，据说是农家人随便拔点田头青菜剁碎加盐煮成的。不过早在青龙镇成港后不久，上海就已经是最大的交易港口之一。桅如林立，船如行云，全国各地众多商贾、船夫、劳工来到上海，而且很多居于上海再不离开。他们那时从各地带来的不同饮食口味开始将田菜的味道混杂了，也细致了。而后来海岸冲积，陆地东扩。黄浦两岸众多码头形成，更多外来人进入上海。所以最原始的田菜再难找到，有也是改良变化过的。而如今上海开埠，连洋人都来了，西餐都有了，更难说什么是真正的上海味道了。”

蓝小意指指许知味刚才坐的那桌子，“因此你吃的那杂锅菜是上海味道，咬了一口的油碟儿是上海味道，手里的青菜粥也是上海味道。你在上海，你做的菜人们吃得惯，喜欢吃，那就是上海味道。何必纠结于什么正宗、什么真正，把自己做的菜变成正宗的、真正的上海味道不就行了吗？”

许知味微微点头，他似乎悟出了些什么。但随即他马上又想到了另一个问题：“那什么样的菜才能让人吃得惯、喜欢吃？”这个问题像是有些幼稚，但细想之下却包含了很深的哲理，是个永远没有标准答案的问题。

“做得好的菜我就吃得惯，做得好而且吃得起的菜我就会喜欢吃。咯咯咯。”蓝小意说完笑了起来，她觉得面前这个厨师真的像他自己说的有些痴迷。

“哈哈哈，对对！要我的话只要不用付钱，啥好吃不好吃的，我都觉得好吃，都会喜欢吃！”那小店老板终于又能插进一句话了。

第八章 死局翻盘

「这个主意虽然很好，但是不见得就能把昇鑫馆的和菜完全搞垮了，也无法让他们的馆子彻底完蛋。姜老板有没有什么后续的办法可以让他们再无法在上海立足？」

从冯老板这话里可以听出，他对昇鑫馆已经恨到骨子里了，一定要置之于死地而后快。

招落空

开源坊论菜的第二天，昇鑫馆推出了“和菜”。这是许知味刚刚从蓝小意的配盒菜悟出来的。

要想形成一个真正系统的上海菜味道不是短时间可以做到的，那就相当于开创菜系了。所以想以最正宗的上海菜为名头来招揽生意还为时过早。不过开源里巧遇蓝小意，品辨杂锅菜，给了许知味很大的启发。在没有具有代表性的上海菜品之前，可以利用已有流行菜和特色菜搭配销售。以不同的菜品味道相互烘托映衬，形成一个大概念的独特味道，并让食客整体满意的同时，至少从中品出一两味最为喜爱的菜品来。

然后许知味借鉴蓝小意的配盒菜，用谐音给这种搭配形式起了个名叫“和菜”，是取相和相容，五味融和的意思。

而和菜这种形式，应该算是中国饮食界最早的套餐。

一套和菜，冷热荤素搭配，咸鲜酸甜搭配，软糯脆酥搭配。每个都做得精致体面，而按整套出菜又能统一配料降低成本，菜价算下来比单点便宜很多。然后昇鑫馆推出的有多套和菜，每次去可以选择不同的套式。所以不管是一家人自吃还是宴请朋友，是既实惠又有面子。

再有只要吃过和菜的人还会发现，一套和菜吃下来，所有食客都能各自从中找到一两个自己最为满意顺口的菜品。或许每个人所认定的最佳菜品不完全一样，但这正说明一套和菜中包含了所有不同的饮食习惯和喜好。

昇鑫馆的生意一下子火爆起来，和菜不仅仅吸引了周边一些较为富庶的居民，更重要的是将更远处一些商号、洋行的职员给吸引过来。这些人的消费层次相对高些，又大部分是外地人单身来到上海做事。同事、朋友、老乡之间经常相互请客聚会，所以和菜对于他们来讲是最为合适的选择。而这部分人的消费水准原来都是定位在泰合馆这样的档次的，所以昇鑫馆的和菜方式相当于弥补了装修上的档次不足，将这部分本该属于泰合馆的食客给拉了过来。

然后这部分食客吃过一回后不断称道和相互推荐，让更多这样的人知道了昇鑫馆的和菜。以至于平时本来应该单独或两三个人吃饭的职员，想法子拉人结伙都要到昇鑫馆来吃和菜。这样一来昇鑫馆每天的生意就不是按人头算的，而是按桌算的，不火都不行。

和菜推出才四五天，昇鑫馆里所有的桌子都要预订才有。要没有预订，到门口了伙计也不让进去，除非是来得晚正好有哪一桌吃得快走人了。但这样的机会是非常难得碰到的。

也就在昇鑫馆推出和菜的那一天，祝昇蓬让水闩头他们不要再去泰合馆了。真正的生意是要自己做好，而不是靠损了别人生意来让自己生意好的。给泰合馆的教训已经足够了，要是再继续捣他们场子，一个是损了自己的德行，再一个真要将别人逼急了，索性把事情闹起来或者请人出面喝硬茶[1]，那倒有可能大家都下不来台，最后搞个两败俱伤。

但其实这个时候泰合馆已经是被逼急了。冯老板这些天快给水闩头他们搞疯了，最后还是店里主事的脑子清楚，让他看看能不能找关系让官衙里出个面把这事情摆平。陈二尾肯定是不行的了，这是个嘴把式，见钱伸手，做事无脑。而且他虽然是个巡街的差头，却也不太愿意与瘪三党发生冲突。一旦真被他们这帮无赖缠上，家里日子都过不安顿。所以冯老板最终找的是守备营的一个把总，这把总收到好处后答应直接从营里带官兵来给水闩头他们一些教训。

除此之外，冯老板还向新商会求助。新商会其实是由各家愿意出钱的商家合资组成的团体，尽量网罗各种社会关系为各商家所用。在需要时也会提供一些互助的保护，或者提供有保护能力的关系供商家自己联系雇佣。

冯老板可以说是发了狠，官兵那边买通了，新商会提供的可对付水闩头的另外一帮子瘪三也雇佣了。但是偏偏就在这一天，水闩头那帮子人一个都

[1] 过去的一种谈判方式，是显示自己实力，也是做最后通牒，喝硬茶再解决不了问题，就动用武力。

没来，而且不仅仅那一天，此后再没来过。冯老板就好像憋住气狠狠打出一拳却落了空，钱都白花了，心里怎么都觉得不得劲儿。

越想越气的冯老板经过详细打听，确认水闩头他们是昇鑫馆派来的。于是决定再花些钱雇佣另外那帮子瘪三党也到昇鑫馆里来占桌驱客，以其人之道还治其人之身。这样做不仅仅出于报复的心理，而是因为泰合馆的生意真的没法做了。昇鑫馆的生意一下子火爆起来，客人都像偏了向的水银，全灌到街东头去了。而泰合馆因为之前各种状况的影响，很多人都占桌的事情还没完，所以店里面很难得有一两个生意可做。

但是冯老板没有想到，当他雇佣的人到昇鑫馆去占桌驱客反制他们时，昇鑫馆已经谢绝零点，要是没有预约连门都不让进。而预约了和菜进到店里的，哪怕你只有一个人，也是上的整套和菜。所以不仅没法达到占桌驱客的目的，去了就是在帮昇鑫馆做生意。

而那些雇佣来的瘪三党是事情能做就做，做不了他们也不会破坏规矩瞎搞，如果硬到人家店里闹事，官府肯定会出面管的。另外他们也知道对方有江湖上混的帮手，强出头只会两败俱伤。而这边的钱反正已经收了，没必要给自己找难事。

所以这一轮泰合馆发狠的一拳又打空了，只落得个气血翻腾、哑口干喘，耗的全是自家心血气力。

两回反击都落了空，冯老板看看自家店里一落千丈的生意，再看看昇鑫馆每天火爆热闹的情景，不由恨得牙根痒痒。到现在这个时候已经不是反击的问题，而是生存的问题了。要是照眼下这个样子持续下去，原本这条街上生意最好的泰合馆或许会成为这条街上下一个倒闭的馆子。

冯老板绝不会就此善罢干休，他不能眼瞧着自己苦心经营的馆子这么快就溃如山倒，而且是被一个很不成样子的新店给挤垮的。于是这一天冯老板在四海茶社约了个茶局，让伙计将仁和馆的姜老板请过来，另外还有岱宗楼、四季红、苏北酒家、泽湖居等酒楼菜馆的老板也都请了过来。来了之后他全不说自己的困境，而是极力渲染夸大昇鑫馆对这条街上所有饮食商家的危害。他鼓动大家为了维护自己现在的利益，一定要齐心协力将这个冒然而出的昇鑫馆给打压下去。

昇鑫馆火爆之后，离得近的酒家菜馆生意肯定多多少少都会受些影响。虽然影响程度没有泰合馆那么严重，相比仁和馆也好些。但突然间收入滑坡，心中肯定对昇鑫馆是有嫉恨的，所以纷纷应和冯老板的建议。

而除了泰合馆，受影响最严重的应该是仁和馆，他们对泰合馆的建议却未及时作出反应。前来参与议事的姜老板坐在那里始终一声未出，而和姜老板一起来的还有仁和馆的厨头黄鹤成，他更是在其他人群情激愤时不住地摇头。

“怎么的，难道仁和馆不愿意参与我们一起压制住昇鑫馆吗？你家和我家都是在孔子街街底，下手位。而这条街上客源主要是从东边十六铺方向过来的，昇鑫馆将客源都给拦截了，我瞧你家近来的生意也是大受影响。我提议的事情是为大家好，你家往后缩莫非是想坐享其成？”冯老板见姜老板不作声，而黄鹤成又一副连连摇头的模样，于是毫不客气地当面质问。

姜老板依旧没有作声，倒是旁边的黄鹤成接上了冯老板的话头，“泰合馆、仁和馆门对门开着，同做江浙菜。虽然一直以来之间没有什么冲突，但暗地里的竞争还是有的，这一点冯老板心里是很清楚的。另外你我两家的经营方法也有颇大差异，菜虽属同系，味却不同品。所以你们要以其他什么黑招儿与昇鑫馆相斗，我们也只能在一旁观望而不加参与。”

黄鹤成这话说得更不客气，其实已经直指泰合馆残汤浮油做龌龊菜的行径，并且是有与泰合馆划清关系，避免自己名声也被污毁的意思。

“再说了，厨行应当以菜品味道压住对手才是正当手段。做些下作事情就算毁了别人生意，自己丧了德行，天也不佑。”黄鹤成继续侃侃而言。

“你这话的意思就差了吧，大家明明看到是昇鑫馆让人来我泰合馆占桌驱客毁我生意的。怎么他们就不是下作手段了？”冯老板朝黄鹤成斜着眼睛。

“他们是下作手段呀，所以我才说丧了德行天不佑的。那么人家丧德天不佑了，不正好让老天只佑我们吗？我们又何苦再和他们一样用下作手段？”黄鹤成这回应倒是巧妙，搞得冯老板张口结舌。

“黄厨头莫非是被昇鑫馆给搞怕了？人家明着做菜、暗里做奸，让你仁和馆再不敢与他们对仗了。”苏北酒家的鲁老板故意给黄鹤成架一杠子。他们几家小馆子的老板都是希望泰合馆、仁和馆能和昇鑫馆干起来，这样他们才是真正的渔翁得利、坐享其成。

“放屁，现在为止只有我去昇鑫馆品辨过菜。他们家那个隔纸行刀、泼水沾丝的许厨头也只有我会过，而且还是我小胜，我怎么会怕？除了我，你们这几家店又有谁去过？”黄鹤成这一句便将其他人的话头给堵住了。

不过苏北酒家的鲁老板却不会善罢甘休，他就在等黄鹤成这话呢，“刚才黄厨头说应当以菜品味道压住对手才是正当手段，而现在也只有黄厨头小胜过昇鑫馆的许厨头。那么你下一步是不是有打算再大胜他一场，一改仁和馆的生意窘境，也让我们这些没实力的小店跟着得点实惠。”

这一问倒是把黄鹤成给将住了，他心里清楚自己厨技上应该是比昇鑫馆的许厨头差了一筹的。那一天斗辨，最后是他强词夺理胜了一着，而许厨头也是个不懂无赖之法的老实人，所以才让他讨巧抢回些脸面来。

黄鹤成刚被将住，仁和馆的姜老板轻咳一声终于开口了，“黄厨头说的有道理，可以采纳一半。从菜品上斗那是必须的，否则也没个底气做酒店这一行。但从菜品上斗也未必非要对着斗，其实还可以顺着斗。现在昇鑫馆不是和菜做得火爆吗？但这和菜又不是神菜，他家做得我们也做得。今天开始家家店铺都仿做和菜，不仅要仿做，而且还要将和菜的好处大加宣传，让上海更多的馆子都推出和菜。这样一来人们就不会为吃桌和菜还跑远路专程去昇鑫馆了，也不会为吃个和菜预订桌子等好几天，那样他家的生意自然会清淡下来。而且你们要真的能把和菜做得比他昇鑫馆还要好，不仅可以压住昇鑫馆，而且自己还能借此发财。”

“可是我听说昇鑫馆的和菜在搭配和顺序上是有讲究的，其中窍要我们无法掌握。而且我店里主打做川菜的，食材丰富但味道单一，更是难以用和菜形式来表现不同菜品特色。”四季红的老板说得也很有道理。

“呵呵，做不过、做不好也没关系。人家吃得不满意只会说和菜不行，是吹牛皮扯大旗。一样可以坏了和菜名声，一样可以让将和菜当杀手锏的昇鑫馆生意清淡下来。所以只要仿做，就对我们有利。要想压制住昇鑫馆生意的势头，不是去砸店、骚扰，也不是去驱客、拉客，而是要和他们做一样的生意。将他们的客源转移走，让和菜形式变得普遍不新鲜。这样做不仅不用劳神费力、伤筋动骨，而且都在情理之中，旁人也没啥关于仁义道德的话可横加指责。”

更阴毒

“这个主意虽然很好，但是不见得就能把昇鑫馆的和菜完全搞垮了，也无法让他们的馆子彻底完蛋。姜老板有没有什么后续的办法可以让他们再无法在上海立足？”从冯老板这话里可以听出，他对昇鑫馆已经恨到骨子里了，一定要置之于死地而后快。

“所以我说黄厨头的道理只能听一半呢，他毕竟还是心软。你要的后续办法是有的，但要做成光靠我们这几家店还不行，还要多联络一些馆子一起做。虽然这件事上大家都会下点血本，但最终对自己是有大好处的。”姜老板眯着眼睛说。

“别卖关子了，姜老板，你直说吧。”

“就是，只要有利、可行，大家肯定会做的。”

“问题是你这法子能不能有用，别大家花了血本却根本得不到个满意结果。”

几个老板议论纷纷。

“大家都知道今年上海有件事情比较特别吧？”姜老板没有马上说自己的主意，而是先问了大家一个问题。

“姜老板是说城隍庙的‘三巡会’吧？”有脑子灵巧的马上想到了。

“对，就是城隍庙的‘三巡会’。今年前两期清明日、七月望的‘三巡会’已经非往年可比，而第三期的十月朔正值城隍庙扩建完成，那场面将会更加宏大热闹，拜者如潮。我想的这法子其实很简单，就是利用这次城隍庙‘三巡会’的‘带家食’，让昇鑫馆的菜品在这个最热闹的集会上成为‘神鬼厌’。”姜老板说出这话时，眯着的眼睛缝里闪过一线阴狠的光。

上海城隍庙是长江三大庙之一。供奉的城隍爷秦裕伯，为元代政治家、文学家、书法家，元至正四年中进士。到了明朝，朱元璋对其特别欣赏，多次赞秦裕伯“裕伯博辩善论说，占奏悉当帝意，帝数称之”。秦裕伯去世后，朱元璋觉得“生不为我臣，死当卫我土”，于是亲自敕封秦裕伯为“显佑伯”，称“上海邑城隍正堂”，后又被敕封为城隍神四品显佑伯，受百世香火供奉。

上海一带的人都非常相信城隍爷显佑伯的灵验。为了祈求平安多福，不仅将秦裕伯高高地供在神位上，每年清明日、七月望、十月朔还要抬着神像巡街闹“三巡会”。

每次的“三巡会”除了抬城隍神像巡街驱邪赐福的仪式，还会有个“带家食”的仪式。这仪式最初是将庙里这一天供奉城隍的各种祭祀食物分发给前来祭拜的人们带回家，一种说法是这些东西代表神赐食物，家中可五谷丰登永不缺粮少食。还有一种说法是这些食物都有城隍爷的神通加注，吃了之后消灾解殃。

不过城隍神案上的祭品怎么可能够那么多祭拜的人分发，最后不免把个好兆头变成大多数人的遗憾。为了避免这种遗憾，后来变成这一天由城隍庙里做一些食物给人们带回家。再后来人数实在太多，而且都聚到晚上等“带家食”，而不是祭拜完就离开，造成很大的拥堵，影响后面香客进香祭拜。所以庙里索性也不做“带家食”了，改成让一些做食品的商家到城隍庙门口摆摊。说是有“三巡会”城隍神像经过赐予神通，庙前所有的食品都具有了和祭品一样的功效。那些善男信女祭拜完从庙里离开时只需在沿街路边买一点带回去就行了，而且品质繁多可按自己喜好购买。

店家在“三巡会”上沿街摆摊出售美食，最初只是为了挣一天额外的大额收入，但后来渐渐地就变成了一种带有广告性质的集会。各家各店这一天都会把最好的最拿手的特色美食以及一些新创的美食摆到城隍庙前面的街上出售，作为一种形象和品牌的宣传。特别是一些新开的店铺，是一定要抓住这个机会的。

另外参加这个集会也是对自家所制食品的一种评判，从销售量和人们的反应来确定认可度，以便进一步进行针对性的改进。同时，参加这集会还是一种比拼，众家齐聚，美食如星，每一家“带家食”销售的好坏其实都代表了这家店铺在饮食界的成功和地位，甚至可以决定一个店铺是兴还是衰。如果出现一家谁都不理，销售奇差的摊子，那么这家的食品就会被人们称作“神鬼厌”。“神鬼厌”这名头要是沾上身可就要完蛋了，因为这不仅意味着你的食品很不好吃，而且还会被定义为神不赐福、鬼不给运的食品。这样的“带家食”不仅不能给家里带去福运，吃了反而还要触霉头的。所以“神鬼厌”的名声一旦传出，这家店铺从此便再难有人光顾了。

其实一般情况下每家每店在这样热闹的“三巡会”上多多少少都能卖出些食品，不会出现有谁特别差，就算稍差一些也很难看得出来。除非是真的出了什么岔子，或者被什么人陷害了。所以自从有“三巡会”的“带家食”以来，只出现过两次“神鬼厌”。一次是才开一个多月的卤杂家，为了能吸引住食客在卤料里加了烟土果壳粉，结果才卖几个主顾就被一个老烟鬼给尝出来了。还有一次是做茶食点心的老字号香黍房，他家是被别人陷害的，做桃酥、京枣的洋白糖里被人故意掺入了白瓷屑。这两家店不管是新开的还是老字号，成了“神鬼厌”后只短短一个月不到就都关门大吉了，而且从此离开上海，再也无法立足上海做生意。

今年十月朔的“三巡会”确实有些特别。邑人曹一士推出《上海县城隍神颂序略》，使传说中“城隍显灵避屠城”的故事越发像真的，在民间广泛传播。然后上海巡道应宝时为了地方安治、百姓忠良，上表朝廷，陈表显佑伯神通功绩，求朝廷再赐封号，并借此机会动员百姓捐资扩修城隍庙。而十月朔的“三巡会”正逢城隍庙扩修完工，那将会迎来无数的善男信女，成为上海近些年最为热闹的一次大型集会。

如此热闹的“三巡会”肯定也会相应出现最为丰富精彩的“带家食”集会，成为众多食品商家展现自己的大赛场。所以可以想办法让昇鑫馆也参加这一次集会，到城隍庙前挂牌号卖“带家食”。然后联合预先约定好的多家店铺再加上预先收买的一些关键人物，合力在集会上给昇鑫馆下阴招，将“神鬼厌”的名头栽在他家身上。当姜老板将想出的计策具体说出来后，所有人都觉得果然是极具杀伤力且不难实施的，昇鑫馆落入其中基本是必死无疑。

这一天，一大群酒家菜馆的老板、厨头鬼头鬼脑地聚在一起商量如何利用城隍庙“三巡会”置昇鑫馆于死地。而他们中竟然没有一个人能够想起城隍庙门口挂的那副对联:“做个好人心正身安魂梦稳，行些善事天知地鉴鬼神钦。”

祝昇蓬是从两个闲聊的杂工嘴里知道城隍庙“三巡会”以及每次会上都会有的“带家食”。最近一次十月朔的“三巡会”没多少日子就要到了，而且这一次正值城隍庙扩修完工，有可能会是规模最大、场面最热闹的一次“三巡会”。所以要是能在这样一个场合上展示出昇鑫馆的特色菜品，与其他店家分庭抗礼，那将大大提高昇鑫馆的名气和声望，也大大缩减昇鑫馆在上海立稳脚跟的时间和成本。因为那种场合里的摊位其实就是代表了一个馆子，那里展示的菜品美食其实是一个字号的精华。在那种场合被认可了，也就意味着被上海认可了。

祝昇蓬知道这个消息后马上去找许知味商议，要在那种场合出头冒尖，首先就必须有最为吸引人的菜品，让那些带美食回家的善男信女们觉得美味的菜品。虽然这菜品的要求很高，要在众多摊位、嘈杂人群中能够让人一闻勾住、一眼盯上、一尝喜欢，但祝昇蓬相信许知味的能力，他做的“霓虹盖金梁”能在大殿之外让身在大殿里面未曾见到菜样的小皇帝一下注意并喜欢上，那么在熙攘的大街旁用几道菜让来往的人们注意并喜欢，相比之下要容易许多。

但是祝昇蓬并不知道，他那个无意间得到的好消息，却是人家下的第一笔血本。两个杂工不仅得到人家丰厚的好处费，而且还得到当昇鑫馆不行了时会给他们新工作的承诺。更何况他们两个并没有觉得这样一个消息会给昇鑫馆带来什么厄运，所以这相当于白捡的好处，不捡是白痴。

昇鑫馆前些日子做和菜生意火爆，每天都是包间大堂全满，还有好多预订需要婉拒或延后安排。而最近这几天虽然生意仍然不错，但预订明显比刚开始时消减了不少。

一个新的特色菜品或销售形式出现后，肯定会有一部分食客是图新鲜凑热闹过来的，这种情况在上海尤为普遍。这些人并非真的为了吃饭而吃饭，也不是正好要请客。只是为了抢先见识一下和菜，然后吹牛闲聊时就能摆派头、玩噱头。另外有一部分倒是真的吃家，听说了美味之后马上就会寻过来，不亲自吃到嘴里绝不甘休，这种人在上海为数也不少。但这样的吃家往往吃过一回就罢休，品过之后就满足，毕竟能够天天下馆子几碟几碗海吃的人不是太多。

上面这两种人造成昇鑫馆和菜降温属于正常现象，而另外一个不正常现象对和菜降温的影响其实更大，那就是周围店铺也开始效仿昇鑫馆销售和菜了，或者是与和菜形式相近的套餐。

虽然这些店的和菜或套餐在搭配上没有昇鑫馆的细致周全，但是奔着和菜名气而又没有订到桌子的食客，以及临时需要请客吃饭又想图实惠的食客，肯定会去其他店里吃与昇鑫馆规格、品种相差不大的和菜。

也是因为其他店的效仿，所以还会延伸出一个让和菜降温的原因，就是其他人家做的和菜和套餐无法达到昇鑫馆和菜的水平，但大部分食客并不清楚这之间的区别。他们在其他店里吃得不满意后，都会认为和菜也就那么回事，虚名而已，所以仿制的劣质和菜真正影响到的是昇鑫馆的声誉。

许知味经历过惠山泥人街仿做特色菜的竞争，他之前就估计到可能会出现现在的这种状况。和菜吸引到的人越多，那么被仿制并扩散开来也越快，而且这些和菜是用各种流行菜、常见菜搭配后形成的整体特色，其中并没有非常特别的单个菜品，所以仿制起来并不困难。想让仿制不易，那就必须加入材料稀有或工艺特殊的菜品。问题是这样做的话成本上浮、价格上涨，失去和菜美味又优惠的既定优势，同样是无法做得长久的。所以当美食之道与生意利益交汇在一起后其实已经不再纯粹，其中会存在很多矛盾。

追求美味至极与做到民食所需就是众多矛盾中的一把双刃剑，要想将这双刃融合成一处，成为无坚不摧的尖锥，那就必须打出一个名声高远的招牌来。就好比和菜吧，如果昇鑫馆是个上海人都知道的有名字号，那么推出和菜之后，人们就会认定昇鑫馆的和菜，而其他人家推出的和菜就不是和菜。不仅和菜，只要招牌的名气足够响亮，不管美味至极的高端菜还是民食所需的家常菜，甚至只是一味特色酱菜，都可以打上昇鑫馆的牌号。到那时就算有其他店家仿制昇鑫馆的菜品，那实际上都是在替昇鑫馆做广告。

栽死坑

之前就有这样的想法，又听祝昇蓬细说了“三巡会”的“带家食”是怎么回事，许知味一下就认定这是一个绝好的机会。要是能在这样一个全上海人都关注的大集会上风光一把，让更多的上海人认可昇鑫馆的菜品，那么昇鑫馆这块牌子才算是真正地挂了起来。

蔡壬鑫更是兴奋得大呼小叫:“太好了！‘三巡会’，‘带家食’，这样一来全上海都会知道我们昇鑫馆了！对了对了，我们一定要拿出最好的菜品，让所有人都觉得好吃的菜品。只要把这一炮打响，我们可就发达了，哈哈！”

“是的，这真的是个很好的机会，要是错过就要等明年清明日的‘三巡会’。而且清明日的‘三巡会’再没有城隍庙扩修完工这样的大事凑在一起，肯定没有今年十月朔‘三巡会’这么大的场面。所以这次机会一定一定要把握住。”许知味也有些激动，说话时一颗心跳得厉害。

“既然许师傅也这么说，那么我明天一早就去城隍庙进香捐善租摊位。我打听好了，寺西街往里算庙产，从寺门往西到路口是归庙里管的。‘三巡会’那天各家摆摊的摊位都是由专管的庙祝提前安排好，免得到时候争抢位置发生冲突反而有损神灵尊威。我明天去多捐点善钱，然后租个显眼的好摊位。到时候将昇鑫馆的名号一亮，让所有进进出出的人都能看到。”祝昇蓬其实早就打听仔细了。

“这事要紧的，你赶紧去办。店里你放心好了，有我呢。”蔡壬鑫连拍胸脯。

许知味没有再多说什么，只是点了点头。但这个动作却可以给人很大的信心和安心。

祝昇蓬很幸运，也可能是香油钱、善德钱捐得大方，所以城隍老爷赐给了幸运。负责安排摊位位置的庙祝在问清他是昇鑫馆的老板后，在排摊位的简图中心写下了昇鑫馆的名字。

祝昇蓬是个心细的人，他仔细看了那个写下昇鑫馆名字的位置，是从庙门前的庙前街出来后，交叉路口处的福字墙前面。福字墙相当于一个外影壁墙，正好在庙门转出后与南北街的三岔口上。从南边寺西街和北边校场路过来的人要进出庙门都必须从这里经过，可以说是人流量最大的位置。而且这个位置还有一个小小的斜土坡，比路面高起一两阶的样子。在这里摆摊不仅可以清楚看到“三巡会”的走街仪式，而且摊子和牌号也可以让过街的人清楚地看到。

这样的安排祝昇蓬非常满意，对那庙祝连连道谢，然后兴高采烈地赶回店里商量下一步要做的事情。有了好的摊位就意味着成功了一半，就算“带家食”不能卖得最好，至少也能与其他店家平分秋色。而只要能在那些老字号中占得一席之地，昇鑫馆此次参与“三巡会”就算是非常成功的。

但是祝昇蓬怎么也不会想到，庙祝那里有别人下的第二笔血本。那个看着很好的位置真到了“三巡会”那一天，会成为一个别人看得见却买不到东西的位置。祝昇蓬以为“成功了一半”，在别人那里却是必死无疑。这一回的“神鬼厌”不落在料上、不落在菜上，而是落在这位置上。

为了能在“三巡会”上有出色表现，确保昇鑫馆菜品能得到人们的喜欢，许知味也狠下了一番功夫。他结合前段时间寻访的本地味道，以及他多次研烧的菜品味道，总结归纳出昇鑫馆所卖“带家食”的三个标准。

第一个标准是要物美价廉。那一天去往城隍庙祭拜的绝大多数都是平常老百姓，为虔诚敬神肯定已经节衣缩食地捐献供奉了不少，再要让他们买高档奢侈的“带家食”不大可能。

第二个标准是菜品一定要有难得一见的特色。就算是平常的食材，烹制过程中也要有较为特别一点的搭配和手法。难得一次的大集会，人们都希望可以买些特别一点的“带家食”回去给家人尝尝新。

第三个标准就是菜品一定要有上海本地人习惯和喜欢的味道。这城隍庙是上海的城隍庙，城隍爷是上海人信奉的城隍爷，“三巡会”那一天去庙里祭拜的绝大部分都是本土的上海人。所以只有拿出带有上海味道的菜品，才能引起人们的注意并被绝大部分的人喜欢。

许知味最近着重研究了一下蓝小意说的上海田菜，发现这种菜的特点其实和无锡的“太湖船菜”非常接近。其实这一点都不奇怪，早先太湖与大海贯通的河道就是从上海经过，还有人说上海的地脉就是从太湖开始的。所以物产大体相同，百姓口味吃法相近。

上海田菜的吃口是一种烹法自然、追求本味的饮食方式，但制作上还是偏于粗糙。而太湖船菜早就有过精细整合和味道改良，如果是以太湖船菜作为上海味道的制作底子制作上海田菜，对于目前看来很“土”的上海乡下风味来说是优势也是缺点。具体怎么操作，如何去除存留都需要好好斟酌。

厨技之道在个“变”字，变通、变化、革新变旧。贵可贱替，稀可多代，这是许知味最擅长的方式和技法。于是他将太湖船菜中的红烧肚档、青鱼划、奶汤鲫鱼等亲民实惠的菜式进行改良，做出的味道比原来的船菜风格更为雅致、清淡，这样就接近于上海人喜欢的口味了。而那些有层次的外来客商官员们，也应该会喜欢这种素雅高远却又不失鲜浓醇郁的味中意境。

许知味非常支持在“三巡会”上卖“带家食”。除了借助这个机会大力推广昇鑫馆的名头、打响昇鑫馆这块招牌，他其实还想将自己琢磨出的上海味道进行一个验证。所以许知味想在“三巡会”上主推自己改良的上海味道。

为了去“三巡会”卖好“带家食”，蔡壬鑫也在积极做着准备。他先专门找人做了几个大喜桶，这喜桶是过去江浙一带结婚嫁妆中常有的一种带盖大水桶。这桶可以装酒装油，也可用作储存粮食、干货。拿这桶装烧好的菜品也很不错，有盖子盖着既便于搬运又显得清爽。另外蔡壬鑫还定制了和昇鑫馆招牌样式一样的号牌横幅。这个是一定要准备的，否则卖出的“带家食”再好吃，人家都不知道是哪家店铺做的。

祝昇蓬、蔡壬鑫他们心中充满着希望和激情，仿佛已经预见到“三巡会”将会成为他们腾飞的起点，让昇鑫馆来一次震惊全上海的亮相，所有的梦想都将从这一天开始成真。但他们却根本无从知道自己正一步步走入别人设下的陷阱，这个最为盛况空前的“三巡会”，将成为他们昇鑫馆短暂生命的终止。

已经是“三巡会”的前一天了，晚上祝昇蓬、蔡壬鑫去了城隍庙门口，在指定的摊位支起桌架，竖起牌号。这些都是需要提前做好的，否则第二天一早这里闹哄哄的全是人，能挤着把要卖的“带家食”稳妥送进去就不错了，根本没闲工夫再支桌架、竖号牌。而只要是庙里指定的摊位，付了租摊位的钱，那么提前一天做什么准备都没关系。庙里自然会有人替你看管，不会被人家损坏和偷拿。

昇鑫馆竖号牌的时候其实已经有很多家店铺全都搞好了。整条街上走几步就有一个别具特色的号牌横幅，依次排列，着煞是气派、好看。祝昇蓬和蔡壬鑫竖完昇鑫馆的号牌后走远几步回头看了看，感觉很好很满意。昇鑫馆的摊位位置比人家要高出一些，所以号牌显得鹤立鸡群。再加上后面福字墙的衬托，不仅显眼而且好看。面对晚风中微微摇晃的号牌横幅，祝昇蓬和蔡壬鑫豪情满腔，就仿佛已经看到昇鑫馆的招牌傲立于整个上海。

城隍庙那边的准备工作做完，祝、蔡二人前脚刚刚跨进店门，紧跟着钱贺子就在水仙的搀扶下气喘吁吁地闯了进来。看得出，他们两个是从外面啥地方急匆匆赶回来的。

“你们是不是明天要去参加‘三巡会’卖‘带家食’？”钱贺子进门就问。

“是呀，我们刚刚去庙门口把明天卖‘带家食’的桌架和牌号都支好了。”蔡壬鑫赶紧回复钱贺子，但眼睛却在偷着直直地瞄住水仙。今天水仙穿了一身做客的衣服，又得体又漂亮。

“完了，完了，这次你们可惨了，被人家栽死坑里自己都不知道。”钱贺子连拍几下大腿，“看你们最近生意好，还以为我可以拿到约定的高房租呢，这下恐怕能把最后一个月的房租妥妥地给我就不错了。唉，这事闹的，把我也连带着给害了。”

这没来头的话劈头盖脸一说，祝昇蓬彻底蒙了，蔡壬鑫也吓得再没心思看水仙。他们虽然不明白到底发生了什么，但从钱贺子的表情动作可以看出问题相当严重，不由得急忙连问：“怎么回事？”“啥情况？”

钱贺子又是摇头跺脚，又是喘气打嗝，嘴巴张几回就是说不出到底怎么回事来。一旁的水仙急了，抢着替钱贺子说了：“我们今天去参加叶嘉斋茶叶铺叶老板的寿宴，桌上有个衙门的官差喝多了吹牛，说他权力怎么大，随便玩点小动作就能把个店铺给搞垮了。然后还说有多店家联手请他帮忙，明天‘三巡会’上要把最早做和菜的馆子给整垮。我们一听，最早做和菜的馆子不就是说你们吗？就耐着性子敬他酒骗他往外吐真相。这才知道他是专门负责寺西街巡街的差头，明天‘三巡会’开始后会禁止在寺西街上摆放‘带家食’摊子，所有‘带家食’都得挤到归庙里管的南北街上。”

“那又怎么样？就是大家的摊位变得拥挤了些，也不至于就单单把我一家店给整垮了呀？”蔡壬鑫撇了下嘴，觉得钱贺子有些大惊小怪。

“不是的，我们回来时特意从城隍庙那边绕了一下，看到你们支的牌号了。阿拉爷老子说，如果寺西街上的摊子都被赶了往南北街里挤，福字墙前面最宽敞，肯定会在路沿下再排一排摊位。到时候你们的摊位就被隔在街外面了，虽然地面高出一些，却是看得见买不着。给钱、递东西都要隔着人家摊位。要是外边摊子上的人再耍些手段阻拦，你们就没生意做了。这种位置在摆摊人的嘴里就叫栽死坑。”水仙解释得很清楚。

“如果是这样，大不了我们就当赶回热闹，能卖多少就卖多少。我等会儿去和许师傅说一声，让他少准备点‘带家食’。”祝昇蓬当初做海货生意几乎天天遇到滞销卖不出去的情况，所以心态非常好。

“就是的，再要不行我们明天就不去卖了，也就折点摊位费的事情。”蔡壬鑫大大咧咧的人，也没把这事情放心上。

神鬼厌

这时候钱贺子终于是把气息和情绪都理顺过来了，“你们难道不知道‘神鬼厌’？”

“什么‘神鬼厌’？”祝昇蓬和蔡壬鑫真的不知道，从最初听说“三巡会”“带家食”，到刚刚去支桌架、竖牌号，从未曾有一个人对他们提及“神鬼厌”。

“所谓‘神鬼厌’，就是在‘三巡会’上卖得最差的那个店家。说明他家的食物不仅没人喜欢，连神鬼都讨厌，吃了不仅无福而且还会带来灾殃。上海人信这个，所以‘神鬼厌’的名声只要往身上一沾，要不了几天再好的铺子也得关门。”钱贺子这回的话他们听清楚了。

“啊！真是搞七念三的，欺负我们外地人不懂规矩。明天‘三巡会’我们真不能去了，我去把号牌拆回来。到时候不要说卖不出‘带家食’，就是相比之下稍微差些，人家也都会把‘神鬼厌’硬往我们身上沾的。”蔡壬鑫一听问题会这样严重，马上吵吵着要去把刚竖好的号牌拆回来。

“什么欺负你们外地人，这根本就是人家合伙给你们下的套子。现在说不去卖‘带家食’已经晚了，你们铺子的牌号都竖在那里了。就算连夜撤回来，明天‘三巡会’上别人也都会说你们临时撤摊不敬神灵。还可能会说城隍爷厌恶你家食物，显灵让你们撤摊子卖不了‘带家食’。这样不管‘神鬼厌’会不会沾上你家馆子，你们的声名肯定是要破败了。我估计至少上海本地人和信奉城隍爷的那些人都不会再待见你们昇鑫馆。这部分客源可是大头呀，要没了，你们馆子照样是开不下去的。唉！”钱贺子说到最后长叹口气。

“进不得也退不得，真的是卡在尿壶颈子里了。肯定是泰合馆拉了人合伙算计我们！惹急了我把他们铺子一把火通通给点了。”蔡壬鑫急得脸涨得通红，虽然说的是气话，但由此可以听出他心里有多着急。这也难怪，就像一个活得正滋润的人突然被宣判了死刑。做得好好的一个馆子莫名其妙就落入即将关门的诅咒，轮到谁头上都会着急上火的。

“生意场上你死我活，你家生意好就抢了别人碗里的食。所以别说泰合馆了，周围那些做饭菜生意的铺子哪个和你们没仇？”钱贺子这话一点没错。

“不要着急，这件事情我们再和许师傅商量商量，说不定他有什么好办法可以应付。”祝昇蓬比蔡壬鑫要冷静许多，但他这话其实也是在自我安慰而已。

就在这个时候门帘一挑，许知味走了进来。

“刚才你们说的我在门外都听到了。不要急，我仔细想过了，明天的‘三巡会’我们照常去。”许知味显得很有信心的样子。

“可是照现在的情形看，我们去了也卖不出多少‘带家食’。白白站一天还徒受其辱。”祝昇蓬其实心里觉得还是不去的好，这样输也输得有尊严。另外不去的话对制造的传言还能辩解，去了的话如果真卖得最差，那可就是眼睁睁摆在大家面前的事实。

“我在外面听小蔡说卡尿壶颈子里进不得退不得，那最好的办法就是打破尿壶！‘三巡会’上能不能卖出‘带家食’，最终还是要看好吃不好吃，如果我们能拿出世上最好吃的菜品来，那还怕卖得没有别家好吗？他们设圈套让我们无法好好做生意，却无法阻挡最好吃的菜品对人们的诱惑。这是他们的破绽，更是我们翻盘的机会。”

“世上最好吃的菜品？”蔡壬鑫面带疑惑地摸摸自己的扫把头。

“对！世上最好吃的菜品。有了这样的菜品，‘神鬼厌’不仅不会沾到我们身上，而且还会让我们的馆子扬名全上海。”

许知味说这话的同时，将右手食指中指弓起，有力地在桌上捶了下。就仿佛很坚定地压上了两个赌注，一注是昇鑫馆的生死，另一注是他许知味的名头。

今年十月朔的“三巡会”不仅规模宏大，场面热闹。就连老天也借势，天气晴好，秋阳高照。一溜儿小风吹拂着，让城隍庙里里外外的幡子、旗子恰到好处地抖擞着精神。

最早来到城隍庙参加“三巡会”的是一些笃信城隍爷的善男信女，他们丑时就守候在庙门口烧不断香[1]。直到卯时东方见阳，庙门大开，再进庙祭拜，以求最早获取到城隍的赐福和保佑。

另外参加抬神巡街队伍的人来得也会很早，这其中有抬神像的杠夫，有给神仙开道的号子手[2]。还有打幡执旗、点炮烧香的，最多的是吹鼓手、舞龙队、玩杂耍的。他们早来是要做一些准备工作，比如整理道具、画脸换服装啥的。所以庙门还未开，这些人就已经在附近一个地方聚集等候了。

再有就是卖“带家食”的了，各家各铺的老板伙计一般卯时过后不久就已经到了摊位上，然后也要做一些出样展示之类的准备工作。等到辰时城隍神像出庙开始巡街了，他们的生意也就开始了。因为最早入庙烧香的一批人这时候正好进香结束，会出庙在沿街边购买“带家食”回家。

今年的“三巡会”规模确实是大了些，所以卖“带家食”的摊位也特别多。庙里安排的摊位不仅在庙前街的两边以及出来的南北街上排满了，而且还拐出了寺西街、校场路，再要往远处去的话，人家都会觉得这些摊位和“三巡会”上卖“带家食”的都没有啥关系了。

昇鑫馆的人是和其他馆子的人差不多时间到的。昇鑫馆除了祝昇蓬、蔡壬鑫，还来了六七个伙计和帮工。他们用一辆平板车拖了几个沉重的大喜桶，这些喜桶都用盖子盖得严严实实，不知道里面装的是什么。不过要是能凑到近处，还是可以闻到里面飘出的淡淡鲜美味道，由此可以推断其中装了满满的菜品。至于这桶里的菜品是不是许知味所说的世上最好吃的，从这淡淡的味道上同样可以推断出完全不是那么回事。

菜桶都搬运到摊位上了，但是并没有开盖出样，桌架上始终空空如也。而祝昇蓬、蔡壬鑫和那些伙计也似乎并不着急做生意，全都在东张西望看热闹，或者是在观望周围的一些情况变化。

[1] 不间断地持续烧香。
[2] 专门高声呼喝告知神像巡街，让人们致敬或避让的。

看昇鑫馆这些人的架势，似乎已经预先知道了这次“三巡会”会发生些事情，所以在仔细观察判断，以便随机应对。不过他们就算提前知道了些什么也没有用了，只要摊位的牌号竖起来了，那就再难逃脱别人做好的局。仁和馆、泰合馆还有其他联合好的那些店铺不仅花了血本，而且做好了具体部署。现在只等街口那边一乱，他们这边就会马上行动将昇鑫馆的摊位变成网里的死鱼。

这一次仁和馆的姜老板真的是花大心思出了个绝户招，他觉得对昇鑫馆小痛小痒地用手段，还不如索性动点大手脚给一棍子打死。所以从两个帮工设法让祝昇蓬知道“三巡会”的“带家食”，到城隍庙里庙祝给昇鑫馆安排的摊位，再到寺西街巡街官差会在十月朔“三巡会”上驱赶拐到寺西街的摊位，这些都是他们事先做好的准备。这些准备就像用一根绳索套住了昇鑫馆的脖子，而“三巡会”的当天，他们的具体实施就是将垫在昇鑫馆脚下的凳子踢掉。

泰合馆、仁和馆联手的十几家店铺，所占摊位都距离昇鑫馆的摊位很近。一旦寺西街那边的巡街官差开始往南北街里赶摊位，马上就会有庙里的庙祝出来临时调整摊位的排放，尽量挤紧一些让路口那边拐出的摊位可以往里放。

而昇鑫馆摊位所在位置街面最宽敞，所以到时庙祝会在昇鑫馆摊位外侧沿路边再多安置一排摊位。这就相当于将昇鑫馆的摊位与道路隔开，夹在后安排的一排摊位与福字墙之间的空档里，只能隔着别人的摊位叫卖做生意。而仁和馆、泰合馆他们十几家的摊位就在昇鑫馆摊位附近，庙祝安排时会故意将这十几家排在昇鑫馆的外侧。这样他们就可以直接进行拦截，阻止昇鑫馆隔着他们摊位成功出售“带家食”。

至于如何直接拦截昇鑫馆，他们之前也有一系列的准备。正常的方法有试吃、加量、买荤送素、买大送小等等招法，让人们根本没有越过他们摊位购买昇鑫馆菜品的想法和必要。阴损的方法也有，比如托盘拦客，捧着托盘在摊位前面兜售，人们根本不用走近摊位就能买好“带家食”。而人家连他们的摊位都不用走近，更不用说隔着他们摊位的昇鑫馆了。再比如看价给菜，就算有人隔着他们摊位和昇鑫馆讲好了菜品和价钱，他们会马上以更低的价格给人家同样菜品。如果没有同样菜品，则会以同样的价格给人家相似的两个菜甚至更多个菜。总之他们是明拳暗脚无不用至极限，唯一目的就是让昇鑫馆的菜品卖不出去，最终成为“神鬼厌”。

一切都在按姜老板的计划进行着。大概正卯时刚到的样子，寺西街上果然有官差赶摊。说是今天衙里老爷也要来城隍庙进香，所以他们管辖的街道不能杂乱，所有临时的摊位都必须摆到南北街里。于是几个庙祝马上出现，重新调整摊位。整个南北街出现了一阵小骚动，就像过去一股波浪，但很快就平息下来。

昇鑫馆的摊位果然被隔在空档里了，而且将他们隔住的正是联手好的那十几家。这十几家摊位的桌架靠得很紧，最紧的位置连条腿都插不进去，松一点的也就够一个人侧身走过。这样一来，很少会有人不嫌麻烦、不怕磕绊挤到里面去看昇鑫馆的菜品的。即便有极少数的人出于好奇要挤到里面看看，外面摊位上的伙计只要伸条腿挡一挡，人家就没法挤过去了。而且这些摊位桌架不仅靠得近，桌面也比其他家的都要宽。跨越的宽度变大，昇鑫馆要想隔着摊位卖菜品给外面的人就更不行了。除非是把钱和菜品来回抛扔，但钱好扔这菜可不好扔。

出乎姜老板预料的是，面对突然变化的摊位状况和处境，昇鑫馆却没有做出任何反应。按道理说一个花钱租下的绝佳摊位突然变成无法做生意的摊位，随便谁都会马上去找安排摊位的庙祝理论。对应这种情况姜老板倒是预先做好安排的，他已经把足够的摊位费给了管摊位的庙祝。一旦昇鑫馆吵闹，那就把租金退给他们。然后随便他们是留还是走，结果都不会有什么改变。

可奇怪的是昇鑫馆竟然一点反应都没有，只是在那高出一些的位置上或坐或站看着事情的发展。这样子让姜老板、冯老板他们都有一些不安，昇鑫馆的反应只能说明两种可能，要么他们目前还不知道“神鬼厌”这个概念，所以对“带家食”卖多卖少并不太在意，就是来凑凑热闹、看看热闹的；要么就是他们已经知道了自己的计划，并且有了足以应对的方法。

而且姜老板、冯老板心里隐隐觉得后一种可能性更大些，前一种可能性似乎只是他们给自己的心理安慰。但是昇鑫馆能有什么应对方法呢？这联手的十几家店铺中却没一人想得出来。就目前各种情形来看，昇鑫馆已经是陷在一个死局里。

破死局

城隍巡街仪式开始了，销售“带家食”的大战也同时开始。刚有最早进庙拜祭的善男信女跟在巡街队伍后面走出庙前街，走上南北街，各家店铺摊位上的伙计便连吆喝带招手地开始兜售“带家食”。

相比之下倒是仁和馆、泰合馆这十几家的伙计反没那么积极，因为都憋着另外一股劲儿蓄势待发呢。他们今天的主要任务不是多多地卖出食物菜品，而是要让昇鑫馆卖不出东西。

但是还有比他们更不积极的伙计，就是昇鑫馆的伙计。别说大声叫卖招揽生意了，就连菜品摆样展示的事情他们都没有做。就好像已经知道今天他们根本就卖不出“带家食”一样，全都没心没肺地在看城隍巡街的队伍，给舞龙的、杂耍的鼓掌加油。

城隍巡街的队伍在每次仪式中走过的街面道路其实都不一样，具体走哪条街是和这条街上居民商户在此之前所捐善款的多少有关的，这叫“买街过神”。但不管走哪条街，初午之时必须转回到庙里。

这个时间将是“三巡会”热闹的巅峰，前来进香拜祭的善男信女最多。因为这时间是天光最亮的时辰，进香拜神都指望日子越过越好，道路越走越亮，过了午时就是越走越暗了。另外还有很多人会在这个时间跟在巡街队伍后面到庙里来，他们觉得将城隍爷一路送回家再加祭拜会更加灵验。再有就是神像归位后，所有的抬夫、吹鼓手、舞龙队、杂耍的以及其他执旗打幡帮忙的，也会在这个时间拜一拜城隍爷离开。

而不管是自己择时来进香的、跟着巡街队伍来的，还是那些来“三巡会”做事帮忙的，离开时都会买点“带家食”。打牙祭也好，祈福驱邪也好，逗家里孩子老人开心也好，这“带家食”都是必须带点回去的。所以这个时间也是所有摊位销售“带家食”最为火爆的时候。

也就在这个时候，祝昇蓬和蔡壬鑫带着昇鑫馆的伙计们开始行动了。他们仍然没有出样展示菜品，而是将喜桶直接放在了桌架上。四个伙计拿大板凳放在桌架旁边，然后全都站了上去。他们将喜桶的盖子拿下来，一起用圆勺敲打盖子，发出节奏一致的“啪啪”声，样子就像古代战场上以剑击盾的战士。

昇鑫馆摊位所在的位置本来就高，喜桶往桌上一放，人往凳上一站，一下就显得更高了。再加上不停敲打桶盖的声音和动作，就像是要搭戏台唱大戏。于是本来要走过的人停下脚步，正在挑选“带家食”的人也朝这边转脸转身。就连庙里正在进香磕头的人听到外面动静后都分了神，急于知道外面到底发生了什么事情。

与此同时，祝昇蓬和蔡壬鑫在福字墙上张贴出两张竖条大红幅，一张写了“诚敬城隍爷”，还有一张写了“赠送‘带家食’”。

“赠送‘带家食’？不要钱的？”

“怎么可能，现在哪还有不要钱的东西吃。”

“怎么不可能，原先庙里的‘带家食’就是不用给钱的。”

“喂、喂，昇鑫馆的老板，你们的‘带家食’真是免费的吗？”

……

人群一阵剧烈的骚动，有人在议论，有人在询问，但更多的人是往这边聚集而来。

祝昇蓬此刻也站上了一条板凳，高声朝隔着一排摊位的人群高声喊道：“为了表示对城隍爷的虔诚信奉，也为了恭贺城隍庙扩修完成，我们昇鑫馆借此十月朔的‘三巡会’，为大家提供免费‘带家食’。分文不要，大家只需按序来取。”

其实祝昇蓬这话还没完全说完，就已经有一些人突破了仁和馆、泰合馆那十几家摊位的重围。而等到前面两三个人真的领到免费的“带家食”后，那十几家摊子瞬间被人们冲翻了几个缺口。虽然在祝昇蓬、蔡壬鑫和其他伙计的极力维持下没有造成更大混乱，但从这几个缺口中排成的粗长队伍却是谁都无法阻挡更无法驱散的。

情形发生如此突然的变化，完全是仁和馆、泰合馆没有料到的。姜老板、冯老板他们虽然也在现场，却只能眼睁睁地看着，没有丝毫办法。他们都知道，自己这些摊子可以困住昇鑫馆，却无法阻止那些参加“三巡会”的香客。这种情形下要是强行拦住那些人，不让他们去领取免费的“带家食”，他们完全有可能在怒火的涌动下瞬间将这十几家的摊子全都掀翻并哄抢一空。

“要不咱们也免费送。”冯老板有些急眼了，就像个输掉所有筹码的赌徒。

“我送不起。”姜老板回答得很直接，“我的‘带家食’菜品都是店里最好、最有特色的，成本很大。要是不计成本送下来会是很大一笔损失啊，店里多少天的利润都做不回来。”

“那我问问其他几家有没有成本低的菜品可以送，哪怕我们贴补他们一点，也要设法将昇鑫馆的势头给压住。”冯老板还不死心。

“算了吧，这回我们输了。只要昇鑫馆出了白送这一招，就再难将‘神鬼厌’沾到他家身上。你也不想想，白送的吃食还有人不要吗？只会嫌少不会嫌多，有多少都会送个精光。你要学他们免费送，那是白白陪绑。就算你把身家全部砸进去，最多也就是一样送个精光，压不住人家。再说了，人家白送还借了敬奉城隍的名义。你就算再有啥狠招现在都不能用了，那样只会自找倒霉。”姜老板的脑子还算是清醒的。

冯老板其实也是个老生意精，刚才那想法是急怒之下脑子一热蹦跳出来的。现在姜老板一番话让他冷静了下来，“对，不能跟着他们白白陪绑。让他们送，送得越多越好，送得赔死他们。我估摸这也是他们没有办法的办法，所以算下来我们也不是全输。”

但是冯老板很快就知道了，他们真的是全输，输得很彻底。

许知味说过，“带家食”卖得好不好还是要看菜品。而要想打破这个别人精心设计的死局，那就要拿出世上最好吃的菜品。许知味遇到蓝小意那天晚上问了最后一个问题，这世上最好吃的味道是什么？当时一菜一饭小店的老板插嘴回答许知味，他觉得这世上最好吃的味道是不要钱的菜。

这个通俗的回答其实包含了深妙的道理。都说世上没有白吃的饭菜，但如果有，那真会是最好吃的。所以许知味决定就用这种最美味的菜品来打破别人做下的死局，在“三巡会”上免费送“带家食”。

这是个绝妙的应对招数，而且可以一举多得。首先，它是一个注定会获取胜利的方法，无论别人的“带家食”卖得怎么样，昇鑫馆都会成为“三巡会”上不剩一口“带家食”的店家。其次，昇鑫馆参加“三巡会”其实就是为了打响自己的招牌，让更多人知道昇鑫馆。而这样一个免费送“带家食”的做法绝对具有轰动效应，不用两天，全上海都应该知道昇鑫馆这个字号了。最后，许知味想让更多人尝到他研制的菜品，看这些菜品能不能让上海人喜欢。而这一做法绝对可以做到，而且其中大部分都是上海的百姓。

虽然是一举三得的办法，但是付出的代价却不能太大。所以许知味决定不用以太湖船菜为基础变化而来的上海味道，而是直接改良上海田菜，粗菜细做，廉菜巧做。用大众的食材做大众的菜，而一旦其中的味道能得到大众认可，那这菜就可以算作是真正的上海味道了，而且是更好的上海味道。

所以昇鑫馆这回带来的菜所用食材都是非常低廉的。这其中有麻虾炒韭菜、豆腐蚬子等等，都是普通人家经常做的菜品。但是这普通菜品中许知味却花费了很多的心思，运用了多种只有在高档菜品中才能运用的技法。

比如说麻虾炒韭菜，那麻虾极为细小，必须在很纯洁无污染的水质中才能存活，味道并不浓郁。直接炒韭菜，大部分味道全被韭菜掩盖，只能略微提鲜而已。所以许知味是将麻虾用香油、辣椒、盐慢熬制成麻虾酱，将其味道尽数发挥出来，然后再用这麻虾酱去炒韭菜。还有豆腐蚬子，他是直接将烫蚬子的汤纱布过滤，去掉泥沙和贝壳碎屑。然后将过滤之后的汤连带蚬子肉、蚬子壳一起烧豆腐。这样的做法合理地处理了食材，充分利用它们的鲜香。烧出的豆腐具有清爽、浓鲜的特色，非常适合上海人的口味。

一勺勺免费的菜品从喜桶里盛出来，虽然做成的时间很长，都已经凉了，但还是止不住鲜美的味道一路飘散而去。进香的人们一般都会带着碗盆来买“带家食”，免费得到昇鑫馆的“带家食”后就盛了端着一路走回家去。还有一些没带碗盆的也不肯放过这便宜，于是要张油纸或摘张大树叶来，接了免费的菜品当场就吃了，搞得汁水四溅。而不管是一路端回家的还是当场汁水淋漓吃了的，都会让鲜美的味道充斥得更加浓郁、飘散得更加遥远。

眼看着几只喜桶的菜就要送光了，仁和馆的姜老板赶紧让伙计挤过去要了一点，然后就站在路边尝了两口。其他几家的老板也都围拢过来，盯住姜老板的脸，想听听他对昇鑫馆这个免费菜品的评价。

“人间料做出了仙家味，这是天工之作。以后只管自己把生意做好，莫要与他争了，争了只会自找其辱！”姜老板品尝之后发出一声感慨。

厨头黄鹤成也拈了一点菜品放进嘴里，咂摸了许久后很真诚地说道:“不但是烧制的火候功力，各种食材的单独处理上也有别样之工。处处拿住本地人追求原味原鲜的喜好，又在这喜好之外有延伸扩张之余味。这些虽都是日常的平民菜、大众菜，却是很难仿出真髓的。可算得昇鑫馆独有的菜品，也可算得上海独有的菜品。”

半个时辰未到，昇鑫馆的菜品就全部送完了。但是仍有很多人围着不肯离去，这其中竟然很多是刚刚品尝到昇鑫馆的菜品后主动要求出钱购买的。

祝昇蓬和蔡壬鑫很敏锐地捕捉到人们吃过菜品后的反应，这是许知味要求他们必须做的事情。当他们发现人们不仅仅是对免费的菜品感兴趣，而且还情愿花钱买这些菜品后，马上赶回昇鑫馆。回来后立刻开单子找水闩头采购食材，并且把写有这些菜名的竹牌头挂了出去。因为他们自信地推测，第二天应该会有很多食客来店里购买和点吃今天“三巡会”上免费赠送的菜品。

但是祝昇蓬和蔡壬鑫的推测还是出现了偏差，根本没有等到第二天，当天的下午昇鑫馆门口就排起了队。这些人不是来讨要免费“带家食”的，而是来购买他们觉得非常美味的菜品的。

昇鑫馆除了菜品给别人美味、廉价的概念，而且还在“三巡会”上免费赠送。此举动让许多善男信女觉得他们有笃信、虔诚的信仰，为了城隍爷的盛事比庙里都慷慨。所以他们的菜肯定会得到城隍爷的眷顾，常吃他家的菜也一样可以带来好运好福。到他们昇鑫馆来消费的人群中，真就有很大一部分是带着这种想法来的。

也就从这一天开始，昇鑫馆以大众化、平民化的特色菜品而远近闻名。“三巡会”上一场“带家食”的大战，不仅没能将昇鑫馆陷入“神鬼厌”的死局，反而是让昇鑫馆翻盘成功，一下将招牌打响。

不过这一切对于昇鑫馆来说才仅仅是开始，一浪过后必有更高一浪袭来。上海是个波云浩荡、诡谲莫测的地方，昇鑫馆要想在此生存和发展，就必须面对更多更大的凶险和冲击。所以他们必须抓住现有的大好机会，积累财富，强大自己，以便面对更多更大的凶险和冲击。

而这个时候整个上海都处于快速发展的阶段，百废俱兴，行行兴旺。所以各种菜馆酒楼也如雨后春笋一般，这家刚开那家关的现象也比比皆是。这样一来，昇鑫馆和那些开得红火的馆子，势必被大部分收利微薄、经营不善的馆子设定为敌人。而一些馆子虽然在经营和菜品上不具备竞争力，但他们有背景有手段，是可以利用其他途径和方式淘汰敌人的。

天有些阴沉，冬雨将至。沪海关的副税务司江大人一身小帽便服走进小石渡那里的八山红菜馆。到里面后他没有找座进包厢，而是直接进来账房，并且用他专业查账的眼睛快速将账本浏览一遍。

“东家，这账都是准的，实在是生意太难做了。”主事的在旁边哭丧着脸。

“账对不对我看得出，生意太难做我也有耳闻。现在关键是有什么办法能扭转这势头，照这样子下去，不用多久我们就得卖桌椅碗筷了。”江大人微微皱了下眉头。

很明显，八山红这家店是江大人出资开的。当时清政府上下皆贪，唯有海关在英国人赫德以及他两个后任担当总税务司期间，管理成最为廉洁的部门。所以海关的官员除了正常俸禄都没有其他收入来源，为了日常开销能够宽裕些，这些官员大都会在外面投资或入股一些其他产业。

主事的扭动一下被烂生意煎熬得很是僵硬的脖颈，“这能有什么办法呀，菜味菜式做不过人家，档次名气也压不过人家。除非是人家把店都关了，把生意都让给我们家做，那财发起来挡都挡不住。”

虽然主事的话不大中听，但江大人的表情没有一丝变化。这是做官的一项基本功，心里任何变化都不能从脸上看出来，“我前些日子遇到制造局的黄大人和道台衙门的沈大人，还有福建商会的杭会头，他们也说自己的馆子艰难。你刚才说除非是人家把店都关了，把生意都让给我们家做，这倒是个主意。我什么时候约那些有餐食产业的大人、老爷们商量商量，应该可以从这条路子上做点事情。”

主事的一下瞪大眼珠，他没想到他本来推卸责任的一句话竟然成了江大人的可行办法。但是具体怎么去做，现在就算凿穿他的脑袋他都想不出。所以人家能当大人，他只能是个被使唤的，这就是差距。

每天早上辰时刚过，孔子街上会有很多送菜、卖菜的车子出现。其中大部分是送菜的车子，这是各家店铺从市场上采购来的食材鲜货，还有一些固定渠道按约定送来的食材。卖菜的车子很少，就算给富德里居民兜售的卖菜车也都是从王陂后街走，也走不到孔子街。因为王陂后街可以经过各个巷口和一些人家的家门口。所以孔子街上的卖菜车还是做的店铺生意，哪家店铺食材没购齐，或者约好的食材送得不全，都会临时在卖菜车上买一些。当然，这些卖菜车卖的菜肯定会比市面上要贵一些。

卖菜的车子里有青帮的车，他们从苏州河木渎港那边垄断渠道收购来的鲜货肯定是要出手的。不过青帮这一点还好，虽然霸住货源，但是并不强卖。因为他们知道客户就是财源，不仅不能得罪，而且还要维持稳定。再说了，收购渠道被他们垄断了，有些鲜货是必须从他们手里才能补齐补足的，根本不用强卖。

不过最近几天有些不一样，青帮卖菜的车子后面多了一个穿长衫的人。这人就跟在车子后面走，除了打量路两边的店铺，其他什么事情都不做。但他心里却是在默记着一些东西，计算着一些东西，而这些东西是要用来做一个大局的。这个局是为了让一些店铺长久获利，同时也为了让一些人一夜暴富。

这个穿长衫的人在经过昇鑫馆时停住脚步往里看了两眼，目光如刀如凿，仿佛瞬间就可以把整个馆子破解得七零八落。

而正在昇鑫馆里忙碌的许知味、祝昇蓬、蔡壬鑫都不会注意到门外的这个目光，他们全然不知更大的凶险和冲击很快就会来到。而且会来得非常迅疾和突然，来得无可奈何，来得时机尴尬。刚刚活转过两口气的昇鑫馆，莫名其妙间就会再次陷入一个必死的僵局……

感谢著名美食家、美食评论员周彤先生提供有关本帮菜的资料和信息

感谢本帮菜大厨沈敏先生给予的专业支持

第一部　完

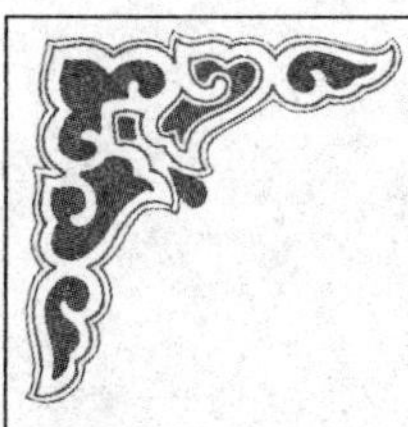

危机四伏的上海滩，让昇鑫馆未来的命运更加波谲云诡，许知味又将如何一一化解这些困局？

敬请关注《最后的御厨》后续作品。

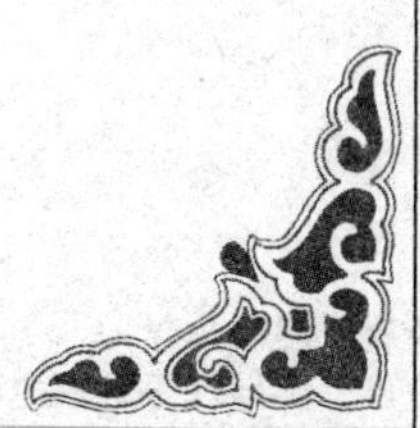

图书在版编目（CIP）数据

最后的御厨：厨道风云 / 圆太极著 . -- 北京：北京联合出版公司，2019.1

ISBN 978-7-5596-2812-1

Ⅰ . ①最… Ⅱ . ①圆… Ⅲ . ①长篇小说—中国—当代 Ⅳ . ① I247.5

中国版本图书馆 CIP 数据核字（2018）第 264097 号

最后的御厨：厨道风云

作　　者：圆太极
选题策划：一未文化
版权统筹：吴凤未
监　　制：魏　童
责任编辑：李艳芬
封面设计：金陵文化
内文排版：大观世纪

北京联合出版公司出版
（北京市西城区德外大街 83 号楼 9 层　100088）
北京联合天畅文化传播公司发行
天津中印联印务有限公司印刷　新华书店经销
字数 260 千字　710 毫米 ×1000 毫米　1/16　19 印张
2019 年 1 月第 1 版　2019 年 1 月第 1 次印刷
ISBN 978-7-5596-2812-1
定价：48.00 元
